女优

女優

渡边淳一 著

帅松生 译

青岛出版社
QINGDAO PUBLISHING HOUSE

目 录

序　章 / 1

第一章　诞生 / 001
第二章　露脸 / 052
第三章　恋火 / 089
第四章　新生 / 186
第五章　成熟 / 236
第六章　孤立 / 293
第七章　淡雪 / 325

单行本　后记 / 376

参考文献 / 377

序　章

　　我手上现在有三张唱片，无一不是眼下商铺内均已踪迹难觅的黑胶唱片。其中的两张，正中标签部分为红色，另一张为灰色。这三张唱片，均因历时弥久而显得有些陈旧。贴有灰色标签的那张，从右向左印着"东洋唱片"字样，而下方则从右向左排列着若干自左向右书写的词语，分别是"复活""艺术剧团""松井须磨子"。唱片的正中浮现出一幅骆驼与少年的画面，它会令人联想起"月下沙漠"。反面也和正面大同小异，只是"复活"二字变成了"复活之歌"。

　　红色标签唱片中的一张，外侧印着"NIPPONOPHONE"字样，同样也是从右向左排列着几个自左向右书写的词语，分别是"流浪之歌""艺术剧团""松井须磨子"。背面则印着"雕是好友""森林女妖""田边若男"的字样。同样是红色标签的另一张唱片的正面印着"水藻之花"，背面的字样则是"火粉、山羊"。它们都是松井须磨子演唱过的歌曲名。两张唱片的封套上全都印有雕的标志，上面写着日本哥伦比亚株式会社的前身公司名"日本留声机商会"。

　　通过这三张唱片，我得以聆听到松井须磨子大红大紫时期的歌声。

这些唱片都是黑胶唱片,现在的电唱机无法播放,因此我便请编辑为我准备了一个在往昔老照片中屡见不鲜的那种带有大喇叭状扬声器的手动留声机。我把唱片放到留声机上,每次装上一根老式铁唱针,用手摇动着曲柄给它上弦。

《复活》是大正三年(1914)三月艺术剧团第三次公演时上演的剧目。自不必说它是根据托尔斯泰的《复活》改编而成。编导是须磨子的情人岛村抱月。

须磨子在剧中饰演主人公喀秋莎,并在第四幕中演唱了著名的《喀秋莎之歌》。贴有灰色标签的唱片的正面录入了须磨子演唱的这首歌曲,反面则录入了第三幕中须磨子饰演的放荡女的台词。

《复活》首先是在东京公演并获得好评,旋即于翌月起在大阪浪花剧场公演,接下来便从京都的南剧场一直巡演到日本的中国地区和九州地区,连日来场场爆满。打那时起《复活》便成为艺术剧团的主打剧目,至艺术剧团解散时为止,一共公演了四百四十四场。

伴随着剧目的好评,《喀秋莎之歌》也随即风靡全国,据传唱片销量竟达四万张之多。从当时留声机的普及程度看,这一销量堪称奇迹。可以想象几乎所有拥有留声机的人全都买下了这张唱片。

这首歌由岛村抱月和相马御风共同作词,中山晋平作曲。曲中那充满了大正时代(1912—1926)浪漫主义色彩的悲凉曲调风靡了大正、昭和(1926—1989)两个时代。读者中大约也有不少人对这首歌记忆犹存吧。

如果现在需要简明扼要地介绍一下松井须磨子,我想最容易理解的说法或许就是她是"第一个演唱了《喀秋莎之歌》的女优"。

其他唱片中的那首《流浪之歌》是大正六年(1917)十月公演的《活尸》中的插曲。继《喀秋莎之歌》之后,这首歌也开始风靡全国。

或许还有人记得这首歌。歌曲的开头似乎是这样的：

是离去还是返回
在那极光的照耀下
俄罗斯是北方之国
不知何处是尽头
……

这首歌曲也同样充溢着大正时期独特的罗曼蒂克与悲凉情调。

另外一张唱片中的《水藻之花》和《火粉、山羊》都是大正七年（1918）九月公演的《沉钟》中的插曲。须磨子在剧中饰演了林中女妖和水妖的妻子。

自不必说，如今已经无法目睹须磨子的演技，但却可以通过这三张唱片想象一下女优须磨子往昔的歌喉和风格。

然而遗憾的是，最初的那首《喀秋莎之歌》大约是播放次数过多导致唱片磨损之故，歌曲中一直掺杂着细微波浪般的杂音，听起来发声不甚清晰。何以至此虽不能排除录音技术和唱片音质不佳的可能性，但若和其他听起来还算清晰的唱片相比，只有《喀秋莎之歌》的音质明显过于低劣，故而毫无疑问还是因为播放次数过多所致。

再说须磨子的声音。一般都认为她的声音高亢铿锵，但仅就唱片而言，似乎并非如此。确实，像《水藻之花》或《火粉、山羊》这样的歌曲，听起来委实有些喧嚣高亢，但这类歌曲原本就是模仿林中精灵和动物的声音，因此可以想象到她是在刻意为之。而在演唱《喀秋莎之歌》或《流浪之歌》时，就女优而言，须磨子在演唱时使用了一种压抑而又单调的唱法。这种单调的演唱方式似乎是当时所有歌曲的共同倾向，而并非须磨子个人的标新立异。

不过实话实说，须磨子的歌并不怎么出色。与现在的歌手相比，或许要差上几个档次也未可知。尤其需要指出的是，须磨子发出的声音缺乏低沉的腔调，亦即一旦放开歌喉后便不再收拢，令人感觉欠缺了那么一抹隐忍的成分。

然而这种毫无隐忍、将所有的一切全都表现得淋漓尽致的特点，也可以说正是须磨子的性格。万事直白毫无虚饰的性格在她的歌曲中也得到了具体展现。于是便可以这样说，从她那毫无隐忍的歌声中，即可窥望到其生前的倔强性格曾给她身边的人带来过多少苦恼。

然而，须磨子并不是歌手，她是一名女优，因此歌喉欠佳无可非议。当时在话剧中常常会插入一些歌曲，须磨子既已身为女优，就不得不勉为其难地唱上几曲。

与歌喉相比，真正重要的是《喀秋莎之歌》背面的《复活之歌》中收录的她的那些舞台台词。不愧是她的本行，果然声音明快清澄。本是一场诉说自己情路多舛的戏，声音里却夹带着几分娇媚，可以窥望到须磨子独具的做作。虽略有故弄玄虚之嫌，但追求此种表现方式是当时话剧本身所具有的一种倾向，故而无可厚非。

她的声音里洋溢着当时头牌女优的气概与自信。

借给我这张唱片的是小林胜子。她是须磨子的养女，也是须磨子的侄女。

须磨子的本名叫小林正子，出生于长野县松代镇。胜子则是须磨子长兄放藏的女儿。长大成人后她便承袭了小林家的姓氏，眼下居住在东京的樱上水。

从新宿往甲州街道方向前行，在樱上水过街天桥前左拐，立刻就可以看到一所宅院。简直令人难以置信，城镇中居然会有如此安静的居所。

那是一幢古旧但却坚固的木质建筑物。在紧挨着宽敞玄关的会客室里,装点着须磨子的照片。须磨子身穿和服,身躯微倾地坐在一条斜摆着的横长条椅一端。可能是大正二年(1913)她和抱月一起加入艺术剧团时期的照片,看上去二十七八的模样。在那张轮廓圆润的脸上,大睁着的双眼显示出了她的争强好胜。

胜子已经年近七十。她的相貌几乎可以令人产生这样的联想:倘若须磨子仍然在世,大约也就是她这副模样吧——无论是双目圆睁的样子,还是脸部柔和的轮廓,二人都极为相像。

这位胜子是在八岁时过继给须磨子做养女的。就这段往事的原委,胜子如是道给我听:

"刚来东京时我称她为'姑姑',可不久后她便让我喊她'老师',于是我就改口叫她'老师'了。对岛村先生我也是称呼'老师'的。虽然叫法一样,但不知为何,我从未把人搞错。我是她的养女,在户籍上也做过登记,但是在我的脑海里却并未留下被她当成女儿宠爱的记忆。我觉得老师让我做她的养女,与其说是为了继承她的家业,不如说是想找一个可以听她随意差遣的儿童角色。因为当时剧团刚刚成立,并未录用儿童演员,因此刚开始时似乎不得不到歌舞伎剧团或普通人家的家里去借孩子。但使唤起来总是不能得心应手,因此便想到要自己培养儿童演员了。"

"我刚进艺术剧团时还是小学一年级学生,要去学校上课,可老师却说'你有训练任务,学校那边就请假吧!'她的脑子里只有演戏,因此常和我父亲发生争执。"

"就这样,我到了东京后她立刻就让我去练习跳舞啦、演戏啦什么的。不过光我一个人还不够,于是她又将一个比我小一岁叫木村若的女孩收为养女。阿若是第十四代象棋名人木村义雄的妹妹。"

"总之,她就是这样,只要是为了演戏,她就从不会考虑给旁人带来多大的麻烦,总是强行推动她自己想要做的事情。我觉得她热爱舞台已经达到这种痴迷的地步。"

胜子语气恬淡,说罢莞尔一笑。从其侧脸上可以窥望到从须磨子的照片上无法传递出来的栩栩如生的表情。

这位胜子与阿若在大正七年(1918)九月公演的话剧《沉钟》中饰演孩童角色,进而一起走上了话剧舞台。

可是,就在此后大约半年左右的大正八年(1919)一月五日,须磨子却追随已经故去的抱月,在艺术剧团的后台,用自己心爱之人抱月送给她的红色伊达和服窄腰带悬梁自缢了。

"我和老师待在一起的时间非常短暂,况且又是在我小的时候,所以我对她和岛村老师之间私生活之类的事一无所知。老师并非特别可怕,只是一到上台排练的时候,她就好像变了个人似的,表情非常严肃。她绝对不会因为我们是养女,就对我们手下留情。她平时非常忙,不怎么开口说话,可有时也会突然格外疼爱我们。这时她什么都会给我们买,像和服之类的。她的这种突如其来的变化反倒叫我们无所适从。相比之下,岛村老师永远都是一副安宁稳重的样子,看上去似乎在思考着什么。在我的记忆里,自己几乎就没跟他直接说过什么话。"

听了胜子的话后,我的脑海里自然而然地浮现出须磨子与抱月完全不同的形象。

除了胜子以外,还有一位叫小林久子的也是须磨子的侄女。此女如今依然健在,就住在须磨子的老家松代镇。

我在四月中旬一个风和日丽的下午走访了松代。

提起松代,现在已归属于长野市。从长野往东南方向穿过川中岛古战场,再越过千曲川后,便可以看到从东方延伸出来的三国山脉。而山脉突出的尖端处便是松代镇。

此地乃往昔真田氏十万石之城关镇,明治初年(1868)时是缫丝产业的中心地。进入昭和(1926—1989)年代后又因地震频繁而远近闻名。在南部一角还设有日本最大的地震观测站。除了北部可以通往长野外,其他地区全都被群山峻岭所环抱。由于太阳只能在这里照射半天左右,故而此地曾被称作"日影村"或"半日村"。不过我去的那天可是春光明媚,并未看到山区那种特有的阴沉。

须磨子的娘家位于该镇东北部一座名曰小丸山的山脚下。这一带被称为清野。须磨子的祖父是当地拥有清野一带土地的农家大户,幕府末期曾被真田家族授予士族待遇。及至她祖父这一代,小林家始终保持着旧式的礼法规章。即便今日,小林家似乎依然拥有从须磨子娘家的所在地小丸山的山麓至南部象山口一带山脚下的田地。到了须磨子父亲这一辈,因为从事的股票交易、生丝生意以及大米投机买卖均以失败而告终,故而不得不逐步抛出土地。即便如此,须磨子娘家包括绵延至后山的庭院依然相当广袤。沿着环绕山麓的宽广公路向山际攀登一百米左右,便可看见一座两侧建有长条房屋的古香古色的大门。往昔的风貌依稀可辨。须磨子出生时的茅屋早已踪迹皆无,取而代之的是一座新建的宅邸。

我去拜访时,据说久子的丈夫刚好住院,因此只有久子一人独自在家中等候。

见到久子的第一眼,我就觉得她和须磨子长得几乎如出一辙。久子今年(1977)76岁,作为明治时代的女人,身材略显高大。我觉得在她的身上似乎完美地映现出了被大家说成"大个子"的须磨子形象。

久子是须磨子五哥的孩子,与东京的胜子是堂姐妹关系。胜子继承了须磨子柔和的脸部轮廓;相比而言,久子则从眉眼到鼻子,线条与须磨子极为相像。

须磨子成为女优以后,曾回过一次娘家。那时的娘家,地点虽在这里，房子却不是现在的建筑物。当时她来长野公演，便顺便回娘家住了一晚。那时的她已经是一名大牌女优，与娘家人一度断绝了的关系也大体上得到了修复。据当地"须磨子会"会长斋藤勋介绍，当时在松代镇举行了一场盛大的欢迎仪式，并由当时的镇长担任欢迎委员会的委员长。"真是岂有此理！"据说当时还有人因镇长亲自出面给戏子当了后援人而愤愤不平。该地区存在着旧时浓厚的封建色彩，冥顽不化之人大约不在少数。

久子当时亲眼见到了顺便赶回娘家的须磨子。

"我只是看到了她和奶奶（须磨子的母亲）两个人说话的情景。尽管有人说她'寒碜！寒碜！'，可我倒是觉得她是个高雅的美人。"

"寒碜"一词是当地方言，即"丑"的意思。事实确也如此，在当时东京的戏剧圈中，就有人如是评价须磨子，说她是一个与粗野的"乡巴佬"并无二致的女人。可是，旧时的"松代藩"对子女的教育颇为严格，更何况须磨子还继承了威望甚高的儒者曾祖父的血统，可见不能认为久子对她的"美人"评价仅仅是出于对亲人的偏袒。

实际上，从在斋藤家摆放着的须磨子赴京前姑娘时代的照片看，她也确实长得端庄靓丽。

"家里没能留下任何有纪念意义的东西。"

久子歉疚似的说。然而须磨子过世已经六十载，房子也是重建的，没有多少遗物不足为怪。更何况可被视为资料的东西似乎全都集中在养女胜子那里。

本以为须磨子娘家附近的景致与旧时相比大约也发生了变化，可久子却对我说，"和以前一模一样"。

站在山际处略高的住宅门前鸟瞰清野一带，只见庄稼地与黄瓜地、薯蓣地以及莲藕池绵延相连，人家也似乎并未增多。如果非要说有什么变化的话，恐怕就只有那些用于栽培农作物的白色塑料薄膜了,它们正在阳光的照射下闪闪放光。

我再次将目光转向通过里侧客厅就可以眺望到的庭院里。朝南的院落内栽满了一排排的各色杜鹃。经由花丛引来的山涧溪水清流汩汩,形成一道瀑布后流泻到水池内。

"以前这个水池要更大些,小时候我常在里面玩水。"

杜鹃花的彼侧是盎然盛开的梅花和樱花,再往前则是嫩叶葱郁的竹林,竹林前呈现出小丸山的斜坡。

"今天的阳光倒是很充足,不过受周围群山的影响,天色很快就会阴沉昏暗下来的。"久子略显忧郁地说。

道过谢后,我离开了须磨子的娘家。走出门后,我先是往山腰攀爬了大约两百米。左右两侧都是桑田,井然排列着的只是树木而已,叶芽尚未长出。桑田尽头矗立着巨大的樱花树,周遭便是小林家的墓地。须磨子的墓几乎就建造在墓地的中央,在斜坡朝北的方向俯瞰着清野地区。

墓碑上刻着"安祥院实应须磨大姐"几个字。旁边还记载着须磨子的殁年"大正八年(1919)一月五日"。此时下午三点已过,太阳业已西斜。从小丸山绵延至妻女山的山影即将悬挂在须磨子的墓碑上。

离开墓地后我又沿着山麓行走了一公里,拜访了安放在林正寺内的须磨子话剧纪念碑。那是昭和二十八年(1953)当地志愿者为纪念笃志话剧的须磨子的绚丽人生而建造的纪念碑。

在产自御影的灰色花岗石上面,篆刻着须磨子悬臂书写的如下歌词:

  喀秋莎

  真可爱

  就算离别痛楚多

至少也应该

趁着淡雪未消融

把心愿

啦啦啦

向上帝述说

　　　　　　　　　　　　须磨子

第一章　诞生

一

四月中旬,或许是樱花时节祥云缭绕之故,虽然黄昏五点已过,却并无寒气袭人之感。早稻田水稻荷神社的院落内,樱花在晚雾的笼罩下争奇斗艳,有的已经开始凋落。

穿过神社院落后,眼前出现了一大片茶园,前方早稻田大学的校舍在夕阳的照射下熠熠生辉。

正子在茶园中间的路上朝着学校的方向行走着。昨晚丈夫诚助曾帮她画了一张通往大学的路线图,并告诉了她行走的路线,可一路走来还是超出预想,颇费时间。

考试是六点开始,时间尚有富余。可赶到学校后她还想对着镜子简单地梳整一下头发。说来她本想化个淡妆,可考试通知书上却写着"应试时请勿化妆"。

于是正子便按照通知书的要求,未在脸上扑粉,只是抹了一点口红。衣着则是竖条纹和服,系着白地和服腰带。这件和服是六年前她嫁到木更津时妈妈送给她的礼物。因为太过素朴,所以迄今为止从未上身。与和服相比倒是腰带似乎略显华美。但正子觉得自己是打算做女优的,这一点点华美不算为过。发型则在几经斟酌后,梳了一个椭圆形的发髻,并极力使四周的头发鼓起。虽说通过自己提交的履历书,即可知晓自己今年已经二十四岁,且已婚,但她还是希望自己看上去能够年轻一些。

出门前丈夫诚助看着正子说道:"真漂亮。"之后拍着她的肩头说:"你一定会被录取的。"听了丈夫的话后,正子便觉得自己似乎已经胜券在握。可是,随着靠近学校,她的自信心却渐渐动摇起来。

说来很难推断出培养艺人的学校入学考试会提出哪些问题。虽然丈夫诚助曾叮嘱她说:"问你什么,你就实事求是地回答什么好了。"可对方全是大学教授,而且都是从欧美留洋归来的精英人物啊!

莎士比亚是英国的著名剧作家,易卜生是挪威的著名剧作家。这点知识是正子临阵磨枪现从丈夫那里学来的。但要说到他们都有哪些作品,正子可就一问三不知了。即便日本的戏剧,她也只是偶尔看过一两场,或是从丈夫那里略有耳闻而已,除此之外则一无所知。

决定报考后,文艺协会给她寄来了"演艺部规章"。内容如下:

一、本会演艺部设戏剧研究科,演艺部成员及一般报考者均需研究戏剧表演技巧及理论。

二、研究科学习年限为两年。

三、学期为每年五月开学,翌年四月结束。

四、入学时须缴纳拜师费三日元及月酬三日元。此后无论听课与否月酬都必须缴纳。

五、一般报考者资格如下所示,并须通过考试。

学力:相当于中学或高等女子中学毕业程度。

容貌:表情方面适合舞台表演者。

声音：音量及音质无缺陷者。
天赋：具有模仿表情的天赋。
身体：强壮、尤以耐力强者为佳。
品行：人品高尚，意志坚定。

论学力，正子毕业于芝之户板缝纫女校，倒是拥有考试资格。但据说考试内容好像还有剧本朗读和英文译读。朗读日文剧本倒还可以勉强过关，但若谈到英文，正子则毫无自信可言。在西洋缝纫学校里她虽然学过一点简单的初级英语，但也只不过就是背诵过 ABC 二十六个字母而已。

不过说到第二条和第三条容貌与声音，正子多少还是有点自信的。

丈夫诚助曾对她说过，"你个头高挑，站在舞台上会很抢眼的"，并且还鼓励她说，"你的声音也不错。"正子本人也对容貌略有自信，在和诚助结婚之前，正子曾在姐姐的夫家位于东京赤坂的糕点铺里工作过，当时的她颇有人气。那家店铺唤作风月堂，在赤坂一带无人不知。或许因此顾客才络绎不绝。但不拘如何，只要正子往店内一站，顾客人数准会增加。有的客人还有事没事地要和她聊上几句。也许是奉承话吧，店里的小伙计曾对她说过这样的话，"只要小姐您往店里一站，男顾客立马就会多起来。"

说来她之所以会嫁到千叶县去，也是因为在那家店里打工时，一位住在木更津、唤作鸟饲的经营餐馆兼旅店的阔绰人家的大少爷对她一见钟情之故。木更津之类的地方正子从未去过，内心未免忐忑不安，但她还是在对方的百般乞求下嫁了过去。不过，那段婚姻却以失败而告终。

丈夫是个性情温顺的人，可也正是因此，正子才觉得他靠不住。

也许是因为经营餐馆之故,丈夫将工作全都托付给母亲和掌柜的,自己则常常跑到外面去东游西逛。虽然正子被人唤作"东家少奶奶",也不缺钱花,但生活却单调乏味。对于曾一度体验过东京生活的正子而言,木更津的生活未免枯燥至极。

如果就这样被埋没在穷乡僻壤的话,正子就失去了特意离开信州老家的意义。

索性生个孩子吧,这样也还可以解个闷,可是孩子也没能怀上。不仅如此,就在正子嫁过去不久,她的下身便染上了疾患。几番苦恼过后,她终于鼓起勇气去医院看了医生,结果得知自己患了妇科病,也就是现在所说的淋病。自不必说,是丈夫传染给她的。

当时的淋病,不像现在有抗生素可以医治。一旦染上这种病,用不了多久就会被拖成慢性病,并大都导致不孕。医生也对她说过"你恐怕难以生育了"。

正子怀不上孩子,下半身又难受得很,故而毫无生气,几乎整天躲在家里闭门不出。

虽说责任在将疾患传染给自己的丈夫身上,但不健康的女人便失去了当媳妇的资格。更何况正子对丈夫也好,对木更津也罢,并无多大留恋。她没有必要忍受病痛的折磨一直挺到战胜病魔的那一天。

一年后,正子对外宣称自己得了肺病,并和丈夫离婚,离开了鸟饲家。当时,她如果还想继续待在那个家里的话并非不可。更为确切的说法应该是正子自己不想继续待在那个家里了。

回到东京后,正子首先就去看医生,治好疾患后再度来到姐姐的店里。

虽说自己是一个离婚后返回姐姐家的女人,但她却丝毫没有萎靡不振,莫如说因为摆脱了夫家的束缚反而显得生气勃勃。正子的性格大体上就是如此,她对任何事情都不会往深处想。她可以适应当时的状况,任何苦闷烦恼都能忍受下去。

曾经是少女模样的店铺招牌姑娘,如今出落得风姿绰约,再次出现在店铺里。

"好像大家都在说呢,'到底是风月堂的正子啊,还是正子的风月堂啊'?"姐夫苦笑着说。

"你不要开玩笑嘛。"

正子一本正经地抗议。然而这话并不令她生厌。

确也如此,每当正子往店里一站,男顾客马上就会增多。有的客人即便在正子将糕点包好递过来以后,也还是痴痴地站在那里一动不动。正子肌肤白皙,浑圆的脸庞上一对眸子干净清纯。男人们大概从她那高大而又显得富态丰满的躯体上,同时感受到了女人和母亲的风韵吧。

即便如此,正子也并不认为自己是个美人。她反倒觉得自己的鼻子多少有些低矮,眼睛也多少显得有些细小。她希望自己的脸颊能够再瘦削些,变成一个瓜子脸。

不过她觉得只要自己精心化个妆,从远处看还是挺好看的。她也觉得如果站到舞台上自己并不会输给其他一般女子。

虽说正子搞不清自己的声音究竟如何,但总的说来也还是觉得多少有点尖锐。据店里的领班说,她在说"谢谢"时听起来语尾上扬,这种很像是外行的地方反倒令人感觉不错。

起初她在说"谢谢"时,总是扭扭捏捏张不开口,可现在已经说得很流畅。音质如何暂且不说,至少在店里答对客人一整天,她的嗓音都不会嘶哑。正子曾一度到穴八幡神社的林子里扯开嗓门大声吼叫过一次,她自己也为自己居然能够发出如此大的声音而感到骇然。

至于第四条"天赋"(具有模仿表情的天赋),则完全取决于对方的判断。正子无从知晓自己是否具备成为演员的表演天赋。

诚助倒是说过"毫无疑问你是具备的",理由是当正子发怒或是悲伤时,其表情是那么生动。他还说:"只要你的情绪能够符合当时的场景,表情自然就会流露出来。"确实,每当她想到自己是多么的命运多舛时,就每每真的想要流出泪来;而在笑的时候她就会想着以前令人高兴的事。这类表情练习,她已经对着镜子独自练过好多遍。

只有第五条"身体",她确信自己没有问题。虽说在木更津时生过病,但已经完全治愈。这几年就没再闹过什么像样的病。不仅如此,有时正子还会为自己实在有些结实过度而感到担忧。妙龄姑娘有时就会没有食欲啦、睡不着觉啦什么的,可这一切都与她无缘。虽说马上就要参加考试了,可她今天一如既往地吃了一顿饱饭,昨晚也照样睡得很踏实。多少有些疲惫时,即便只是靠在墙上她也能进入梦乡,过后连她自己都觉得有些吃惊。

总之,对身体这一点,正子颇有自信。

接下来是"品行"。如果只是限定在男女关系方面的话,正子倒是离过一次婚,如今又梅开二度嫁给了诚助。倘若仅从刚刚二十四岁就已经结过两次婚这点看,则很有可能被视为问题严重。

可是迄今为止她还从未与丈夫以外的男人亲近过。在风月堂打工时,即便男顾客跟她搭讪,她也只是把他们当作顾客看待,从未有过更深层次的交往。

正子觉得自己虽然结过两次婚,但在"品行端正"这一点上同样不遑多让。

祖父是松代真田藩的士族,家中对子女的管教一向严格。世上甚至有过这样的流行语:若娶妻,松代女!当然,这不过是封建老眼光而已,若以"严守礼仪,夫唱妇随"这一条来衡量的话,正子略有瑕疵也未可知。

正子本来就争强好胜,嫁到木更津后她更是发现只是一味地顺从男人并无意义。顺从男人或遵守家规未必就能使女人得到幸福。眼下的她十分清醒地意识到：幸福是要靠自己去争取的。

因此，虽说从顺从这点上讲，正子或许多少有点问题，但在正气凛然方面她是不会输给别人的。

至于"意志坚定"这一条，如果不是指泛泛的意志，而是指以演戏为目标的意志的话，自己是绝对不会落于人后的。既已立志从艺，就已经做好了思想准备，即便有天大的困难也要勇往直前。

如果考官能够精准地看出自己的这些想法，那么金榜题名便没有问题。但若仅仅是注重学力或是女人味的话，自己则名落孙山也未可知。

考场设在早稻田大学文科礼堂内。走进正门后，右手三号教室的门上贴着一张纸，上面写着"第一考场"几个字。首先，要在这里接受笔试，之后再到隔着一个房间的五号教室接受单独面试。

在这次考试的两个月前，即明治四十二年（1909）二月，坪内逍遥被推举为文艺协会会长。于是他立即着手推进新的演员培训和戏剧研究工作。

逍遥首先提出：为了筹建戏剧研究所，将无偿提供位于牛込（新宿区）余丁町自家宅邸内的土地。并决定四月招生，五月一日起开始授课。

根据这一计划，已于三月在逍遥家宅院内启动了建造校舍的工程。但五月开课仍然来不及，于是便在附近暂借了一户民居作为临时研究所。

可是临到四月考试这一天，这个临时研究所也未能筹备妥当，于是逍遥和抱月等人便借用了他们供职的早稻田大学文科礼堂作为考场。

考试时间定在傍晚六时，时间定得挺怪。这是因为他们考虑到考生白天还要上班的缘故。

正子来到休息室时，里面已经聚集了大约十名考生。其中有的像学生，有的像教师，有的则像是无所事事的闲人，林林总总不一而足。其中有一名女性，谈不上有多漂亮，根据看人眼光的不同，甚至会有人觉得她像个女佣。不过其手上却拿着一本英文书，并频频翻阅着。男人们全都穿着和服，下身则是和服裙裤。其中只有两人身穿西装。有些人相互认识，正在那里窃窃私语；有的人则叉起双臂，独自凝望着暮色渐近的窗外景色。年龄大都在十七八岁到二十五岁左右。

正子在教室的一侧坐定后，便从包袱内取出镜子照着自己的脸。她觉得自己的脸色似乎有些苍白，或许是临考紧张所致吧。

当她蓦然从镜前抬起头时，没想到四周已经聚集了将近二十名考生。

俄顷，六点整，一个留着髭须、脸颊细长的男人来到教室开始向大家说明考试规则。正子事后得知：这个男人就是研究所的研究主任东仪铁笛。他告诉大家，考试的前三十分钟是"作文"，后三十分钟是英语译读，之后再进行面试。

作文的题目是《我理想中的戏剧》。几经思考后，正子决定从自己去高等演艺场时写起。

正子与第二任丈夫前泽诚助结婚的机缘如下：

她从木更津回来后，曾在东京一位名叫町田犀仙的人家里疗养过一段时间。诚助当时是那户人家的家庭教师。二人由此相识。

前泽当时二十六岁，从高等师范学校毕业后，本打算成为一名教师，却因师从严谷小波，对童话剧产生了兴趣。在家庭教师的工作结束后，前泽与正子便有一搭没一搭地开始聊天，并越走越近，不到半年的工夫前泽就开始向正子求婚了。正子也是，刚刚离婚不久内心自然十分孤寂，再加上前泽与自己一样也是长野县人，有一种安全感，于是二人便在三田组建了家庭。

当时正是明治四十年（1907）初，在牛込神乐坂上有一家高等演艺场。这家演艺场后来也被称作牛込馆，是留美归国哲学博士荒川重秀创立的。新派演员藤泽浅二郎等人也曾中途在那里登台献艺。

该演艺场建成初期经常上演童话剧。诚助因对童话剧感兴趣，便常常出入该演艺场。正子之所以起了当演员的念头，也是因为受到这位丈夫——诚助的影响。在去演艺场观赏戏剧的过程中，正子产生了自己也希望在大家面前表演的想法。

当时，"女优"一词仅在戏剧界极少数人之间使用，一般都称之为"女艺人"。而且演员人数极少，新派剧中也仅有川上贞奴一人坚持不懈。

正子毛遂自荐去了荒川等人的排练场，恳求道："让我当一名女优吧"。因为当时希望成为艺人的女性相当稀少，所以荒川等人便以为她不过是说句戏言而已，于是拒绝了她。可是，正子三番五次地前去恳求，对方终于被其热情打动，于是便接纳了她。

就这样，正子也曾站在演艺场的舞台上，有过仅仅一次的童话剧演出经历。当然，她所扮演的不过是一个路人类的小角色而已，戏剧本身也只是一部效法童话故事的幼稚的剧目。

正子之所以在听到文艺协会将初次设立戏剧研究科后立刻就去报名，也是因为曾经有过如此经历的缘故。

根据上述经历，正子就新时代女优写了一篇内容如下的作文：

> 到目前为止，戏剧舞台始终对女艺人敬而远之，歌舞伎等更是全面排斥女性。这是因为自艺伎歌舞盛行以来，女艺人搔首弄姿，甚至时而做出与娼妇无异的举动，因此有人认为她们的存在有伤风化。实际情况也是如此，即便现在，

这类女艺人也人数众多。因此有人笃信：所谓登台演戏的女性，其实就是卖身的女人。

但我却认为，女艺人始终甘心处于这样一种地位并不正常。女性是能够单凭卖艺而成为一名优秀演员，并为之奋斗一生的。据说欧洲就有很多了不起的女艺人，她们被称为"女优"。日本也应该尽早培养出这种真正意义上的女优。

无论如何我都认为像歌舞伎那样由男性扮演坤角并不自然。无论他们的女子造型有多么漂亮，说到家他们毕竟是男人。他们不可能真正表现出女子的绰约风姿和声音。坤角就应该由女性来扮演。

这篇作文的内容有点偏离《我理想中的戏剧》这一命题。如果仅看命题的话，或许会被认为她未能透彻理解作文题目的含义。不过对正子而言，其理想中的戏剧恰恰就是以女优为中心的戏剧。

自不必说，作文的内容几乎都是正子以前从诚助那里听来内容的翻版，什么艺伎歌舞以来女艺人的历史啦，什么欧洲的情况啦，诸如此类她本来一无所知，但是坤角就应该由女性来扮演的想法则是正子的心愿。只有这一点并非抄袭于他人。这是正子多年来的想法。

这篇作文的内容虽然稍稍偏离了主题，却与坪内逍遥等人的想法刚好吻合。他们意欲培养的不是女艺人，而是新时代的女优。正因为他们有如此这般的想法，因此才意欲实行男女平等录用的举措。

逍遥和抱月都很欣赏这篇作文。他们对正子产生了兴趣，认为她是一个很有意思并且干劲十足的女性。

但是，此后的英文译读却以惨淡的结局而告终。只有这门考试并非借助他人之言写在纸上即可了事。试题是从莎士比亚戏剧中节选出来的三个短文的英文翻译,正子一窍不通。

即便如此,她也还是觉得交出白卷未免太窝囊,于是就在英文字母"A"的下面写上了发音相近的日语假名"エ一",在"B"的下面写上了日语假名"ビ一",并给所有的字母都标注了日语假名读音。之后又在"and"下面标注了"エ一・エネ・デ一"。她想,这样做至少可以让考官知道自己是会念这些字母的。

这场考试结束后,考生们被逐个叫去接受面试。

正子走进了教室。只见教室的正中空荡荡的,在房间的中央摆放着一把椅子,椅子的对面坐着三位考官。中间的考官五十岁左右,戴着无框眼镜,唇上留着大把胡须,一打眼就给人一种为人稳重的感觉。正子立马就猜到此人是会长坪内逍遥。在其右侧坐着方才那位来发考卷的长脸男子。左侧则是一位身材瘦小、同样唇上留着胡须的考官,此人脸颊细长,双眸凹陷,一对与年轻人并无二致的双眼皮眸子正死死地盯着正子。

这便是正子与岛村抱月的初次邂逅。

二

正子在三位考官的注视下有些紧张。不要说这样的考试,就连和大学教授面对面地说话,在她来说也是生平第一遭。"要冷静",正子对自己说,继而收紧了小腹。

"请你轻松一些!"

首先开口跟正子搭话的,是坐在右边的那位大眼睛考官,也就是那个最初笔试时来发考卷,并自我介绍说他是这个学校的主任名叫东仪铁笛的男人。

"出生年月日?"

"明治十九年(1886)七月二十日。"

"出生地?"

"长野县埴科郡清野村七十四号。"

"住址?"

在三位考官面前,好像全都摆放着从每个考生报名表上抄录下来的资料。他们似乎在一边看资料一边进行确认。

"你和保证人桝本清先生很熟吗?"

桝本是丈夫诚助的相识,在去年藤泽浅二郎创设的东京演员学校当讲师。起初正子本想进入那所学校,可他们不收女生,因此只好作罢。由于此次考试需要保证人,正子便觉得找个在演艺圈脸熟的人介绍自己会比较合适,于是便求桝本当了保证人。但正子与他也只是有过一面之交。

"这么说是桝本先生推荐你来这里的了?"

"不,是我自己一直就有这种想法。"

坐在中间被视为坪内教授的人戴着无框眼镜,目光温柔。而左边那位男子则目光犀利,虽然唇上蓄着胡须,但看上去恐怕还不到四十岁。正子的脸上渐渐呈现出不安的神色。

半年前,正子刚刚做了隆鼻手术。

最初告诉她有这种手术的就是桝本。当时桝本来到正子在三田台町一家文具店二楼租借的房子里,告诉正子说最近有个医学博士刚从欧洲留学归国,能做隆鼻手术。并说已经有一个女艺人做了这种手术,术后变得漂亮多了。

"今后的女优必须鼻梁高挺,在舞台上光芒四射才行啊!"

听了桝本的话后,正子立刻产生了去做这种手术的想法。

"是怎么弄高的呢?"

"似乎是往鼻梁里灌注石蜡。因为是从鼻孔里侧注射进去,所以好像根本就不会留下痕迹。那个女艺人就是,做完手术后从外表一点都看不出来。"

"能求他给我做吗?"

"这个嘛,只要你去求他,应该没有问题吧……"

那位留洋归来的医师唤作田中,是位医学博士,诊所开在御茶水。

桝本回去以后,正子立刻就和丈夫商量了此事。

"听说明年春天文艺协会要招收女优,在那之前无论如何我都想把鼻子隆高些。"

正子的鼻子并非特别低矮,作为日本人属于一般的高度。但因为她的脸颊比一般人略微宽些,因此在某些人眼里她的鼻子就多少有些矮。

在赤坂姐姐的店里帮工那会儿,正子曾见过几次来店的外国人。对方鼻子之美令她羡慕有加。如果是去出演新的外国戏剧,最好脸部也能和外国人相似一些。

丈夫勉为其难地满足了正子的热切期望。

当时的隆鼻术是从鼻子的里侧注入石蜡,与战后不久采用的方法并无多大区别。自不必说,并不是那种必须在手术室内进行不可的大手术。届时只需患者在椅子上坐定,然后扬起脸来将鼻孔朝外露出即可。

在接受鼻腔黏膜的局部麻醉时,正子疼得身躯后仰,弄坏了座椅的扶手。

但不管怎样,注入石蜡后她的鼻子确实被垫高了些许,可同时眼睛却多少有些绷紧了。

诚助刚开始时还看不习惯,但看惯了以后就发现,正子的鼻梁挺起来以后确实端庄整齐,看上去很漂亮。

当时接受隆鼻术的女性很多,与谢野晶子也是其中之一。在自诩新时代女性的女子中,这种手术颇受欢迎。

参加文艺协会的考试已是术后半年的事。肿胀虽然已经完全消失,但在不施粉黛时,鼻梁上还是时或可见一条浮起的白色线条,这是因为注入石蜡后皮肤有些绷紧的缘故。

该不会是考官发现自己的鼻子曾经整过形吧,正子有些担心。但看上去考官们似乎并未注意到这一点。就算万一他们察觉到了这一点,也可以这样回答——那是因为自己想成为一名更为优秀的女优。按理说是应该能够得到他们理解的。

就在正子打定主意回答考官提问的过程中,她突然想到,三位考官或许迷上自己了也未可知呢。

"你已经结婚了,是吧?"东仪主任咳嗽了一下后再次问道。

正子微微颔首。

坐在中间的坪内教授问道:"你丈夫是知道你报考这所学校的,对吗?"

"当然知道。"

"他没反对吗?"

"没有。他还对我说:'你一定要去参加这次考试,好好努力吧!'"

"你本人为什么要当女优呢?"

"也没什么理由,就是想当。"

"这么说,是一种憧憬了?"

"也有这方面的因素,再就是我觉得像歌舞伎那样由男性来扮演坤角没有道理。我认为坤角就应该由女性来扮演。"

坪内教授怀揣双手点了点头。东仪主任则再次将身子向前探出问道:

"那你以前学过与演戏有关的课程吗?"

"我也不知道是不是……"

正子本想说自己曾在童话剧中跑过龙套,但又恐说了以后反遭讥笑,于是便改变了主意。

"不过,我曾经从我丈夫和其他人那里听到过各种各样有关话剧的议论。"

"唱歌或跳舞怎么样?"

"也没正经学过,不过我一定会好好努力的。"

"可是,如果你努力过头了,你丈夫不会抱怨吗?"

"我才不管他呢!"

"劲头不小嘛!"

三位考官同时笑了起来。

"总之我就是想当女优,因此就拜托各位老师了!"正子把双手放到膝上,匆匆施礼道。

"那你就把这个念一下吧。这是英国一位叫作莎士比亚的剧作家写的《麦克白》戏剧中的一个场面。念台词时要尽量充满感情,要是觉得不得劲儿,站起来念也行。"

坪内教授把放在自己桌上、好像是一张从书上剪下的纸递给了正子。

当时,坪内逍遥为了开创日本的现代戏剧,首先就是从"朗读术"下手的。

在那以前日本的戏剧界虽然也有"朗读剧本"的习惯,但那只是狂言作者或狂言演员将剧本通读一遍而已,目的是让演员了解一下剧情梗概。而逍遥则在此基础上,将欧洲的发声法与日本传统的台词表达方式结合在一起,创造出了独特的朗读术。在当时,这是一种可被视为划时代的做法,但现在看来其实并无特别之处。总之,就是朗读剧本时要考虑到当时的背景和氛围,让演员完全进入角色,之后再开始朗读。

逍遥也常在大学的教室里披露这种朗读术。他那长着胡须的脸庞看上去庄重威严。穿着和服裙裤的逍遥，手执一把扇子，逐次扮演着《理查三世》《李尔王》《威尼斯商人》里的角色。当然，这种朗读大多是利用课外时间在大隈礼堂进行。他朗读时的姿势颇为独特，总是面向讲台，左手执书，右手执扇，身躯微斜，并且向前突出着下颌。

逍遥的嗓门并不算大，但却抑扬顿挫，口齿清晰至极。他时而就会将主人公的感情披露无遗——要么感情激越，要么声泪俱下，要么使用假嗓发声。兴致高涨时还会用扇子敲打讲台。在念奥菲莉亚的台词时，还会发出令歌舞伎男旦都相形见绌的声音，并涕泪沾襟。虽说此时的样子与谦恭文雅的大学教授形象大相径庭，但他本人却认真得很。学生们也都屏声止息听得入神。在教室的后方，也时有文学系的其他教授前来聆听他的朗读。

逍遥喜欢在众人面前披露这种朗读术。每逢此时他都显得兴高采烈。

他递给正子的是《麦克白》中的一个段落，那是勇猛果敢的麦克白受到美丽妻子的鼓励后决心杀死国王的一个场面。面对怯懦踌躇的麦克白，妻子态度冷漠地劝他当机立断。

自不必说，正子并不了解这段戏的梗概，只是因为剧本上写着"麦克白"和"夫人"的字样，她便觉得只要在夫人的地方用女性天生的声音朗读即可。

她先是将这一片段通读了一遍，发现没有不认识的字，于是松了口气。虽然汉字很多，但上面都用平假名标注着读音。

正子又在心里默念了两遍，然后从椅子上站起身来。说来若不挺直腰板，她便觉得自己无法进入状态。她先是咳嗽了两三声，接着就用她那略显尖锐的嗓门念了起来。

刚开始的那段叙事部分，正子念得平淡无味，几乎没有抑扬顿挫之感。她只是一心想着不要读错。当念到对话部分时,竟突然放慢了速度,变成了朗读歌舞伎台词的腔调。

在念到"你要扮作单纯的花朵……"等处时,竟突然一顿一顿地读成了"你—要—扮—作—单—纯—的—花—朵……"。

朗读结束后,正子的额头已经渗出汗水。虽说只有四五分钟的时间,可她却觉得好像朗读了一本厚厚的书。

考官们并未做出褒贬之类的评价。只是东仪主任说道:

"好吧,今天你可以回去了。"

当正子站起身后,对方又接着说道:

"结果将会在十天后公布在这个文学系的公告栏上。"

正子慌忙鞠了一躬,然后看着考官们说道:

"我会拼命努力的,无论如何都希望能够录取我!"

说罢,她又向考官们鞠了一躬。

走出考场时已是八点半。来到室外后,正子深深地嘘了口气。

这就算考完了。成功与否暂且不论,至少该做的自己全都做了。

外面的天色已是一片昏暗,于是正子便避开茶园,从文学系的正面来到大马路上。在春季暮霭的和煦氛围里,丝丝冷风掠过她的面颊。从神乐坂方向传来阵阵笛声,那里或许正在举办什么庆祝活动吧。大街一隅,悬挂在夜间叫卖的荞麦面条摊位上方的纸糊灯笼正在微微摆动。

正子加快了赶走夜路的步伐,脑海里浮现出今天三个考官的面孔。坐在正中的坪内教授到底还是因为上了年纪的缘故,给人一种威严之感。坐在他旁边的两位考官,似乎对他显示出一种谦恭礼让之状,看上去极为和善。虽说话语中并未相应地流露出关爱之意,不过对自己的印象似乎不错。相比之下,右侧那个叫东仪的男人则询问了自己很多问题。总觉得对他不可掉以轻心。表面上看貌似温柔的人，实际上却很有可能意外冷酷。

左边的考官究竟是一个怎样的人呢？说来他始终一言不发，只是将双手揣在怀里保持着沉默。

这是个阴郁的人……

不过，他将自己瘦削的身躯裹在和服里，目光牢牢地盯着自己。

此时的正子，还不知道他就是岛村抱月，即那位留洋归来备受早稻田大学期待的精英教授。

考试结果正如东仪铁笛所说，在十天以后的一个中午公布出来了。

合格者名单在文学系公告栏一角以白纸黑字的形式贴了出来。在所有合格的十二名考生中有两名女性，其中就有小林正子的名字。

看过布告后，正子立刻跑回家中，一把搂住了正在看书的诚助的脖子。

"我考上啦，考上啦！大学的公告栏里清清楚楚地写着我的名字，字体好大哟！你也快去看看吧！"正子说，"我厉害吧？我这就去告诉房东！"

说罢便一溜小跑地下了楼。

然而正子的录取并非那么一帆风顺。合格倒是合格了，却还遗留着很多问题。首先就是她完全不会英语。正子只是在试卷的英文字母上一一标注了"エー、ビー、シー"等日语假名读音，这些当然不可能得分。

给英语卷子打分的正是抱月，正子得了个不折不扣的鸭蛋。虽说做艺人不需要英语，但文艺协会从一开始就是准备上演翻译剧的。本来是要出演莎士比亚剧目中的人物，却连中学水平的英语能力都不具备,岂不麻烦?

坪内逍遥等人所追求的,并不是迄今为止的那种只是单纯掌握演技的艺人,他们需要的是适应新时代、具有思考能力的演员。因此,为了满足这一要求,前来报考的人大半都是学生,或者大学毕业后做了教师的人以及报社记者。与这些人相比,正子的学力就显得非常低。不仅仅是英语,国语也成绩不佳。作文中错字连篇,理解错的地方也不胜枚举。在正子的录取与否上,岛村抱月和东仪铁笛均持反对态度。从学力角度看,落榜理所当然。

但逍遥的看法却有所不同。考生中仅有两名女性,其中五十岚芳野是日本女子大学英语系学生,在学力方面完全没有问题,顺利通过。

"和男性考生相比女性太少了。我们并不打算使用男旦,所以更应该多招一些女学员。"

当时还是一个演员被称为戏子的时代。想当女优的女性更是尤为鲜见。在这种时候如果过于苛求学力的话,便难以招到女性学员。

"这个女孩儿的学力确实差了点,但是她干劲儿十足,显示出很高的积极性。这篇文章也写得很有趣。"

虽说错字很多,但逍遥却似乎很中意正子的这篇作文。

"再有,她的保证人是桝本清。桝本君特意推荐了她,我们也不好一点面子都不给就干脆回绝掉吧。"

"可是,那个女人看上去实在是太粗野,给人一塌糊涂的感觉。"

东仪说。抱月也颔首赞同。只有逍遥依然护着她。

"即使外表看着粗野,可如果她有干劲儿,就应该吸纳她。玉不磨不亮,这恰恰是我们的使命。"

"……"

"本校的特征就是男女平等,对女性也要敞开大门。如果一开始就要求女性和男性具有同等的学力，那是不切实际的。目前无可辩驳的现实就是女优稀缺，因此最重要的就是女学员多招一个是一个。"

既然逍遥已经把话说到这个份儿上，抱月和东仪也就无由反对了。

上述原委正子当然无从知晓。

就这样，明治四十二年（1909）五月一日，文艺协会举行了第一期新生的开学典礼。

在坪内家院落内建造的研究所尚未竣工，所以便在牛込余丁町租借了一幢古旧的四室平房建筑作为临时研究所。租金为十日元五十钱。

当时汇聚于此即将成为新时代艺人的，共有十二名成员，其中两名为女性。

为参考计，特从《日本话剧史》中摘录了上述人员的姓名，详记如下：

> 掬月晴臣（时为早稻田大学政治经济系在校生，之后任台北监狱管教员）、林和（江见水阴的弟子，后任文艺剧团主任）、九里四郎（东京美术学校在校生、西洋画画家）、三村丰治、志田德三（京都府立一中毕业）、吉本俊一、柳下富司（后为本所区相生町巡警部长，大地震中殉职）、小林正子（此后的松井须磨子）、五十岚芳野（日本女子大学英语系在校生）、伊藤理基（早稻田大学英语系在校生，后为《万朝报》记者）、佐佐木百千万亿（早稻田大学英语系在校生，此后出现的夏川静江之父）、太田盛男（海城中学毕业）。

因为考虑到学员中有在校生及上白班的工薪族，因此开学典礼被安排在傍晚六点举行。

当日出席典礼的讲师有伊原青青园、东仪铁笛、土肥春曙、岛村抱月、金子筑水,此外还有辻赞助员及池田主任等。

全员到齐后,首先由东仪主任就开学典礼致开幕词,然后由坪内所长上台做了训示。

并不知晓自己是受到关照才得以入学的正子位于最前列。她目不转睛地聆听着坪内所长的训话。

三

说是开学典礼,其实不过就是在租借的四室旧平房里举行一个仪式而已。他们将八铺席大的房间和六铺席大的房间之间的纸隔扇移走,然后在八铺席大的房间里摆放了一张桌子。讲师们就坐在桌子前面;学生们则在六铺席大的房间里围成一个半圆。在几位讲师身后的墙上悬挂着一块黑板。

首先,东仪主任站起身来,讲述了文艺协会成立戏剧学校的经过,之后由坪内所长做了训示。

训示主要讲了三点:其一是目前日本戏剧界最欠缺的就是好剧本;其二是作品艺术风格平庸雷同并无新意;其三是演技本身没有品位。为了克服这些缺陷,创作出新时代的戏剧,大家就必须互相帮助携手并肩奋斗下去。

仅仅是听了这番话,须磨子甚至就觉得自己已经成了戏剧改革的主角。

训示过后,端来了茶水和点心,又对新学员逐一做了介绍。会议在极为融洽的氛围中进行,大家情绪高涨。

就这样,终于在五月三日开始正式授课了。

此时,除了当初招收的十二名学员外,又追加招收了四名学员,共计十六名。追加的学员中有后来成为日本新派剧骨干演员的武田正宪及女性上山浦路等人。

上课时间是晚六点至九点,每节课为一小时,共三节课。比如,星期一的课程安排为:第一堂课艺术论(讲师为金子筑水);第二堂课实践心理学(讲师为坪内逍遥);第三堂课莎翁剧(讲师为坪内逍遥)。此外还有伊原青青园的国剧史,东仪铁笛的声乐与写生,岛村抱月的英语会话与近世剧,土肥春曙的谈话艺术与朗读以及小早川精太郎的狂言等。

从周一至周五每天都是三节课,只有周六是两节课。针对区区十六名学员,居然派出了如此优秀的讲师队伍,学校条件不可不谓优越奢华。

上课和开学典礼时一样,将八铺席大的房间和六铺席大的房间打通,然后在榻榻米上摆放可并行坐下三人的长条桌,左右各三张。讲师则与学员相向而坐,时而还会站起身来在黑板上写点什么。

这里与其说是学校,莫如说更像是私塾。

因为是女性,所以正子便和五十岚芳野一起被安排在最前列。

虽说貌似私塾,但授课内容却水平不俗。坪内逍遥的最初授课内容就是讲授莎士比亚的《威尼斯商人》。他先是将日语译文用其特有的朗读术进行朗读,接着便会对原文做指导。而岛村抱月的近世剧课程更是从一开始就讲授易卜生的《玩偶之家》,英语会话课则直接用英语和学员打招呼,然后将表演戏剧不可或缺的单词一一列举出来。

对英语一窍不通的正子顿时陷入窘境。所学内容相当于大学课程,因此,仅仅是罗列出来的一个个单词,就已经使正子如堕五里雾中。

不肯轻易服输的正子通过丈夫找到一个名叫田中荣三的人当她

的私人英语教师。这个田中是演员学校的学生,同时也是学校的办事员。

当时的正子只能勉强念念"ABC"几个字母,可田中却立马就教她朗读《威尼斯商人》的原著。

当时田中采用的教学方式是先将"it"这个单词用日语标上发音让正子死记硬背,同时让正子记住字母的拼写法,最后再教她单词的意思是"它"。他并不采用诸如这个词是代名词啦,动词或宾语如何如何之类的教法。事实也是与其说不采用,莫如说那样教正子根本就跟不上学校的课程进度。

拜这种教法所赐,正子教科书的英文字母下方被密密麻麻地标注上了日语读音。

如果拿现在的眼光看,这种教学方法只能说是荒唐离谱之举,可当时的正子正是靠这种方法记住了不少单词。总之,一切都靠死记硬背。与其给她讲解语法或句子结构之类,真就不如让其默记背熟,且做法执拗反复灌输。事后在提起这档子事时,田中曾半是惊愕、半是佩服地说道:"须磨子硬是囫囵吞枣地把英语吞到肚子里了……"她的学习方法就是把整本教科书几乎全都背了下来。

"写生"课也让正子历尽艰辛。这里的所谓写生并不是画画,而是让学员针对某种特定状态下的人物,用与其相似的态度和声音将其模仿出来。讲师是东仪铁笛。

比如,先是定出一个诸如"医生"或"女仆"的题目,然后再让一个人借助自己的想象将其表演出来。刚开始时是让正子表演女仆的角色,可是她完全演不出来。本以为女仆在千叶的前夫家里或赤坂的店内都见过,可一旦轮到她扮演时,她却身不由己,竟如一根木棍般僵直地矗在那里动弹不得了。

以讲师为中心,全体学员团团围坐在那里观看她模仿。当正子意识到大家的视线后,发出的声音便缩回了大半。

"再放开点,堂堂正正大胆地演!"训斥声充斥耳畔。

过后再看其他人,即便同为女性,或许是身为大学生的缘故,五十岚芳野就能够装腔作势地显出一副自信满满状;而上山浦路正因为其年龄稍长,故而表演时看上去颇为沉着冷静。和大家相比,正子在实际演技上同样相形见绌。

不过正子从此以后便全力以赴地进行了拼搏。回到家后,她立刻买回两面大镜子。然后就对着镜子一边想象各种角色,一边出声练习起来。丈夫诚助回到家后,看到在镜前摆出奇妙姿势的正子,不禁骇然。

然而正子却是一副认真至极状,只见她走近丈夫身边说道:"哎呀,您回来啦。"随后便用双手的三个手指撑地,跪着迎候丈夫的归来。迄今为止诚助从未见过她的这副模样,还以为她精神错乱了。其实,那是正子面对着丈夫在练习自己饰演新娘的演技。

诚助感到不悦,说道:"你打住吧!"可正子却不肯作罢。有时正子还会逼着诚助当自己的戏中搭档,一直排练到深夜。曾有近邻偷窥到这种场面,窃曰:"这家两口子已经疯了"。

可是,诚助刚刚支持完正子进入文艺协会,故而难以表示反对。虽说心里有点厌烦,却也不得不佩服正子的满腔热情。

正子的生活突然充实起来。以前只是窝在家里,可自打进入文艺协会以后,所见所闻无不充满新鲜感。就宛若白纸里渗进了墨汁,正子贪婪地吸吮着。正因为当初是一张白纸,所以对讲师们的授课内容她全都是单纯地照单笑纳。

眨眼间就到了六月末,第一学期算是结束了。研究所开始放暑假。

若在往年,每逢这个时候正子都要死乞白赖地让丈夫带着自己去海边,或者找个凉爽之地去避暑。然而这个夏天正子却没提出要去任何一个地方。她只是一心一意地背着英语单词,埋头苦读西洋戏剧史或心理学等难啃的书籍。遇到不会念的汉字,她就让丈夫帮她标上发音并为她解释词语的意思,搞得诚助也难享清闲。

这还不算什么,更让诚助头疼的是,自打正子去文艺协会上课后,她在家务活方面就当了甩手自在王。

正子以前就不是一个喜欢做家务的女人。只有缝纫,因为是从缝纫学校毕业的,因此衣服上裂个小口子什么的还能够勤快地缝补一下。可要说到打扫卫生或做饭之类,正子立马就熊了。尤其做饭更是她的短板。有时晚饭只有小咸菜外加酱汤。与其说其厨艺不佳,莫如说她对这些并无多大兴趣。特别是去了协会以后,情况就更加糟糕,有时干脆就用从赤坂的糕点店里拿来的樱花糯米饼充当晚餐。

协会是晚上六点开始上课,因此诚助觉得多少情有可原,并一忍再忍,可次数多了以后便无法不怒火中烧。

"又是只有酱汤啊?休息的日子里你就不能做顿像样的饭吃吗?"

诚助忍无可忍地说。正子并不作答,只是装聋作哑地看自己的英语书。

"喂,你还是不是我老婆呀?是的话就拿出点女人样来好吗?"

听了丈夫这进一步的训斥后,正子猛地把书投掷过去。诚助拾起一看,是易卜生的《玩偶之家》。

"我可不是什么玩偶啊。我是要出演现代戏剧里的新女性的!"

"演戏和家庭生活总该有个区别吧。"

"不对,要想演好戏,在家里也必须完全成为真正的主人公!"

"一派胡言!协会那些家伙说什么你就信什么,你也太过迷信现代戏剧了!"

"你是在说坪内老师他们的坏话吗?"

"连个学生都教育不好,还什么坪内呀!"

"无论坪内老师还是岛村老师,你都无法与他们相提并论!论学问,论知识,他们都远远在你之上。"

"在我之上就在我之上!总之,这种糟糕的东西我吃不下去!"

"不喜欢吃你就别吃!"

话音刚落,正子竟突然拿起碗来将一碗酱汤倾倒在诚助的头上。

"你干什么?"

把恼怒的诚助抛在身后,正子拿着英语课本走出了房间。

"你去哪里?"

诚助喊叫着。正子并不作答,猛地打开玄关格子门走向室外。

正子的去处是她姐姐位于赤坂的家,诚助对此心知肚明,因为前几次争吵后她都是如此出走的。倘若此次也追赶出去,未免会令自己憋上一肚子的气。别的不说,自己满头酱汤根本就无法走出家门。无奈,他只好脱下衬衫,把水放到洗脸池内洗起头来。

真是一个好胜不服输、倔强而又任性的女人!和这种女人住在一起心底岂能安宁?

诚助叹了口气。可实际上恰恰是正子如此激越的性格迷住了他。一旦想做某件事时,她就会不顾一切地一条道跑到黑。这种一根筋的性格也恰恰就是正子的长处。

诚助本人毕业于高等师范学校,按理说身上的学识与一般人相比不遑多让。可是他动辄就去演个童话剧,不然就跑到艺校去,总是没有一个人生目标。对于自己高等女子学校教师这个身份也心存不满。虽然他本人觉得自己还应该有更大的作为,可到头来却总是一事无成。从这点看,正子的生活方式反倒极为洒脱利落。诚助不得不佩服正子了,虽然是对课程囫囵吞枣全盘接受,但毕竟能够贯彻始终坚持到最后。

反正是只住一夜而已,明天准会若无其事地回到家里的。

诚助一边洗头一边这么思忖。但他又忽然想到,倘若这种状态反复几次的话,也许有一天正子就再也不会回来了。想到这,虽然刚刚痛斥过妻子,诚助的内心却惴惴不安起来。

不久,暑假结束了。自九月初起,第二学期开始了。

从这时起研究所又增加了七名新学员,均为暑假期间招募的补缺新生。其中有后来因和须磨子同台演出而一举成名的上山草人及日本女子大学在校生河野千岁等。此外,还有几个东京大学和中央大学的学生。这些人均为高知阶层,与迄今为止的艺人形象迥异。

伴随着新学期开始,校舍也从以前借用的民居搬到了位于坪内家宅地内刚刚建成的新校舍内。这是一幢平房,全部用本色原木建成。面宽十米有余,进深约十米,窗户全都涂成了白色。与其说是学校莫如说更像是一幢漂亮时髦的欧式建筑。

建筑物的正面有一扇铁格子门。玄关右侧是办公室和教研室,左侧为值班室和学员休息室。隔着中间走廊,里侧为排练房,左边为教室,再往里则是卫生间。房间除了值班室以外全都铺了地板。教室里摆放着可供三人使用的长条课桌,分为两排,每排四张。建筑费用的总额是三千二百日元,其中大半由坪内逍遥一人负担。

进修生定员为二十五人,学员数不足时,即随时招募补缺。在此后招进研究所的学员中,有后来成为早稻田大学教授的河竹繁俊,即市村繁俊,还有后来成为伊藤理基妻子的伊藤荣子等人。

新学期伊始,课程内容发生了若干变化,在原有的教学科目上又增加了日本舞蹈课,由藤间歌舞八担任讲师。此外坪内逍遥的莎翁剧也改换成了《哈姆雷特》《史剧十二曲》等,并从十一月起增设了一个名曰"剧话"的新课程,由留洋归来的松居松叶担任讲师。研究所的体制终于一步步完善起来。

当时坪内逍遥最为担心的,就是男女关系混乱的问题。

那是一个"男女七岁不同席"的风潮仍然盛存于世的时代。而当时研究所内都是一些二十岁前后的年轻男女。大家混杂在一起排练剧目,演的又都是一些"爱"啦、"讨厌"啦之类的东西。虽说算不上正规学校,可在当时,那里是日本唯一实行了男女同校举措的机构。

世人的好奇心,与其说是针对所内的戏剧学习,莫如说仅仅关注着所内男女之间的交往。事实确也如此,因为只要进了研究所就可以随心所欲地和女生交谈,故而也有个别心术不正的学员混进了研究所。

坪内逍遥拜托土肥春曙的父亲樵石先生在牌子上写下了亲自拟定的《约法三章》,并把它挂在了正面玄关门外的墙壁上。

所规:

一、凡本所进修生,均须在利用本所剧坛振兴新艺术之同时,彻底摒弃所有沾染在以往戏剧及艺人身上的陋习,以提高自身社会地位为理想目标。

二、凡本所进修生,均须对艺术始终持有真挚严肃之态度,严戒轻浮行为,应以追求事业之大成为毕生研究目标。

三、凡本所进修生,均应意识到本所在地位、组织及精神方面均应成为我国戏剧研究机构之先驱,就此均须彻底自识其责,自重其身。

校规内容相当严格,其宗旨就是要从以往的戏剧界脱胎换骨,创造出全新的、充满智慧与品位的戏剧和戏剧演员。这里所说的"沾染在艺人身上的陋习",指的是江户时代以来一直延续下来的花钱玩弄女艺人以及与花柳界说不清理还乱的关系。校规明确宣示：自己与以往的那些东西完全无缘。

即便如此,逍遥仍然觉得难以高枕无忧。于是又在翌年,即明治四十三年(1910)三月贴出了一份《进修生须知》告示。

一、进修生无论在校内校外,在即将进行男女共同研究时,均须事先通知干事,并在讲师的指导下进行。

二、在授课时间外若需要使用校舍时,应事先得到干事的批准。但,只限每天下午四点以后(周日除外)允许利用教室自修,学习结束后应立即离开教室。

三、在校舍内必须穿用室内草履。

也许有人会觉得如此详细琐碎的规定实在有点像训诫小学生的规章,但在男女同校且夜间授课的时间里,这点严格的规定还是不可或缺的。而事实则是即便制定了如此严格的警示规定,也还是出现了风纪问题。

坪内逍遥等讲师对那些违反校规者采取了不可不谓严厉至极的态度。比如,曾有一对男女因共用一把雨伞从研究所前往同一院落内的坪内住宅,于是二人立刻就被叫到办公室并被当场勒令退学。再如上山草人、五十岚芳野、正子三人曾到同为进修生同学的加藤精一家里喝酒。只是因为被别人听到了这一传闻,三人立刻就受到了严厉训斥,最后以三人保证今后绝不重蹈覆辙为前提,好歹免去了三人的退学处分。

逍遥最为担心的,就是怕学会遭到世人的攻讦,说文艺学会虽然打着为创立新戏剧而办学的旗号,可实际上却在为男欢女爱提供场所。倘果真因此学校里出现了男女间的丑闻,便会为世间批判势力所诟病,从而危及研究所本身的生存,也关乎在背后支持他们的早稻田大学的名声。无论如何逍遥都不希望因男女之间的无聊琐事而受到世人的批判。他意欲向世人展示的是虽然他们是艺人,但在现代戏剧界却汇集了一批值得称道的绅士和淑女。

可是,就算逍遥的意图正确无误,但实际上他的要求却未免过于苛刻。再严格的规定,也无法束缚活生生的人。更何况戏剧工作本身就是一个不能脱俗、令人难以恪守清规戒律的行当。先是给演员套上了遵守清规戒律的枷锁,又要让他们去表演世俗生活,世上哪有这等两全其美的好事。逍遥虽然对戏剧有着深刻的理解,可说到家他毕竟还是一名学者,在这一点上有其局限性。

逍遥一直担心受到世人的暗中指责,并为此采取了一些措施,但此后风纪问题仍然接踵而出,令其苦恼不堪。

说来截至文艺协会研究所第三期学员共八十一名进修生中,因风纪问题而被勒令退学者为二十一名,已占全体学员的十分之三。及至最后,逍遥竟不得不在百般无奈的情况下,与在整个协会内自己寄予了最大期望的女优松井须磨子及执教大学后自己最为得意的门生岛村抱月分道扬镳——这无奈的结局是多么具有讽刺性啊!

四

自打进入研究所学习以来,正子开始着了魔似的投身于戏剧表演中。

她每天忙得不亦乐乎。除了研究所内的正规课程外,她还跟田中荣三学习英语,并单独接受东仪的唱歌辅导以及跟原女艺人柏木纹卫学习跳舞。此外还有剩余时间时,她便埋头阅读文学书籍。每件事情她都是罄力而为。她的性格就是如此,一旦开始做某事,就会全身心地投入，不遗余力。

其中舞蹈是与河野千岁、五十岚芳野三人一起学习。前往师傅家学习舞蹈时的样子真是威武得很。几个人都已年过二十，不再是黄花闺女的年纪。三个人穿着脏兮兮的铭仙绸和服，和服上系着一条细绳，并且打着赤脚。打眼一看还误以为她们是女无赖呢。这倒并不是因为她们没有像样的和服及日式短布袜，而是因为她们意欲忠实地贯彻坪内所长的宗旨，竭力避免人们对她们产生轻佻奢侈的印象。

就算如此，三人的装束也未免过于欠缺女人味。说这就是未来女优的雏形，恐怕无人相信。三人一到师傅处，二话不说立刻就跑到练功房，拿起扇子和手帕练习起来，颇有一种寸金难买寸光阴的感觉。可是，等到她们配合着师傅口头模仿的日本三弦琴声，吧嗒吧嗒跳动起来以后，却又动作夸张，舞姿笨拙至极。

只是她们的劲头非同小可。练过一遍以后，即便师傅说"今天就练到这里吧"，她们也不会离去。

"这块儿这样跳，行吗？"

她们向师傅讨教。倘若师傅不满意，她们便会主动地继续跳下去。

师傅无奈只好继续伴唱。如此这般反复多次后，才总算得以收场。练习结束后，为师为徒全都累得筋疲力尽。

在这位师傅家二楼的房间里住着一名早稻田大学的借宿生。这个学生时不时就会领来几个朋友，一起偷看她们的练习。因为都是男生，故而对年轻女子的练舞兴趣盎然。

然而三人完全无视这些男生的视线，即便练到敞开胸口也毫不介意。

不过，千岁和芳野的舞姿倒也还算文静。只有正子，也许是因为个子高大的缘故，舞姿荒蛮得很。劈腿时一用力就会让大腿走光。其他二人和服下面都还穿着和服专用内衣,而正子却只是在腰间围了一条脏兮兮的法兰绒腰围,内里清晰可见。而且只要训练一结束,她就会一屁股坐在铺着地板的房间里,嘴里喷吐出带有汗臭味的粗气。

"做女人还真挺划算啊,就算舞跳得不怎么样,还可以用姿色来找补一下嘛!"

听了旁观舞姿的学生这半带戏谑之意的玩笑话后,正子立刻奋起反驳道:

"喂!小子,舞跳得不怎么样还可以找补一下是什么意思?你居然敢说出如此无礼的话来!"

"我只不过是实话实说嘛。"

"自己什么都做不来,却像个馋嘴贼猫似的在一旁偷看,居然还口出狂言!"

"好可怕哟!简直就是个丑八怪肥婆!"

那个学生扔下这句话后撒腿就跑。师傅听了他们的对话后,既感到错愕又觉得好笑。

"丑八怪肥婆?岂有此理!"

正子狠狠地瞪着那个逃走的男生。三个人当中,河野千岁是鸭蛋脸,长得最漂亮,后来与同期学员林和结婚,随夫姓改名为林千岁。五十岚芳野没有什么特点,嘴损的学生们评价她长着一张女仆脸。

诚如方才那个学生所评价的"肥婆"那样,研究所时代的正子长着一张圆脸庞,看上去肥嘟嘟的。鼻子原本就是通过隆鼻术垫高的,与两条看上去显示出强势性格的眉毛一起突兀地镌刻在脸上。

三人投身的话剧运动,当时尚处在萌芽阶段,一切都在探索中,可谓前途未卜。而投入戏剧运动的三个人全都性情刚烈。尤其是芳野和千岁,她们是日本女子大学的学生。正因为推崇西方思想,故而面对男性毫无怯意。

不过正子的刚强劲儿与这二人相比可谓有过之而无不及。因为没念过大学,故而不懂那些深奥的学问和大道理,但她却正面出击,用自己的身体来弥补那些不足。既无虚荣心也不怕丢面子。正因为不具备那种"半瓶子醋"修养,所以更能够面向目标奋勇直前。

虽是三人一起学习舞蹈,但正子在这一基础之上还独自学习了日本三弦琴、名曰"净琉璃"的说唱表演艺术以及被称作长调的三弦乐演奏法乃至谣曲。

学习这些的目的并不是因为演戏时需要用到净琉璃或三弦琴长调,只不过但凡与艺术有关的,她都想涉猎一番而已。她觉得既然芳野和千岁有条件在大学里学习,那么自己就掌握一些她们不会的东西吧。正子"对任何人都不服输"的这一与生俱来的刚强性格,自打进入戏剧界这一自由世界后才真正体现出了它的实际价值。

但是,如此这般拼命学习的负面因素,也理所当然地波及了她的家庭生活。

正子的丈夫前泽诚助当时在高等女子学校任教,故而早出晚归,过着所谓工薪阶层的规律生活。然而正子为了排练,白天必须四处奔走,晚上又要去研究所,故而没有时间安安静静地待在家里。即使偶尔待在家中,也是要么背诵英文读物,要么埋头阅读标注了读音的文学书籍,二人几乎没有时间像模像样地说说夫妻间的悄悄话。

不仅如此,因为正子晚上睡得晚,早晨便起不来,因此诚助不得不经常空着肚子去学校上班。正子当然也不会为他准备盒饭。晚上他则不得不孑然一人在灯下吃着餐馆的外卖——乌冬面或荞麦面。即便是难得的星期天,晚饭也只有纳豆和酱汤。有时还不得不捺着性子只是吃上一口鲷鱼形点心。对此无法忍受说上几句抱怨话时,立刻就会引来正子的歇斯底里。像餐具啦、电灯啦,什么顺手她就扔什么,而且几乎从不打扫房间。如果诚助斥责屋子脏,正子立刻就会回应道:"我正在拼命学习呢,你就不能理解一下吗?"有一次,正子甚至还把诚助心爱的巴拿马帽给烧了。

总之,一旦正子发起火来,诚助便束手无策。虽说当初诚助就是因为觉得她的这种一根筋性格可爱才和她结婚的,可一旦住到同一个屋檐下以后,他才知道可爱不能代表一切。

正因为诚助相信正子对演戏的热忱和才能,这才同意她去报考了研究所,而且英语教师田中荣三也是他为正子找来的,可是正子如此这般任性,乃至置家庭于不顾,也还是让他难以忍受。唯我独尊到了这种程度,作为家庭主妇并不称职。

当时二人居住在一幢租借的独楼一层,地点在大久保。那年春天,诚助实在忍无可忍,便一个人逃了出来。正子从研究所回到家后,发现诚助的屋子里空空荡荡,原本摆放在屋内的书籍以及丈夫的日用品全都不见了踪影。一张放在桌上的便笺纸上,用潦草的字迹写着这样一句话"我再也不会回这个家了,房间你随便用好了"。

即便那般刚强的正子,当时也同样大吃一惊。虽说这几天诚助看起来像是有心思,但却万万没料到他会离家出走。

正子立刻向桝本和田中打听诚助的去处。

但两人都说"事到如今再找还有意义吗",并不再理会她。他们二人也都为正子的任性而感到错愕,莫如说正在劝说诚助离开正子。

"我明白了,无所谓!"

既然如此,正子也就断了念想。她本来就不是因为真正喜欢诚助才嫁给他的。只不过是因为她刚从木更津出来心里空荡荡的,在这个节骨眼上诚助能够体贴地跟她唠唠嗑而已。诚助的温和厚道以及高等师范学校出身的教养给正子带来的只不过是昙花一现的好感而已。当时的正子,与其说是被诚助其人本身,莫如说是被他身上的知识分子气息给吸引住了。

然而到了今天，诚助的教养已经不具有多大魅力了。只要到了研究所，就有坪内逍遥、岛村抱月这些大学教授。与他们相比，诚助的学识就显得小巫见了大巫。再加上住到一起以后正子便发现，诚助缺少一点男人的魄力。虽说是个温柔的大好人，却欠缺一种勇往直前的闯劲儿，亦即他无法走出那个认真刻板型教师的樊篱。事实上，诚助后来当上了深川沙町小学的校长，据说在关东大地震时，为了保护天皇的御照而以身殉职。在认真、顾家这一点上诚助无可挑剔，但对争强好胜的正子而言，这也恰恰是令她感到美中不足的地方。只有那种能与自己一起燃烧激情并勇往直前的人，她才能死心塌地地跟随。

回到家里的正子，此后再也没有寻找过诚助。

后来正子听熟人说，诚助就住在神乐坂附近，然而她并未前去寻找。

虽说是诚助自己离开了正子，但他并不怨恨正子。他虽然为正子一门心思只顾演戏而大伤脑筋，但同时也很佩服她。尽管如此，可他也没有理由再度回到整天让自己吃饭店外卖的女人身边。

半年以后，即明治四十三年（1910）秋，二人由桝本做证正式离婚。两人的婚姻生活仅仅维持了两年，这是正子的第二次离婚。

最近一个时期，坪内逍遥一直在考虑一件事，那就是要在研究所后面建造一座附属实验剧场，也就是文艺协会的专用小剧场。当然，这是要破费的。场地就在坪内家的宅院内，因此不用花钱，可建筑费却似乎需要花掉将近两万日元。其中的部分金额，坪内打算依靠早稻田大学相关人员的捐款，然而大半费用好像还得依靠坪内自己的积蓄。

本来文艺协会的背后有早稻田大学以及大隈重信、涉泽荣一等精英大佬们撑腰，可是一说到金钱，他们几乎全都无能为力。

对于坪内逍遥的戏剧运动,早稻田大学举校欢迎,在学校内部也曾对现代戏剧应该向何处去展开过热烈的讨论。可是一到真正付诸实施的阶段,大家却全都作壁上观了。他们"只动嘴不出钱",不仅如此,甚至对文艺协会想要搞募捐都持反对意见。

总是坐在棒球外野看台上多嘴多舌喋喋不休,或许正是早稻田大学的天性。然而逍遥却在默默地、脚踏实地地浇灌着文艺协会。

首先,他决定在明治四十三年(1910年)三月举行第一期学员的内部试演观摩会,演出的剧目为《哈姆雷特》《威尼斯商人》和《讨厌戏子》这三部戏。其中的《哈姆雷特》由土肥春曙担任指导(即现在所说的导演),哈姆雷特由林和扮演,奥菲利亚由小林正子扮演,而《威尼斯商人》中的夏洛克则由伊藤理基扮演。

正子扮演奥菲利亚可以说是近乎受到了重用。只要是女优,无一不想扮演一次奥菲利亚这个角色。

然而当时一期学员中的河野千岁与林和的关系已经相当密切,正计划隐退并步入婚姻殿堂。五十岚芳野的演技则略微欠佳。正子的演技虽然谈不上有多好,但埋头入戏的热忱却无人可比。实际情况是她的热情赢得了这次重用。

得到奥菲利亚这个角色的正子干劲十足,排练时她比任何人都早早到场,自己先练习一番,回到家后则大声朗读台词。诚助走后的房间空荡荡的,有段时间她曾让研究所的一些男学员过来居住,然而这些男学员说话时声音大得出奇,并放肆地指手画脚。当初正子将他们让到家里的目的,一是可以为自己壮胆保护自己,二是可以顺便让他们帮着干点力气活什么的。然而这些男学员此后因风纪问题全都被勒令退学了。

这些暂且不提。再说正子,正子在舞台上居然全无羞赧或扭捏做作之态。众目睽睽之下她非但不会怯场,反而会因为有人观赏而发挥得更加出色。在任何场合下她都能忘我地进入角色。从这点看，可以说她天生就是一块当演员的料。

这次内部观摩会作为现代戏剧，存在着若干缺陷。首先是剧本编写得有些仓促，而且台词也不够洗练，此外演员的表演也较为笨拙，经常会出现一个演员在台上说台词时，其他演员只是一动不动地矗立在那里的场面。当时的导演几乎不做任何现场演技指导，只是在一旁观看，然后对剧本进行解释或者说上一些抽象的话。无论逍遥还是抱月，都是如此。

正子每说一句台词都要一一说出自己的想法来。比如"这时应该这样说才会更好些"，或者"在他说台词的时候我应该面向这边摇头"等等。夸张一点讲，她既是演员，同时也担当着导演的角色。

即便如此，毕业试演观摩会的表演也还算马马虎虎说得过去。虽说存在着各种不足，但在短时间内能达到这种效果也应该心满意足了。在三个剧目中，《哈姆雷特》的剧本比较简练，大概也是原因之一。表演无可非议。

虽说存在着一些问题，但试演观摩会总体说来还算成功。文艺协会由此士气大振。

赶巧，前来观摩这次演出的帝国剧场相关人员竟然提出了翌年在帝国剧场公演《哈姆雷特》的邀请。

这一邀请令以坪内逍遥为首的研究所负责人等既感到高兴又觉得为难。说起帝国剧场，那可是当时顶级的桧木舞台剧场。自己的剧目居然能够在那种地方公演，真可谓求之不得的天赐良机。可同时剧本和演技都还不够成熟，根本无法与有着古老传统的歌舞伎以及新派剧一争高下。

然而毋庸置疑的是，这是一次宣传自己戏剧活动的绝佳机会。

虽然有些踌躇，但绝大多数人还是赞成接受邀请。于是决定由帝国剧场和文艺协会举办一次联合公演。

研究所再次开始了排练。此次与以往不同,是当着一般观众的面排练,而且还要收取费用,必须郑重其事一些。

毫无疑问,此次演出成功与否将关系到新兴戏剧运动的生死存亡。

当时到排练现场取材的《演艺俱乐部》杂志记者生田蝶介,问了东仪铁笛许多问题。就其中为何不对外公开宣传演员素颜照的问题,东仪做出了如下回答:

"演员卸妆后的真容并不怎么漂亮,如果把素颜照对外公开的话,无论如何都会促使他们在日常生活中注重起个人形象来。就女优而言,她们就会与帝国剧场的女优一样无法专注于舞台表演了。随之而来的倾向便是为投世人所好,她们会在容貌姿色方面相互竞争,自然难以将身心完全集中在表演艺术上。"

生田对这一回答很钦佩,曾写过评论如下:

"协会学员们是在知晓那部戏剧有多难的前提下,从三月起甚至花了一年的时间,夜以继日反复不懈地排练打磨着同一剧目。他们的认真态度和满腔热忱恰恰就是坪内博士热忱与认真的真实写照。"(以上摘自松本克平著《日本话剧史》)

通过上述评论我们就可以了解到,以坪内逍遥为首的协会会员们,为了能使话剧作为一门表演艺术得到人们的认可,他们是怎样规避浮华、踏实苦干、一心一意刻苦排练的。但是,如果要去帝国剧场演出,仅凭质朴是行不通的。

自不必说,演员们首先必须起个艺名。因为当时演员这一行当并不是一个令人产生好感的职业。因此,即便从避人耳目的角度考虑也必须起个艺名。正子同样绞尽了脑汁,如果让娘家知道自己是在演戏的话,那就惨了。

能不能找到一个既有品位又堂堂正正,而且笔画也好的名字呢?正子以前就一直喜欢"须磨子"这个名字,只是找不到一个好一点的姓。

市村繁俊等人也帮着她出主意,却一时间想不出一个合适的来。思来想去她就想到要用自己的出生地"松代"来当姓氏了,就叫"松代须磨子"如何?正子本希望"松代"这个姓被大家念成"松代",可因为发音与"纯白"相近,故而几乎所有的人都将"松代"发成了"纯白"的读音。一个姓氏出现两种读法岂不怪哉?别的不说,首先就容易混淆。更有甚者,有些人看到涂了白粉的正子后便戏谑似的嘲笑道"纯白须磨子"。正子可不愿意被人这么呼来唤去的,就在她犹豫不决之际,因为要做节目单,所里开始催促她了。

正子希望那个姓能被读成三个日语音节,于是就在嘴里再三念叨着。就在她喃喃自语地念叨各种读法时,嘴里突然冒出一个"松井"来。

"松井须磨子!"她不禁发出声来,竟意外地发现语感不错,读着也相当顺口。虽说发音为三个音节的"松井"二字显得平淡无奇,但下面的名字"须磨子"却颇有某种自命不凡的感觉,搭配在一起或许恰到好处。

研究所宣称时间已到。正子被逼无奈,便在纸上写下"松井须磨子"几个字,并把它交给了东仪。

"松井须磨子"这个名字就是这样开始进入人们视野的。

一代名伶艺名的诞生竟然如此平淡无奇,未免令人扫兴。然而当时并无一人能够预料到这个名字将会承担起未来日本话剧兴盛的使命。

五

明治四十四年(1911)五月二十七日,文艺协会的《哈姆雷特》在装饰一新的帝国剧场进行公演。自不必说,《哈姆雷特》是莎士比亚的杰作,四大悲剧之一。故事梗概如下:丹麦王子哈姆雷特从父亲的亡灵那里得知父亲是被父亲的弟弟,即现任国王谋害而死。父亲死后,现在的国王就与自己的母亲再婚了。哈姆雷特发誓要为父报仇。他装成疯子却又犹豫不决。其间,他误杀了宰相波隆尼尔斯,并致使宰相之女亦即自己的情人奥菲利亚发狂而死。国王意欲杀死哈姆雷特,遂命波隆尼尔斯之子雷尔提斯杀死王子。结果国王和雷尔提斯反而倒地身亡。身为王子母后的王妃也服毒而死。而哈姆雷特本人也死在雷尔提斯的毒剑下。

演员阵容如下:哈姆雷特由土肥春曙扮演,国王和掘墓人由东仪铁笛扮演,波隆尼尔斯由加藤精一扮演,赫瑞修由森英治郎扮演,雷尔提斯由林和扮演,王妃由上山浦路扮演,奥菲利亚由松井须磨子扮演。剧本则由逍遥进行重译,一共五幕十二场,几乎未对原剧做任何删节处理。

这部作品不仅仅作为戏剧名噪一时,主人公哈姆雷特为"活着还是死去"而大为烦恼犹疑不决的人生态度,也引起了当时知识分子的共鸣。从这个意义上讲,将其作为文艺协会的首次公演剧目是再恰当不过的了。

当然,这并非是《哈姆雷特》在日本的首次公演。早在明治三十六年(1903),该剧就已经由山岸荷叶改编,由川上音二郎、贞努等人公演过一次。但那个剧本是日本式翻版,并且省略了很多情节。从真正挑战日本现代戏剧角度而言,此次文艺协会公演的《哈姆雷特》可谓首次。

公演之前,研究所进行了更为严格的排练。起初逍遥只管剧本翻译,可中途却亲自出马主动承担起导演的重任。

本来排练是从晚上六点开始,但是随着舞台演出日期的迫近,排练开始时间先是改为五点,后来又改到了四点,结束时间有时就会从九点拖延至十点以后。节假日更是从下午起一直排练到深夜。排练时几乎所有演员都会受到逍遥猛烈的训斥,某演员被他骂过的次数足足超过了一百次。

刚开始排练时,演员们还对周围人们的视线有所顾忌,后来则不放在心上了。他们中途连擦汗的时间都没有,即便和服前襟敞开了也毫不介意。排练决斗等场面时,他们更是硬碰硬地相互冲撞痛殴。等到排练结束时,内衣与和服早已被汗水浸透,衣服上到处都是开线破绽处,所以排练时根本无法穿像样一点的和服。

即便如此,逍遥仍然训斥大家说:"这种排练不持续上二十年,你们是成不了气候的!"那个时期大家干劲冲天,无论逍遥还是学员,每个人的心里都燃烧着一团希望之火。

与此同时,帝国剧场也加大了事先宣传的力度。他们打出了"本次演出乃西洋戏剧在我国的首次正规公演"的旗号,期待着对文明开化抱有憧憬的观众前来观赏。公演期间为一周。这么长的演出期间对一个新剧团的初次公演而言,简直就是破例之举。

结果,每天演出的上座率约为八成。对于舞台公演而言,可谓成绩尚可。

但是,社会上对戏剧的评价却并非皆为赞誉之声。在《话剧秘录》中,河竹繁俊氏做出了如下评价:

> 翻译过于典雅,听起来难以理解。且演员也大都不够成熟。演出带有浓厚的逍遥色彩。因为演出中掺杂着不少歌舞伎风格,故而节奏缓慢,可以说是一次带有浪漫色彩的演出。不过土肥饰演的哈姆雷特、东仪饰演的掘墓人受到好评,须磨子饰演的奥菲利亚也基本得到了认可。

在此顺便将其他的报刊对须磨子的评价摘选如下:

　　松井须磨子饰演的奥菲利亚是一个极难入戏的角色。演员必须从一个可爱的千金小姐演到其发疯发狂,且戏中歌声既多又散。然而该女优的排练卓有成效,表演认真,台词顺畅,歌声悲楚。与兄长离别之际的表演,时而疯狂至极,时而情真意切,令人怜惜之心顿生。(东京《朝日新闻》)

　　本次演出在女优问题上给大家奉上了最好的答案。扮演奥菲利亚的松井须磨子以及上山浦路饰演的王妃等都获得了圆满成功。尤其是奥菲利亚疯狂的歌唱表演效果令以往歌舞伎中的男旦望尘莫及。(《读卖新闻》)

　　我认为此次登场的上山、松井两位女优的表演比较成功。松井女优饰演的奥菲利亚前半部虽然演技平平,但演到哈姆雷特向衣裳飞身扑去的场面时,奥菲利亚目不转睛死死盯着哈姆雷特的眼神中,则饱含着一抹无法用语言表达的爱怜情感。其神态使观众感觉到疯癫以后的她宛如换了一个人似的。(《每日新闻》)

云云,评论大都为褒扬类。但也有部分报刊提出了逆耳忠告。

　　松井女优饰演的奥菲利亚在观看戏中戏时,疯狂的歌声虽然表现出了角色的哀怨情绪,但却常有刺耳的地方口音闻入耳畔。再加上整个剧中的服装皆为白色,缺乏艳丽感未免丢分。(《报知新闻》)

　　在表演发疯的场面时,她的动作颇具价值,值得大大称颂,但在唱歌时却恢复成现实中的自我,实可谓美中不足。既然动作狂乱,歌声亦应狂乱,此乃铁律。更何况精神发狂时,倘若表演者步履坚实,则会令人担心失去真实感,看不出疯癫之状。倘以画家做喻,则与京都的菊池契月笔下的疯女作品相似。两者今后均须进一步提高自身素养。(《关如来、读卖新闻》)

总之,须磨子扮演的疯癫场面获得好评。与饰演智慧型女性相比,须磨子在表演因精神错乱进而不顾一切将感情宣泄出来时的演技就显得熠熠生辉。也可以说这正是女优须磨子的特点。

不拘如何,上述批评乃是对现代话剧有着某种程度领悟之人,亦即行家里手的见解。而一般的观众则没有能力对上述表演的好坏做出评判。他们之所以前来观看演出,莫如说是因为对日本男女身穿欧洲男女的服饰在舞台上进行模仿表演感到新鲜好奇而已。

此次公演过后,帝国剧场提出要给文艺协会支付一笔演出费。可是,逍遥从一开始就对金钱未抱任何期待。他觉得只要能在帝国剧场面对众多的观众进行公演就已经心满意足了。

然而剧场方面却认为既然客人已经前来观看,剧场方面也获得了一定的收入,只要不是赤字就应该支付一定的报酬。于是,帝国剧场的西野专任董事提出了赠予文艺协会两千日元的建议。

这笔钱对面临财政困境的协会而言,真可谓雪中送炭。

协会立即用这笔钱归还了以前的借款,并将剩余部分分发给演员作为补贴和奖金。金额的分配根据角色不同略有差异,大约在每人十五日元至二十日元之间。最后剩余的一百日元则用作协会的电话安装费。

其间,逍遥分文未取,从翻译到导演,一切无偿,甚至连车费都是自理。逍遥原本就是一个对金钱看淡的人,不过事实上逍遥也曾在内心自忖:自己作为一个已经为协会支付了数千日元资金的人,拿这点小钱毫无意义。

文艺协会在东京的公演总算获得了成功。于是便借着余威决定将剧目拿到大阪公演。

首先,他们于七月一日在大阪角剧场,其次在中剧场,每个剧场各公演一周时间。须磨子在大阪的表演同样获得好评。

《大阪新报》评论曰:

> 松井须磨子饰演的奥菲利亚,以一个纯洁无瑕的少女形象出现在舞台上。宛若竹久梦二画中经常出现的少女一般的眼神,在灯光的辉映下看上去是那么可爱。在奥菲利亚发疯的那出戏中,须磨子演唱了情人节之歌。当时她希望观众能够欣赏自己歌喉的意图隐隐可见。尽管如此,她毕竟出色地展示了女优的特色,令人感到欣慰。

《京都日之出》评论曰:

> 奥菲利亚发疯的那场戏,最为完美地体现了文艺协会的特色。松井须磨子在演唱时面部表情极为虚弱,然而一对眸子却炯炯有神。该唱段充满了哀伤之情。曲调的高低及演员的身姿形态,均是从坪内式乐剧中分化而来。也正因此才柔中带刚,宛若阵阵波涛令观众如痴如醉。如果她的体态能够再稍微柔软一些,其所饰演的奥菲利亚将会更加天衣无缝。这位演员在所有女优中最具魄力。在第二次出场表演散花那场戏时,可以窥望出为了演好一个失智少

女她曾经怎样煞费苦心。

当时,在《大阪朝日》上刊登了一篇走访后台演员休息室的文章,题名为《须磨子访问记》。文章记曰:

> 她被培育成了一个高雅端庄、不知哪里给人以一抹凄冷之感的人,一个温文尔雅彬彬有礼的人。不愧为坪内博士培养出来的女优。她说:"最难演的就是女人发狂那场戏,而平时在研究所排练时倒还没觉得怎样。其中最不好演的就是进入王妃房间后唱出那句'看那位先生,脚穿草鞋手执杖,一身装扮好扎眼'的歌曲时的场面。在帝国剧场进行彩排那天,自己趁着王妃唱出'你对身份的怀疑好愚蠢……'这句歌词并疲惫不堪地向椅子上靠去的当口走了进去。当时自己已经是大汗淋漓,不知为何只觉得脚下飘飘忽忽的,两只脚似乎并未踩到地面上。再加上帝国剧场的道具是画布式的,声音似乎全都消失在舞台深处。我甚至觉得从自己嗓子里发出的声音好像全被吸到什么地方去了。"说罢,她那忧郁的脸上泛起一团灿烂的笑靥。

这篇报道中的记述与此后须磨子被人说成"傲慢、任性、一意孤行"等诸多不佳评价未免有些相悖,或许会给某些人留下抬轿子的印象。

据我推测原因不外乎两点:要么该记者是个人行不久的新手,故而太过怯场;要么就是当时的须磨子已经具备了虏获男人的魔幻魅力。但不拘如何,刚出道时的须磨子,表现出了日后就她而言难以想象的谦虚和低调。

东京与大阪的演出获得成功后，接下来文艺协会又定下了第二次一般公演的剧目。他们将演出易卜生的《玩偶之家》。

逍遥原来的打算是继续走表演莎士比亚戏剧的路线，可第一次公演刚刚结束，再翻译新剧本，从时间上讲已经来不及。《玩偶之家》虽然与莎士比亚戏剧的古典优雅略有不同，但当时岛村抱月翻译该剧已经收官，随时都可以作为剧本加以利用。况且女性冲破家庭樊笼也是一个能够引起世人关注的新话题。在这件事上不可否认的是在文艺协会艺术至上的理想之外，对演出业绩的考量也起到了推波助澜的作用。

由于译者是岛村抱月，因此此次便由他全面参与并担任总导演。首次公演逍遥已经打下基础，故而此次便全权托付给自己的得意弟子。

在此前的六月十日，研究所举行了一期学员毕业典礼。须磨子等人已不再是进修生。逍遥的打算是将毕业生中成绩佼佼者以"技艺员"的身份晋升为协会的专任演员。用现在的话说，即类似于从剧团研究所毕业后以研究所正式成员身份予以留任。但当时并没有哪个人成为"技艺员"。

曾一度拥有三十一名学员的一期学员，到毕业时只剩下半数，即十五名。学员中有的是因为跟不上过于严格的训练而落伍，有的则是因为风纪问题而被勒令退学。研究所的训练和规矩严格到何种程度由此可见一斑。

这些毕业生最关心的就是《玩偶之家》中的主角娜拉由谁来扮演。上次公演的主角是男性，饰演哈姆雷特的土肥是讲师而非进修生。正因为他的地位高出进修生一个档次，因此在做出决定时并无多大争议。

然而这次的主角是女性，而且舞台表演以娜拉为中心，几乎逢场必出,戏份儿都被她一个人占了。

理所当然成为候补人选的为林千岁、五十岚芳野和松井须磨子三人。在此之前,上山浦路已跟随丈夫草人一起退出协会,正准备自己创立新的"现代剧协会"。

决定权首先就握在编剧兼导演岛村抱月的手上,此外也要参考逍遥等主要干部的意见。

娜拉究竟由谁来扮演?如果只考虑容貌的话,则非林千岁莫属;若从知识以及对剧本的理解程度考虑,则首推五十岚芳野。但是,若考虑到对舞台的执着以及扮演奥菲利亚时所获得的好评,须磨子的名字便浮出了水面。正因为是女性之间的竞争,故而表面上虽然风平浪静,背地里却流言四起。什么千岁有丈夫林和在暗中为她活动啦;什么娜拉是新时代女性,因此只有五十岚那样的知识型女优才最为合适啦;什么东仪属意于须磨子,如果他力荐的话,交给须磨子饰演的可能性就很大,只是那样做反而会搞坏抱月对须磨子的印象啦等等,众说纷纭。周围这些不必担负责任的人之间滑稽可笑的传闻,不知不觉间也对当事人产生了影响。

不久就到了八月初,角色的安排终于敲定了下来。

"娜拉——松井须磨子!"

当须磨子看到研究所布告栏里的这几个字时,立时屏住了呼吸。虽然没有叫出声来,却在心里呐喊道:"绝了!"她恨不得立刻就蹦起来。

说句掏心窝子的话,须磨子很想出演这个角色。为了追求自由而主动离家出走的女主人公,令须磨子感同身受。出演这个角色会使自己与其他女优之间拉开决定性的距离。如果成功,作为女优的地位便会一劳永逸。

"是那位老师选择了我。"

须磨子看着自己的名字,眼前浮现出抱月的表情。那是一个永远保持安宁低调神态的人。就仿佛背负着整个世界的郁闷悲愁,总是一副思考问题状。虽是一名知识分子,却给人以稍嫌郁闷的感觉。

不过,他器重并认可了我……

角色安排公布后,须磨子便开始寻找向抱月道谢的机会。如果在研究所内向抱月致谢,有可能会引起人们的臆测。于是须磨子决定在抱月回家的途中等候他。她希望能在研究所前方的拐角处做出偶遇状后借机跟他搭话。那是抱月回家时的必经之路。因此只要在那里等候,就一定能够见到他。可如果等候过久,又势必会引起周围人们的怀疑。在等候了两天以后,须磨子终于等到了机会。第三天夜里,须磨子总算逮到了抱月。

"老师,谢谢您了!"

突如其来的声音令抱月一时不知所措地看着须磨子。

"这次娜拉这个角色,我会全力以赴演好的,请您多多关照!"

抱月微微颔首,仿佛在说:"原来是为了这个呀!"接下来他便继续迈开步子向前走去。须磨子一步之隔地跟在了后面。他们是在走夜路,而且又是在大学附近,二人走在一起的样子若是被其他学员看见了,真不知会传出什么风言风语来。

"那么,我就告辞了。"

在走到拐角处时,须磨子向对方低头施礼。再往前就是通往新宿的宽广的大马路。抱月停住脚步回头看了看须磨子。接着便倏地环视了一下周遭,然后问道:

"你,吃过晚饭没有?"

"还没吃呢……"

"那就到前面一起吃碗乌冬面吧。"

须磨子吃了一惊。沉默寡言、对女性之类似乎并无兴趣的抱月在邀请自己一起去乌冬面馆呢!

"老师,您没问题吗?"

"肚子刚好饿了。"

说罢,抱月已兀自走进大道拐角处的一家乌冬面馆。

可能是因为九点前店铺就要打烊的缘故,店内并无其他客人。两人在里侧的木椅子上坐了下来。幽暗的灯光下,身穿大岛绵绸和服便装、抱着书本的抱月,与身穿条纹和服单衣的须磨子相向而坐。二人就那样默默无语地坐在那里。须磨子觉得自己似乎正处在话剧演出的某个场面里。

片刻后,抱月从怀中取出香烟吸了起来。于是须磨子觉得气氛轻松了些许。她想开口说点什么,却发现抱月的一对眸子正在直勾勾地盯着自己。于是怯意顿生,话到嘴边又咽了回去。隔了片刻后这才总算再次张开了嘴巴。

"老师不在家吃饭吗?"

"那倒不是,你为什么这么问?"

"没什么,只是觉得现在在这儿吃好像有点多余了。"

"我没有必要勉强吃那些不合口味的饭菜啊。"

"勉强?"

抱月微微一笑。虽说笑靥安详,却隐藏着些许的寂寥。

虽然对方态度坦然,须磨子却未免忐忑不安。她只是一味地担心两人现在待在这里的情景如果被所里人看见了那可如何是好。到时就说从研究所回家的路上肚子饿了,所以就进来吃碗面。这样回答应该是没有问题的。事实也确是如此,有什么办法呢?话是这么说,可以前不是有过因为两个人一起在餐馆吃饭,就被学校勒令退学的先例吗?如此看来,自己很有可能会被坪内老师叫去训诫一番的。

可是自己现在已经不是进修生了。自己是一名货真价实的女优。

更何况对方是以严谨闻名的岛村老师。一起进面馆吃顿乌冬面这点小事还不至于就挨顿训斥吧。左思右想之际,面条端了上来。须磨子拿起筷子后,竟产生了一抹困惑之感,不知道在抱月面前应该怎样吸食面条。

在排练场上喧嚣雀跃之际,从衬衣到肌肤,须磨子可谓暴露无遗。并且时而大声吼叫,时而泪流满面。可一旦二人如此相向坐定后,不过是吃碗面条而已,居然使她踌躇不决了。

抱月安静地啜食起面条来,毫无声响,用餐状委实像个沉静的学者。须磨子一边窥望着对方,一边跟着他的速度慢慢吃了起来。

片刻后,面吃完了。在饮用大麦凉茶时,抱月开口问道:

"你对东仪君怎么看?"

"怎么看?什么意思呢?"

"像人怎么样啦,性格啦……"

"没什么特别的,觉得他就是一个很普通的人。"

"你在跟他学唱歌是吧?"

"是的,他很热心的……"

抱月点了点头。须磨子突然从对方的眸子里发现了一抹男人的目光。"噢!"须磨子突然有所醒悟。

抱月站起身来,付了款。

"谢谢您了!"须磨子道了声谢。走出面馆后两人就此分手。抱月的家在户冢村的诹访(现在的新宿区诹访町),须磨子则住在大久保。

成为一个人的须磨子,一边走一边琢磨着刚才分手前抱月讲过的话。从走进乌冬面馆到离开那里,从抱月嘴里只说出了一件事,那就是关于东仪的事情。

他为什么要问我这件事呢?看来老师也很在意我和东仪的关

系呢。

须磨子在日前排练《哈姆雷特》时,为了演唱奥菲利亚发疯时的歌曲,曾单独接受过东仪的指导。在众人面前放开歌喉会影响别人,于是二人就在别的房间里单独练习。之所以有一部分人说须磨子与东仪关系亲密,原因即在于此。然而两人之间并未发生任何事情。别的不说,首先是须磨子根本就不喜欢东仪那种以美男子自居且似乎什么都难不住自己的男人。

话虽如此,难道连岛村老师也对此心存芥蒂不成?想到这儿,须磨子再次若有所思地"噢"了一声。

如此说来,这位老师是不是对我产生了兴趣呢?

须磨子停住脚步,回头向吞噬了抱月身影的那条夜路望去,然而那里已经人去路空。

第二章　露脸

一

岛村抱月于明治四年(1871)出生于岛根县那贺郡久佐村,本名为佐佐山泷太郎。父亲曾经营过一家矿石加工厂,但却在抱月孩提时代失败了。因此,抱月虽以第一名的成绩从小学毕业,却无法升入中学继续就读。当时的松江地区检察厅检察官岛村文耕爱才,便以抱月去东京念书为条件,答应每月寄给他五日元。抱月答应了这一条件直奔东京,先是在东京物理学校、日本英语学院等处就读,之后于明治二十四年(1891)进入早稻田大学的前身东京专门学校学习,并就此成为文学系第二期生。当时的教授阵容为坪内逍遥、大西祝、大冢保治等人。

明治二十七年(1894)七月,抱月从东京专门学校毕业。其毕业论文的题目是《论审美意识的性质》。这是一篇关于美学的论文,逍遥对这篇论文给予了很高的评价。据说当时逍遥就已经在心里把抱月视为自己的接班人。

抱月没有辜负逍遥的期望,学业结束后即留校任教,并在逍遥主编的第一期《早稻田文学》上发表了各类评论文章,开始了其作为文学评论家、美学家的绚丽生涯,同时还在《新著月刊》上发表小说。他在毕业四年后的明治三十一年(1898)成为文学系讲师,讲授修辞学、中国文学史,西洋美学史等课程。

明治三十五年(1902),抱月赴英、德留学,三年半后归国。为他召开的欢送会和欢迎会,均在当时位于芝公园的一流酒家红叶馆举行。尾崎红叶、小衫天外、国木田独步、上田敏、德田秋声、佐佐木信纲、正宗白鸟等明治时代具有代表性的众多文人悉数出席。

当时在早稻田英语系就读的生方敏郎在回忆当时的情景时盛赞道:

"我们这些学生当时就像期盼着从东方升起的太阳一样盼望着岛村老师的归来。"

当时的抱月不啻早稻田英语系的希望之星。事实也是,归国后的抱月相继发表了诸多的论文和翻译作品,并就欧洲文学及戏剧阐述了种种真知灼见。学生们对这位英才教授仰慕有加,赞曰:

"岛村教授既聪慧又质朴,看上去光芒四射。"

然而,就是这样一个抱月,却未必拥有幸福的家庭生活。

早稻田毕业后翌年,抱月与为他出过学费的岛村文耕的亲戚岛村市子完婚,并当了岛村家的养子。当时抱月二十五岁,市子二十一岁,两人相差四载。

抱月与这位妻子之间一共生养了四男三女,其中有两个男孩病故。

市子原本出身于较为富裕的家庭,故而倨傲任性。她和抱月结婚与其说是出于爱情,莫如说是出于家庭渊源。正因为这种结合不过是一种形式而已,故此二人从结婚伊始感情就并不融洽。这种状态在抱月赴国外留学前的一段时间里尤甚。抱月留学期间,市子因失眠和神经官能症曾多次去医院就医。抱月回国后,市子的精神状态依然如故。再加上孩子去世,导致夫妻关系愈加冷淡。尤其是死去的两个孩子都是颇为优秀的男孩,这就更令抱月沮丧不已。

抱月生来寡言且性格内向,因此便和争强好胜、对任何事情都喜欢刨根问底的妻子合不来。于是他便愈发变得郁郁寡欢。再加上孩提时代遭遇家庭破产,依靠他人的资助才得以继续求学这一成长经历的自卑感,导致其神态益发低沉抑郁。

对抱月而言,要想逃避家庭纠纷,学校是最好不过的避风港。在那里他只要认真讲课、埋头做学问,家里的一切就全都可以忘在脑后。

然而刚刚归国之际曾被誉为"光芒四射"的抱月,两年过后却渐渐显露出疲惫之色,授课时也渐渐欠缺了精彩。起初他还用朝气蓬勃的声音朗读课文,讲述一些和莎士比亚有关的历史遗迹等,且其中还夹杂着他本人的文明史观。可后来,他对待这样的课程也渐渐马虎起来,并动辄就在课堂上憋回险些打出的哈欠,"岛村老师的哈欠"在学生中已经颇为有名。

本应作为心灵避风港的家,不仅使岛村心神得不到安宁,反而使他神经脆弱,精神更加紧张。更何况当时抱月在工作中还遇到了一个坎儿。归国后的抱月曾一口气发表了《被囚禁的文艺》《参拜莎翁墓地札记》《路易王族梦轨迹》等论文。但自打开始研究自然主义文学论时起,他便开始感到迷茫,不知道自己将来是应该走评论家这条路,还是以作家身份重新启航,抑或专心当个教授。在其后的岁月里,抱月开始怀疑自己作为作家的才能。他的看法大约是正确的,现在看他发表过的将近二十篇短篇小说,其实也并不怎么优秀。写评论需要某种平衡感,相比而言,写小说却是一种需要自我陶醉的行当。由此看来,抱月比较适合搞评论。但是,搞评论也存在着下述问题——是以文艺评论为中心,还是向以包括美学在内的更为广泛的文艺评论领域挺进?此外还有一条路可供他选择,那就是跟着逍遥专心研究莎士比亚,并倾尽全力翻译其作品。自不必说,其方向将要涉及从现代戏剧的开拓到剧本及导演研究等诸多领域,似乎无一不妙趣横生,然而抱月对其中任何一项都没有绝对的自信。

抱月可以说是位才子,但却并不属于开创性人才。他能够很好地抓住对象并进行分析,但却不能提出自己的独到见解并将自己的见解强力推荐给他人。其归国后发表的论文,说到家并未超出介绍外国文化、记录自己见闻的范围。当时去国外留学的人不多,因此他写的东西还能够说得过去。但若以现在的眼光来审视,他的某些研究成果则值得商榷。因此无论从褒贬哪种意义上讲,他都是一位学者型人物,他身上兼容了知识分子的博学与聪颖,但缺乏创造出自己独特成果的勇气和行动力。

从这个意义上讲,抱月就是一个典型的学府中人。与野放在外相比,待在大学这座围城里更为安全,这样其身上的缺点也就不会那么明显。

他有时上课会迟到。走进教室后便懒散地打开书本,一边用扇子遮住哈欠一边授课。即便如此,抱月在学生中依然很受欢迎。有一次他一进教室就对大家说:"我今天累了,让我先休息一下。"说罢就拄着讲台把手放在额头上,做出冥思苦想状。而有时他又会突兀地向学生发问:"研究文学到底有什么意义?"之后就静静地倾听学生们发表议论。可以说正是他的这种貌似愁苦万千的思索状吸引了生性敏感的大学生。

如果说早稻田大学的坪内逍遥宛如一位严父,那么抱月就貌似与广大同学有着同样烦恼的兄长。抱月其人,与其说是一名教师,不如说是一个弱点隐隐可窥的普通人。即使他神情疲惫或者打哈欠时,身上也飘溢着一种知识分子独具的百无聊赖的氛围。他那弱不禁风的瘦削身材、谨小慎微的隐忍态度更是惹人注目。在出席文学系会议或是与学生们聚会时,抱月几乎都是缄默无语。虽说拥有犀利的批评眼光和规划能力,却总是默默地倾听大家的发言。直至最后对方发问,他才惜字如金地答上几句。当后来他被文艺协会除名,一些年轻人追问其原因时,尽管抱月是当事人,却也只是沉默无语,并不说上一句像样的辩词。当时聚集在一起的学生们感慨道:"每当看到老师那副令人心疼的模样后,我们就想绝对不能弃老师于不顾,必须想方设法援助他。"

总而言之,抱月是一个把寡言少语发挥到了极致的人,并且和他身上散发出来的知识分子气息以及百无聊赖的神态相辅相成。

对松井须磨子而言,抱月最吸引她的地方,就是其身上那股子颇具知识分子韵味的文静劲儿。

文艺协会第二次内部观摩会选择的演出剧目是《玩偶之家》,这是挪威作家易卜生的作品。1879年(明治十二年)在哥本哈根首次公演后便风靡世界各地,引起巨大反响。

在剧中登场的女主人公娜拉是一个出生于富裕家庭的千金小姐,从小娇生惯养,长大后嫁给了律师海尔茂。可是不久后丈夫即患病,为了让丈夫换个环境疗养,娜拉便借用父亲的名义借了高利贷。虽说这种做法是出于对丈夫的爱,然而事情暴露后却使丈夫失去了成为银行行长的机会。失望的海尔茂斥骂娜拉道:"都是因为你,毁掉了我的一生!"听了丈夫的这番话后,娜拉这才意识到在丈夫的眼里自己并不是一个独立的人,而只不过是作为一个美丽的玩偶受到其喜爱而已。此后事件尘埃落定,海尔茂对娜拉柔情如初。然而娜拉已经不打算继续留在家里了。她要先做人后为妻,于是毅然舍弃了丈夫和孩子离家出走。

这个剧本描写的是一个抛弃了家庭和丈夫的女人,内容在当时来讲具有难以想象的冲击力。毫无疑问,此剧如果能在日本公演,势必会在热衷于女性解放运动和进步的文化人中间引起巨大反响。

文艺协会从明治四十四年(1911)九月二十二日起连续三天,作为内部观摩演出,在实验观摩剧场上演了《玩偶之家》。自不必说,娜拉由松井须磨子扮演,丈夫海尔茂由土肥春曙扮演,导演和翻译则是岛村抱月。

对上次公演《哈姆雷特》并获得好评的文艺协会而言,《玩偶之家》是现代话剧能否在日本扎根的试金石。也正因为如此,抱月才将整个身心全都倾注于此次舞台演出。

排练伊始,他便对脚本从头至尾精雕细琢,并对台词逐一进行确认修改。在书斋里翻译出来的词语拿到舞台上由演员实际说出时感觉往往不尽相同。有的地方有画蛇添足之感,有的地方则显得冗长累赘。从娜拉和海尔茂的基本心理状态到各个场景的感情迁移,抱月对剧本做了根本性的探讨和修正。

当时的导演只是对作品进行解释,对场面做抽象的说明,并不会对具体的动作或表情逐一进行指导。即便指导,也只是看着排练,做出诸如"这里的主人公感情上已经肝肠寸断,你得演出那种状态来"之类的提示而已。而演员在接受了提示后,便需要自己按照剧情要求拿出那种感情进行表演。说导演态度漠然并不为过,但这样做反而能使演员更好地发挥自己的能力和创意。须磨子在表演任何一个场面时,都会一边表演一边在心中自忖:"如果这样演的话……"当然,她根本不懂那些难以理解的表演理论,只是在表演时拼命将自己变成剧中的人物而已。值得庆幸的是,与前泽诚助的离异为其饰演这一角色提供了可资借鉴的实践经验。剧中的女主人公生活毫不困窘,只是为了自立这才离开了丈夫。这一点与当初须磨子和诚助分手时的状态颇有相似之处。

然而《玩偶之家》要求须磨子在舞台上从头活跃到尾。

与《哈姆雷特》中的奥菲利亚不同,此次舞台的主演是须磨子,因此其台词量相当庞大。

按规定,排练从每天上午十点开始,但须磨子每次都是提前一小时来到排练场地,一个人开始练习,而且并非只是背诵台词之类。每次的台词练习都与舞台表演毫无二致,即按照"彩排"的规格进行排练。因此每次排练结束时她的声音都会变得嘶哑。

她用了不到五天的时间就记住了所有的台词,到了大约第十天,她甚至完全记住了和她演对手戏的演员的台词。如果对方说错了台词,她甚至可以不慌不忙地给对方纠错。

当时并未规定排练时穿什么服装。须磨子总是穿着一件褪了色的浅枣红色礼服,在宽约十一米、进深约七米的舞台上跑来跑去。前来观摩的人刚开始还以为是个疯女人在舞台上到处乱跑呢。当须磨子大声喊出台词时,她那夸张的表情和声音甚至令一部分人忍俊不禁。然而人们立刻就意识到她是在专心致志地练习表演,并最终为其热情所打动乃至流连忘返。

须磨子的热情甚至感染了她身边的其他演员,抱月亦然。

起初抱月只是在来大学授课时才顺便到排练场指导一下。可是排练到中途时,他居然也从早到晚盯住排练场,脑子里装的只有排练这一件事,甚至晚上躺在床上时也在考虑台词的长短啦、服装啦、小道具啦,等等。而须磨子则更甚,有时竟然会在梦中说出娜拉的台词并且一跃而起。为了出色的舞台表演,两个人的热情聚合在一起宛如烈火般熊熊燃烧起来。

但是,要将《玩偶之家》搬上舞台还有一个难题,那就是在第二幕中占据着重要地位的"特兰特拉舞"。没有人清楚这个舞该怎么跳。抱月留学时虽曾一度观看过这场戏的表演，但却没有自信亲自编导这段舞蹈。如果该剧曾被搬上银幕的话还可以看看电影，然后拿来模仿一下，可是却没有电影可资借鉴，无奈只好绕过，从第一幕一下子就跳到了第三幕。对该剧而言，第三幕才是娜拉出走的重头戏。因此只要有了这幕戏，作品的大致轮廓也就具备了。不过突然跳过第二幕未免有些突兀，于是他们便想出了在第一幕和第三幕之间由抱月站在舞台上讲述第二幕梗概这样一条权宜之计。

他们就是这样迎来了首场演出。观摩会场共有六百个席位，座无虚席。当然，其中大部分观众都是与戏剧有关的人士、报纸杂志记者以及早稻田大学的人员。

如果此场演出评价不佳，两个月的努力就算打了水漂儿。因此，一向冷静的抱月也感到有些紧张。

在此奉上川村花菱发表在《歌舞伎》杂志上的剧评摘要。

娜拉作为三个孩子的母亲，身上常会飘逸出一种姑娘般的气息。不过台词倒是相当清晰。令人深感快慰的是随着剧情的发展，自己第一次听到从日本土生土长的女优口中说出了如此自然的台词。当然，这应该是松井须磨子女士刻苦努力的结果。再有就是，我觉得自己搞不清岛村先生和中村先生的导演力量在她的身上究竟起到了多大作用。首先，她的台词相当自然，表达方式符合剧情发展。不仅如此，其语言表述竟完全没有出现已经在其他女优身上扎了根的那种令人生厌的台词朗诵腔。在这一点上她比其他任何演员都要胜出几筹，并由此弥补了她表情相对呆板、动作深度不够的缺陷。第三幕逼迫离婚那场戏亦然，剧本中台词的一字一句都力入其中,通过这种重要的台词表达方式使表演获得了成功。因此,虽然表情和动作方面尚嫌不足,然而感情却已经充分表达出来。(中间省略)再有,当时娜拉的心中充满了一种既似温柔又若悲戚且难以用语言表达的心情,在她怀着这种心境向迄今为止温柔体贴过自己的丈夫表达谢意时,那场景不禁使人潸然泪下。原因之一就是须磨子女士的表演力所致。

这不过是一个例子而已。总体说来她获得了好评,尤其是第三幕那场高潮戏,赞誉者最多,仅此一点就可以说演出获得了成功。

不过想法乖僻的人无处不在,也有人对此次演出严加指责。诸如"扮演娜拉的须磨子无论怎么看都是一个日本女人,根本不像西洋女子""虽说她有点才气,但演技里混杂着不纯之处,看起来轻浮",云云。

可是前者的批评应该针对所有的西洋翻译剧才是,因为那是所有话剧的一个基本通病。因此,只是用来指责须磨子则未免有些过分。而后者则可以说是评论者根据自己对须磨子和抱月之间的关系进行有失善意的推测后故意做出的恶评。

部分批评暂且不论,总体而言演出还是获得了好评。帝国剧场再次提出了在剧场公演《玩偶之家》的邀请。

本来协会希望将此次演出定位于非公开性内部演出并对外公布,然而经过协商后,他们还是答应了帝国剧场的公演邀请。就这样,继《哈姆雷特》之后,《玩偶之家》也将利用帝国剧场的舞台展现在观众眼前。

研究所创立不过刚两年而已,因此这次公演无疑是令人瞠目的飞跃。然而结果却是这次飞越成为造成嗣后协会分裂的直接导火索。

二

《玩偶之家》在帝国剧场的公演为明治四十四年（1911）十一月二十八日至十二月四日一周时间。角色分配与内部演出时一样，娜拉由松井须磨子扮演，海尔茂由土肥春曙扮演，阮克由森英治郎扮演，柯洛克斯泰由东仪铁笛扮演。导演当然还是岛村抱月，只是此次重新加进了上次省略的第二幕。这幕戏中的"特兰特拉舞"以前虽是难关，但此次剧团请来了一位名叫米克斯的外国舞蹈老师，在其指导下好歹算是解决了这一难题。于是从第一幕到第三幕，情节更为合理顺畅，演员们对角色也更加精雕细琢，因此演出显得比以前更加紧凑和完美。

不出所料，帝国剧场的公演引起了巨大反响。七天的演出，几乎场场爆满。演出结束后，协会立刻接到大阪中剧场和角剧场提出的各为期一周的公演邀请。

"长时间的对白居然一点都不令人感到厌倦。而那段舞蹈，即便我们这些并不了解正宗特兰特拉舞跳法的人，也能够真切地感受到舞姿有些走样。虽然如此，在舞蹈表演者意识到这一点之前，须磨子扮演的娜拉一直毫不松懈地伫立在舞台上。这一点殊为难得。日本的一般演员难以望其项背。"（《大阪朝日》）

"松井须磨子在全部三场戏中几乎场场上台而且台词连续不断，观众不得不对她那旺盛的精力表示惊讶——居然能够毫不松懈地一直表演到最后，而且台词清晰，表情鲜明。"（《京都日报》）

报刊评论无一不对她赞不绝口。

在东京和大阪的公演过程中，须磨子的舞台表演态度几乎始终如一、毫无二致。正如数年后人们所评价的那样，"须磨子的演技无论是第一天还是最后一天，始终如一"。她的表演毫无松懈之处，宛若行驶在轨道上的列车一般准确无误。就此,须磨子曾对记者说过这样的话:"演员一旦站立在舞台上,表演就不允许出现波动。"这充满了自信的话语意味着她已经彻底熟稔了表演之道。

确实,须磨子的演技并非是靠小聪明或小才能学来的。那是她身体力行反复历练的结果。演技已经渗透进她的躯体。当帷幕拉开后,其身体就会自然而然地活动起来,她的整个身心亦随之完全变成了娜拉。而这位娜拉是须磨子和抱月共同创造出来的。后来曾有人说过"看着舞台上的须磨子,就觉得恍若抱月在表演似的"。娜拉这个角色是他们二人合作的最初结晶。

在东京、大阪连续公演获得了好评的基础上,须磨子扮演的娜拉的人生态度,也成了当时人们的热议话题。对于尚处在闭锁的封建意识囹圄中的女性而言,离家出走的娜拉,无疑使她们联想到了新时代的到来。妇女解放运动者们支持娜拉的人生态度,当时"逃离玩偶之家""我们要做娜拉"等口号风靡一时。《青鞜》杂志社还以娜拉为题出了特集。娜拉为女性解放运动点燃了新的火种,而扮演娜拉的须磨子则给人留下了先驱者的印象。

须磨子就是这样一举成为话剧界具有代表性的一代名伶。文艺协会也确立了自己现代话剧的中心地位。

意想不到的好评使协会干劲十足,于是便在有乐剧场上演了苏德曼的《故乡》以及萧伯纳的《左右命运的人》和《回忆》等。尤其是《故乡》,这出戏是协会自主经营推出的,一共上演十天。其中前七天的戏票更是以预售方式一售而空。总经费五千日元在演出的第一天就已全部收回,票房业绩骄人。

文艺协会已经不是以前那个在协会实验观摩剧场内小打小闹的剧团了。众多戏迷蜂拥而至,他们一边喝彩一边在口中不停地呼喊着"须磨子"的名字。文艺协会已经成为能与传统歌舞伎抗衡的新型戏剧团体。

然而就在剧团如此昌盛的同时,协会也切切实实地开始向崩溃迈进。

其理由之一就是剧团在为广大观众所喜爱并得到舆论高度赞扬后,演出中心自然而然地转向了大剧院。于是以前曾在实验观摩剧场上演的那种质朴、短小的剧目就不再容易被搬上舞台。反正是要公演,那就不如上演一些场面宏大、能够吸引观众眼球的剧目。因此,演出计划自然而然地开始重视大众化,艺术性开始退居其次了。此外还有一个出人意料的原因,那就是以前不过是毕业于文艺协会的一介小演员,竟一不留神突然一跃成为大明星。剧团出了大明星对协会本身来说并非坏事,出了明星就能引来观众,剧团就可以获益。可同时演员之间却出现了差距。过去大家都是进修生,属于同吃一锅饭的伙伴,可现在却分为明星和非明星了。明星自然就会受到优待,配角则势必遭遇冷落。

虽说这是伴随着协会的壮大迟早都会遇到的问题,可问题的出现却未免太早。在协会和演员们都还没有做好心理准备的时候,他们就碰到了这样一个大问题。

在人气与实力全都出现了差距的同时,使问题更加复杂化的是协会成员们可以依靠演戏自食其力了。迄今为止,大家只是想学习现代话剧,做梦都没想到要靠演戏养家糊口。大家笃信舞台与神圣的教室并无二致。当他们得知演戏还可以赚钱后,思想便发生了变化,开始考虑如何把戏演得更加绚丽出彩,进而获取更大的经济效益。

在这一点上,与伴随着经济增长逐渐丧失了人际连带关系的当代人相似。

总之这一倾向与逍遥倡导的"游于艺"以及其"艺术即认真"这一说教方针相悖。当然,协会成员全都立志要认真从艺,可其中却掺杂进了收入与人气等世俗杂念。这样一来，团员们便自然而然地开始考虑怎样才能一蹴而就。他们不再专注艺术造诣的提升，而只是一门心思琢磨着怎样才能在观众中提高自己的人气。

文艺协会的崩溃即滥觞于此。剧团的快速成长导致整体控制的混乱。逍遥再怎么收紧缰绳严加管束，也无法收拢团员们已经尝到甜头的心，不改初心难矣。

在《哈姆雷特》和《玩偶之家》的公演获得成功时，人气鼎沸的演员就是松井须磨子。在所谓话剧这个崭新的领域里，她相继成功地扮演了奥菲利亚和娜拉。尤其是娜拉，以新时代女性代表的身份受到世人瞩目。

明治四十四年（1911）十二月，《玩偶之家》在东京的公演结束后，文艺协会立刻制定了一套新的、被称之为"文艺协会技艺员规章"的制度。须磨子和森英治郎、加藤精一、佐佐木积等人一起被选为新的"技艺员"。所谓"技艺员"，用现在的话说就是属于准干部级别。这种做法表明在研究所内已经难以将所有成员都统一称为一般"所员"了。

通过调整称呼的方式对内部进行了一次掌控后，协会旋即于翌年，即明治四十五年（1912）五月在有乐剧场进行了第三次公演。公演剧目为苏德曼的《故乡》，依然由抱月担任翻译和导演。

这次公演与逍遥脑海中盘算的连续公演莎士比亚四大悲剧的方针相悖。逍遥并不情愿上演这个剧目。但是，《玩偶之家》的成功使剧团成员们产生了莎士比亚的古典剧目未免有些陈腐的感觉。意欲将精力集中于能够引起现代人共鸣的新剧目的想法占了上风。逍遥虽为会长，却也不得不服从大家的意愿。

《故乡》的角色分配如下：主角玛格达由须磨子扮演，施瓦策由土肥春曙扮演,冯·凯勒博士由东仪铁笛扮演。虽说土肥、东仪等人已经是干部级人物,但显而易见,这次公演完全要依仗须磨子的人气。

须磨子不负众望,此次的演技同样获得好评。

"须磨子扮演玛格达比扮演娜拉时看上去更为风雅,并且舞台规模也更大,充分展示了与时俱进的一代名伶风采。玛格达既痛恨自己背负的义务和道德负担,同时又对父亲和妹妹温情脉脉。须磨子得心应手地向观众展现了这两个相互矛盾的侧面。"

这是刊登在《都新闻》报上由伊原青青园撰写的评论。伊原曾经是须磨子当初进入研究所时的国剧史老师。这位恩师使用了"名伶"一词。仅此也可以窥见须磨子当时已经成长为一个何等大牌的女优。

翌月,协会又在研究所的实验观摩剧场上演了萧伯纳的《左右命运的人》。

协会当初的方针是仅在小剧院内表演艺术性强的作品,可现在却变成了在大剧院公演的空当时间里在实验观摩剧场上演艺术性强的喜剧。该作品是由楠山正雄翻译的一部独幕剧,也是由须磨子担纲主演。此次她扮演了一位长相古怪的贵妇人。

此次演出后出现了下述评论:"须磨子巧妙的台词功夫、丰富的表情,再加上那段将拿破仑一世搞得烦躁不安的表演让人看得着实过瘾。"(《中央新闻》)

但就整体而言,此剧反响平平,经济上更是全面赤字。

当时无论是演员还是观众,兴趣都已转向在大剧院上演的大部头作品了。

之后协会又带着《故乡》走上了奔赴大阪帝国剧场、京都南剧场和名古屋御园剧场巡演的旅程。

须磨子当时已经成为干部,虽说在协会的地位不过是技艺员而已,但实质上已经相当于剧团团长级别。《故乡》本身又是一部以扮演玛格达的须磨子为中心的舞台剧,因此,几乎所有的观众都是冲着须磨子而来。

这时不仅仅是大道具布景师、小道具布景师、揽客宣传员等,就连研究所二期学员以后的人员也全都开始称呼须磨子为"老师"了。不过她的同期同学却怎么也叫不出口,还是称呼她为"松井君"或"须磨子君",尤其是和她同台演出的东仪铁笛和土肥春曙等过去曾是其老师的那些男人。然而这两位专业演员现在也只不过就是烘托须磨子的配角而已。

不过,不可否认的是须磨子与他们之间在人气上,当然也包括演技,已经拉开了距离。随着公演的反复进行,差距就更加明显。

就说后台的演员化妆休息室吧,须磨子占据了其中最大的房间。不论朗读剧本还是舞台排练,须磨子不到就无法进行。

当然,热衷于表演艺术的须磨子从不迟到,她总是先到剧场并独自开始练习。对自己所扮演的角色,总是反复排练直到满意为止。因此,即使排练搭档觉得今天已经太晚想要回去,只要须磨子说上一句"还得练",他们就不得不继续排练下去。午饭也必须等到须磨子的排练结束后才能够吃到口中。总之所有的排练均以须磨子为中心进行。

须磨子不仅仅是针对自己扮演的角色,对其他角色也会插嘴干预。虽说提意见是为了使演出更臻完美,可是受到其批评的人听了以后却心情不爽,有的人甚至还会怒火中烧,心想你又不是导演,凭什么多嘴多舌!不过却没有谁敢当面顶撞她。须磨子的意见并非毫无道理,倘若顶撞的话,反而会遭到她更为激越的斥责。

协会干部们对须磨子的宽容也益发助长了她的为所欲为。

早在排练《玩偶之家》时起,东仪铁笛就开始主动接近须磨子了。

对东仪而言,须磨子最初不过就是个进修生而已,可现在却成了与整个协会息息相关的明星。以如此心态再看她时,就觉得对方充满了魅力。身为声乐讲师的东仪,在须磨子排练奥菲利亚发疯并开始独唱那段戏时,曾不离左右地对须磨子进行过单独指导,因此对须磨子怀有一种特殊的亲近感。须磨子在穿着方面本来就大大咧咧,即便在两人夜间单独排练时,她也毫不在意地敞胸露怀,张开双臂尽情歌唱。而且排练结束后她就会一屁股坐到地上说"可累死我啦,老师,帮我揉揉这儿吧",然后就把肩膀耸向对方。每逢此时,东仪都会感到困惑,可同时也乐在其中。当然须磨子也知道东仪对自己抱有好感。

须磨子是一个擅长利用各类男人的女人,她大体上懂得什么样的男人应该采取怎样的方法才能对自己有利。这是她的本能。东仪是协会干部中唯一谙熟现代音乐的人,也是与须磨子演对手戏的主要演员。把这样一个男人拉拢在身边不会有亏吃。因此,须磨子这么做并非出自爱情,而是工于心计。

然而男人却不会这么想。东仪笃信须磨子之所以对自己举止随意,不外乎是对自己抱有好感。在排练《玩偶之家》中的"特兰特拉舞"时,东仪始终陪伴在须磨子左右照顾她,因此他对须磨子有意在协会中无人不知无人不晓。

协会里虽然也有很多男性,但东仪蓄着胡须,眉清目秀、鼻梁高挺,是个美男子。虽说土肥的相貌也很酷,可东仪却不仅仅是长相,身躯也甚为伟岸,看上去风度翩翩。再加上他热衷于当时令日本人耳目一新的西洋声乐,属于时髦一族。

明治四十五年(1912)三月,《玩偶之家》在大阪中剧场公演结束的那天夜晚,演员们边走边喝,漫步在大阪南区一带。然而,回到旅馆后的东仪却潜入到须磨子的房间里。当时他们住在道顿堀附近的一家旅馆内,演员们都是几个人合住一个房间。因为须磨子是主角,又是女性,因此便与大家分开独住一室。

东仪摸进房间时,须磨子换完睡衣刚刚钻进被窝。听到脚步声后她问了句"谁？"东仪并不作答，宛若剪影一般猛地钻进被窝抱住了须磨子。

"干什么呀……"须磨子叫出声来，但她立刻就意识到对方是东仪。在平时排练或舞台表演时两人常有肢体接触，因此从对方搂抱自己的感觉上她就知道那是东仪。须磨子做了反抗，可是借着酒劲儿东仪已经把整个身躯压在了她的身上。正因为只是穿了一件睡衣，所以须磨子前胸裸露，粗壮的大腿暴露无遗。

"你这是怎么了……"

虽然已被东仪压在身下，但当她知道那是东仪以后，莫如说比东仪还要镇静。

"是我，求你了！"

东仪将头部埋在须磨子胸口上恳求道。那样子可怜至极，哪里还有一丁点老师或协会干部的威严，简直就像是一只偷食吃的贼猫，看上去就像少年一般遭人爱怜。

"喜欢！我喜欢你！"

东仪一边嗫嚅一边将身体压得更紧。

须磨子在内心思忖，自己如果想要寻求帮助的话，倒不是没有可能。虽说房间不同，但日本的旅馆不隔音，只要声音稍大一点，就会有人跑过来帮忙。对此须磨子心如明镜，但她并没有忘记自己是扮演《玩偶之家》的主角明星。如果此时把人喊过来闹得满城风雨的话，东仪自不必说，自己也难以撇清关系。对男女之事尤为严格的坪内老师绝对不会听她辩解，弄不好两个人被勒令同时退团也未可知。

与其丧失自己好不容易才得到的地位，还不如就随了东仪方为上策。须磨子在内心琢磨着，若是换作他人则另当别论。可东仪嘛，就给他一次也未尝不可。倒不是因为自己喜欢他，只是迄今为止他一直对自己关照有加。虽说借着酒劲儿钻进自己的房间着实有些粗野,可他并不是一个本质上很坏的男人。当然,如果给他一次,今后他就习惯性地缠上自己固然令人犯难,但或许借此就可以利用他也未可知。

再加上那天须磨子多少也喝了些酒,整个身子疲软无力,而且她很久都不曾被男人如此这般不容分说地搂抱了,因此只觉得体内的热血直往上冲。

"不行啊,你走开呀!"

须磨子虽然反抗着,但那只不过是她已经决定把身体献给东仪后故意做出的姿态。东仪用左手紧紧抱住须磨子的手臂和肩膀,用右手掀开了须磨子睡衣的前襟。慌乱的气息呼呼地骚弄着须磨子的耳郭,可以感觉出东仪的手因为兴奋正在颤抖。

既然敢于偷偷潜入房来做这种挑战,无疑东仪已经做好了被开除的准备。与其说须磨子是被东仪其人所感动,莫如说是被他那冒着风险敢于挑战的热情打动了。当东仪知道须磨子并非真心抵抗后,便强行将嘴巴压在须磨子的唇上,猛地做了起来。

须磨子默默无语,只是被动地接受着因兴奋而失去了冷静的东仪,莫如说是对东仪的一种慰劳。

这是须磨子与丈夫诚助分手两年后的首次性行为。她全身大汗淋漓,但却毫无愉悦感。

俄顷,事罢。东仪突然老实得跟个孩子似的。

"是我不好……"

见须磨子依然缄口不言,东仪说了声"对不起"后,便逃也似的溜出了房间。可就在他走出房门返回自己房间的途中,却与同是协会会员的广田不期而遇

东仪慌忙错开了自己的视线,那态度分明意味着自己做了亏心事。

广田将东仪深更半夜从须磨子房间仓皇走出的事告诉了同住一室的人。

"该不会是他偷偷钻进了须磨子的房间吧?"

天亮以后,流言便在会员之间不胫而走。

会员之间的恋爱是明文禁止的。倘若发生了恋情,其中一方将被要求退出协会。这是逍遥定下的方针。

三

东仪好像在大阪的旅馆里勾搭上了须磨子。这一流言在回到东京后更是传得沸反盈天。要是东仪铁笛的话,很有可能干出那种事;不,是须磨子勾引了他,云云。各种揣测纷纷登场。可两个当事人却态度坦然,一副佯装不知状。不过每当有人提起东仪时,须磨子便会不悦地扭过脸去。而东仪则在嘴角泛起一丝微笑,似乎想说你们爱怎么想就怎么想吧。于是,人们根据二人的态度又是一阵胡猜乱想,什么东仪轻而易举地就占有了须磨子,须磨子还在为此事怒火中烧呢,等等。

绯闻自不必说也传到了抱月的耳中。

大阪公演之际,抱月实际上就相当于剧团团长了。如果东仪和须磨子的绯闻属实,在风纪上是绝对不能被允许的。因此,作为负责人他必须对他们做出某种处理。

然而抱月只是陷入沉思中,并未做出任何决定,一如既往地表现出了那副知识分子所特有的消极态度。本来抱月就是一个不会大声发火的男人,在指导排练时,会员们也只能通过他的表情和态度来揣测自己的表演是否正确。也就是说知识分子特有的暧昧气质使他丧失了追究这一问题的魄力。

东仪是研究所设立伊始时期的讲师,又是协会的干部。虽说抱月的级别相当于团长,但东仪的身份却令他难于随意追究。无奈,抱月只好将须磨子单独叫到自己的办公室询问情况。这次谈话也远远谈不上追究,只不过是在谈论其他事情时顺嘴问了一句:"有这样一种传闻……"

须磨子立刻抿嘴一笑,说道:

"为这种事而神经紧张,这可不像老师您了。"

"什么意思?"抱月难解其中真意,脸上露出懵懂状。须磨子突然端坐在那里,从正面直视着抱月。

"我对老师很尊敬。如此尊敬老师的我怎么会做出那么不检点的事呢?老师难道不相信我吗?"

仅此一句话便使抱月打消了追问的念头。

抱月早就对须磨子怀有好感,何时开始他自己也说不清楚,也许是从《哈姆雷特》公演时开始的吧。须磨子在排练时敞胸露怀,声音高亢,身上总是穿着那件条格花纹铭仙绸和服,双脚赤裸趿拉着木屐,一副大大咧咧的样子。而那略显高大的身材也给人以一种粗野之感。

然而一旦出现在舞台上,其全身便会飘逸出一种平时无法想象的美。只要她一上场,舞台顿时辉煌起来。有些演员排练时能力可以发挥到极致,可一旦站到舞台上,却只能发挥出七八成,有的甚至只能发挥出一半。反之,有的演员在舞台上却可以发挥出平时水平的百分之一百二十,甚至一百三十。自不必说须磨子属于后者,舞台上的她与平时相比看上去倍加耀眼。

抱月赞叹须磨子饰演奥菲利亚时的演技,因此才又让须磨子主演了下一部戏《玩偶之家》。要想诠释一个从平稳小家庭出走的主妇则非她莫属。当抱月有此感想时,须磨子就已经开始驻留在他的心中。

不过,在恋爱方面谨小慎微的抱月,以为自己对须磨子的兴趣不过是建立在导演对主演女优的期待上而已,并无其他更深的想法。那当然是一种与恋爱无缘的情感。

但是,他越是拘泥于这种关系,就越说明他对须磨子是在意的。无论他如何试图在心里做出牵强附会的解释,然而恋情已经自然而然地溢于言表。直觉敏锐的须磨子在接到娜拉这一角色时,就已经看穿了抱月的心思。

岛村老师对我有意……

一想到抱月此时正在舞台一侧紧盯着自己,须磨子就越演越起劲。

要说须磨子和抱月对对方的好感孰先孰后,应该说须磨子在先。这从须磨子为徒抱月为师这点看,也是顺理成章的事。

与令人畏惧宛若严父一般的逍遥及拼命想要出风头的东仪或土肥相比,抱月总是显得颇为低调。即便是在上课的途中,如果遇到他本人也搞不明白的问题时,他就会中断授课并独自沉思良久。有时还会显露出一副满不在乎的样子,一声叹息满脸孤独。那种充满忧郁之感的知识分子气息为须磨子所喜爱,想要让自己不去关注他已经欲罢不能。

但是,抱月看上去只是一门心思做学问,对女人似乎不感兴趣。那种专注的劲头更能撩拨女人的心。

《玩偶之家》的公演结束后,须磨子突然变得大胆起来,在排练的空当时间里,她一屁股坐在铺着地板的地上说道:"我说老师啊,能帮我稍微揉揉这儿吗?"说罢就把肩头伸向抱月。抱月有些踌躇,环视了一下四周后,遂腼腆地把手轻轻放在她的肩上。会员们佯装不知,纷纷离开了房间。等到房间里只有他们两个人时,须磨子更是敞开胸部说道:"我说老师,再用点力嘛!哦,就是这儿。"

为须磨子揉肩的抱月可以清清楚楚地从敞开着的领口看到对方浑圆的乳房。坐在地板上的须磨子将下半身的裙脚撩起,显露出白皙的小腿。揉到中途时她还会说,"老师,您的手法真糟糕,揉的时候要这样揉",说着便反过来替抱月揉起肩来。

不过,这看上去就像是利用排练的空闲时间进行的一种天真无邪的戏谑,至少须磨子一直都是采取了这样一种态度。

然而抱月却做不到这一点,他触摸着要比妻子年轻十岁的年轻女子的肌肤,甚至还窥见了对方的乳房。他无法轻易从陶醉中醒来。

不过,须磨子让男人给自己揉肩并非只限于抱月一人,她也让其他男人为自己揉过肩。有时还会说,"你看,都脏成这样了",说着说着便撩起长和服衬衣的下摆让身边的男人看。所以并非只是抱月一人享受过这种特殊待遇。

而这点却恰恰是须磨子的高明之处。大家既承认她与抱月的关系亲密,同时又笃信二人的亲密性质仅限于师徒关系。此外,单凭须磨子的个人魅力,再怎么那个,也没有谁认为耿直忠厚的抱月会倾心于她。属于花花公子的东仪可就另当别论了,至少大学教授抱月是不可能迷恋上女优须磨子的。

但是,东仪却靠着热恋中男人的本能,捕捉到在抱月和须磨子之间渐次萌生的一种走向危险状态的征兆。虽然表面上他们是导演和主演女优的亲密关系,可在心底他们却相互尊敬并信赖着对方。谁敢保证两人的这种情感永远不会发展为肉体关系呢?

对于相貌英俊且又威严有加的东仪来说,如果须磨子被抱月抢走那就是自己的屈辱。好端端的一大朵鲜花岂能让一个郁郁寡言的大学教授夺走?

从公演《玩偶之家》时起,抱月和东仪就已经是显而易见的竞争对手了。两人都是成年人,故而不会表现得那么露骨。但同为恋爱中人，他们凭直觉就互相意识到了情敌的存在。

此外还有一个人，那就是医师酒井谷平。此人在协会创立当初就是一位颇有实力的发起人。正因为是剧团的外部人士，故而和抱月、东仪相比见到须磨子的机会较少。但反过来讲，他却有着堂堂正正和须磨子交往的优势，严格的风纪制约对他并不适用。

显而易见，酒井是为了追求须磨子才接近她的。公演时他每晚都要出入后台化妆室，并邀请须磨子一起用餐，还一掷千金地将豪华的礼品赠送给须磨子。

此外还有土肥和同时进入协会的上山等人。对须磨子有意的男人不胜枚举。

为什么须磨子能如此这般地吸引男人呢？若仅凭容貌的话，同为一期学员的河野千岁可以说更漂亮。须磨子的脸蛋圆乎乎的，虽说经过整容后鼻梁挺了起来，可眼睛细长而且是肿眼泡。她身材高大，举止粗俗，同时性格倔强任性，做什么事情都是唯我独尊，想要自己说了算。若从当时的观念看，这大约就是一个没有女人味儿的女人。这样一个须磨子，其吸引男人的最大理由就是因为她一夜之间成了明星。扮演《玩偶之家》中娜拉角色的须磨子，如今成了协会的顶梁柱，剧团的招牌女优。只要是男人，无疑都会产生独占这样一个女人的欲望。更何况须磨子一旦站立在舞台上，看上去确实要比平时美艳得多，大牌女优的形象油然而生，其魅力亦在舞台上扩散开来，也就是说她是一个可以令舞台熠熠生辉的女优。

再进一步讲，须磨子一旦离开舞台后，就会以一个普通女人的身份轻松随和地与男人接触，而且看上去对他人毫无戒心，乃至旁观者都为她捏着一把汗。如果听之任之的话，好像她随时都有可能被其他男人掠走。这份不安更是撩拨着男人的心。

从《玩偶之家》走上大阪公演旅途时起，围绕在须磨子身边的男人基本上就集中在抱月、东仪和酒井这三个人身上了。虽说还有其他男人恋慕着须磨子,但从第三者角度看,只有上述三人是站在同一条起跑线上。

东仪就是在这种情况下在大阪的旅馆里"袭击"了须磨子。但再这样下去须磨子会被抱月或酒井抢走也未可知,正是这种焦虑促使东仪采取了强行措施。

须磨子当然知道这三个男人对自己抱有好感。抱月在充满理性的压抑下显露出来的温情值得称道;东仪具有男子汉气概的积极主动也蛮不错的;而酒井谷平的丰厚财力同样充满了魅力。

在这种情况下,东仪的率先出击看上去似乎获得了成功,实际上东仪本人也自以为胜券在握。本以为会遭到须磨子的激烈反抗,万没想到对方竟轻易地从了自己,过后也没有说过一句怨言。根据东仪以往的经验,女人一旦以身相许,过后就会自然而然地跟着自己。

然而此次的情况却迥异。须磨子确实把身子给了东仪,可翌晨见到他时却并无任何异样。坦然相见并互致早晨的问候,和以往相比既未显得亲热,也未显得疏远。反倒是东仪张皇失措,满面通红。

虽如此,东仪却以为那不过是须磨子逞强要面子而已。本来已经被人占有了身子,却硬要装出一副无所谓的样子。因此,只要二人私下谈谈,情况肯定就会发生变化。东仪在悄悄地等待着时机。

《故乡》的大阪公演结束后,协会便准备出发去下一个公演地名古屋。名古屋的公演定在御园剧场,演出时间预定从六月十九日到二十八日。在出发去名古屋的前一天,东仪利用在旅馆走廊遇见须磨子的机会对她说道:

"我们俩单独见个面吧,今晚怎么样?"

"不行!"

须磨子回答时态度冷漠。

"还在为上次的事生我的气吗?"

"我为什么要生气呢?"

"那就约会一下吧,下午或者黄昏都行。在旅馆里会被人看见,我们去梅田或者道顿堀吧,去哪里都行。"

"不行啊!今晚我要和岛村老师一起吃饭。"

"和岛村?"

话音一落须磨子就快步离开了,令东仪无所适从。

就好像是在嘲笑东仪的焦躁似的,在从大阪去名古屋的列车里,须磨子始终紧紧地坐在抱月身边。

"老师,上车后我们坐在一起吧。"

是须磨子提出了坐在一起的请求。

以往在长途旅行时,总是女性和女性坐在一起。可须磨子一反常态突然提出要和男士坐在一块儿。

"女人和女人坐在一起,总是会讲上一些无聊的话,反倒累人。"

见抱月游移不决,须磨子干脆地说道:

"您是团长级别的老师,我是女主角,两人坐在一起不是理所当然的嘛!"

抱月依旧默然无语。列车一靠站,须磨子立刻主动占好座位,接着又一个劲儿地喊抱月:"老师,老师……"同时,她又让随从人员繁代坐在前面空着的座位上,三个人凑在了一块儿。

剧团成员们全都惊愕地望着他们。抱月羞赧地一会儿看看窗外,一会儿又低下头去,而须磨子却兴高采烈。列车开动后,她便满不在乎地靠近抱月并和他搭话。介意他人目光的抱月刚将身体缩回,须磨子便进一步靠了过来。

车到中途,大家都买了车站盒饭。须磨子麻利地将自己的手帕铺在抱月的膝上,并帮助抱月打开木质盒饭盖。起初还犹豫不决的抱月胆子也逐渐大了起来,列车快到名古屋时,他的紧张状态已经彻底消除。

须磨子由车窗外面的风景讲到了自己的故乡松代,并提起了自己孩提时代的往事。诸如此类都是一些拉拉杂杂的话题。虽如此,二人却乐在其中。偶尔有人从车厢通道上走过,就会好奇地瞥上他们两眼。因为当时即使是恋人或者夫妻也鲜见在车厢里贴身而坐。不久,须磨子终于讲累了,竟把头靠在抱月的肩上进入了梦乡。已经大胆不少的抱月并未推开须磨子的头,任凭她依偎着。

两人的亲密交往在抵达名古屋后依然持续着。排练时自不必说,即便在公演的间歇时间里,两人也几乎始终待在一起。

曾有一次,正在后台化妆室里化妆的须磨子突然向抱月索吻。

"这怎么可以……"

见抱月游移不决,须磨子不高兴地扭过脸去说道:"快点,在这儿你要是不抓紧,过后可别后悔呀!"

受到催促的抱月只好环顾周遭,发现并无其他人在场后,遂笨拙地和须磨子接了吻。"没你这么亲嘴儿的!"说罢,须磨子就笑出声来。有一次两人接吻的场面恰好被繁代撞上,结果把手中端着的一盆热水洒了一地。

在旅馆时,两人也常常待在一个房间里,且几乎都是须磨子悄悄钻进抱月的房间。别看须磨子表面上任性放肆,却意外有着贤内助的一面。她会为抱月沏茶,并说女佣卫生打扫得不彻底,进而亲自拿起抹布擦拭起房间来。回到自己的房间时,有时还会拿上抱月的和服裙裤,并在睡觉时把它铺在自己的铺盖下面。

在别人眼里,二人似乎已经有了肉体关系。然而须磨子也好,抱月也罢,两人表面上始终做出什么事情都没发生过的样子。

"老师,您真是叫人着急啊。喜欢的话,您想怎么做就怎么做好了。"

须磨子居然毫无忌惮地说过这种话,令在场的人目瞪口呆。

总之,自打走上巡回公演的旅程后,须磨子和抱月的关系就成了公开的秘密。

团员们对二人的快速接近感到愕然。

然而导演与女主角超越工作关系相互接近本来就是一种水到渠成的自然结局,再者说须磨子的爽朗和抱月的忧郁或许正相匹配。而实际上,东仪挑逗须磨子那件事也成了一个契机。虽说须磨子并不喜欢东仪,但给了他一次以后,一不留神还真就有可能成为他的女人。倘果真如此,还不如和抱月走得近些。一想到自己是一个要依靠女优身份维持生计的人,她就觉得抱月远比东仪更为重要。与东仪之间的绯闻传得沸反盈天以后,须磨子的心就更加鲜明地倒向了抱月。

四

明治四十五年(1912)七月三十日,明治天皇驾崩,年号改为大正。自大正元年七月三十日起,仅仅过了五个月就进入到大正二年。

在这段时间内,文艺协会出现了巨大的骚动。自不必说那就是抱月和须磨子的恋情问题。

对于倡导"游于艺"并打算在严厉整肃风纪的基础上开展新的戏剧活动的逍遥而言,两人的恋情彻底倾覆了他的意图。

在那以前,逍遥以为只要对进修生之间的男女关系进行严密监控,在风纪问题上就不会出现什么纰漏。然而此次却是协会领导和进修生之间出现了这种关系。而且其中的一方是逍遥一手栽培的得意门生,另一方则是人气女优兼协会的顶梁柱。

绯闻传到这种程度,按理说本该立即除名。可是协会如果现在失去他们,就会危及协会的生存。除了这一难题之外,抱月和东仪的不睦以及协会创立时就身为干部的土肥、东仪等人与一期学员之间的对立也浮出水面。并且在一期学员中还有一拨人对协会过分倚重须磨子心存不满，而一期学员和二期学员之间围绕着配角问题也出现了对立。

协会内部的这些对立现象甚至波及了早稻田大学。一批文科系少壮派人士将逍遥的倾向视为通俗化并试图支持抱月的活动已经开始公开化，而法学系学生的反抗更是不啻火上浇油。

最高负责人逍遥陷入巨大的苦闷中。

如果问题只是抱月和须磨子的恋情那还好说，可如今已经从协会内部的对立发展成早稻田大学的内部对立了。

早稻田大学大体上存在着尊崇与国立大学进行抗争的在野党精神，因此虽然不乏能言善辩者，但大都只不过是喜欢瞎起哄乱嚷嚷而已。这些人早在文艺协会创立之际就与逍遥或抱月有着千丝万缕的关联，因此他们将协会视为自己剧团的意识极为强烈。表面上看他们议论纷纷似乎都是在为协会的前途着想，但实际上他们却是站在局外人的清闲角度，毫无顾忌地信口开河。针对抱月和须磨子的恋情，有人认为无可厚非，有人则持否定态度。甚至进一步对话剧的发展方向展开了喋喋不休的争论。

在如此这般的喧嚣声中，两个当事人的态度却完全相反。须磨子泰然处之，抱月则惴惴不安。

在认识须磨子之前，抱月是一个绝无花边新闻、只知道一门心思认真做学问的学究。在大学里被誉为"冷静而又深思熟虑的才子"。

这样一个男人竟初次燃起了恋情之火，而且当时的抱月已经四十二岁。据说越是年轻时严肃认真的人，一旦恋起爱来便越发不可收拾。可以说抱月对须磨子的爱恰恰就属于这种类型。

在名古屋公演之际，抱月就已经下定决心要为自己与须磨子之间的爱情而活。

　　七月末名古屋公演结束回到东京时,抱月亲自搀着须磨子的手,扶她坐上人力车,并帮她整理好膝上的盖毯,还为她搬来了行李。分手时竟像叮嘱小孩子似的说道:"你自己多加小心啊,今晚好好睡上一觉。"并当着其他团员的面,堂堂正正地将写着自己翌日以后工作安排的日程表交给了她。

　　当时有个叫中山晋平的学生住在抱月家。自不必说,中山晋平就是那个称霸于大正至昭和年代的日本歌谣界的大作曲家。他曾创作了《喀秋莎之歌》以及《波浮港》《银座之柳》《东京进行曲》等数目众多风行一时的名曲。

　　然而那时的晋平还是个二十六岁的青年,借其在《早稻田文学》杂志做编辑助手之缘,以寄宿生的身份住进了抱月在府下户冢村谏访(现新宿区谏访町)的新居。

　　自不必说,晋平是抱月的崇拜者。

　　抱月不仅学问出类拔萃,而且为人诚笃。虽说处在大学教授的地位上,可身上却不知哪儿总是蒙着一层孤寂的荫翳。晋平知道其原因就在于抱月家庭的不睦。

　　妻子市子是一个颇有见识但却有点歇斯底里的人,抱月总是默默地倾听妻子的抱怨。晋平知道老师是养子,故而对夫人客气迁就。可以说正是这种想法促使晋平愈发偏向抱月了。

　　抱月从关西公演回来后的反常态度,连晋平都看得清清楚楚。

　　以往那般冷静且又深思熟虑的老师居然变得烦躁不安起来。他总是心神不定,而且还频繁外出。以前除非有特殊事情,否则老师从不出门。故而这种变化就更为显眼。不仅如此,他还动辄慌里慌张地离开家后又跑回来取忘记带走的钱包之类,张皇状与孩提无异。连晋平都注意到了的这些变化,妻子市子怎会察觉不到。

"他,去哪儿了呢?"

抱月走后,市子必定会这样追问晋平。

"不是说去文艺协会吗?"

"那绝对是谎话!"

"是吗?"

"你不知道吗?"

市子试探似的看着晋平。

"最近一个时期即便他人在书斋里,也根本就不看书,总是呆呆地望着窗外,好像挺疲惫。他最近的神情以前从未见过,都一大把年纪了居然还像个傻子似的……"

市子一旦开口就没完没了,并且感情会在中途亢奋起来,甚至会对毫无干系的晋平大发雷霆。

不久后的一天,抱月用一块大包袱皮包起了文艺百科全书及文学类书籍等,双手抱着走出了家门。市子问他为什么拿这么多书,他回答说要把书搬到大学研究室去。

"他这个人是绝对不会说出真话的!今天我一定要问个究竟!"

不久,当抱月回到家里以后,市子便来到二楼的书斋里,再次询问了书籍的去向。

"研究室。"

抱月只是重复着同样的话。

"如果你是把书籍搬到了大学研究室的话,那我现在就要去看看,请你带我去!"

"做妻子的去研究室岂不是一件怪事?"

"这么说其他女人就可以去了,是吗?"

在二楼的书斋里他们再次开始了争吵。

正因为抱月是个诚实的男人,所以他不会说谎。虽然他绞尽脑汁来为自己寻找各种借口，可旁人一眼便可看出他是在撒谎。即使他嘴上说得合乎逻辑，但在其表情或动作上却露出了破绽。

即便看上去合情合理，但细加琢磨就会发现许多异常之处。

比如，晋平最先察觉出抱月和须磨子的关系可疑，是在他整理《早稻田文学》杂志馈赠人员名单时。他在删除迄今为止一直寄送而现在又觉得没有必要再继续寄送的人员名单后，发现新增加的寄送人名单中，出现了中桐确太郎和松井须磨子的名字。中桐确太郎是抱月的挚友，寄送理所当然，可赠送给须磨子就讲不通了。首先须磨子并不是一个对文学感兴趣的女性，再者就算她也要阅读那些和话剧有关的文章，可她并不是杂志社必须赠送杂志的对象呀。而且在抱月说出寄送地址时，居然连纸片都不看就轻松地说出了须磨子住址的门牌号码。男人如果能记住女人的详细地址，就说明关系非同一般。就连晋平这个男人都发现了其中的异样，整天都在监视丈夫的夫人能够看出异常也就理所当然了。本人自以为装得很像，其实早已露出了马脚。

八月二日，一件令二人全都无法忘怀的事发生了。

是日在早稻田大学举行了日前驾崩的明治天皇追悼会。为了出席追悼会，抱月佩着黑纱走出家门，之后于响午时分回了一次家，到了傍晚时分，他又说要和天野教授碰面，商量一下去信州的事，再次走出了家门。

此次信州之行，时间是八月一日起，为时一周时间。抱月曾接到过邀请，要在长野地区举行讲演会。他预定与早稻田大学的天野为之法学博士一同前往。但是，由于明治天皇的驾崩，讲演时间延迟到五日开始后的一周时间。抱月打算此次行程带上须磨子。市子已经觉察出丈夫的此次旅行有些蹊跷。

"虽然他那么说,可鬼才知道他是不是真的去了天野老师家。你替我跟着他到天野老师家给我盯着。我去那个女人的住处监视着。"

夫人痛下决心似的说道。

晋平未免郁闷。即便夫人平时关照自己,可这样的命令他还是想一口回绝。然而夫人的太阳穴已经微微颤抖起来。

说罢,夫人便开始做带着长女春子一起外出的准备。本来是一个前去监视丈夫的女人,却又偏要带上还是学生的女儿。这便是市子的可怕之处。

晋平无奈,只得穿上不显眼的黑色筒袖和服走出抱月家。正值黄昏时分,倾斜于户山原野上方的夕阳,将一团热气倾洒在干巴巴的路面上。

晋平只是大体上知晓天野的宅邸位于九段饭田町,却并不知道详细的住址门牌号。不过当时户数稀少,人际关系也较为密切,因此,他只是询问了一下附近的邻居,就立刻打听出天野宅邸的所在。

晋平抵达目的地时,周遭已是一片薄暮。天野宅邸蹲伏在高高的黑色围墙内。

晋平倚在大门附近的电线杆上,窥望着里面的动静。他只能看见玄关的灯亮着,里面一片静谧。周围是住宅区,行人稀少,过路人无不以怀疑的目光回头看上他几眼。

晋平困惑地一直伫立在那里。他在心底祈祷着抱月此时就在天野家中。如果能在这里碰到抱月的话,他便打算实话实说,告诉抱月是夫人要他来这里尾随他的,并请抱月立刻回家。

然而天野家的大门始终紧闭着,显示不出有人要出来的迹象。大约过了三十分钟左右,从门里传来了说话声,两个男人走了出来。二人一边大声交谈一边朝饭田桥方向走去。从背影上晋平就可以看出那二人中没有抱月。

二十分钟过后,一个敦敦实实的男人缓步走进了家门。晋平只是看过天野教授的照片,这个圆脸庞男人胖墩墩的样子和照片颇为相似。

"恐怕此人就是天野老师了……"

如此看来,要么就是天野老师与岛村老师在外面见了面,要么就是与天野老师见面的话是抱月老师编出的谎言。总之,并无抱月老师待在这里的迹象。继续等了十分钟左右后,晋平断了念想,回到了诹访町。

再说夫人与春子,同样只是凭着住在大久保车站附近这个唯一的线索开始寻找起须磨子的家来。

当时须磨子住在车站东侧第二条马路尽头一栋租借的房子里。她们一提女优须磨子的家,立刻就打听到了。

母女俩在小马路拐角处的一间冷饮店里一边喝冰水一边等候着。这时须磨子走了出来,雪白的连衣裙包裹着她那高大的身躯。她手里拎着手提包,一看就知道是要出门。

在那之前夫人并未见过须磨子,不过通过照片资料,夫人早就对须磨子了如指掌。

夫人和春子立刻起身,跟在了她的后面。

须磨子径直往大路方向走去。走上大路后则拐向了火车站方向。二人就在她身后五六米远的地方尾随着她,可她却毫无察觉不停地向前走去。作为女人,她的脚步未免过快。来到车站后她买了一张车票。

也不知她买了去哪儿的车票。春子迅即开口对售票员说道:"给我们来同样的票……"车站售票员反问道:"是去高田马场吗?"春子颔首。于是售票员便给了她两张去高田马场的票。二人拿着票,继续尾随在须磨子的身后。

即便伫立在站台边上,须磨子似乎依然没有发现市子她们的存在。在夕阳余晖的照射下,那身雪白的连衣裙尤为扎眼。而且可以远远地窥见她那敞开的衣领下隆起的乳峰。

在那个衣着朴素的时代,这身打扮看上去相当艳丽。站台上的人全都时不时地飞速瞟上她几眼。然而须磨子一副安之若素状,那态度似乎在说,自己对被人盯望早已习以为常。

俄顷,列车驶进了站台。须磨子登上了电车,夫人与春子亦紧随其后。

与买的车票相符,须磨子在下一站高田马场下了车。二人照旧跟了下去。

须磨子走出了高田马场的检票口。跟在其身后的夫人倏地看了一眼侧面,不由得停住了脚步。

在检票口外,伫立着丈夫抱月。其身上的衣着,正是刚才还见过的那件白色碎纹色织布和服。抱月将双臂交叉在胸前。

"春子。"

夫人叫住了孩子,悄然向后退去。

所幸她们被挡在两个先行下车的客人后面,抱月似乎并未发现她们。

夫人在通往站台的楼梯口处躲藏了片刻,等到人们走过后这才走出了检票口。

此时,抱月和须磨子已经踪迹皆无。

她们走出了车站,环顾四周后发现,抱月二人正在薄暮的笼罩下向户冢方向走去。

夫人和春子紧随其后。兴奋使夫人情绪激昂,脸上汗水津津。然而她已经顾不得擦拭,只是将目光紧紧地盯住前方,追逐着那两个人。

两人向右,拐到一条离车站大约两百米远的天主教会旁边的小路上。再往前则是一条狭长的小径,接下来便是一片杂木林。

拐上小径以后,他们似乎终于发现自己被人跟踪了,于是突然加快脚步逃也似的钻进了杂木林,并故意东拐西拐地前行。夫人和春子在后面气喘吁吁地紧追不舍。

在一片高大的杉树林前,夫人终于追上了二人。

"他爹……"

抱月和须磨子豁出去了似的缓缓转过身躯。

倏忽间,夫人第一次与曾在脑海中描绘过无数次的须磨子面对面地站在了一起。

"真有你们的啊,居然在这种地方……"

因为激动,夫人颤抖着说不出话来。片刻时光里,三个人就这样相互睨视着。突然,夫人飞也似的扑到抱月身边,一把揪住了他的衣领。

"你在说谎!你在说谎……"

夫人大声吼叫着。周围是杂木林似乎并无他人。

抱月的领子被夫人撕来扭去,纤细的脖颈也随之前后摇晃着。他在任凭夫人摆布自己,而须磨子则后退一步扭过了脸颊。

"说是去天野老师那儿,却来幽会这种女人,你骗得我好苦啊!春子,你看!这就是你的父亲!"

夫人将春子猛地往前一推。然而抱月依然一语不发,像死人一样闭着眼睛。

须磨子看不下去了,遂低头说道:

"夫人,是我不好,做了对不起您的事。"

"还有脸说!你个偷吃的贼猫!抢夺别人的丈夫,像你这种人,去死吧!"

一瞬间,须磨子挺起胸膛紧紧地盯着夫人。夫人也是,双唇颤抖着看着须磨子。

两个女人充满憎恨地正面对视着。

片刻后,须磨子点了点头,语气坚定地说:

"我去死。我,以死谢罪!"

"你……"

抱月恐慌地看着须磨子。夫人则毫不介意地大声喊叫道:

"死了好啊!像你这种女人下地狱才好呢!"

须磨子并不作答,只是突然换了一下拎着手提包的手,之后便顺着方才来时走过的那条杂木林小径跑去。

"喂,你要……"

即便抱月呼唤她,须磨子也并不作答。白色的连衣裙在暮霭中晃动着,须臾间便消失在树丛的远方。

"你想去追是吧?"

看着用双眼追寻须磨子离去背影的抱月,夫人冷冷地说。

"这种水性杨花的女人哪儿好啊?!"

"……"

"你要是觉得这种女人好的话,就和她一起去死好了。"

"要是那样的话,就索性让我也去死吧!这样子还不如死了好!"

抱月在夫人面前低垂着头颅。

"你都堕落到这种地步了吗?"

夫人放声痛哭起来。

眼前的抱月只是一味紧盯着杂木林的彼端。春子则怯怯地拽着母亲。杂木林内已经彻底黑了下来,须磨子离去后的小径也被隐蔽在黑暗之中。

"妈妈!"

听到春子的呼唤,夫人总算回过神似的抬起了头:

"喂,她爹,回去了。回家后我们再了断此事!"

夫人用手帕擦了擦脸,迈步向前走去,抱月则悄无声息地跟在了她的身后。

夫妇俩和女儿就这样默默无语地奔回诹访町的家。三人回到家里后,夫妻俩在书斋再次发生了争吵,而晋平则是在此之后才回到了家中。

第三章　恋火

一

在二楼的书斋里,抱月与夫人相向而坐。

抱月背靠椅子,抱着胳膊,眼帘低垂。那样子既可以被看作后悔,也可以被理解为"你掂量着办吧,反正我是豁出去了"。

市子腰板笔直,以锐利的目光狠狠地瞪着抱月。漫长的缄默过后,首先开口的是市子。

"我想听听你此时此刻的真实想法。"

用词虽然礼貌,语尾却因愤怒在颤抖。

"看来你还是和那个女人发生了关系啊!你就拿出个男人样来承认了又能怎样?"

"你少说这种失礼的话!她和我只不过是女优和导演的关系罢了。"

"你这不是揣着明白装糊涂吗?哪有女优和导演在天黑时跑到杳无人迹的杂木林里去会面的?还撒谎说什么去见天野教授……"

伴随着亢奋,市子的眸子开始闪闪放光,不久脖颈也微微颤抖起来。歇斯底里开始了,然而此时抱月的态度也发生了骤变。

"并不是我想要说谎,是因为你太啰唆了!"

"我要是不啰唆,天知道你会做出什么事情来!什么自己是大学教授,装扮出一本正经的样子来,可实际上你好色,难道不是吗?对物集妹妹你也勾引,对女仆美和也不例外。只要是来到家里的女人,你都会挨个眉目传情诱惑她们,难道不是吗?"

"胡说八道!"

说自己对所有的女人挨个眉目传情未免有些夸大其词,但自己觉得物集妹妹可爱倒是事实。虽说方才的话可以被视作太太恼羞成怒后的信口开河,可一想到市子居然能够看透这一点,就未免令他感到毛骨悚然。

"不行!我要趁着这个机会把话说清楚。中山也好,早稻田的人也好,全都知道你和那个妖冶女人的不洁关系。人家都在笑话你呢,说一个大学教授都一大把年纪了,居然还玩风情追女优!"

"我根本就没有追她。只不过是在舞台排练方面她需要我,跟我套套近乎而已。"

"如果只是那个女人主动跟你套近乎的话,你为什么要特地跑到高田马场去与她约会呢?还是你受了那女人甜言蜜语的诱惑,发展到肮脏关系那一步了吧?"

"我们绝对没有那种关系!绝对不像你想象的那样!"

"你还要装糊涂吗?男女出去旅行,住在同一家旅馆里,怎么可能不搞在一起?"

"我跟你说啊,那个女人的脑子里只有演戏。虽说是女优,却又好胜又任性,因此和自己的丈夫也搞不好关系。她曾经离过两次婚。我怎么会和这种女人发生关系呢?"

"那你为什么还要偷偷地去会那种女人呢？你有必要特意去会这种自私任性的女人吗？"

"那个女人现在需要我。我在导演自己的戏剧时也需要她。在工作上我们彼此需要，这才和她交往的。只有这种关系而已，并非你想象的那种不洁关系。"

"虽然你想狡辩逃避，可你爱上了她则是千真万确的，难道不是吗？"

"要说爱慕那也只是在精神上，并非肉体上的爱。那是一种建立在工作关系上的精神爱慕。"

"什么精神上的工作上的，你觉得这种哄骗小孩似的理由能够说服我吗？"

"那你到底想怎样？算了，随你便吧！爱怎么样就怎么样！"

突然，抱月站起身来，猛地一拳砸在了桌子上。稳健的抱月做出这种举动实属罕见，然而市子却不为所动。

"不可原谅！我无法原谅你！"

"那好，你想怎样吧？"

"你死了才好！我想杀了你！"

"哦，那你杀吧，我正想死呢！"

听到市子的吼叫后，抱月大声反击起来，他揪着自己的头发喊道：

"来，杀呀！总有一天我会死给你看的！"

抱月把身边的书，一本接着一本地抛掷到地板上。迄今为止一直压抑在心头的怨气似乎一下子爆发了。

"中山，中山……"

市子慌忙跑下楼去招呼学生中山晋平。

"再怎么跟他说也是白费口舌。我不想待在这种人身边，你去给我看着他!"

说罢,市子便飞快地躲进了自己的房间。无奈,晋平在稍等了片刻以后,这才走上了二楼。只见抱月在房间正中将身子摆出一个大字形,伸展着四肢躺卧在那里。室内没有点灯,一抹月光从只是敞开了一条缝隙的套窗倾泻进来。

"老师……"

"啰唆!我没事,你下楼待着去吧!"

与那些外表貌似温和的人往往会意外隐藏着一颗郁闷的心无异,抱月也是一样,他一直在用理性压抑着自己扭曲了的感情。可一旦制约被解除后,则会流露出意想不到的孩子气一面。是日夜里的抱月正是如此。

在被市子穷追不舍后,抱月已无法辩解。于是态度骤变,决定破罐子破摔。他又是敲桌子,又是扔书本,并在地上躺成了一个大字形。其状与留洋归来、满腹经纶的教授形象大相径庭。

不过可以这样说,抱月当时只能如此并无其他选择。平时的他总是谨小慎微,从不会与人争吵或斗殴,因此他并不熟稔自己被击败之后的反击之策。

晋平事后在日记中写道:

"看到老师嘴里喊着'我想死,我想死',自己很是失望。"

虽然抱月要晋平下楼去待着,可夫人是叫他来看着老师的,因此他难于走出老师的房间。只见抱月晃晃悠悠地站起身来,将自己的头往书架上撞,甚至还打开套窗做出想要自杀的样子来。此时此刻,情绪亢奋的反倒是抱月了。无奈之下,晋平只得将书斋的门敞开,自己蹲在门口监视着抱月。

突然,从房间里传来抱月的声音。

"喂,你到楼下去把酒给我拿来。不要烫,只把酒壶拿来就行,不要酒盅,把茶杯也一块拿来!"

"现在还是不喝为好吧?"

"没事!这种时候不让我喝酒,你是想让我就这么傻呵呵地待着吗?"

挨了训斥的晋平将酒壶和茶杯一并交给了抱月。

抱月为自己斟了一杯酒并一饮而尽,接下来又命令道:

"再去给我拿一壶来!"

"您还是别喝了吧……"

抱月本来没有酒量,即使偶尔来了客人,也是喝上两三盅后就满面通红。

现在的他已经是满脸通红了,却气喘吁吁地还要接着喝。

"别废话!让你拿你就去拿好了!"

晋平只得再次走下楼去。不过,他毕竟有些忐忑,于是又专门去询问夫人,然而夫人一言不发。

"可以拿给他吗?"晋平再次确认。

夫人隔着隔扇答道:

"你就看着办吧。"

晋平无奈,只好端着酒壶再次向楼上走去。

抱月再次一饮而尽,之后突然膝行靠近晋平,抓住他的手说道:

"听我说呀,你……"

晋平的手被抱月捏着,感觉有些发瘆,于是便低下头去。

"我干了一件荒谬到家的事。我摊上大事儿了。在我的一生中还从未遇到过这么重大的事情呢。我恋爱了。"

晋平只是老老实实地倾听着。

"我以前的生活确实充满了虚伪,有过很多虚假的地方。可是人只要一恋爱,就会变得虚伪起来。不对!是因为爱情,人才不得不虚伪的。古往今来无一例外。是不是这样啊,你说……"

晋平对此无言以对。他慢慢地抽出自己的手,将酒壶和茶杯移到房间一隅。

"我以前不懂得什么是真正的爱。活了四十二年却不知爱为何物……在第四十二个年头上,我才终于醒悟了。即便如此,也还是岩野泡鸣了不起啊。他可是比我醒悟得早多了……今天是个重要的日子。你记得今天是几月几日吗?"

"是八月二日……"

"对,是大正元年八月二日……对我来说这是个值得纪念的日子。我第一次做了一回我自己。是爱改变了我。"

说到这,抱月全身瘫软了似的倒在了地板上。

"老师,您不要紧吗?"

"跟你说呀,爱情真是了不起啊,爱就是生命呀……"

晋平慌忙从楼下端来了金属洗脸盆,里面装着水和毛巾。抱月依然躺在地板上唠叨着。晋平把用冷水拔过的毛巾放到抱月的额头上。

"老师,请您安静一下。您喝多了。最好稍微休息一下。"

"少废话!你听我说!我做了一件对不起大家的事……我对不起妻子,对不起坪内老师,也对不起学校。妻子虽然跟我发火,但她很可爱,孩子也很可爱,可是那女人也可爱。大家都这么可爱,这可叫我如何是好?怎么办?我该怎么办才好……啊,啊,我已经活够了。你杀了我!我只有死这一条路了。"

抱月说出的话已经支离破碎,可内容却格外真实。可以说迄今为止他始终压抑着的情感此刻一下子迸发了出来。

"反正是要死了,我就把事情只告诉你一个人吧。我曾和其他女人睡过觉,只有那么一次。是在和现在的妻子结婚以后。对方是红叶馆的女佣。我那时刚刚走出校门,女方也只有十七八岁。要是有钱的话,我还想多去几次的。甚至想过要在多去几次以后娶她为妻……但是没能做到。因为没有钱只好死心了。当时虽然也悲伤,但还算轻松地熬过去了……可现在我真是很痛苦,真的很痛苦啊!"

在酒精的作用下,抱月宛若变了一个人似的说起来没完没了。

"我走到这一步都怪东仪,因为这小子突然玷污了那个女人。这家伙很卑鄙!是个卑劣的男人……不过那个女人立刻就看穿了他。看穿他以后就跑来求助于我。因为有了这个契机,她才振作起来了……她会成为一名优秀的女优的,成为日本首屈一指的女优。她是因为演了我的戏以后才获得成功的。那个女人的演技是我教给她的。她明白这一点,所以才不愿意离开我,我也不放她走。但是这样做对不起妻子,妻子她没有罪过……喂,我说,妻子和女人,两个都喜欢,这种事不稀奇吧?女人可能不理解这一点,可是男人总该理解的吧?难道不是吗?"

晋平一边恰到好处地敷衍着抱月,一边设法想要让他睡下。然而抱月的亢奋毫无平息的迹象。

"啊,为什么人生之路这么难走啊。这是为什么……我着魔了!既然如此我就只有去死了。那女人肯定也死掉了……她对我的软弱感到失望,现在已经死了。我不能让女人单独去死,我也得死……不过死之前我必须去一趟户山原野。"

抱月踉踉跄跄地用手拄着地板站了起来。

"老师,不行!您这样子是不能走路的。"

"不要哇!你走开!临死前我一定要去看看户山原野。那是我和她散过步的地方!"

抱月甩开晋平的手意欲走下楼去。既然如此,还不如就叫他到外面让冷风吹一下,说不定酒还能醒得快些。

于是晋平便去告知夫人,说自己要陪老师出去走走,之后便离开了房间。

晚上八点已过,户外几乎人迹杳然。抱月醉意蒙眬地甩着双臂,梦游人一般步履蹒跚地向前走去。因为看上去太危险,晋平便从旁搂住抱月的肩膀相伴而去。

当时的山手线,电车线路从户山原野的中央部位南北横穿而过。西半部是一片被阔叶林环绕着的茂密原野。面对山手线的一片地域是近卫骑兵队的练兵场,乃闲人免进之地。不过西面倒是有一条散步道,是市民们的休憩场所。自不必说与现在的公园不同,那里即便白昼也同样人影稀疏,更不用说晚上,真是连个人影都没有。他们在那里行走。晋平本以为抱月会继续对他滔滔不绝地说上什么"自己如何如何爱着须磨子啦""她如何如何可爱啦",等等。可抱月却突然停住脚步说"就让我在这里死吧",说罢就要往密林深处跑。

"老师,您不能这样!"

晋平慌忙拽住了抱月的手。

"那女人一定死在这林子深处了。她在呼唤我呢!快,你放手!"

"没事儿,松井小姐还活着呢。老师您可不能这么没出息啊。"

"不对,她死了。她说得清清楚楚,说是要去死的。她要是死了,我就没有脸面再去见坪内老师,没有脸面面对学校了。"

抱月依然要往林子里跑,然而他身材瘦弱,且醉意蒙眬,晋平轻而易举地就抓住了他,令他无法挣脱。抱月再次喋喋不休地絮叨起来,说他如何如何地爱着须磨子。

接下来他又说须磨子肯定就在林子里,说罢便又要往林子里闯。

晋平不知所措地叹息一声。于是抱月喊叫道:"反正我是个累赘,你放手!"

"松井小姐还活着呢。明天一早我就去她大久保的家确认一下,今晚儿您就回家休息吧。"

如此这般彷徨了差不多一个小时后,发狂的抱月似乎总算闹累了,竟突然缄口不言起来。适才的狂暴令人难以置信地倏然逝去,抱月满脸沮丧状。晋平几乎是用双臂搂着抱月回到了家中。此时凌晨三点已过。

晋平立刻在里侧八铺席大的房间里铺上褥子让抱月睡下,并挂上了蚊帐。这时东方已经露出了鱼肚白。

翌晨,晋平睁开眼时,时辰已经过了七点。他本想早起,故而连衣服都没脱就睡下了。大约是昨夜过于劳累之故,结果睡得太死。

抱月的起居室内,护窗板依然紧紧闭合着,抱月似乎还在梦中。晋平顾不上洗脸就急匆匆地向大久保赶去。

具体方位昨晚临睡前已经向抱月的长女春子打听清楚,所以很快就找到了。

须磨子当时住在牛込(新宿区)余下町十九番地外山豆腐店的一幢附属独栋住宅的二楼。

豆腐店已经早起开张了,并无任何异样。如果须磨子已经死了的话,一定会有警察进进出出,周围也应该有不少围观者。因为并无异样,晋平便折回了抱月家。此时夫人已经起床。

"没事儿,须磨子小姐没死。"

听了晋平的话后,夫人恼怒似的点了点头,接着就去了抱月睡觉的房间。

"他爹,那个女人没死哦!"

听到有人在耳边大声说话,抱月似乎清醒过来。也许是宿醉犹存之故,他一边敲打着自己的后脑勺,一边走进了餐厅。

"我怎么还活着呢?"他极为不可思议似的环顾着四周。

夫人佯装没听见,扭过脸去并不作答。可能是觉得不好意思,抱月又走上二楼来到书斋里。

此时能够在二人之间进行斡旋的只有晋平。无奈,他只好沏茶端了上去。只见抱月正站在窗边向户山原野方向眺望着。

"您喝茶吗?"

"喂,我说,我昨天应该是死了的呀……"

"您酒喝得太多。喝醉了。"

"我可不该喝酒。如果不喝酒的话,就一定已经死掉了。"

"请您就不要再说这种话了,因为松井小姐也没死。"

"你怎么知道那个女人还活着?"

抱月身穿睡衣回过头来。

"今天我一大早就去了一趟大久保,房东豆腐店也好,她家周围也好,全都没有任何异常。"

"仅凭这些你就说她还活着?"

晋平不想和抱月继续纠缠下去,遂来到楼下。夫人和孩子们正在用早餐。突然,从二楼传来吧嗒吧嗒的声响。

晋平惊骇地跑到楼上一瞧,只见抱月正在书斋前的走廊上来回踱步,用脚踩得地板发出声响。

"怎么了?老师"

"讨厌!讨厌!活着讨厌!"

"请您别这样了,声音都传到下面去了。"

然而抱月就像个撒娇的孩子似的更加用力地踹着地板说道:

"我想死!我想死!"

此时的晋平只觉得手足无措。这还是那位被人誉为温和厚道而又极为聪慧的岛村教授吗?晋平看不下去了,只好再次来到楼下。只见夫人正在若无其事地品尝香茗。

"老师还在说自己想死呢……"

"别理他!"

夫人冷漠地说。无奈,晋平只好作罢。俄顷,也许是闹累了,声音戛然而止。

于是晋平开始用餐。吃完早餐后,依然不见抱月下来。

"我去看看是什么情况吧。"

夫人并不作答。晋平站了起来。就在他打开隔扇走到玄关前的换鞋处准备登上二楼时,他突然看到玄关的玻璃门外有个人影。

会是谁呢?就在晋平观望的工夫,人影已经径直朝这边走来,并把手伸向了玄关门。

透过玻璃门晋平看到的正是松井须磨子。

刹那间,晋平简直不敢相信自己的眼睛了。

昨晚吵着闹着要去寻死的女人就站在自己的眼前,而且还是堂堂正正地跑到抱月和夫人的家里来了。

"请问,您……"

看着晋平狼狈不堪的样子,须磨子耸了耸肩说道:

"我是来向老师和夫人道歉的。"

"嗯……您等一下。"

晋平慌张地回了一句后,立刻跑回屋里。

"不得了啦!松井须磨子来了,就在玄关门外面。"

"你说什么……"

用过餐后正在喝茶的市子一头雾水地向玄关处望去。

"她说想向老师和夫人道歉……"

市子慌乱地只是整理了一下前额的刘海便来到玄关处。昨晚刚刚大吵一通后各奔东西的须磨子此刻就站在那里。只见她身上穿着一件花纹图样连衣裙,腰间束着黑色腰带,简直就像是一大朵盛开的鲜花。

"昨晚实在是太失礼了！"

须磨子目不转睛地直视着市子的脸，低头施了一礼。

"此后我考虑了再三，也算是得出了一个结论吧。我想还是跟老师及夫人讲清楚为好，所以就赶来了。老师在家吧？"

"是的……"

须磨子从一开始就是打算进到屋内的。无奈，市子只好把她引到玄关右边的客厅里。

因为昨晚的吵闹房间甚至都没来得及打扫。市子顾不上这些，先是拽开了拉门，又将桌前的坐垫摆放整齐。

须磨子当然是首次来到抱月家，她一边目不转睛地环顾着四周，一边在夫人递过来的坐垫上坐了下来。

"这点微不足道的东西，就送给昨天和您在一起的孩子吧。请您收下！"

也不知是出于嘲讽还是出于好意，须磨子将点心盒递了过来。

"谢谢！那我这就去把他爹喊过来。"

"夫人最好也一起过来。"

"啊，好……"

本来是在别人家里，然而须磨子却显得相当沉着冷静。张皇失措的反倒是市子。昨晚她还一口一个"那种女人""轻浮女优"地骂个不停，可一旦面对面地站在一起后，却又不敢和对方进行较量了。在这一点上或许家庭主妇与站惯了舞台的女优大相径庭。

市子暂且离开了客厅，去通知窝在书斋里的抱月，告诉他须磨子来了。

"什么！须磨子来了？"

抱月同样大吃一惊，慌忙从椅子上站了起来。

"她说有话要对你和我说。"

"她在哪儿?"

"我把她让进了客厅。"

听完市子的话后,抱月一边朝客厅张望一边走下楼去,接着便剃起胡子来。

市子命晋平把茶水端到客厅里,自己则再次坐到镜前重新化了化妆。

今天刚照面时,采取了偷袭手段的须磨子似乎占得了先机。不过从现在开始,才是正妻展示强大力量的时候。

片刻后,剃完胡须的抱月和脸上扑了白粉、唇上抹着淡淡口红的市子与须磨子正面相向地坐了下来。

"啊……"

抱月似乎有些不好意思,佯装镇静有点怪异地点了点头。

然而须磨子并不回应他,只是分别看了看抱月和市子,接着便突然将双手撑在榻榻米上,低头说道:

"此次由于自己的任性,给二位带来了麻烦,真是抱歉得很!"

如果只是听着须磨子那口齿清晰的发音,就会以为她正在练习舞台表演什么的。

"我昨夜想了整整一个通宵,反省自己真是做了一件对不起你们的事情。"

"松井小姐,怎么能怨你一个人……"

然而须磨子并不理会抱月的阻拦。

"不!老师是位了不起的人,家里的太太又这么漂亮。我明明知道这些,却仍然对老师撒娇,这可能就是女人的贪心吧。所以是我不好。"

"哪有的事……"

话刚出口,抱月突然意识到身边还坐着妻子,于是又把话咽了回去。

"我发自肺腑地向夫人表示歉意!"

须磨子再次向市子深深地低下头去。昨天还那么强势,甚至露骨地表现出敌意的女人,此时此刻却谦恭得令人无法想象。这到底是她的真心呢,还是在演戏?市子难以置信。

"因此我想好了,我打算回到信州去。"

"回老家?你,是想要离开东京吗?"

"是的,我已经很久没回乡下老家了。"

"那么女优的工作怎么办?"

"当然是要辞掉。即便待在东京,发生了这件事,今后也只能是给大家添麻烦,所以我想一个人单独过上一段安静的日子。"

"开什么玩笑!你现在要是走了,文艺协会怎么办?"

"这我就不知道了。只是昨夜我考虑了整整一个晚上,我打心眼儿里讨厌自己,居然给大家添了这么多麻烦。要是回到老家能多少悠闲一点的话,我想自己或许还有可能重新鼓起生活下去的勇气。"

"你等等!你要是走了,文艺协会也就垮台了。好不容易才走到今天这一步,可就全都前功尽弃了呀。"

"可是,事到如今我已经失去了和老师一起工作下去的信心。"

"松井小姐,你冷静一点!"

本来是在劝慰对方,然而狼狈不堪的却是抱月自己。

"你不要这么说,重新振作起来!"

事态的意外展开令市子也慌了手脚。

"昨天我也是一时火冒三丈,这才说了失礼的话。"

"不,夫人并没有做过任何需要道歉的错事。是我不对,做了'偷鸡摸狗'的勾当。"

"我的话里其实并没有那个意思,只是觉得有些困惑,因为在你和我丈夫之间传出了难听的绯闻,我是在气头上才那么说的。"

"虽然我们绝对没有做过见不得人的丑事……"

须磨子的话音未落,抱月就借劲儿在一旁帮腔道:

"这还用说吗?总而言之,我决不允许你回到老家去。坪内老师也不可能答应你的。如果那样的话,连我都无法在文艺协会继续待下去了。"

"你和我丈夫是通过演戏才关系密切起来的,我就此向来没有什么想法。请你就不要再提回去之类的事了,打起精神来好吗?"

在二人对话的诱导下,市子也开始挽留起须磨子来。然而须磨子却愈发显示出一种值得称道的样子说道:

"我确实是一个没有任何才能的差劲女人。能在舞台上表演到今天,也全都是仰仗老师指导有方。我个人是做不成什么事情的。一想到我居然给对我有过大恩大德的老师和夫人添了这么多麻烦,我就寝食难安,所以今天才这么早就出门赶到这里来了。"

"我们已经不怎么介意了。你就放宽心,轻松一些吧。"

说罢,市子便退出客厅去准备点心。

客厅里只剩下他们二人以后,抱月再次以依恋的目光端详起须磨子来。

"我还真以为昨晚你死了呢,所以跑到户山原野到处乱转,后半夜才回来。"

"请您不要再说这些了。"

"不,我要多说几遍。我昨天的表现实在是太愚蠢了。如果伤了你的心,还请你多多原谅!"

"过了一个晚上后,我对老师您也好,对夫人也好,已经没有丝毫的怨恨了。反倒是觉得通过这次发生的事自己能和夫人促膝谈心,这真是太好了！"

"总之，你不要再提回老家的话茬了。你要是走了，我就无法工作了。"

抱月握住了须磨子的手，他似乎忘记了这是在自己的家里。

"我今天是来道歉的。"

"总而言之，你还活着这比什么都强。如果你死了，我真就不知道自己该怎么办了。"

"一开始我真的想过要去死。可要是现在死了的话，吃亏的岂不只有我一个人？"

"怎么会呢！如果你死了，我也不会活在世上的。"

"不，老师有如此幸福的家庭，有夫人有孩子……"

"好吗？真的不要再提什么回老家之类的事了。"

这时客厅的拉门被打开了，抱月慌忙松开了拉着须磨子的手。市子端着盛有蛋糕和红茶的托盘走了进来，身后还跟着一个男孩。那是快七岁的次子秋人。

"哎呀，多可爱！你好！"

须磨子莞尔一笑。

"到阿姨这儿来。"

"还不跟阿姨打招呼？"

听了市子的话后，秋人慢慢地低头行了个礼。

"哇，好乖呀！"

须磨子摸着孩子的头，问了问名字，然后又把他抱起来，在额头上亲吻着。

看着须磨子这过分虚假的举动，抱月和夫人的脸上全都显露出些许无奈的神色。

"真是一个幸福美满的家庭啊！"

说罢,须磨子又向市子询问了一些孩子和家务等方面的事情。有问不能无答,不觉间两个女人的交谈渐渐融洽起来,后来甚至喜笑颜开了。

怎么看都是一副奇妙的光景。抱月在一旁操着双臂,满脸怅然。

就这样一个小时的时光逝去了,须磨子终于站起身来。

"那么,去叫辆人力车吧。"

抱月打发晋平去叫附近的人力车,然而不巧车子全都出去了。

"没关系的,我可以走着回去。"

"可是,太阳的光线太强了呀!"

其实,与其说抱月在意的是太阳光线,不如说东仪铁笛的家就在附近。

如果此时须磨子走在路上的情景被他看见的话,鬼知道他会造出什么谣言来。再者说,这件事刚刚发生过,难保须磨子不会移情东仪。

"再等等如何?你是去大久保吧?"

"我想顺便去一下赤坂的姐姐家。"

"你真的不会再想回老家了吧?"

"这个嘛,我还要和姐姐商量一下。"

须磨子故弄玄虚地说,接着便站了起来。抱月按捺住自己想要送她的想法,伫立在门口说道:

"再去叫一次人力车怎么样?"

"真的没事,我会在路上叫的。"

说罢,须磨子便把头转向了市子。

"打搅了这么长时间真是对不住!不过能够得到夫人的谅解,我这心里边也就轻松了许多。"

"我也是,见到你也就放心了。今后就不要在外面偷偷摸摸地见面了,请随便到家里来玩吧。"

"下次来附近时,我再顺便过来拜访。"

不知道是真心还是故作姿态,两个女人像老朋友似的交谈着。

"那么,请多保重!"

最后,须磨子对依旧操着双手伫立在那里的抱月送了一个秋波,随后便倏然转身打开了玄关门。

走出门后的须磨子再次轻轻颔首示意,接着便疾步消失在正面的大马路上。

须磨子回去后,夫妻二人不由得面面相觑地叹起气来。

两个人似乎全都成了须磨子的手下败将。

抱月缓缓地回到客厅后,市子也跟了过来。二人相向无语。俄顷,市子开口说道:

"孩子他爹,你和那个女人之间真的什么都没发生过,是吗?"

刚才还在互相说对方"漂亮"啦、"了不起"啦,云云,可一旦人家走了以后却又再次称呼起"那个女人"来。

"不是跟你说过没有吗?"

"对这个女人可不能掉以轻心啊!别看她嘴上说得天花乱坠,但她其实是来摸我们底的。先来试探一下我和你之间的关系或者家里的情况,如果发现有机可乘,她就还会偷汉子。"

"你在胡说些什么呀!她可不是那种人。"

"你还在庇护那个女人啊。你说这种话看来还是喜欢她呀!"

"啰唆,随你好了。"

"什么意思?你是承认和那个女人有关系了?"

"我从未说过这种话!"

"看来你们之间还是有事儿了!"

"没工夫跟你磨嘴皮子。你愿意怎么想就怎么想好了！"

对市子的执拗，抱月已经忍无可忍，不禁勃然变色。正如成语"欺软怕硬"所云，市子的态度竟变得谦恭起来。

"总之，请你发誓，今后再也不和她见面了。"

"我不会和她有不正常的见面。但是如果她走掉的话，戏剧工作便无法开展下去。如果因为这件事她回了老家，我就没有脸面再去见坪内老师了。"

"这样一来也就不会再有奇怪的传闻出现了。坪内老师应该感到放心才是。"

"那个女的要是走了，索性我也从大学辞职。"

"那你之后打算干什么？"

"躲到老家或是什么地方去。"

"你这样做恰恰只会成为坪内老师和大家的笑柄。"

"我不在乎！谁想笑就去笑好了！反正我对大学之类没什么留恋的。"

"你脑子进水了是吗？"

再这样穷追不舍，易于亢奋的抱月再做出什么举动也未可知。

市子觉得即便只是和抱月相向而坐都会感到心情不悦，于是便站了起来。

是日一整天，抱月都没有迈出诹访町的家门半步。一想起须磨子说过的要回老家的话，他就如坐针毡，恨不得立刻追赶过去。可是他又不能追到须磨子赤坂的姐姐家里。更重要的是市子死死地盯着他令他无法走出家门。如果出门的话，难免市子不会像昨天那样紧紧地跟在身后并重蹈昨晚的覆辙。

不过翌日的八月四日，就是以前拖延再三要出发去信州举办讲演会的日子了。

同行者是同一所大学的天野教授。如果没有发生这次事件,抱月本打算带上须磨子的。他计划瞒着市子先到高田马场坐上电车,然后在上野与须磨子会合。可如今却不得不放弃这一初衷。

须磨子能够等到我一个星期讲演结束后回来的那一天吗?如果这期间她跑到别的地方去,那可如何是好?是日夜晚,抱月在闷闷不乐的心情下,给须磨子写了一封信。

那是一封写了二十张便笺纸的长信。信的开头,他先是为这次事件道歉,接着便打算写一些希望须磨子不要回老家之类的挽留话,可是写着写着抱月内心的恋情居然沸腾起来,结果便写下了一封长信。

信写得实在太长。重读时内容着实令人脸红。于是他便决定推迟寄出的日期,把信暂且放在了书斋桌子抽屉的深处。

翌日也就是四日,抱月和天野教授从上野站出发了。妻子市子也到车站相送,当然,那里看不到须磨子的身影。

"早去早回!"

市子悬着的心放了下来,心满意足地低头施礼。抱月则愁眉不展地点了点头。

可是,在这之后却发生了另一个事件。

在抱月走后,市子再次搜寻了抱月的书斋,结果在抽屉深处发现了那封抱月前一天夜里写给须磨子的情书。

信拿在手里以后感觉沉甸甸的,而且整个信件中处处罗列着对须磨子的爱恋词语。读着读着市子便全身颤抖起来,随后将手中的信一下子抛了出去。而抱月则对此事一无所知,正以他那副忧郁的面孔赶往信州方向。

二

抱月和须磨子幽会的场所被妻子跟踪发现,此后他又在须磨子和妻子之间引发了一场骚动。正因为这封信写在事件发生之后,所以抱月情绪亢奋,信中的某些语言未免有些夸张。对于一位知识型的充满理性的大学教授而言,内容或许有失体面。

事实是发现了这封信并将其公之于众的河竹繁俊曾写下过如下的纪录:

"……在此转载全文,于我而言也是一件痛苦的事。可是为了了解抱月当时的苦闷心境,也为了了解此后他和须磨子的关系,我不得不忍受这份痛苦……"

然而,正因为是大学教授,所以就应该理性些并保持冷静。然而这种看法只不过是看到了表象而已。无论是教授还是学者,当他爱上了一个女人时,就会为爱而癫狂、而苦闷。这才是一个男人、一个真正的人!

一直保持思索状且形象忧郁的抱月,一旦进入疯狂状态,其心中的恋火便会熊熊燃烧起来。他,也是一个男人,是一个人。这封信恰恰是了解这一点的绝佳资料。

公开这封信是一种痛苦,这种想法并未彻底泯除。但我又觉得读者一旦读了这封信后,或许就会因此滋生出对抱月的好感也未可知。"

下述内容引自河竹繁俊所著《逍遥、抱月、须磨子的悲剧》。

今天,打那以后半天的时间,我都一直待在那里(大概抱月顺便去了须磨子处,接过须磨子给他的信后,便到文艺协会或早稻田大学的研究室阅读了那封信),反复阅读着这封信。我拿着信对它又是拥抱又是亲吻，神情恍惚地沉思良久。这是一封令我感到万分高兴的信，一封令我眷恋不已的信，同时也是一封令我心生悲楚的信。如果可能的话，我真希望让这封信紧紧地依偎在自己的肌肤上永不撒手。可是你我以往的那个二人世界已经被恐怖撕裂开来。当时不知为何，我觉得她似乎就要扑过去殴打你，一种针扎一般令人难以忍受的悲哀猛地涌上我的心头。

你说说，我甚至必须立刻撕碎这样一封倾诉了如此郁闷心绪的信，难道你不觉得我可怜至极吗？

想想便觉得无聊，真是荒唐可笑。被视为生命的爱情是神圣的，反正也无法隐瞒下去，那就不如索性公之于众好了。

如果我必须将这份思慕之心如此这般长期保持下去的话，我想我的身体会垮掉的。这可如何是好？我为什么会如此这般深深地为情所困呢？现在也是如此，我的脑海里除了你以外已经别无他物。

一想起你，我就只是感到高兴。什么世人，什么面子统统见鬼去吧！我恨不能立刻飞奔到你那里紧紧地拥抱住你。你是一个可爱的人！一个令我快乐的人！一个让我恋慕的人！同时也是一个大坏蛋！是你让我如此这般茫然若失。除了想方设法让你成为我真正的妻子以外，我已经无法寻觅到让心灵安静下来的途径。我会竭尽全力创造机会的，请你务必等到那一天。

你再也不要说今天信中所写的"你没有这种奢望"之类的话了。我希望你能对我说"我要成为你的妻子！"根据具体情况，只要我的身心能够统一起来一并交给你，姓氏不变又有何妨？你说呢！难道你不想和我一起居住在世界的某个尽头吗？本来还有很多很多的心里话打算写出来告诉你，否则我就寝食难安。可我又不知道这封信是否能够稳妥地送到你的手中。万一被别人看见了，那该如何是好？于是心中便生出一丝怯意，故而只好收敛一下笔触。如你所说，我这个人从表面上看，似乎具有分辨是非的能力，但实际上那不过是因为担心世人对自己的评价而显露出来的烦闷表情而已。现在的女人（妻）对我来说已经根本就无所谓了。就她那副样子，即便命令我心里有她我也做不到。我觉得这世上还没有谁体验过我如此这般的不幸。

但不管怎么说我毕竟是一个有家室的人，所以你那么想也无可非议。我将想方设法尽快从这个家里逃离出去。哪怕在家中多待一天都会让我感到厌烦，所以我才每天都想待在学校里。我甚至还想过索性就像行脚僧一样去云游四方好了。可是，你是那么可爱，那么令我难以忘怀。我思念着你，思念着你，即便在写这封信的过程中，我也恨不得停下笔来和你拥抱在一起不停地亲吻你。

我还真切地记得六月十二日在名古屋的那个夜晚，之后七月二十五日的那个夜晚也是一个非常非常重要的日子，还有在名古屋时你住在我旅店和式房间里的那个夜晚，而在大阪，当我穿上自己的和服裤裙时我是多么高兴啊！因为你曾把它当作褥子铺在了身下。还有在名古屋演到第三幕拉幕换场时，你我在椅子旁边一动不动紧紧相拥时的怦然心动！啊，我怎样做才能忘记这一切呢！可爱！可爱！你永远属于我！你说好不好？而让我伤心的则是名古屋演出最后一晚发生在后台的事。等到后来你送酒印去车站时，我这心里边便空空荡荡,毫无底气,简直都没个男人样了。

提到心里没底,首先是因为那个叫酒印的人早就说过,他可以把你当作小妾养起来,并且他现在依然还有那个意思。而你呢,又是那样一种暧昧的态度。就在这样一种情况下,那个东印现在又跳出来挑拨我和酒印之间的关系,企图把你给抢回去。这一点我早就看出来了,因此便觉得你们的关系同样很可疑。可是如果每天都对这些事担心不已的话,那就没有止境了。按你现在的身份来讲也是出于无奈,所以你即便投入他们的怀抱也无所谓。我只是祈祷并等待着你与他们交往的那个夜晚,你的心能够顺利地回到我身边。

我自己就是和妻子住在一起的,故而无法要求你不要去其他男人那里。当然,迄今为止是你让我不得不产生你与那个人曾多次见过面的想法。某些迹象让我做出了这类猜想。虽然我搞不清你们是以怎样的方式见面,但你们毕竟是见面了,对吧?请告诉我你是在什么时候和他见的面,又是怎样和他见的面。从名古屋回来后你不可能没和他见过面吧?比如有一次他给你打来了电话。只有他的事你一直都在瞒着我,这很可疑。啊,打住吧!一想到这些我就心如刀绞,我就坐立不安。这一切全都是谎话!是谎话!都是我出自偏见的胡思乱想。请你原谅我!我该怎么办才好啊?以愉悦的心境提笔书写的这封信,到最后却搞成了这个样子……过后我会给你寄去照片的,请你收好。我会寄一张好照片给你,否则你会不喜欢的。我可不愿意那样。而且我会尽量拍一张小的送给你。

但是,如果是挂在脖子上,那种照片大概不太合适吧?

如果你想要那种照片，以后我可以找一张送给你。怎么样？

你的照片就像前不久讲的那样，只要拍到脖子以上就可以了。我会把照片和我的头发一起放在自己的怀中。没问题的。只要能看到你的脸就行。你问送我手帕怎么样，要是手帕的话就没有问题。下次我们再商量送给我的方法吧。然后你再送给我。如果感到不安，我就把它放在学校里专用。在送给我之前你自己要先用一下，把你的气息留在上面。至于短外褂，只凭你有这份心思，我就已经高兴得快要落泪了。东西就放在你的柜子里好了。反过来我倒要问你啊，你现在不缺什么衣服吧？你在信中再三提到短外褂，仅凭你这份心意就已经令我高兴得快要流出泪来。短外褂你就留下来自己穿如何？如果一定要送我衣服的话，还不如给我置办一件和服内衣呢。最好是夏天穿的，不过今年恐怕来不及了。

你就做出是从旅行目的地买回来的样子好了，这样就不会再有谁说三道四。过些日子你过来一趟吧，刚好可以上身。此外我也正想着给你置办一件衣物呢。你喜欢什么？大体上告诉我一下你需要什么衣服。穿上它以后就把它当作我好了。如此想来，天天都可以穿在身上的东西或许更好一些。

关于研究室你一个字都没提。只要是与我有关的，好像都会令你感到心酸。看来还是在研究所交往，对你更方便是吧？我再动动脑筋。

你去户山原野一带散步了？我怎么一点都不知道啊。我好想见你啊。过了这个月的十五日以后，我可能会在路上时不时地碰上你的。我只想看到你的脸。对于我家里的那个寄宿生你不必担心,他什么都不知道。话虽如此,让你对别人心生畏惧的人毕竟是我啊。是我让你体验到了如此痛苦的恋情,望你忍耐并宽恕我。你就把它看作是一种宿命吧。我觉得这真是一份不可思议的恋情。至少对我而言,这是我有生以来第一次在心底如此深深地、深深地思念着一个人。如果失去了这份爱,我的生命也就终止了。

我也是,自打和你恋爱以来,这才开始下功夫在人前装起门面的。爱情真是可以教给人很多东西啊。不过你我二人的关系一定要公之于众!一定!无论是死还是活,我们都要好好商量一下。真正的夫妻嘛,是必须身心合二为一的!你的身边聚集着很多男人,我呢,除了妻子以外,就只认识研究室的女性和一两个女性文学家了。这几个人对你来说根本就不会放在眼里的,更何况我的爱已经百分百地奉献给了你,所以请你不要以为我对你只是一时的偷欢而已。我是绝对不会变心的。男女之间的事请你一定要相信我。你是相信我的,对吗?反之,如果你变心的话,出于老实人的一念之差,我真不知道自己将会怎样。这一点请你牢记!

今后你再给我写信的时候,不管是在字的上面,还是在其他什么地方,每封信都务必在末尾紧紧地压上你湿润的吻痕,然后再送给我。这样,收到信的我就可以在那个地方好好地亲吻一下啦!再就是每天十二点的相互思念,包括现在一定要把它坚持下去。

下次你给我的回信,就请于星期一夹在一本无用的杂志里(比如这个月送给你的《青鞜》七月号如何),做出还给我的样子交给我好吗?把信夹在里面,这样一来我就会加小心,绝对不会把它弄丢了。怎么样?就这样做好吗?我给你的信就通过邮局寄,没问题吧?如此畏首畏尾的也不是个事。今晚写这封信已经快写到一点了。接下来我要睡觉了,我想做一个梦到你的梦。不是像星期六晚上那样,而是要做一个快快乐乐的梦。然后我要紧紧地、紧紧地抱住你。亲吻你!亲吻你!我真想和你一直亲吻下去,直到离开这个世界。

献给我的阿磨,亲吻你!亲吻你!

读了这封信后,也许会有人双眉颦蹙地想一个大学教授居然写出了这种东西!也许有人会愕然慨叹一个大男人怎么会窝囊到这种地步?

然而这里却恰恰显示出了一个舍弃了地位和名誉,完全坠入情网的赤裸裸的男人形象。

责备抱月软弱自私,这很简单。可是,现如今难道还有哪个男人能写出如此真诚并充满了激情的情书吗?难道还有哪个女人能让男人为她写出如此这般的情书吗?

抱月写过很多的评论和小说,但其中的最高杰作恐怕非此情书莫属。也许有人会以为这是我的一句笑谈。非也!这是我的心里话。

这封信里找不到其评论文章或小说中的那种华丽辞藻,也没有令人费解的语言。莫如说为了让仅仅念过缝纫学校的平凡女子须磨子能够读懂这封信,很多地方都写得浅显易懂。信中的语言没有装腔作势,也没有转弯抹角。

不过,可以说正是因此,他对须磨子专注的爱才表现得淋漓尽致。

更为重要的是这封信为了解当时二人的状态提供了相当重要的

线索。

让我们再仔细读读这封信吧。开头语部分是这样写的：

"今天，打那以后半天的时间，我都一直待在那里反复阅读着这封信……"

这里的"信"，指的是须磨子离开抱月家返回住处后写下的一封信。她委托文艺协会的勤杂人员将信交给了抱月。

须磨子信中的内容梗概如下："今天三人以那般尴尬的方式见了面，但我依然深深地爱着老师。可是以那种形式见到您夫人后，我们如今则不得不分手了。这令我感到痛苦悲伤。"

当着市子的面，须磨子明确地表示"要彻底分手，自己和老师之间并没有那种男女关系"。其实，那只不过是她对抱月妻子的一种辩解而已。当然，她说"要回老家"也不过是灵机一动信口开河罢了。莫如说她讲那句话的目的只是想看看对方的反应。

她只是表面上佯装乖顺，其实根本就没有和抱月分手的打算。甚至可以说见到市子以后反而激发了她的敌对情绪。从这个意义上讲，市子那句"对这个女人可不能掉以轻心啊"一语中的。

在发生那个事件之前，毫无疑问抱月和须磨子已经发生了肉体关系。

这一点在信中已经写得一清二楚：

"我也真切地记得六月十二日在名古屋的那个夜晚，之后的七月二十五日那个夜晚也是一个非常非常重要的日子，还有在名古屋时你住在我旅店和式房间里的那个夜晚……"

两个人是在大阪、名古屋巡回公演期间好上的。可知那时他们就已经相互到对方房间过夜了。

从信中还可以得知须磨子曾将抱月的和服裤裙拿回自己的房间，并把它垫在被子下就寝。

岂止如此,他们还利用演出的拉幕换场时间,在椅子旁相拥、接吻。行为相当大胆。

做下这等事情以后,却还要说"反正也无法隐瞒下去,那就不如索性公之于众好了"。真是当事者迷。其实根本无须抱月摆出一副豁出去的架势,因为当时他们的事已经无人不知、无人不晓。

而酒印则是指名古屋的那位医生,亦即协会的强势赞助人酒井谷平。作为赞助人他当时正在威逼须磨子。

而所谓的东印自不必说就是指东仪铁笛。

"当然,迄今为止是你让我不得不产生你与那个人曾多次见过面的想法。某些迹象让我做出了这类猜想。"抱月怀疑地说。

大阪事件以来,须磨子虽然迅速向抱月靠拢,但她和东仪并未完全断交。回到东京以后她也会接受东仪的邀请和他见面并一起用餐。须磨子原本就是一个多情的女人。可以说正是她这种难以把握的性格益发煽起了抱月的恋情之火。

不过,对女人欠缺经验的抱月还是看出了须磨子依然和东仪保持着往来这一事实,可谓一箭中的。应该说爱情使他的第六感变得敏锐了。

至于"对于我家里的那个寄宿生你不必担心,他什么都不知道"中提到的寄宿生,自不必说指的就是中山晋平。说什么"他什么都不知道"亦如前文所述,恰恰表现出了当事人的此地无银三百两。

全文随处可见的"亲吻"一词现在读来似乎略有陈腐之感,可在当时却是一个新鲜的词汇。作为一个时髦词语,非常适合英文学者抱月使用。在表现"爱"的词汇较为贫乏的日语中,这个词汇要比"亲嘴"显得更为轻妙而且恰到好处。

即便如此,这封情书在现在看来,整篇文章也还是显得有些令人窒息。虽说是个有妻室的男子,但在与须磨子的交往上似乎应该能够更为轻松随意些。不过在道德观念受到强烈束缚的那个年代,他的行动已经是尽力而为了。

在那个时代,身为人妻者如果与其他男人有染,则会被定为"通奸罪",男女即便只是在街上并肩行走也立时就会流言四起。如此看来抱月已经相当大胆。

市子佯装不知地将情书抄好后,又把它再次放回丈夫的抽屉里。从信州讲演旅行归来的抱月对此一无所知。他把信封好后就寄给了须磨子。

倘若事情到此为止的话,也就没有什么问题了。

然而抱月却在信中对市子做出了如是评说:

现在的女人(妻)对我来说已经根本就无所谓了,就她那副样子即便命令我心里有她我也做不到。我觉得这世上还没有谁体验过我如此这般的不幸。

接下来他又津津乐道地写道:

你的照片就像前不久讲的,只要拍到脖子以上就可以了。我会把照片和我的头发一起放在自己的怀中,没问题的。

不过你我二人的关系一定要公之于众!一定!无论是死还是活,我们都要好好商量一下。真正的夫妻嘛,是必须身心合二为一的!

看到这些以后市子怎能保持沉默?

她一边默默地抄录着这些内容,一边憎恨着抱月和须磨子,并在心中诅咒:我一定要伺机报复!岂能让你们俩堂堂正正地结合在一起!市子的怨恨在抱月返回东京时起就已经逐渐演变为一种阴险的形式。

不过那时的市子尚未考虑与抱月分手。只是当时她对抱月已经完全失去了当初的那种爱与尊敬。莫如说错愕之余,悲戚的感觉占了上风。不过一想到五个孩子,她还是下不了离婚的决心。

市子对看过信的事只字不提,却开始一步一步地严词诘问抱月。而抱月则一如既往含糊其词地为自己辩解。

但是市子心里很清楚,无论他怎么解释,都不过是他当时的搪塞之词而已。

即便丈夫和服的衣领脏了,市子也只是随手一扔,并冷淡地说:"让那个女人给你洗吧",并且不再给他洗濯内衣。于是,受到冷遇后的抱月便更加倾心于须磨子。

两人的夫妻关系日渐冷漠,无奈之下市子便去找逍遥商量对策。这种做法使抱月的处境更加窘困,夫妻关系也就因此更为雪上加霜。

那年秋季,两人的关系几乎到了崩溃的边缘。

三

说是"要回老家"去的须磨子并没有回去。

她对从信州讲演归来的抱月以恩人自居,并以让人领情似的口气说:"我反复考虑过了,如果老师您无论如何都想让我留下来的话,那我就留下来。"

抱月当然非常欢迎。

"是吗?你能为我留下来?"

说罢他便抓过须磨子的手,连声说道:"谢谢!谢谢!"还多次低头施礼致谢。

表面上看是须磨子接受了抱月的要求进而放弃了要回老家的念头,可事实却是她压根儿就没有返回老家的打算。虽说看到被妻子痛骂后的抱月那副唯唯诺诺的样子其心中相当不悦,并一时顺口说出要回老家的话来,但那并不是她的本意。莫如说她是想通过这一爆炸性言辞来为难抱月,并借此确认一下他的反应。这才是她的真正目的。

就这点而言,市子说的"别看她嘴上说得天花乱坠",倒可谓看穿了须磨子的真正意图。

然而抱月已经一头扎入对须磨子的熊熊恋火中,他不可能看清这种女人的内心世界。

以此为契机,抱月的心更加强烈地倾向于须磨子。而且不同于以往的是,他已经无须瞒着妻子偷偷地出去幽会,而是可以光明正大地在妻子知道的情况下走出家门了。

幽会的地点被妻子跟踪到并受到妻子的彻底追究后反倒使抱月平添了勇气。再加上他发现在自己外出讲演期间妻子似乎偷看了自己写给须磨子的情书,并以此步步为营地责难自己。他无法原谅采用了如此卑鄙手段的人。可以说正是因为受到妻子的逼迫,并引发出一场骚乱后,抱月反而变得破罐子破摔了。

一旦事情为世人知晓后,便反而无所畏惧。嗣后,抱月和须磨子的关系在剧团内已经成了公开的秘密。须磨子所到之处,常常可以看到抱月的身影,而有抱月的地方同样常常可以看到须磨子。

须磨子在后台化妆时,一旦发现抱月待在自己身后,立马就会公然撒娇地说:"老师,帮我往脖子上涂点白粉好吗?"

此时抱月也会不知所措,于是须磨子便会将上身倚过去说道:

"喂,没问题吧?快涂呀。"

抱月则会羞赧地环视一下四周,之后拿起梳妆台上的粉刷往须磨子的脖颈上涂抹白粉。一旁的东仪和加藤当时虽佯装不知,可一旦二人离开后便立时说起坏话来。

"须磨子说话也那么娘们儿腔呢!"

"求人的和被人求的,都是一副德行啊!"

"那股子殷勤劲儿,简直都不像岛村老师了!"

两人一声叹息,然而抱月却依然故我。

忍无可忍的加藤时而就会半开玩笑地说道:

"老师近来也变得相当好色了呢!"

于是抱月便一本正经地答曰:"现代人都是通过表现自己的好色,才得以从过去的束缚中解脱出来的。"

去大阪公演时,须磨子的撒娇越发肆无忌惮起来,甚至在旅馆的卫生间里对抱月喊道:"老师,手纸没有了,帮我拿过来!"

话音在长长的走廊里飘荡着。就在大家错愕不已之际,抱月已经兴冲冲地在怀里揣着一束手纸向厕所跑去。

"最近岛村老师有点怪!"

须磨子旁若无人的行为并非始于今日,可是连抱月都变得一反常态,这可就并非与己无关了。至少抱月是监督整个剧团人员的领导,如果连这个人都失去了公允,剧团便难以为继。

与须磨子属于同期学员的林千岁,在名古屋公演的第一天突然提出了退出演出的请求。

她对东仪申述的理由是:"我不愿意在被须磨子刁难作弄的状态下参加演出。"

东仪早就对须磨子的任性十分恼火,于是他立即唤来须磨子对她提出了警告:

"舞台不是你一个人的,如果你一个人过于显摆自己就会令别人感到不快。"

"你在说什么呀?我可是主角呀!只有主角把戏演活了,配角才有存在的价值不是?"

"不对!舞台演出是由主角和配角构成的,大家协调一致才能成功。"

"不过主角毕竟是主角吧?"

就在二人争论之际,抱月走了过来。东仪立刻就情况做了说明。听了东仪的话后,抱月以少见的斩钉截铁的语气说道:

"如果有什么话要对松井小姐说的话,应该由我来说,我是导演!"

对于抱月这种粗暴的说法,东仪满脸怒气地答道:

"既然是导演,就应该拿出导演的样子来,办事公正一点如何?如果你像以前那样继续偏袒须磨子的话,我也要罢演走人了。"

"我并未偏袒她。"

"你偏袒了。大家都说'你现在的做法着实令人讨厌……'"

"你少说这种失礼的话!我不屑与那些不听我话的演员打交道!如果大家对我那么不满的话,我就先走掉好了。"

"说什么蠢话!你就和松井小姐两个人演好了!"

"蠢的是你……"

正因为迄今为止双方都始终压抑着针对对方的满腹怨气,故而一旦爆发后便难以控制。此时出来调停的人便是土肥。虽然他也有话要说,可在那种场合却不能参与争执。他只能是拼命地加以调解,当时好歹算是风平浪静了。

然而打那以后,抱月与东仪、须磨子与千岁便成了永远的冤家对头。

虽说抱月和须磨子的关系已经亲密到这种地步,可须磨子却未必对抱月忠心耿耿。她在一口一个"老师、老师"对抱月撒娇、依赖的同时,也和其他男人保持着密切往来。

名古屋公演散场后,须磨子曾接受酒井谷平的邀请,并和他一起共进晚餐。

用过晚餐后,须磨子说道:"先生,你是可以和我接吻的呀"。见酒井面呈羞赧之色,须磨子便自己把嘴唇凑了过去。如此一来酒井再也禁不住诱惑,遂将嘴唇缓缓地压在须磨子的唇上,于是须磨子又轻声说道:

"你可以把舌头再伸进一些啊。"

听了这话后酒井一下子就搂紧了须磨子,并玩弄起她的胸脯来。

打那以后,酒井和须磨子便频频幽会,并最终发生了肉体关系。

公演《回忆》一剧时,甚至出现了这样一幕场景——在后台身穿戏服的须磨子和酒井拥抱在一起的情景恰好被抱月撞见,当场就引来了一场轩然大波。

"照这个样子下去,岛村老师对她再怎么热乎也是无济于事了。"

很多人如是评说,并断言须磨子就是个水性杨花的女人!

须磨子在允许酒井和自己接吻时,心里自有她自己的小算盘。

自不必说,酒井是个资本家,又是协会的主要赞助人。每次公演他都会买走数百张戏票。尤其是名古屋公演时,几乎都是他一个人罩着剧团。既然主动要求和酒井接吻,就说明须磨子并不讨厌他。同时须磨子心里确实也有自己的小九九,她觉得把这个男人拉拢在身边自己不会有亏吃。

然而两人的亲热场面曾被抱月多次目睹,这便令抱月忍无可忍。虽然身不由己勃然大怒,可对方是财神爷酒井,他难以当面责骂他。

须磨子选择的男人，以抱月为首，东仪也好酒井也罢，大都是协会的主要干部。给了一方面子，另一方就会失去面子，于是几个人便形成了一种相互牵制的态势。而须磨子也乐见于此，她幸灾乐祸地欣赏着三个男人为了自己而逐鹿中原的样子。

此后抱月以极为悔恨的语气给酒井寄去了一封足以视为挑战书的信。

（前略）而今我刚刚发现了一个新大陆，那就是你还真够天真的！其实你来这里的事，本人（须磨子）每次都会向我直接做出详细汇报。简言之，几乎与强暴无异地被夺走了贞操的女人实在是软弱至极。不过我还是有意去拯救她。因为值得庆幸的是，她毕竟只是把心还留给了我。你以"为了协会"这一借口来欺骗她，进而每月都要玩弄她那可怜的身体两至三次，并以此沾沾自喜。你的这点"气度"在她给我的信中已经做过颇为有趣的描述。找机会给你看看也未尝不可……

你说过要毁掉协会！然而能够毁掉协会的只有协会本身。自不必说，你也是协会的负责人，但，倘若协会因此便暗中帮助你，并煞有介事地说上一些貌似合理的话，将被你从我手中夺走的东西以诱饵的形式转交与你的话——倘若协会如此蹂躏我的感情并置我于不顾，那么我的眼中哪里还会有那个协会？正如古语所云"恶人者人必从而恶之"。就看怎么出招了。无论是我还是她，只要一开口说不定就能把协会毁掉。然而应该担负责任的并非仅我一人，结果将会是三四个人的同归于尽。既然如此，我将随时奉陪战斗到底。倘若战败，死不足惜！没有任何秘密可言。我随时都可以将一切公之于众。你甚至还为我担心过是吧？如果让我写剧本的话，下次我将会写一部名为《滑稽》的戏。我将描述一个"表情苦楚的道德家"主角和一个"大傻瓜"老好人配角被两个"肉欲先生"的计谋钻了空子后的呆然若失状。再见！

将这封信公之于众的河竹繁俊推测说，最后部分所写的"表情苦楚的道德家"是指逍遥，而"老好人配角"则是指土肥，那"两个肉欲先生"则是对酒井和东仪的嘲讽称谓。确也如此，按照这一解释，信的内容就更加容易理解了。

虽然这个戏名为《滑稽》的剧本最终并未写成，但是在一月的《早稻田文学》上，抱月却发表了一部名为《复仇》的剧本。剧中描写了与酒井及东仪酷似的人物追逐一个女人的故事。在十月号刊出的剧本《竞争》中同样对二人进行了恶评。

对于那些应该读读这些作品的人而言，读了以后立刻就会明白剧中所指。更何况抱月本人还为剧本打出了"缩影剧"的旗号，因此即便说剧本就是写给酒井和东仪读的也并不为过。

两个剧本均因内容恶劣而未能上演，但《早稻田文学》却刊登了此类记载着个人恩怨的劣作。由此可见当时的抱月是何等理智尽失。

事实也是，当时的协会内部正处于风雨飘摇之中，身为协会编外人员的酒井也似乎以威胁的语气说过"要摧毁协会"之类的话。

即便如此，须磨子也还是把自己的身体献给了酒井，可同时却又将所有的事实对抱月和盘托出。

往好听了说，她这样做是为了煽起抱月对自己的恋情，然而不能否认的是私下里还有一种施虐癖在她的身上作祟。她希望看到并欣赏抱月听了她的话后所表现出来的那副怒不可遏的样子。

不拘如何,被须磨子这样的女人任意摆布的抱月应该说是个真正的悲剧人物。可抱月本人却乐此不疲。

实际上,既然已深陷其中,要想脱身又谈何容易?

大正元年(1912)九月,抱月将自己创作的短歌发表在《早稻田文学》上。

> 余心多变幻,二十岁或四十载,常令吾疯癫。
> 时存固执心,而今四十又二载,心碎似微尘。
> 何人撩我心?热如烈焰冷似水,舍汝无他人!
> 一纸誓约书,愿结秦晋到永远,安适若宫鉴。
> 既往三十载,恰似漫漫沙漠行,何曾见绿洲?

此外,同为早稻田大学教授的中桐确太郎亦写过一篇题为《忆海拾贝》的文章,刊登在大正七年(1918)十二月《早稻田文学》岛村抱月追悼号上。

> 世上都说四十二岁乃厄运之年。这不仅仅是指生理上的一个危险期,在精神方面也是一个充满危机的时期。迄今为止我一直胸怀鸿鹄之志,为建树丰功伟业而努力学习,克己自律,奋斗至今。但如今追溯以往,却发现自己竟然一无所成。人生倘若五十载,残年已屈指可数。在这所剩无几的岁月里,自己的志向究竟能够达成几许?如此想来,便发现以往的生活毫无意义。我要对自己的人生实施一次大变革,今后将随心所欲而为之!

以上是抱月生前与比自己高一个年级的中桐谈话时所倾诉的衷肠。中桐是个逻辑学家，与当时的文坛、剧坛并无关联，或许因此抱月才开诚布公地对他敞开了心扉。

总之，自打发生了夏季那件事以后，抱月便将自己的爱情堂堂正正地在学校的杂志上表白出来。

恋情之火一旦燃烧起来便无法熄灭。此时的抱月已将世俗、家庭、艺术全部抛在脑后，一心一意朝着对须磨子一个人的爱的方向挺进。

但是，作为一个有社会地位、有妻室的男人，在迷恋其他女性时，并非只靠单纯的热情就可以解决一切问题。途中充满了无数的起伏波浪和狂飞乱舞的暴风雨。然而在爱情领域，抱月的心只有二十岁，因此在处理日常琐事时的能力也没能超越二十岁的范围。

四

从大正元年（1912）秋天至岁末，抱月一直陷于烦恼和迷茫之中。

虽说对妻子市子已经完全没了感觉，可他又下不了离婚的决断。事实是即使他想要离婚，市子也未必轻易应允。

在那段时间里，抱月即便待在家中也几乎从不对妻子开口说话，市子也采取了一种漠视抱月的态度，在日常生活方面不怎么照顾他。虽说抱月曾一度道过歉，可他不仅没有改过，反而更加倾心于须磨子。在焦躁不安中，市子失去了冷静，歇斯底里的症状再度发作。

九月，市子去了坪内家，向对方倾吐了自己心中的苦水。此后她便常常去逍遥那里汇报丈夫的近况，每次都要拜托逍遥对丈夫提出忠告。

不过，虽说抱月为爱情几乎达到了疯癫的程度，但他毕竟是大学教授，是个年过四十具有判断能力的男人，因此即便逍遥也无法像教训小孩子似的训斥他。

束手无策的逍遥只好去找早稻田大学校长高田半峰商量此事。逍遥和高田早在东京大学时代就是好友,两人均十分赏识抱月的才华。

他们都觉得首先有必要让抱月和须磨子暂时分开一段时间,让他们有个冷却期。于是便决定,在实施高田早就计划好了的于十一月初进行的关西旅行时邀请抱月一同前往,然后就势让他在京都多待上一段时间。

接到高田的邀请后,抱月考虑了整整一天,之后答道:"那就让我跟您一起去吧"。

他虽然有些担心和须磨子的别离,但这次邀请是校长亲自发出的,更何况校长还说了"你稍微疗养一段时间如何"的话。话语虽然温和,但实际上却相当于对他提出了停职的要求。抱月当时的生活状态本来就混乱到了无法拒绝校长相邀的地步,而他本人也多次有过离开东京一段时间,调整一下自己生活状态的想法。

十一月五日,抱月和高田校长一行抵达奈良。逗留了大约一周时间后,又于十一月中旬去了京都。

高田预约了"柊屋"旅馆,抱月则住在三条大桥附近的"信乐"旅馆。

至于逗留时间,并未做出特别约定。高田只是说"两个月也好三个月也罢,待到你情绪稳定之后再说"。

抱月还以为旅费是校长为了犒劳自己进而从大学里拨出的款项,殊不知这笔钱款全都出自逍遥个人的腰包。在文艺协会时也是如此,每当会员或早稻田相关人员中有谁遇到了困难,逍遥便会像这次这样拿出钱财来资助对方。

话虽如此,此次从奈良转到京都,两个多月的逗留费用可不是一笔小数目。仅此便可以看出逍遥对抱月的期待有多大,同时他又是多么希望抱月能够斩断和须磨子的恋爱关系。

是否可以用"可怜天下父母心"来形容呢?奈何抱月对须磨子的眷恋有增无减,加之见不到她,于是待在晚秋京都城里的抱月就愈发变得萎靡不振。

> 畝傍、耳成和天香具山都是小巧可爱的山峦,而且它们都是各自孤独地矗立在原野上。这一点使它们更加容易让人们与之亲近。同时这些山的存在意义也绝不在于其是否庄严或雄伟等,而是表现在它们看上去是那么美丽可爱、单纯明快。因此这三座山才被编入神话故事里,留下了"畝傍"同"耳成"争夺女人的传说。在所有的神话中大都存在着许多超越人类力量的要素。而这个"女人之争"的形象比喻莫如说充满了人性,是一个相当单纯明快而又可爱的神话故事,同时也是一个美丽并且富有特色的神话。我觉得很有意思。尤其是一说到源于三山的争夺女人的故事,立时就会使人联想到近世的文学世界。现代社会悲剧的绝佳主题就是所谓的三角关系……

这是最近抱月寄给《读卖新闻》游记稿中的一个段落,里面折射出了抱月的心旌摇曳。

而在京都时他更是寂寞难耐,于是便写下了一篇题名为《片段》的短篇小说。

这篇作品讲述了一个女性来到山中温泉后给她所爱的男子邮寄情书的故事,刊登在翌年二月的《早稻田文学》上。

如果要我写信的话,我每天可以写上两三次。人们常说"昼夜疾书",其实这并没有什么大惊小怪的。自打分别以来,我的这份思念之情如果仅靠日书一信便可排解的话,我来到这寂寥山谷中也就不会品味到这种相思之苦了……

这是小说的开头部分。如果将男女主人公调换一下的话,可谓直截了当地表达了抱月当时的心境。

然而只是将自己的心情寄托于游记或小说中是无法平息抱月内心思恋之情的。抱月远眺淹没在秋雨之中的东山,耳闻鸭川河上鸟群的鸣啭,心境不仅得不到安歇,反而愈发心神不宁。

如果可能的话,此时的他恨不能立刻就回到东京去面见须磨子。可是在出发来关西时,高田曾规劝过抱月要他斩断对须磨子的情丝。只不过不是那么直言不讳,他并未说出须磨子的名字,只是绕着圈子说道:

"你也应该从现在乱糟糟的心境中解脱出来了。为了专心致志地干好工作,你先把自己身边的事情处理利索,如何?"

然而校长的意思很明显,是要他了断与须磨子之间的关系。

听了校长亲口提出的忠告后,抱月当时就打算终结这段恋情。他觉得出去旅行一段时间或许就可以痛下决心斩断这份情缘。

"校长说得对!我会努力的。"

当着校长的面刚刚如此作答的抱月,如今怎能因为思念须磨子就厚着脸皮返回东京呢?

苦恼不堪的抱月给曾是其文学系学弟的相马御风写了一封信。当时的御风已经是《早稻田文学》杂志的实质主编。不过他和话剧并无关联,因此对抱月和须磨子的事知之不多。

相马君台鉴：

这两日我出了一趟远门。贵简昨日拜阅。本来期待着能够通过这次旅行在精神上来一次真正的革命，可是我委实做不到。或许是在我本人都不清楚的状态下，自己的脑子已经发生了某种变化也未可知。我觉得自己现在很没用，至少还需要半年的时间。我是个可悲的人，自己的生活远远无法从身边的束缚中解脱出来。倘若不发生更为激烈的矛盾冲突，自己就无法进行真正意义上的生活革命。我这个人动辄就会受到某些事物的影响，时而又会被自己的本能所左右。懒散的生活依然在不断地延续着。自己虽然在心底焦虑地自语"该结束了，该结束了"，但却无法从现实中挣脱出来。我讨厌自己的软弱，甚至想过，干脆就此从现实生活中消失掉，彻底避开尘世抑或销声匿迹好了。可我时而又感到自己在卑躬屈膝中度过的四十个年头是那样毫无意义并且滑稽可笑。然而身边那些俨然一副君子相的人，他们的生活又何尝有过意义呢？我很想彻底改变自己的生活方式，去过自己真正自由的、有价值的生活。这些日子，这类想法总是萦回在脑际。我觉得自己今后的生活不发生天翻地覆的崩溃怕是不行的。

总而言之，自己这百八十斤已经豁出去了。但不知为何，却对别人的事莫名其妙地容易动感情了，动不动就泪眼婆娑的。就自己现在的这种心境，是否还能为《早稻田文学》一月号撰稿，心中已经没底。即便写了也只能是滥竽充数。至于何时回家也完全是个未知数。于是我想，既然如此那就干脆待在这里过自己那份陶醉于感情世界的生活好了。可是身边的诸多牵累依然存在令我难以沉迷下去。自出发之日起已经过去两个多月,自己实在是束手无策……杂志的事就拜托你费心尽力了。并请代向中村、田中等人问好。十二月八日自黎明时分起便或阴或晴。此时此刻,小冰雹裹挟着落叶正在敲打冰冷的拉窗。

顿首

这封信的内容有点不可思议。表面上抱月表示自己的生活革命还不够充分,何时返京也说不清楚,可同时又倾诉道:"甚至想过,干脆就此从现实生活中消失掉,彻底避开尘世抑或销声匿迹好了。"

正因为抱月平时就是个凡事都好往深处想的人,所以他的话令相马感到不安。

抱月老师该不会自杀吧?即使不会自杀,他会不会是想要彻底离开大学和话剧事业,然后隐居到深山老林中去呢?

内心惴惴不安的相马立刻去和中村星湖及田中介二商量,他们决定恳请抱月返回东京。

就这样,在大正元年(1912)岁末将近之际,抱月以响应门下弟子热切呼唤的方式,为自己找到了返回东京的借口。

就此事,应该说抱月实现了自己的意图。他嘴上说要避开尘世抑或销声匿迹,可实际上却是在为自己寻找一个返回东京的契机。既已和高田校长有约在先,他就无法轻而易举地返回东京。这件事实际上就等于是抱月向心有灵犀的门生们撒娇,请他们助了自己一臂之力。

在抱月去关西的那段期间里,须磨子每天也过着魂不守舍的日子。

抱月就像是被校长"拐走"了一样去了关西。须磨子第一次品尝到了没有抱月的生活的空白滋味。

在离开东京之前,抱月来到须磨子家里向她表白道:

"现在周围议论纷纷的,我暂且去一趟关西。虽说不得不分开一段时间,不过我比任何人都爱你,就是走到天涯海角我都不会变心!"

听了抱月的话后,须磨子还真就相信抱月是由于家庭或大学里烦心事太多,所以才暂时去关西待一段时间呢。

然而抱月走了以后,周围的一些流言蜚语便开始闯进须磨子的耳畔,她这才发现事情似乎并非如抱月所言。抱月去关西与其说是为了和妻子分手,倒不如说是为了和自己分手。此事坪内博士也好文艺协会的干部们也好,大家全都心知肚明。据说在抱月下定决心之前他是不会返回东京的。

早稻田大学一些自诩抱月粉丝的人甚至威胁须磨子道:

"岛村老师现在正处于关键时期,照这个样子下去,他的才能会被毁掉的。如果你真的爱老师,就应该主动退出!"

须磨子惊讶地求证于抱月,抱月回话说:

"就像我在东京时对你讲的那样,我最爱的人是你。男人不会这么轻易变心的。你可能很孤独,就再多少忍耐一下吧。"

本来抱月就有着一种知识分子特有的暧昧性格。他虽然不得不听从校长和坪内博士的意见,却又难于下定决心与须磨子分道扬镳,同时也没有与妻子断然离婚的勇气。他想要八方讨好,却反而使自己陷入烦恼与苦闷的恶性循环中。

然而须磨子并未醉心于抱月的甜言蜜语。

不可争辩的事实是就算是权宜之行,抱月也是因为惹得坪内博士等人对其不满才前往关西的。名义上虽是疗养,但实际上却是为了让他和自己一刀两断。而且抱月也是在对此心知肚明的前提下离开东京的。既然如此,须磨子便觉得自己也应该有自己的活法。

于是须磨子立刻寻觅起可以替代抱月的新恋人来。首先进入其视野的是太田盛男和武田正宪。此二人与须磨子相同,都是文艺协会的第一期学员。太田是资本家的儿子,在资金方面是协会的有力赞助人,武田则是实力派男优。

当然,须磨子并非对他们立刻就产生了情愫,只不过是以前就对他们有好感,而今抱月离去他们的存在便突然变得重要起来而已。说来须磨子只是为了消除抱月不在的寂寞与不便,找他们做做"替身"罢了。

仗着与二人是同期学员的关系,须磨子相当露骨地向他们展开了攻势。她诱惑太田说:"一起去宾馆怎么样?"又在自己的家里款待武田,并为他做了抱月喜欢吃的鸡蛋乌冬面。

可是不久后武田却有意避开了须磨子的引诱。太田则带她去新桥一处自己常去的艺伎那里,将对方介绍给须磨子说:"这位就是我所喜欢的人。"就此也抽身而退。

无论是太田还是武田,受到身为明星的须磨子色诱,内心并非不悦。可对方是恩师岛村老师的女人,而且抱月虽然眼下还在关西,但说不准什么时候就会返回东京。在这种状况下他们无意和须磨子接近也自在常理之中。

被抱月走掉了不说,这两个男人也巧妙地逃离了她。此时的须磨子,心境相当消沉。

如此看来抱月的存在意义便极为重大。亲密之余,说话已经不必客气,有时还会让对方为自己揉肩。对须磨子而言,抱月既是恩师也是导演,更是自己的生活支柱。

大正元年(1912)十一月,协会在有乐剧场上演了《二十世纪》。当时抱月不在,便由松居松叶担任导演。须磨子饰演主角格兰顿夫人,这是一个古朴的老妪角色。

如果抱月还在,她本可撒娇地说"我讨厌这个角色",并让抱月改选其他剧目。但是对于并不熟识的松居,她便无法那么随心所欲。再加上抱月不在以后,以前对她表面客气的演员们此时也一概对她冷眼相对。

格兰顿夫人一角的演出总算结束了,然而须磨子却始终打不起精神来,舞台人气也并不旺盛。

须磨子再次深切地感受到抱月不在身边的孤单与无助。以前她并没有注意到这一点——正因为有了抱月,她才得以恣意妄为。因为有抱月在,她做事才不知有多么得心应手。为了更好地完成舞台表演,身边必须有一个像抱月那样的人。

以前她曾和酒井谷平或东仪铁笛玩,现在又去接近太田和武田,说到底都是为了能使自己随心所欲,为了使舞台演出更为顺利。从这个意义上讲,可以说须磨子是一个一心只是为了舞台演出的利己主义者。

《二十世纪》公演结束后的十二月七日,须磨子被坪内逍遥亲自叫到了他的宅邸。

须磨子去了以后,逍遥先是简单地阐述了一下自己对这次公演的印象,随后便单刀直入地问道:

"你对岛村君怎么看?"

"我觉得他是一个值得尊敬的优秀的老师。"

听了须磨子的回答后,逍遥颔首说道:

"如你所知,岛村君是一位优秀的学者和导演。我作为他的老师也祝愿他能取得更大的成就。可是他最近的生活,无论是公是私都过于混乱。虽然我不能说一切都怨你,但我觉得大部分原因还是在你身上。"

须磨子一动不动地直视着逍遥。

"我想这点你是知道的,岛村君年轻时曾有人为他提供过学费,后来岛村君就做了那个恩人家的上门女婿。虽说现在他和妻子的关系不怎么融洽,但他们之间的关系,并非轻而易举就能切断的。他们还有五个孩子,说是因为有了自己喜欢的女人就要离婚,这未免过于自私自利,也是悖逆人道的。"

因为有恩于自己,所以就必须和自己讨厌的人维系夫妻关系。难道这就是为人之道吗?那样做反而是妻子的悲剧,也是孩子的不幸。须磨子本想立刻反驳几句,但对方是坪内博士,须磨子委实难以开口。

"你或许感到不满,不过这个问题,只要你退出的话就一切全都迎刃而解了。"

"您说的退出,是让我对岛村老师死心吗?"

"我的意思是你能否放弃和岛村君的恋爱关系,而仅仅保持工作上的关系。"

"可是,那样做老师能同意吗?"

须磨子的脸上浮现出一抹不屑的微笑。

"他就是带着这种想法去的关西,现在正在调整自己的心情。总之现在如果不解决这个问题的话,不仅仅会波及文艺协会,甚至还会连累整个早稻田大学。"

"……"

"怎么样?你能放弃吗?"

"既然老师您都这么说了,那我就按您说的去做。"

"是吗?谢谢你了。"

逍遥情不自禁地伸出了布满皱纹的手。然而须磨子却无视逍遥伸出的手,说道:

"我可以放弃岛村老师,不过请让我再见老师一面。"

"见了又怎样呢?"

"想说一句道别的话。"

须磨子脸颊绯红,眼中闪烁着妖冶的光亮。见此光景,逍遥断然摇头说道:

"既然已经决定分手,再见一面又有什么意义?如果下定了决心的话,你最好现在就在此断了这份念想。"

"无论如何都不能让我再见他一面吗?"

"从我的角度讲,这是不能被允许的。"

"明白了。"

须磨子施了一礼后便倏地站了起来,看上去她只是在口头上接受了逍遥的劝诫。从其急速返回玄关的背影上飘逸出一股自信与坚毅。她的内心世界似乎毫未动摇。

五

大正元年(1912)岁末,抱月回到了东京。翌年一月四日,在杂司谷鬼子母神寺院内的"菖蒲池"高级料理店举行了"抱月返京欢迎会"。出席人员除了相马、田中等人外,还有片上伸、本间久雄、楠山正雄、水谷竹紫等人。一干人等均为早稻田时代直接听过抱月的课程,即所谓抱月"粉丝团"小组成员,共计二十人左右。

相马首先对早稻田大学和坪内逍遥等人对抱月的冷淡态度进行了责难,接着便提议要将拥戴岛村老师的运动坚定不移地开展下去。

自不必说,这次聚会本来就是同门弟子的集会,因此不可能出现异议。于是通过这次聚会一个可以被称作"抱月派"的团体诞生了。会上决定此后每月要在江户川畔的清风亭举行一次聚会。

受到弟子们鼓励的抱月鼓起了勇气,开始再次和须磨子见面了。

经过两个月的别离后,抱月对须磨子的恋情愈发炙热起来。须磨子亦然,在这段时间里她充分品尝到了形单影只的滋味,因此再次见面后的恋火燃烧得更加旺盛也自在情理之中。更何况此次的爱情烈焰可以说是在周围的压力刺激下点燃,因而便燃烧得格外旺盛。这一结局与逍遥和高田校长等人的意愿完全背道而驰。

从一月到二月这段时间内,抱月多次和须磨子见面,交往密切,根本就没去文艺协会露面。

抱月对策划了让他和须磨子分手的逍遥毫无低头服软的意思。事实是走到这一地步后,抱月也没有脸面再去见逍遥,文艺协会也不可能再将工作交给不守信用的抱月。

二月初,作为文艺协会的第五次公演,上演了《回忆》这个剧目。翻译和导演均由上次《二十世纪》的松居松叶担当。虽说松叶很早以前就和早稻田担任话剧工作的相关人员有过交往,但他并不是学府中人。与其说话剧莫如说他是戏曲出身,至少他不属于早稻田正统派。文艺协会连续两次将翻译和导演的重任交给了这样一个人物。

当初起用他是因为抱月不在故而用他临时补缺,可那些自称是早稻田正统派的人物却并不这么理解。

他们先是提出"不能把文艺协会委托给戏曲界出身的人",可随后呼声却渐次朝着"协会已经把岛村老师视为绊脚石"这一方向发展了。

再加上《回忆》和《二十世纪》都是较为通俗的剧目,这一点也引起了打着艺术至上旗号的早稻田派的不满。

"协会的做法莫名其妙!"

在这一言辞的背后隐藏着对协会主要领导逍遥的不满。但逍遥毕竟是协会的创始人,因此他们不敢明目张胆地谴责他。

这些不满分子渐次聚集到抱月身边,形成了一个集团。

就这样，自打抱月返回东京以后，在江户川畔清风亭举行的抱月门生的聚会便出现了日益强烈的反协会色彩。在这一点上，可以说原本缺乏行动能力的抱月，是在得到血气方刚的早稻田派的追捧后，才被动地行动起来的。

逍遥虽然知道他们的活动，却表现出一副全然不知状。对逍遥而言，这类与话剧有关的运动和抱月与须磨子之间的丑闻完全是两码事。问题所在是，在神圣的舞台上交织了儿女私情就会扰乱风纪。只要这个问题能够解决，他在任何时候都打算重新接纳抱月。

可当时他们之间缺乏相互沟通，于是便产生了许多误解，尤其还有一些人在周围煽风点火，故而误解的范围越来越大。

刚开始到清风亭聚会的人都是抱月教过的文科学生，可后来那些对逍遥和文艺协会心存不满的人也渐渐参加进来。他们自称"护宪派"，开始倡导文学和话剧的"艺术至上主义"。成员以相马御风、片上伸、本间久雄、楠山正雄等人为中心，又增加了人见东明、水谷竹紫等记者。

他们主张"脱离正在走向低俗倾向的文艺协会，掀起一场新的话剧运动"，并一致推举抱月为他们的盟主。

这类动向并非滥觞于此。早在前一年，协会一期学员中的加藤精一、森英治郎、山田隆也等人就曾经向协会的干部提出过请愿书，要求今后只上演纯艺术类剧目。他们甚至秘密协商，看有否可能在逍遥的直接指导下结成一个独立的剧团。

其目的之一就是排除任性放肆的须磨子，另一个目的就是将无论怎么看都谈不上具有艺术气质的土肥和东仪两个干部排斥在外。

在第二期学员中也存在着同样的不满。他们难以忍受总是被土肥、东仪安排跑龙套角色的状况，提出了改善现状的要求。不可否认的是，出现这种状况的背景是因为已属资深演员的土肥、东仪和那些对新的话剧运动充满炙热情怀的协会会员们之间存在着意识方面的分歧。

对于他们的这些要求，逍遥以严厉的态度回答道：

"有意加入其他剧团的人员，此次必须明确自己的去留。对于去参加其他剧团的人员，即便只有一次，如果没有特殊情况，今后也都不允许再次加入本会。"

当然，逍遥并不是不理解他们提出的意见。他也理解大家与通俗性相比，更应重视艺术性这一见解。但他认为，话剧运动在艺术性中也必须融入通俗成分。艺术性自不必说，舞台上土肥、东仪等人的明快演技和须磨子的华美同样不可或缺。只是强调艺术性则无法在经济上供养起已经发展壮大到如此地步的整个艺术协会。这也是独自一人承担着协会财政重负的逍遥毫无虚饰的真实感受。

但是他也不能因此就完全无视大家的意见。

二期学员暂且不提。首先，为了消除一期学员的不满，逍遥对协会组织进行了如下改组：他将一期学员吉田幸三郎、森英治郎、加藤精一三人新增为干事，将常任干事兼技艺员导演土肥和东仪降为普通干事。此外又将好友市岛春城推举为理事，并任命金子筑水为学艺主任、池田大伍为后台主任、关屋亲次为经营主任。同时不再邀请本来已是干事的抱月和须磨子参加干事会议，实质上等于排除了二人对干事会经营活动的实际参与。

如此一来似乎貌似暂时消除了协会成员的不满，可那些抱月的拥趸，即"护宪派"人士却并不满足于这种程度的调整。对人事的些微调整并不能使他们提倡的艺术至上主义得到确立。

尤为引发他们不满的，是在抱月本人都不知晓的情况下就将抱月踢出干事会一事。须磨子可以另当别论，然而抱月从协会草创时期起就是协会的中心成员，这种单方面无视抱月存在的做法令他们觉得不可原谅。

年轻而又偏激的"护宪派"们认为"协会被一部分俗人搅乱了",甚至有人认为"坪内博士不值得依托",完全是一种即将分裂的氛围,然而抱月本人却相对冷静。

确实,抱月对在自己毫不知情的情况下就被从干事会一脚踢出以及协会剧目的选定方法等感到不满。对逍遥听信东仪、酒井等人的话,认为自己和须磨子之间存在着不洁关系也同样不满。

不过,即便如此他也没有离开协会的打算。即使他有不满,也不能脱离协会。因为脱离了协会他就无法施展拳脚。虽说与逍遥之间存在着各种误解,但将来总有见面的机会。届时只要推心置腹地好好谈谈,一定可以得到对方的理解。他相信现状并未达到令人绝望至极的地步。

在这一点上,逍遥与他的想法可谓不谋而合。

抱月眼下正在狂热地爱恋着须磨子,扰乱了协会的统一管理,并招致学会成员们的嫌弃与蔑视。现在虽然当着其他会员的面让他退出了干事会,但他总有心情平静下来的那一天,届时还是要让他作为协会的骨干开展工作的。这一想法基于二人多年来师生关系的连带感。

但是,不管心里面怎么想,如果不当面进行彻底沟通的话,误解的鸿沟只会越来越深。

特别是抱月的身边汇集了一批自称"护宪派"的尚未成熟的主观唯心论者。抱月与他们一起讨论问题,在他们的热情感染下,其与协会对立的态度日益明显。给人的感觉是此时的抱月宛如即将固守城山的西乡隆盛,在身边众人的推动下一点一点地变成了反对派的首领。

然而抱月既没有明治维新时期日本著名的军事家和政治家西乡

隆盛的霸气,也没有西乡隆盛的坚强。表面上看他似乎与协会对立,可最害怕和协会对立的其实还是他自己。

那年五月,抱月给逍遥写了一封可以谓之为请愿书的书简。逍遥把它记载为"辩解书"。那是一封长信,每页四百字的竖排笔记本稿纸足足写了三十张。信的开头内容如下。

"坪内老师,我本以为老师和我之间的关系会有所好转,可现实却是越来越疏远。更何况事实上我已似乎并非协会之人。在我另行提出正式辞呈的同时,在此先就自己最想说明的事情陈述如下。

老师曾说过'我绝不会做背叛你的事',我在写这封信的时候也丝毫没有要背叛老师的意思。我在心底里真切地觉得'对不起您,十分抱歉'。不过我相信您不会因此就对我说,'既然如此,你就理应克制住你个人的感情!'在我无意背叛老师的同时,我个人的感情也在燃烧。因此针对老师对我个人私事所采取的处置我既心存疑虑,又感到不公。下面想向老师陈述的内容便是疑虑之一。"

最初所说的"似乎并非协会之人"是指自己被排除于干事会之外一事,"辞呈"是指和此信同时寄出的干事请辞书。在提出辞呈一事上抱月曾相当犹豫,可他最终还是听从了片上伸等人"老师实际上已经被从协会的管理层中排挤出来,那就不应该再对干事一职心存某种依恋"的意见。

而信中所说的"个人的感情"正是指对须磨子的恋情,"在我无意违背老师的同时,我个人的感情也在燃烧"这句话则述说了他既想留在协会里,但又离不开须磨子的这一内心苦衷。

"我首先想说明的是,近来社会上对于协会议论纷纷,就此我郑重声明,这和我绝无任何干系。这是他们自己的独立所为(和我的意志毫无关联)。"

这是抱月对"护宪派"等在清风亭集会并不断扩充势头的辩解。

此后,他便在信中就他和须磨子的关系进行了辩白。

　　我一直相信我的那种行为(与须磨子恋爱)不值得被如此这般夸大渲染。当然,因为自己是做这种工作的,背后或许难免有各种闲言碎语。在您介意这些流言蜚语的日子里,您却对协会撒手不管,即便现在也依然如此。我觉得这未免自相矛盾。我以为如果您对此类微不足道的风流韵事充耳不闻任其自然发展的话,流言就会自生自灭且并不会引发什么弊害。事情的真相与程度也自会明了并得到解决。可老师却不分青红皂白将此事看得过重,并事实上撤了我的职,还采取了一种不向外界公布,只是作为内部惩戒的方式。这就更易传入外人耳中,并埋下令人心生疑窦的种子。结果则是,对内只将我一人定为罪人。

接下来抱月便长篇大论地对他和须磨子的恋情做了辩解,并对社会舆论的偏颇表达了自己的愤懑。内容为几月几日东仪说了些什么,对其挑衅的言辞自己针锋相对地回答了什么,于是就产生了那样的误解等,都是一些不得要领的琐事。信中逐个提到了东仪、土肥,还有酒井,协会会员广田、池田、和泉、林等人的名字。比如:

　　前不久东仪曾使松井放松了戒备心理。后来因为就住在隔壁房间内,于是趁我和土肥不在的当口,把须磨子叫到他自己的房间里用餐,并每天笃定要去隔壁房间两三次,且随手关上门,或是让松井给他剪指甲,或是去借绳子之类。最绝的一次就是某日清晨须磨子尚未起床时,他来到隔壁房间要和正在睡觉的须磨子接吻,却被须磨子的手给挡住了。他还在剧院的暗处抓住松井的手,有时则去她的化妆室特意献献殷勤。于是松井便不得不对在舞台上和她共演夫妻角色的土肥避而远之了……

我觉得为了公平起见自己已经尽了最大的努力。最初我给四位女演员全都画眉。可此后林(千岁)因为是那种类型的女人,所以不喜欢别人干涉她;和泉(房江)也是轻描淡抹很快就画好了;而都乡则是老师喜欢的类型中人,故此我心有避忌决定不为她画眉;只有松井,因为是主角,且其本人也期待着我为她画眉,总是等候在那里,所以我才为她修整眉毛的。她自己画得不错时,或者我忙不过来时,也就只好随她去了。其他如服装等,因为觉得重要,自己多帮她一把也无妨,于是就在大庭广众下帮了她一些忙……

在我去信州参加讲演会时,我妻子似乎对您说了我们那时已经有了肉体关系的话。绝对没有那种事!我对她没有任何肉体方面的想法。据说我妻子看了我写的一封信后,就开始散布流言蜚语,说我和松井在大森一带散步,这也并非事实……

是酒井君首先用家庭式的氛围来勾引松井的。为了达到目的他已经不择手段。协会方面也对松井灌输说,酒井是重量级人物。其他人的电话可以不予转接,但只要是酒井打来的电话,就一定会转接给松井。如果酒井来协会,他们还会特意把松井叫来和他见面。这种做法终于使事情水到渠成,在九月那次皇族葬礼的夜晚,松井脆弱地落入了酒井君之手。这一切如您所知,第一步是土肥、东仪和须磨子三人在接受住在赤坂的吉田(秀人)君的特殊秘密招待时,酒井君趁松井起身上厕所的当口,暗中抓住了她的手而未被拒绝；第二步则是酒井君招待她在中餐馆吃饭；第三步就是酒井君来到松井的新居，在他们隔着火炉交谈时，酒井突然不容分说地抱住松井，并强行和她接了吻……

如此这般洋洋洒洒，最后又写道：

  我以为如果要追究的话，这五六个相关人员都应该受到同样的追究。不过我希望除了我和酒井君应该隐退外，其他人可以维持现状。同时我希望老师能够体恤松井，因为即便她的想法和行动是错误的，但毕竟也是为了协会。

  除了上述情况以外我也还有其他话想说，但我不愿意将其与我的个人问题相混淆，因此予以保留。这一切以及我目前的境遇对于我自己而言恍若梦中，连我自己也说不出个所以然来。等过些时日事情明了后再做定夺。

正如他自己所说，写这封信时抱月的心情难以说还处在正常状态。他为自己写了那么多辩词，却仍然说"但我不愿意将其与我的个人问题相混淆，因此予以保留"。此语非比寻常。

然而即便如此，他也真是了得，居然如此这般滔滔不绝地写出了对别人的中伤和对自己的辩解。内容真假姑且不论，对其能写下如此洋洋洒洒的信件，并意欲借此倾吐自己心曲的巨大能量只能是叹为观止。这一能量正是出自他对须磨子倾注的全部热情。

无论抱月怎么说，只要读了这封信，便明显可以看出他爱着须磨子，两人之间的关系已经走到难以自拔的地步。越是辩解就越是此地无银三百两。

在寄出这封信时，抱月还相信逍遥看了这封信后就会原谅并再次接纳自己。事实也是,如果不是怀着这种愿望,他是不可能写出如此冗长的书信的。

但是逍遥却将这封信束之高阁。虽然收到了信却不做任何回复。二十天后的大正二年(1913)五月三十一日,他单独叫来了须磨子,当着金子主任的面,对她宣布了"勒令退会"的处分。

一瞬间里,须磨子对视着逍遥,似乎未能理解逍遥的真意。

"是炒了我的鱿鱼吗?"

"今后你和本协会已经没有任何关系。因此,你可以自由行动了。"

听了逍遥这句话后,须磨子慢慢颔首,之后鞠了一躬,默默地走出了房间。

逍遥按抱月所希望的那样,将写在笔记本上的请愿书退还给抱月,然而里面并没有逍遥的任何一句回答或说明。

抱月一声叹息,拿起桌上的钢笔,在信的侧面写道:

"可是,结果却是松井一人受到处分,我想代她受罚的恳求打了水漂儿。"

接下来他又在下一页用同一支钢笔写下了如下话语:

"我第一次,第一次领悟了人生!用我的血与泪写成的废弃书信啊,你唯一的归宿,就是被送到松井须磨子的手中!"

不知为何,眼下留在笔记本上的文字中只有这行字是紫色的。

六

须磨子退会的消息以独家新闻的形式立刻刊登在翌日的《万朝报》上。这篇报道的撰写人是该报记者伊藤风草。伊藤风草的妻子是文艺协会的秋元千代子,故而他最先探知了事情的真相。伊藤立刻去见逍遥,请求逍遥同意他刊登这篇报道。然而逍遥却面呈难色。

"这次的事是一个剧团的内部人事问题,不应该拿到公共场合去说三道四。"

听了逍遥的话后,伊藤并不服输。

"老师,文艺协会现在已经是新话剧运动的中心,松井须磨子则是其中的明星。她的退团不仅仅与话剧相关人员有关,也是一般老百姓所关心的一件大事。再者说如果现在勉强压住不予报道的话,毫无疑问将来总归是要被哪家报刊披露出来的。与其那样还不如现在就让对内幕多少知道一些的我把事实写出来为好。"

伊藤的话虽然有些夸大其词,但也是事实。

须磨子已经超越了一个剧团成员的范围,是一位社会明星了。

无奈,逍遥只好勉强答应了伊藤,但对他提出了"尽可能写得保守一点"的要求。

然而报道事件的记者是不会恪守口头君子协定的。在次日的《万朝报》社会版面上,以头条新闻的形式刊登了题为《松井须磨子退出协会》的报道。至于退出理由,则只是写了"是由于须磨子的蛮横以及她与协会的意见相左"。终究没有明确道出原因在于她和抱月的恋爱问题。

然而,随着这篇独家新闻的刊出,其他报刊也一起追究起文艺协会的内部纷争问题来。如此一来则无法希冀报刊"写得保守一些"了。

各类报刊争先恐后地报道了须磨子被"勒令退会"的背景中存在着与岛村抱月的恋爱问题,分析由此引发抱月退团的可能性有多大,甚至还涉及协会分裂后创立新剧团的动向等问题。一个女优的退团被放大为与有妇之夫的大学教授相恋的丑闻,这就更加勾引起世人的好奇心。于是退团问题转眼间就变成了一个社会事件。

在决定开除须磨子时,逍遥已经预测到抱月早晚都会退团,或许和须磨子两人一起组建新剧团也未可知。倘果真如此,只是两个人的剧团则难以为继,他甚至打算根据具体情况给他们分去一些协会成员,并以协会分会的形式承认他们。

而另一方面,抱月则认为自己和逍遥之间的关系虽然陷入僵局,但如果自己希望再度回归协会的话,逍遥还是能够接纳自己的。他笃信现在是因为和须磨子的关系才使得他们的立场出现对立,自己与逍遥之间的师生之谊并不是轻易就可以斩断的。

但是,报刊却连日对事件进行了充满煽动性的报道,从逍遥和抱月之间的对立到协会分裂的可能性。当初仅仅表示"遗憾"的评论意见也发展为"真是岂有此理"云云。如此一来便刺激了对方,进一步引起了误解。

在这一片喧嚣声中,抱月依旧每天都往须磨子大久保的家跑,且大都是趁着夜色,在可以避开众人视线时前往。

须磨子的房间有些煞风景,不像女人的居所。八铺席大的起居间里只是简单地摆放着一个西式橱柜和碗橱,中间放着一个可以折叠的矮脚餐桌。里侧六铺席大的寝室内,摆放着一个日式衣柜。且都是一些便宜的老式家具。

须磨子本来就属于那种不怎么愿意把钱花在家具和食物上的女性。因此同事们常说她"吝啬"。其实,与其说吝啬,莫如说她对这些东西并无兴趣更为准确。房间内唯一可以说有点女人味的,就是立在起居间墙边的那面大镜子。须磨子经常对着镜子确认脸部的表情或是摆出各种姿势。

虽然被协会开除了,但须磨子却出人意料地坦然。每当抱月走进她家时,她要么正靠着墙看书,要么正在缝补衣服,要么就是在起居间打盹儿什么的。

须磨子在做饭、洗衣等家务活方面并不在行。房间里总是一片狼藉。即便恭维点儿说,她也不属于那种能干家务活的女人。然而只有缝纫,因其刚来东京时曾在缝纫学校学习过,故而还算手巧。

即便如此,每当抱月去她那里时,她也会给抱月做他喜欢吃的鸡蛋乌冬面。其本人也会和抱月一起吃上一碗。

抱月生来胃口小,东西吃不多,更何况当时报刊上整天连篇累牍地大肆报道着他们的事情,因此喜欢吃的东西他也难以下咽。可是须磨子却食欲旺盛,不光是吃了自己那一碗,甚至连抱月剩下的也吃了个精光。

"报纸真是不可理喻呀!有的没的全都肆意大书特书一番。说来坪内老师压根儿就不应该允许依藤那样的三流记者写什么报道!"

抱月坐在矮脚餐桌前愤懑地说。听了抱月的话后,须磨子一边将餐具端到厨房的水池里一边说道:

"可是,那些愿意写的人就让他们尽情去写好了。这样更痛快!工作起来也会更方便的。"

须磨子希望与抱月一起,两人另立门户,组建一个新剧团。虽然抱月本人也曾考虑过要重组一个新剧团,可报纸抢在前面把一切都写了出来,反倒使事情变得棘手了。

"可是写的方式也应该讲究点吧。他们那种写法会让人觉得我们好像跟协会对着干,和坪内老师闹翻了这才分手的呢。"

"事实也就是如此。那么写又有什么不好?"

抱月和须磨子二人的立场有着微妙的不同。抱月虽有独立的意愿,但同时又对协会心存依恋,要看逍遥的脸色行事;可是须磨子就不同,无论是对学会还是对逍遥她都毫无眷恋。岂止如此,她甚至坚信逍遥就是把自己逐出协会的可恨之人。

"不光是对学会,就连我们两个人的事,他们也毫无事实根据地胡写乱写一通。什么同居啦、在宾馆约会啦等,真是失礼至极!"

"我才不在乎呢!"

须磨子洗完碗,一边擦手,一边反而乐滋滋把茶杯摆放到矮脚餐桌上。

"让他们使劲儿写吧,让所有人都知道才好呢。"

"你,为什么这么说……"

"你想啊,那样做大家才能理解不是?我们的关系也就可以得到公认了。"

"但是……"

"老师的'但是'又开始了。老师到底是想和我走到一起啊,还是不想啊?"

"当然是想了。"

"那么,无论报纸怎么写,你就干脆堂堂正正地回答说'对啊,就是那么回事'不就得了。喏,茶水!"

须磨子倒好茶后,抱月依旧在沉思。

"老师你这个人真是让人着急。就因为你这样,所以才总也走不出你那个家庭!人家娜拉都出走了呢。"

"女人和男人的立场不同啊。男人是一家之长,是负有责任的。"

"那你是说我们永远都得这样喽?我可不干!老师如果总是这么暧昧下去的话,我可就跟其他人了。"

"喂,喂,你别急嘛!"

"那你就郑重地向我承诺,就说从现在开始就在这里我们俩要在一起。"

须磨子站起身来,从柜橱里取出了砚台和毛笔。

"来吧,请你清清楚楚地写下'在这里,我俩要在一起'。还要写下成立新剧团的事。别用假名字母,全用汉字写。你承诺吧!"

须磨子一旦兴奋起来脸色就会变得苍白,说话的节奏也会快起来,甚至还会敞开和服前襟。本以为只是会在房间里粗暴地来回走动几下而已,可她却会突然胡乱抛掷起东西来,最后则挠着自己的胸口喊道:"好难受啊!"

尤其是在例假期间,须磨子大都会吵闹一番。抱月为她每月一次台风般袭来的歇斯底里苦恼不堪已成常态。眼下也是,须磨子敞开了前胸,一边反复不断地急促呼吸着,一边一屁股坐到矮脚餐桌前。从其苍白的侧脸上,就可以令抱月预感到暴风雨即将来临。但同时她的脸上也蕴含着一种美感。

抱月无奈只好拿起了笔。

  我二人此次脱离文艺协会,在掀起话剧运动方面,只要是事业所需,二人即在精神上共同坚守恋爱关系,并约定最迟也要在两三年内做好正式结婚的准备。在这段时间内,如果某一方出现不守节操之行为,另一方则有权废除本誓约。为将来计,本誓约书一式两份,双方署名后各执一份保存。

大正二年六月四日
岛村泷太郎
小林正子

文章的开头写有"誓约书"几个字,结尾处二人的签名下还各自盖了章。

自诩拥有现代人自我意识的抱月和扮演了现代人角色的须磨子的这个做法相当陈腐。不过也说明二人当时所处的周边环境极为艰难,乃至如果不靠这一纸誓约书加以确认的话便很难令人感到安心。

尤其是须磨子,虽然表面上装出开朗的样子,可实际上在只有她一人被协会除名以后,心中便没了着落,只有抱月才是她唯一的依靠。做法陈腐也好,不过是一纸承诺也罢,须磨子意图通过让抱月写下一纸文书的方法来使自己的情绪稳定下来。而另一方面,在须磨子的强求下写了文字材料后,对于动辄摇摆不定具有墙头草性格的抱月也是一种鞭策。

此种誓约书在大正三年(1914)二月十二日及同年四月三日,总共反复改写过三次。

文章内容大体雷同,只有第三次是用日文片假名字母写成。

抱月离家出走,两人真正开始过上同居生活是在大正二年(1913)的夏天。因此第二、第三次誓约书是在二人同居期间内写成。

后两次也都是在二人发生小小争执后,在须磨子死乞白赖的要求下写成的。可见,即使是在同居期间内,须磨子也依然饱受抱月不知何时就会返回家中这一不安心理的折磨。

连日来报纸一直对须磨子的退会、文艺协会的内部纷争乃至早稻田大学内部的对立问题进行长篇大论的报道。因此,对于大学而言,已经没有理由视而不见。

对事态感到忧虑的高田校长把逍遥和抱月叫到家里,让他们二人见了面。

然而这次会谈实际上并非只有他们两人参加。以高田为首的早稻田大学的干部们也参加了会谈。

其中有些人对抱月和须磨子的关系明显感到不快,并认为抱月利用自己在弟子中的声望在煽动那些弟子。

而拥护抱月的那拨年轻人是日夜晚也在清风亭举行了集会。他们认为高田的会谈是一场针对抱月老师的盘问会。将处于弱势的老师叫去承受全体人员的苛责,这一卑鄙的手法不可原谅。当时会场的声势颇为浩大。

然而高田并没有那种打算。他只是单纯地期待着只要逍遥和抱月能直接见面并开诚布公倾心交谈一番的话，或许就会找到解决问题的突破口。

让其他干部参加会面，也只不过是因为他觉得这次内部纷争并不仅仅是由于两人之间缺乏交流，问题不仅仅局限于协会，与整个早稻田大学同样密切相关而已。

然而结果却完全事与愿违。正如清风亭那些人所担忧的那样，一些干部对抱月提出了带有质问性的问题，会谈显现出了盘问会的倾向。而逍遥本人则揪住抱月和须磨子的问题不放，声言只要两人不分手，事情就没有商量的余地。从某种意义上讲他对抱月已经不抱希望。

在高田宅邸举行的会议经过，通过一位干部刻不容缓地传达给了聚集在清风亭的护宪派人士。

"首先是有人提出了'你对文艺协会有什么看法'的问题。岛村老师对这一提问堂堂正正地回答说，'协会与大学一样，都是我要为之奋斗一生的最为重要的工作场所。因此，我打算穷尽毕生精力去培育它。既然要培育它，那就必须排除通俗剧，始终坚持贯彻高雅艺术'。"

听了传话人安成贞雄这番话后，聚集在那里的五十多名与会人员一齐拍起手来。

"接下来便就学校和协会的内部情况做了各种各样的说明，之后话题终于转到抱月老师和松井须磨子的关系上。"

因为接触到了核心问题，会场上立时鸦雀无声。

"上村单刀直入地问道，'你现在也还是爱着松井须磨子吗？'就此，老师明确地回答道，'我爱她'！"

"回答得好！"前排的年轻人突然叫了起来，与此同时全体成员再次一起拍手称好。

"男人爱女人这是天经地义的事！"

"这才是老师所主张的自然主义立场呢！"

座席中再次传出欢呼声。

不过是男人爱女人而已，却不得不冠以"自然主义"的名目，可见当时的环境令人窒息，同时也显示出学生们爱扣死理儿的倾向。

"对岛村老师的质询越来越充满恶意，甚至有人这样露骨地质问道'你和须磨子发生过肉体关系吗'？对此老师也并未显露出不悦的神色，只是断然回答道'绝对没有'！"

"好样的！"

会场上再次欢声四起。一想到岛村老师被早稻田那帮祖师爷般的老教授们团团围住并遭受诘问的场景，大家便不由得同情地啧啧叹息起来。

"然而还是有人执拗地追问老师'你们没有发生过肉体关系吗'？老师双眸低垂，片刻后果敢地抬起头来毫无顾忌地回答道，'我发誓，现在没有。不过将来我不能保证，除此之外无可奉告'。"

"就这么说……"

欢声四起，掌声一片。

"'现在没有，不过将来我不能保证'，这才是人嘛！老师体现了人的耿直秉性。"有人大声说。

于是有人高声呼喊起来："老师万岁！"接下来便是大家接连不断的欢呼声：

"万岁！"

整个清风亭人声鼎沸，宛若沉醉于一种打了胜仗的喜庆气氛中。

俄顷，在一片吵闹声中，曾经出席了会议的盐泽教授也赶来汇报当时高田家会议的情况了。大学方面听到为了拥戴抱月已经有五十名以上的抱月弟子聚集在清风亭的消息后,便再也不能视而不见了。

盐泽姑且对会议的过程做了大致的说明,内容与安成的说法大同小异。不同之处是安成只是一味地美化抱月,而盐泽则做了不掺杂感情的汇报。

"那么,结论如何呢?"

最后有人站起来提出了这个问题。盐泽垂首说道:

"很遗憾,并未找到解决问题的方法。"

"为什么呢?老师做了那么坦诚的回答,完美地阐述了自己的意见,为什么还无法解决呢?"

"还是卡在和须磨子的关系上了。"

"既然老师已经做出了'将来无可奉告,目前和她没有发生关系'的回答,那么和她之间的问题不就已经解决了吗?"

"他只是在口头上姑且那么说说而已……"

"你是不相信岛村老师所说的话了?"

"不,那倒不是……"盐泽有些语塞,"我只不过就是来汇报一下会议的情况而已"。说罢便匆匆离去了。

拥护抱月的一派再次批判了学会和大学方面处理能力的不足。大家意气风发,认为事到如今大家更应该以岛村老师为中心开展新的话剧运动。

然而出席高田家会议的那些人的想法却并非像"护宪派"人士想得那么单纯。要想解决此次事件,抱月和须磨子之间的关系问题是无法回避的。

抱月确实在众人面前堂堂正正地果断说过"将来无可奉告,目前和她没有发生关系"的话,但是没有一个人相信他的这个道白。尤其是逍遥,他以极为不快的神情仰视着天花板。

抱月与须磨子之间存在着肉体关系,这已经是公开的秘密。无论抱月怎样支吾逃避,通过东仪或酒井以及其他众多剧团成员的证词,这一点已经确凿无疑。

因此,事到如今逍遥已经不想追究二人之间是否有过肉体关系。倘若有过,那也无所谓。他所希望的,是从今往后一定要斩断这种关系。唯有如此才能成为其他剧团成员的楷模。诚实地开口道歉,并表示从今往后和须磨子一刀两断是抱月复职的绝对条件。

然而抱月在高田家说的话却恰恰相反。他本来就偷偷摸摸地和须磨子保持着关系,却还口口声声说什么"现在没有",并进一步说出了"不过将来我不能保证"之类的话。这就等于在暗中宣布他并不打算和须磨子分手。抱月如此这般的伪善令逍遥对他彻底死了心。

"如果岛村不和须磨子分手的话就开除他。协会不能因为只不过是一介小小进修生的须磨子而坏了规矩。"

这便是道德家逍遥认准了的死理儿。

可在抱月看来则不然,自己爱须磨子为什么就错了? 就算是自己有妻小,但爱一个人并不是坏事。这才是人最为本真的面目呢! 用纪律和道德的名义对此加以单方面的制裁才是错误的。在如此考虑问题的那一瞬间里,抱月就已经不再是大学教授,也不再是什么导演了,他变成了一个只是疯狂地爱恋着女人的男人。

七

抱月的请愿书遭到驳回,紧接着又对他召开了盘问会,而且须磨子被勒令退会,因此二人身边的状况急转直下。

被勒令退会后,须磨子对立刻赶来的抱月诉苦道:

"我到底怎么了? 我只是一门儿心思拼命学习,充分发挥自己的演技,以便使舞台演出更加成功,难道不是吗? 对于这一切不道一声'辛苦了'也就罢了,居然还将我赶了出来! 真是……"

虽然须磨子在逍遥面前神态毅然,可她一看到抱月便立刻撒起娇来。她用双手捂住自己的脸,披头散发、泪眼婆娑地向抱月倾诉着。

"因为有了我,协会才有了今天。大家都是拜我所赐才得以养家糊口的。可现在我却像一只贼猫似的被赶了出来……"

须磨子的话也不无道理。协会的公演之所以能并无多大赤字地维持到今天,是因为有须磨子这位明星在。虽说逍遥并不希望出现明星,但没有明星剧团就无法维持下去,这也是事实。

"这是阴谋啊!那个好管闲事的道德家老爷子上了东仪、秋元和林等人的当,现在已经疯了……"

"松井……"

抱月在规劝须磨子,因为须磨子直呼其名地把逍遥称作"老爷子"。可是须磨子却毫无住口的意思。

"他算老几呀?那老爷子光知道讲那些大道理。他自己从来就没有登台演出过,怎么可能理解做演员的人的心境?!"

说到这儿,须磨子抬起了涕泪横流脏兮兮的脸。

"我说老师,事已至此我们就自己组建一个新剧团吧。组建一个远比协会更好的剧团给那些人看看。老师以前不是说过这样的话吗?"

"……"

"没问题。是吧?如果不马上组建的话,我就回老家去!"

"你又在胡说!"

"可是,我已经被协会扫地出门再也无法登上舞台了。那我还有什么理由待在东京啊?如果你老是不明确表态的话,我明天就走人!"

"你等等好吗?松井!"

"不行!你必须现在就向大家宣布'要组建新的剧团'。"

话已经被说到这个份儿上，抱月只好痛下决心了。

是日夜晚，抱月姑且离开了须磨子的住处返回自己家里。翌日再次见到须磨子后，他终于开始动手筹建新剧团了。

他首先于六月一日面会了他的知心朋友二期学员仓桥仙太郎，向对方和盘托出打算组建剧团的意向。之后便一起就具体方法进行了磋商。第二天即二日，他又面会了《早稻田文学》的相关人员，向他们说明了打算组建新剧团的想法，并得到了赞同。与此同时，仓桥则在抱月的授意下，开始了推举中村吉藏出马的交涉。四日，抱月又和正在计划建设小剧场的人见了面，就经济方面的问题进行了磋商。从五日开始，他又与《早稻田文学》的相关人员及学长们挨个见面，就善后之策进行了磋商。这在抱月来讲，是鲜见的积极主动。其背后则是须磨子的歇斯底里在作祟。

在抱月征求意见的人当中，也有人主张先静观一段时间再说，但大多数人都赞成组建新剧团。他们大都鼓励抱月说："既然已经被逼到这个份儿上，就应该坚定地'揭竿而起'，去实现自己的艺术目标！"尤其是以早稻田文学系为中心的抱月护宪派们，竟宛若革命的前夜即将来临一般，一连数日斗志昂扬地聚集在清风亭内。他们批判了文艺协会的通俗性，力主只有新剧团才能使真正的艺术具体化，新剧团应该占据日本话剧运动的中心位置。

抱月从他们的意见中汲取了力量，但同时又觉得应该避免与逍遥产生对抗。即便独立出来，也不可形成剑拔弩张的局面。无论如何逍遥都是自己的恩师，文艺协会则是培育出自己热衷于戏剧表演热情的组织。再者说，无论气势多么高涨，与奠定了自己根基的协会对立，对自己都绝无好处。

此时的逍遥正在热海静养。抱月的想法是只要逍遥一回到东京，他便立刻直接去见逍遥，就这段时间里发生的事情做一说明，希望逍遥能够同意自己独立门户。

然而逍遥却在六月八日发表了一个令人意想不到的声明。通过早稻田相关人员宣布出来的声明内容是：坪内博士将于近期辞去文艺协会会长一职，并解散协会。

对这一决定，无论是协会会员还是早稻田相关人员都感到非常吃惊。

"他为什么会突然说出这种话呢……"

人们全都一头雾水。一时间流言四起。甚至有传言说，会不会是有人别有用心地造了谣呢？

然而逍遥却是认真的。

在这之前，一期学员和二期学员之间发生了争执。再加上出现了东仪和土肥之间的内部纷争后，逍遥就已经对继续统率文艺协会心生厌倦了。

从他亲自制定的"约法三章"和"游于艺"等语言中便可看出，逍遥本来希望话剧运动在锤炼每个演员演技的同时，也能为大家提供一个提高精神修养的场所。但是实际上协会却成了大家自我欲望和私心杂念喧嚣泛滥的战场。其实话剧正是在这种充满活力的境况中才得以发展进步的。在这一点上，可以说逍遥的想法有些天真狭隘。

逍遥当时所采取的人事变动等举措，仅仅是在表面上暂时平息了一期学员的不满，然而内部争执并未消失。此外早稻田大学内部从侧面对协会的方针、演出剧目等指手画脚的人太多，甚至有人公然批评了逍遥的做法。尤其是《二十世纪》和《回忆》，逍遥起用了与早稻田毫无关系的松居松叶，这使他遭受到协会内外的强烈非难。此外又出现了抱月和须磨子的问题。有人批评逍遥对他们二人的恋情过于缺乏理解。在当时倡导自由恋爱和自然主义的一部分进步主义者眼里，逍遥给人留下了这样的强烈印象：这是一位"度量狭小的老人"。

再就是改组后的一部分干部挪用了协会的费用。一期和二期学员每逢登台演出都会表达出不满。内部纠纷接踵而出。迄今为止的协会,精神方面暂且不论,经济上始终是由逍遥一人负担并主持运营。虽说在打入帝国剧场后情况略有好转,但依然处于赤字经营的状态。逍遥为协会投入了大量资金,结果却依然遭人诟病。那就不如干脆辞职算了,谁有能耐谁来干!

可以说貌似冷静实则意想不到急躁的逍遥,其忍耐终于达到了极限,到头来心灰意冷破罐子破摔了。

对逍遥辞去会长一职最为茫然不安的便是协会会员们。逍遥的辞职即意味着协会的解散。

以前通过批评协会干部达到解恨目的的会员们现在失去了批判的目标,顿时显得狼狈不堪。不仅仅是会员,就连《早稻田文学》的有关人员以及拥戴抱月的清风亭派成员们也毫无例外。

他们是在协会处于绝对权威,且逍遥身为协会统帅这一前提下批评协会、指责逍遥的。可现在这个绝对的对象如果消失了,他们所有的意见也就全都失去了指向目标。

于是协会和早稻田的有关人员便一起前来劝阻逍遥,试图让他回心转意。以前曾批判过逍遥的人此时态度骤变,居然恳求逍遥道:"如果现在老师辞职的话,那就等于是毁坏了话剧的萌芽。"

听到逍遥辞职的消息后,抱月感到惊诧不已。在刚听到这一消息的那一瞬间里,他甚至连话都说不出来了。正因为当时抱月正在琢磨组建新剧团的事,因此他便觉得或许是因为自己的行动给逍遥的决断带来了影响也未可知。

名义上虽是独立,但抱月的想法却是让新剧团作为协会的兄弟剧团问世。因此,相当于大本营一般存在于世的协会如果解散,情形可就截然不同了。

抱月向一期学员武田正宪打探了一下协会的内情后,便拜访了坪内宅邸。

当时开过盘问会还不到一周,然而逍遥当初开会时的那副愁眉苦脸的表情已经踪迹皆无,取而代之的是一副如释重负后的轻松面孔。

首先,抱月对自己暌违一周表达了歉意,接下来便从组建新剧团虽然是事实,但绝对没有对抗协会和逍遥的意思开始,打开了话匣子。

"我明白,你就按你想的放开了去做吧。"

逍遥态度沉稳,当初的严厉劲儿已经消失殆尽。

"可是,听说老师这次要辞去协会的工作,对我而言这就是晴天霹雳。这究竟是为了什么呢?"

"也没有什么特别的理由,我只是累了。"

"该不会是因为我要组建新剧团,惹您不快了吧?"

对于抱月的提问,逍遥只是莞尔一笑,随后答道:

"对你独立出去这件事,我高兴还来不及,怎么会生气?我辞去协会的职务只不过是我个人的任性所为而已,和你完全没有关系。"

"但如果您现在宣布辞职,就只能让人往那方面去联想了。"

"有人要那么想就随他们便好了。社会上什么人都有。"

逍遥虽然语气和善,但眸子里已经没有了以往注视自己得意门生时的那抹子热情。

"总之,你对协会和我的事不必介意,一如既往按你所想放手去做就是了。"

逍遥的话表面上看是一种鼓励,可换成另一种解释的话,也可以被视为对抱月的辛辣讥讽。

抱月再次劝阻逍遥,希望其尽量避免做出辞职这种影响过大的决断,之后便离开了逍遥的家。

嗣后,又有许多人对逍遥进行了挽留,于是逍遥撤回了立刻辞职的决定。但择机辞职的想法并未改变。

说来,逍遥是一个很少发表意见的人。可一旦决定了某件事后,则难以令其改变初衷。这次之所以打消了辞职的念头,是因为协会已经决定从六月二十六日起开始上演《尤利乌斯·恺撒》。

这出戏也是由松居松叶担任导演,演出地点在帝国剧场,为时一周。若按原来的计划,须磨子也应该出演其中的角色。

逍遥觉得放弃已经定妥的演出,只有自己一人中途逃脱未免过于随心所欲,所以便决定在这次演出全部结束后再行辞职。

"坪内老师迟早是要从协会辞职了",这一危机感反而使协会会员们更加团结,排练时的热情竟然高涨起来。

角色分配为东仪饰演安东尼,加藤饰演恺撒,土肥饰演布鲁图斯。秋元、林等女优阵容也参加了演出。对协会而言,这是首次没有须磨子参加的公演,因此,舞台阵容严整,连逍遥本人也参与了导演活动,演出气氛相当紧张。

也是沾了此次演出或许是协会的告别演出这一传闻的光,观众蜂拥而至,上座率颇佳,一连两天都是场场爆满的好成绩。

然而逍遥辞职的决心已定。这次公演刚一结束,《东京朝日新闻》就以"逍遥的隐退"为题发表了如下内容的社论。

> 据悉:坪内博士打算以本次上演的恺撒剧为留念剧目,从文艺协会会长的位子上退出,并中途抛弃自己视为毕生事业的话剧改良事业,归隐于原本一向是其副业的早稻田大学教授职位。博士之所以痛下这一决心,并非身躯老迈之故。当初博士为整肃协会的内部风纪问题,试图令岛

村抱月等人退出文艺协会。而那些一直认为文艺协会的话剧方针并非阳春白雪的人，与对文艺协会怀有私人怨恨的早稻田大学文科出身的少壮派文人则抱成一团，展开了一场拥戴抱月的运动。由此文艺协会便与抱月的拥趸们各执一词，致使事态变得复杂起来。坪内博士对自己的无德深感羞愧，遂以牺牲自己的未竟事业——改良话剧之抱负为代价。这样一来，一是可以让抱月得以在开展新的话剧运动时卸下思想包袱，二是也可以收拾文艺协会的残局，而博士本人则可从剧坛全身而退。（以下省略）

不仅仅是上述社论，社会舆论也对逍遥充满了同情。由此便可进一步窥见逍遥在文学领域的丰功伟绩、在话剧领域表现出来的牺牲精神以及社会对逍遥辞职所发出的惋惜声浪之高。

上述社论以逍遥和抱月拥趸的对立为中心，根本就没有提及须磨子的问题。二人的事在当时已经相当出名，报刊评论员不可能对此并不知情。如此看来，或许评论员认为男女艳闻不过是区区小事而已，因此故意避开不谈。

在《尤利乌斯·恺撒》公演结束的同时，逍遥在协会的干部会上明确宣布："自己将辞职，并打算解散协会，就此还望大家多多谅解。"

几乎所有的协会成员都表示反对，可是事到如今已经难以指望逍遥回心转意。更何况一般会员与逍遥之间并未达到可以畅所欲言的亲密程度。在他们眼里逍遥并不是一个和善的可以亲近的人。

然而土肥和东仪等老资格干部们却无论如何都难以接受这个事实。尤其是土肥，他愤然说道：

"老师只是单方面地提出'解散'，我对其中的理由完全无法理解。为什么非得现在突然解散协会不可呢？"

逍遥略显厌烦地答道：

"很明显，协会如果继续维持下去的话，必然会触礁搁浅。"

"这样的回答我们无法接受。请您简明扼要地说明一下理由。"

见土肥紧追不舍，逍遥的脸上少见地流露出愠色。

"理由就没有必要在这里说了。你们大家扪心自问一下，不会不明白的。"

就这一句话，顿时令土肥哑口无语。众人也低头缄默起来。

听了逍遥这句话后，会员中再也无人能够提出异议了。尤其是东仪那种在男女关系或演出方面问题接踵而出的人。他们只能一味低垂着自己的头颅。

但是，对于只知道埋头工作的稳健派，如土肥等人而言，仍然有无法接受的一面。

"我们知道老师确实相当辛苦。可是，即便如此，也不应该现在就甩手不干了呀。这不是太过随心所欲了吗？"土肥向同事们抱怨道。

确也如此，对于认真从事话剧事业的人而言，逍遥的辞职未免过于唐突。此外，他们在表达不满的同时，也在后悔当初没能及时看透逍遥的内心世界。

"我们不应该只是一味地追求理想，如果当初大家稍微具有一点分辨能力并宽容一些的话，也不至于使坪内老师陷入如此这般的困境中。无论什么时代，年轻人就只知道破坏的喜悦，却不晓得建设的辛苦。我们一直以为该毁灭的就让它毁灭，该崩溃的就让它崩溃好了。其实更应该认真审视一下即将崩溃的事物的本质。"

上述话语是当时一位自称横川唯治、后来成为"自治剧团"团长的山田隆也氏的肺腑之言。他的话也表述了大多数会员的心境。

然而箭已离弦。报纸上连日来从逍遥辞职到协会解散，乃至对将来剧坛的嬗变等，连篇累牍大书特书，已经到了覆水难收的地步。

大正二年（1913）七月八日，逍遥正式辞去会长一职。在一周后的七月十五日，由市岛、金子等人组成了善后委员会。

委员会向土肥、东仪以及一、二期学员共计十八名会员赠予了若干钱财，将会费退还给会员和赞助会员，将捐款退还给捐款人，并向被辞退的会员递交了感谢信。

结果是出现了大约两万日元的赤字。逍遥变卖了自己的房产和土地，填补了这些亏空。当时的两万日元大约相当于现在的两亿日元。

就这样，文艺协会自明治四十二年（1909）五月创立以来，仅仅四年的时间便走向了崩溃。与当初创立时的声势相比，结局竟如此的草率索然。

然而，嗣后却萌生了各种话剧运动的萌芽。亦即，以"艺术剧团"为首，相继出现了"无名会""舞台协会""新国剧"等各类剧团。再加上对舞蹈界，乃至后来扩展到对剧作家、表演家、导演等的影响，当初的萌芽绝对不可小觑。

虽然壮志未酬，但可以这样讲，在明治这个新时代里，逍遥对话剧运动毅然决然倾注的热情，已经被下一代人不折不扣地继承下来了。

八

伴随着坪内逍遥会长的辞职和文艺协会的崩溃，以岛村抱月为中心的新剧团的组建愈发飞快地具体化了。

首先是于大正二年（1913）七月三日在清风亭举行了新剧团设立创始人大会。

与会者有相马御风、片上伸、秋田雨雀、安成贞雄、中村星湖等五十余位。成员主要以早稻田文科系志同道合者为中心，亦包括在话剧领域拥有丰富经验的中村吉藏、水谷竹紫等人。

会上首先提出的,就是剧团的构成和运营方式问题。

与会者都是一些对新剧团充满了理想和期待的人。虽然未必都是话剧知识渊博之人,但他们的热情不可忽视。

参加会议的人全部成为评议员。之后由抱月指名,其中的十数人被选为干事。最终岛村抱月被大家推举为干事长。

其次就是剧团的名称。起初抱月主张叫"新剧团",仲田胜之助则主张叫"艺术俱乐部",其中也有人主张就沿用文艺协会的名称好了。

然而安成贞雄却提出了以下意见:

"我觉得应该仿照'莫斯科艺术剧团',叫'艺术剧团'为好。对于我们这个以艺术至上主义为宗旨的剧团而言,这个名称与剧团的目的最为匹配。"

根据这一意见,剧团的名称便被定为"艺术剧团"。

在大正二年九月号的《早稻田文学》杂志上,以《"艺术剧团"的成立》为题,刊登了如下公告:

> 吾等志同道合者相聚一堂,在此创建新剧团"艺术剧团"。宗旨如下:排除所有世俗弊端,战胜一切艰难险阻,为新兴剧团倾尽吾等毕生之力。据此倘能与天下有识之士共享些微之新生祝福,则幸莫大焉!吾等将始终如一,对新艺术笃志不移。死而后已乃吾等之夙愿。恳请认同此志之诸贤,以宽厚、自由、清新之心,广施援手是荷!
>
> "艺术剧团"同人

此后,在抱月执笔的《"艺术剧团"创立备忘录》中,又对艺术剧团成立的经过进行了说明。继《艺术剧团规则》《艺术剧团会员申请规定》《会员招聘》之后，末尾对剧团的组织机构做了如下记载：

艺术剧团干事长：岛村泷太郎（抱月）

干事（按日文假名字母顺序排列）：尾后家省一、片上伸、川村久辅、吉江乔松、相马御风、中村吉藏、中村将为、仲木贞一、楠山正雄、仓桥仙太郎、前田晃、松井须磨子、秋田雨雀、水谷竹紫、岛村民藏、人见圆吉。

此外还有评议员二十九名，其中可见石桥湛山的名字。而由干事委托的赞助员中则有严谷小波、岩野泡鸣、小山内薰等人。当时文坛和演艺界的精英人士均赫然在列。

此后便公布了首届会员二百三十二名成员的名单，会员资格为年付会费六日元（每月五十钱）。其中赞助五十日元以上者可以成为特别赞助员。

在这段时间里，抱月依然采取了组建新剧团并非其本意的态度。

自己只不过是受到了早稻田文科志同道合者以及对协会心存不满分子的拥戴而已。倘若可能，自己也想和坪内老师一起隐退。但这么做，协会迄今为止点燃并维系过来的话剧之火便会熄灭，进而产生违背坪内老师志向的结果。因此，眼下即便艰苦，自己也只能挺身而出。

抱月本来就不属于那种积极主动类型之人。每当出现什么争端时，他只会将双手揣在怀里做沉思状，很少发表自己的意见。他的这一姿态和他那瘦长的身躯相辅相成，显得思虑幽深且谨小慎微。大家看到他这副样子后，便会同情地思忖："可不能再让岛村老师为难苦恼了。"

抱月就是一个与沉思和苦闷形象极为相配的人。

此时亦然,大家深信岛村老师是在并不情愿的情况下,为了实现协会的所期目标,正在一条痛苦的道路上踟蹰而行。事实也是,创立一个新剧团并非易事。让谁成为新剧团成员,在哪里上演哪些剧目,靠什么获得经济方面的支撑等等,问题堆积如山。

但是,在这一切的背后,也存在着一份他得以和须磨子两人共同创立自己剧团的喜悦。

人员齐备了,资金的筹措也有了头绪。艺术剧团看起来似乎就要轰轰烈烈地扬帆起航了,然而新的征程并非一帆风顺。

第一个重大失算便是本以为老文艺协会的会员会转入新剧团,然而事实上这些老会员却分崩离析了。

文艺协会崩溃后,会员们对去留问题犹豫不决。意欲独立者有之,物色其他剧团者有之,还有一部分人想趁此机会退出话剧运动。根据迄今为止的状况,抱月本以为一期学员和二期学员中的主要成员都会追随自己。

可是一期学员中的大半成员出于对同期学员须磨子的反感并不打算加入新剧团。他们加入了东仪、土肥等人新创立的"无名会"。其他如加藤、森、佐佐木等人则另辟蹊径,自己创立了"舞台协会"。

在这早些时候,也是因为与须磨子不合而离开了协会的上山草人则与林和、林千岁、守田勒弥等人组建了"现代剧协会"。

结果是,加入艺术剧团的只是那些与一期学员对立的二期学员如泽田正二郎、仓桥仙太郎、中井哲等人。而一期学员中只有对抱月心存好感的武田正宪加入进来。

艺术剧团的办公地点就定在迄今为止多次举行过会议的清风亭。九月十五日在清风亭召开了演出人员碰头会。

以抱月为首,包括中村吉藏、武田正宪以及二期学员们,全都神情紧张地聚集在清风亭。唯有须磨子身穿浴衣,神态悠然且理所应当似的坐在上首座位上。

首先由抱月起身致开幕词。他简单地介绍了一下新剧团成立的经过,呼吁大家今后要团结一致。之后说道:

"希望在剧团内自己和松井须磨子被称为'主体',其他人则被称为'客体'。"

刹那间,大家的脸上全都流露出不解的神色。

本来抱月已经被任命为干事长,现在却又要被称作"主体",这究竟是怎么回事?而且如果只是抱月一人倒也罢了,还把须磨子也弄了进去,岂不有些过分?

然而当时无人站起来公然表示反对,会议就此终了。

艺术剧团决定最初的演出剧目为《内部》和《蒙娜·凡娜》。在决定角色分配时,抱月对饰演凡娜对手戏的普林齐瓦勒以下的角色采取了投票表决的方式。但主角凡娜却理所当然地指名由须磨子饰演。

终于进入到舞台排练阶段,须磨子的为所欲为也理所当然一般开始了。

首先是排练的时间,由须磨子自己定为"明天十点开始",身为导演的抱月颔首默允。

大家如约到齐了,须磨子却迟到了一个小时。到场后她甚至没有一句道歉的话,便满不在乎地开始了排练,而且还专拣自己出场的部分反复排练。

吃午饭时也是,她只是在自己饿了的时候才让大家休息。如果其他人提出休息,她就会勃然大怒。排练结束的时间也要随她心意,说结束就结束。虽说在排练的热情方面须磨子无可挑剔,但一切必须唯我是从。

即便须磨子的任性引起了剧团成员的不满,抱月也佯装不见。

排练进行到第三天时,一位成员再也难以忍耐下去,遂抱怨道:"老师,您想个办法吧。"然而抱月并不作答。

"老师根本就没考虑我们这些人,脑子里只有须磨子一个人!"

剧团成员的不满日益高涨,然而须磨子的态度并无丝毫改变的迹象。不仅如此,反倒对抱月加倍撒娇,反反复复地说什么蒙娜·凡娜的舞台服装不合自己心意。而她自己却不去对服装师讲,只是直接向抱月诉苦。

"老师,这成何体统嘛?这种便宜货!"

听了须磨子的申诉后,抱月立刻叫来服装师,亲自向服装师提出了要求:"你能不能想点办法?"

"即便这套服装,也是好不容易才从'蔺部'和服店借来的,不可能有比这更好的了。"

听了服装师的话后,须磨子在一旁插嘴道:

"三越百货公司的话,一定会有吧。"

"如果到那种地方去买新品的话,可就不知道要花多少钱喽!"

"主角的衣服怎么可以节省呢?是吧,老师?"

受到催促的抱月只得勉强颔首。

"好嘞好嘞,这么说花多少钱都可以了,是吗?"

服装师貌似不快地走开了。对于舞台服装,须磨子一概喜欢奢华艳丽的。即便在出演主人公消沉悲哀的场面时,她也满不在乎地想要穿着华丽扎眼的服装登场。而且有铭仙绸就不要棉布,有绉绸就不要铭仙绸,总之价格越贵越好。

而且她每演一场就想换一套服装。

抱月几乎每次都是按照须磨子的要求行事,有时被缠无奈,甚至还亲自跑到衣料店去选购。

在去四谷的和服店"布袋屋"时，须磨子选购了一块鲜红的花缎布料。回来后她把整块布料裹在身上，在排练场的镜子前照来照去。

"怎么样？诸位，和我匹配吗？"

须磨子问道，然而无人作答。

"我在问怎么样呢，怎么样？"

当她发现，即便自己歇斯底里似的询问也依然无人回答以后，便望着抱月说道：

"老师，老师觉得怎么样呢？"

"嗯，看上去倒是不错……"

抱月的话音刚落，成员中就有人喊道：

"不错呀！女不倒翁！"

众人立刻哄堂大笑起来。须磨子瞪视着声音传来的方向。

"谁呀？！刚才说话的是谁……"

适才喊叫的男子好像迅即逃走了。随着一声门响，在场的剧团成员们再次窃笑起来。

"竟敢这么说话！"

须磨子猛地甩掉披在身上的红色布料，原封不动地站在舞台上大声吼叫起来：

"混蛋！混蛋！讨厌……"

须磨子披头散发地哭了起来。排练无法进行下去了，结果只能中途停止排练。团员们露出厌烦的神色回到休息室里。

只有抱月一个人留下来安慰须磨子。

"你不要介意嘛，那不过是一句玩笑罢了。"

"讨厌！讨厌！我不能原谅那个男人！"

"那块红布料和你很配的呀！"

抱月搂着抽抽搭搭哭泣的须磨子的肩膀。到头来在这种场合下总是要由抱月来充当安抚人的角色。

艺术剧团选择的首次公演剧目是梅特林克所著、中村吉藏翻译并导演的《内部》和同为梅特林克所著,由抱月翻译并导演的《蒙娜·凡娜》。

敲定了演出剧目和演出期间后,演员们连日来专注于排练剧目。外联和营销人员也开始为广告和出售戏票四处奔走。

关于艺术剧团的经济来源,起初抱月觉得可以指望他个人认识的一位银行家,但却突然指望不上了。因此资金的实际来源只能依靠会员的赞助和预售戏票获得。

当时的有乐剧场本身并没有自己的上演剧目,只不过是一个专供出租的小剧院而已。剧场的租赁费为每天一百日元,此外照明费每天也得支付十五日元。负责艺术剧团事务工作的水谷竹紫用十天一千日元的价格将剧场租借到手,照明费则全免。刚开始先支付了三百日元的定金。这笔钱款是在得到相马御风的同意后,从《早稻田文学》杂志的编辑费里挪用的。

艺术剧团本身并没有钱,完全依仗业务员四处奔波筹措资金。单靠业务员找门路筹集捐款未免太过难为他们,于是便想出了一个迫不得已的法子——将筹集到手的资金的十分之一以辛苦费名义发放给业务员。

虽说艺术剧团和抱月身后有早稻田有志人士的支持,但他们只不过是在精神上给予了支持而已,并非拿出了真金白银。因此艺术剧团始终饱受着经济方面不安定因素的困扰。

然而值得庆幸的是戏票的预售颇为顺利。在演出临近的几天里,票价即便上涨一倍都能够卖出。

"松井须磨子到底是一个怎样的女人?我真想看上她一眼。"

这是人们先入为主的想法。与其说关心这次演出本身,莫如说对于性丑闻的兴趣占了上风——都想目睹一下那个将拥有妻室的教授揽入怀中的女优。

然而,就算是丑闻,艺术剧团完全仰仗须磨子的人气也是不争的事实。

对于这一点须磨子当然心中了然。正因为有了自己这才有了艺术剧团。因此自己必须比任何人都华丽耀眼。

各种牢骚倾吐一空以后,须磨子终于提出了她在《蒙娜·凡娜》中的所有舞台服装都必须在三越百货公司全新定制的要求。

可是,如果答应了她的要求,从预算情况看,其他演员的服装就必须全部借用或者由演员自掏腰包了。甚至因角色需要必须定制的服装也不得不因此而放弃。

演员也好,服装师也好,剧团全体成员无一例外,全都反对须磨子的要求。然而此次亦然,须磨子只是望着抱月说道:

"老师可是赞成的,对吧?"

抱月慌乱地眨了眨眼,眼帘低垂。

"没问题,是吗?"

须磨子以撒娇的语气,双眸向上望着抱月。抱月依然低垂着双眼,片刻后轻轻地点了点头。

"老师已经答应了,大家明白了吧。"

须磨子得意洋洋地说,接着便快步回到了自己的房间。

须磨子的身影消失后,二期学员仓桥仙太郎和中井哲不约而同地站了起来。

"老师,您打算对松井的专横默认到什么程度?照这个样子,是不是我们就该穿破烂不堪的服装登台了?"

中井说罢,仓桥又接着说道:

"老师认为我们全体成员和松井须磨子到底哪个更重要?"

"……"

"请您说清楚!"

受到追问的抱月揣双手答道:

"松井和你们都重要。"

"我们不要听这种暧昧的回答。松井和我们,如果要您二者择一的话,您选哪个?"

抱月慢慢抬起脸来,随后便是一声长叹。

"如果非要我二者择一的话,目前我就只能选择松井了。"

俄顷间,大家面面相觑,接下来便一言不发地一个接着一个地走掉了。

翌日起,全体二期学员举行了舞台排练罢工。

即便到了规定的十点钟,也没有任何人出现。第一个到来的是须磨子,接着出现的是抱月。此后就只有照明师和舞蹈设计师了。

"大家这是怎么了?"

听了须磨子诧异的问话后,舞蹈设计师答道:

"说是今天大家休息。"

"休息?他们有什么不满的?老师,怎么办?"

抱月在舞台一隅再次做出了一如既往双手揣怀的姿势,陷入沉思中。

"不过是些配角而已,还这么盛气凌人!一群傻瓜居然还敢说什么休息!不愿意的话不来也无所谓,我一个人练!"

须磨子一个人迅速穿好舞台服装,站到了舞台上。

"我说,你来扮演普林齐瓦勒这个角色,就站在这儿。"

照明师被须磨子推着肩膀来到了舞台中央。

"这怎么行?我又不是演员……"

"没关系,你就站在那儿目不转睛地看着我,心中要充满了爱慕哟!"

"您等等,我去找一个可以代替我的人来。"

"不用!我这就开始表演了,老师。"

抱月无奈,只好拿起了剧本。事务员、舞蹈设计师等均以万分错愕的表情注视着她。只见须磨子张开双臂,双膝跪下,旁若无人地念起了蒙娜的长长台词。

然而一个人委实难以表演出情绪来。是日她只是念了两个小时的台词便草草收场。

"老师,怎么能允许演员排练时撂挑子?应该坚决地开除他们。"须磨子强硬的话语声刚落,随即又沮丧地说道,"大家都在戏弄我。为什么只有我这么倒霉?为什么只有我要被大家欺负呀?"

说罢,她便一屁股坐在舞台上,伸直双腿哭了起来。

片刻后,抱月似乎终于看不下去了。他温柔地抱着须磨子的肩膀,安慰道:

"明天我一定让他们都来,别哭了。"

这场二期学员的"罢工",只持续了两天便不了了之。剧团成员中虽然也有强硬派,但是抱月收回了曾经说过的"须磨子更重要"的话,并向大家道歉,于是便得到了大家的谅解。

他们憎恨的是须磨子而非抱月。看到抱月夹在其他成员和须磨子之间的苦恼样子,大家便再也无法强硬下去了。更何况首次公演再过几天就要开始,如果现在拒绝舞台排练,造成公演中止的话,结果便不仅仅是引起艺术剧团的崩溃,连他们自己也会失去表演的舞台。

"今后请您不要再放纵松井为所欲为了。"

作为妥协的条件,二期学员得到了抱月的口头承诺,但却难以保证让抱月实现自己的诺言。

九

大正二年(1913)九月十九日至二十八日,共计十天的时间,艺术剧团在面临各种难题的情况下迎来了第一次公演。演出地点为有乐剧场。

公演的剧目是《内部》和《蒙娜·凡娜》这两部戏。在《内部》这出戏中,水谷八重子虽然没有台词,却以须磨子孩子的身份踏上了她走向舞台的第一步。

《蒙娜·凡娜》中的主角凡娜毫无疑问由须磨子扮演,普林齐瓦勒由泽田正二郎扮演,图利布鲁奇奥由仓桥仙太郎扮演,贝迪奇奥由中井哲扮演。在第一幕中,须磨子扮演了一个勇于牺牲的贞淑女子,在第二幕中则扮演了灵魂觉醒的凡娜。

有剧评如下:

"第一幕中须磨子的表演无可非议,第二幕中直到主角觉醒的那段演技也相当成功。但对之后凡娜角色的表演,须磨子似乎尚须花费更大的工夫。"(若月紫兰《歌舞伎》)。

其他评论也从整体上对须磨子充满热情的表演给予了肯定性评价,但同时也提出了角色扮演尚须深化的要求。

不过观众席倒是盛况空前天天爆满。

当时有乐剧场的座席是从一楼到三楼,共有三层。一楼和二楼为对号入座的指定席,只有三楼是自由席。一楼和二楼的票价为一日元,三楼为五十钱。指定席戏票在预售阶段和公演当天就已经全部售罄。因此,没有买到指定席位的观众便全部挤到了三楼。三楼的定员是两百人,但因为座位是长板凳拼成,所以挤一挤居然坐下了将近三百人。此外还有站着看的观众,故而轻而易举地就比剧院所定人数超出一二百人。

在每天的演出即将结束前,会计川村花菱便会将当天所售戏票的进项放在一个黄色袋子里,提着它去见后台的抱月。此乃当时的惯例。

"老师,今天又是客满啊。您看,收了这么多!"

川村声音激越。然而抱月只是说了一句"辛苦了",便将袋子拿了过来。每天都有大把的钞票进账,高兴一下也并不为过,可是抱月从未喜形于色。

本以为抱月当了大学教授后,对金钱的感觉大约淡漠了,可是到了演出的第五天,抱月却询问起川村来。

"川村君,每天都是客满,收入理应是固定的。可是每天的收入为什么都不一样呢?"

"那是因为三楼自由席位的观众超过了座位规定的人数,有时会有一些观众站着看。"

川村自豪地回答,然而抱月却双眉颦蹙起来。

"这可不行,你得把收入固定下来!"

"老师,即便您这么说我也办不到啊。站着看的观众每天人数都不一样。进场观众多的话收入就多,这有什么不好呢?"

"不,每天收入不同会令人感到不快。从明天开始请你把收入固定下来。"

超过定员时,就往三楼多放一些观众,当然也包括站着看的观众。这一切都由川村视情酌定,因此收入才增多了。本以为会得到表扬的川村反而受到了训斥。对此川村无法理解抱月的本意。

"真不明白老师是怎么想的。眼看着财源滚滚,却非要减少观众让收入固定下来。"

川村对有乐剧场的经理说。经理苦笑着答道:

"或许大学教授的欲望也就到此为止吧。总之只要你把观众人数定死,他大概就会满足了。"

"可是总不能把那些想进来看戏的观众打发回去吧!"

"那就把三楼固定人数的收入交给老师,剩下的钱干脆作为大家的酒资好了。"

"如果可以那么办的话当然简单得很了。总之我就先把多余的钱保管起来吧。"

"对于金钱,坪内老师似乎也是如此啊。尽管他自己为了钱已经颇为辛苦,但却时有疏漏。嗯,他们和我们商人对金钱的看法不尽一致啊,总之是超脱得很!"

有乐剧场的经理似乎对大学教授们在金钱方面的大度早就习以为常。于是从翌日起,川村便拿着和剧场定员相符的收入来到抱月那里。在仔细清点了一遍金额后,抱月异常高兴地说:"这就对了。辛苦你了!"

就这样,他们迎来了最后一场演出。川村的手中多出了因三楼放进多余观众而获得的六百日元。按票价每人五十钱计算,等于多放进观众一千两百余名。川村拿着多余的六百日元来到抱月眼前说道:

"因为老师让我把收入固定下来,所以我每天只将和定员数相符的收入交给了老师。但又不能拒绝那些蜂拥而至赶来看戏的观众,所以后来我还是把他们放进了站着观看的席位上。这就是多放进观众后获得的多余的六百日元。"

川村递上这笔钱后,抱月数都不数,稍微沉思了片刻后说道:

"川村君,这笔钱以什么名目记账好呢?"

"就写戏票收入不行吗?"

"座位数本来是固定的,这就等于戏票多卖了不是?"

"那就记为他项收入如何?"

抱月钦佩地点了点头,之后说道:

"但是,总是出现这种情况可就不好办了。这是我们今后应该好好研究的一个课题啊。"

"老师,虽说是收入超出了预定,可这有什么可烦恼的呢?多余的款项就作为剧团的资金,高高兴兴地收下就是了。"

"可是,随便乱花不明不白的钱难道不是一个问题吗?"

看着依然陷于烦恼之中的抱月,川村在感到错愕的同时也产生了一丝厌烦的情绪。

确也如此,将观众进来站着看戏获得的收入视为不合情理——这种态度或许正是岛村抱月,亦即艺术剧团的清廉、良心之所在。然而剧团是由活生生的人组成的集团,缺了钱则难以为继。更何况艺术剧团刚刚成立不久,财政状况举步维艰。在这种情况下还要为从站着观看戏剧的观众那儿得到的收入烦恼不堪,艺术剧团岂能维系下去?川村在钦佩抱月较真的同时,也在为其对大千世界的天真感到不安。

虽然还存在着各种各样的问题,但有乐剧场的首次公演已经获得了成功。在其他独立出去的剧团都还在艰苦奋斗之际,艺术剧团已经出现了连续十天场场爆满的盛况。

公演结束后,艺术剧团及有关人士在目黑的"惠比寿啤酒园"召开了庆祝大会。这是一种一边畅饮啤酒一边开展游园活动的集会形式。会场中央还设置了一个类似于祭神时表演奉献给神灵歌舞的台子。

须磨子在舞台上表演了歌舞伎舞蹈。其舞姿荒蛮粗野,即便恭维地说也难获褒奖之辞。现场的状况是剧团的所有成员均对其视而不见,只有少数接受款待的外来客人和抱月以欣赏的姿态观看了她的舞蹈。

此后又在清风亭举行了公演报告会。

抱月首先起身对公演的成果和今后的抱负做了讲演。接下来便由中村吉藏对演出做了总体评价。之后抱月再次站起,对会计情况做了汇报,然而结果却令人意外地出现了一千日元的赤字。

"连日来一直是超满员,居然还出现了赤字,这未免令人费解。据我的粗略计算,至少预售票和当日售票中应该有一半是盈利的。您的计算根据是什么呢?"

听了负责会计工作的川村的问话后,抱月开始朗读起纸上所写的数字。

根据他的数字计算,公演本身是盈利的,但艺术剧团自打成立以来的大约三个月的时间里,在清风亭聚会磋商事务时的场租费、外卖餐饮费、艺术剧团的事务、管理、经营费用等,将这一切全都包括进去以后,便出现了一千日元的赤字。

"这么算的话赤字倒是可以理解了。但我觉得靠公演的收入来维系艺术剧团所有的经费开支,这有点不合理。公演以外的费用应该另行计算,公演则应该单独进行收支结算。"

听了川村的反驳后,抱月说道:

"你说的话或许有理,但无论采取哪种计算方法,目前我们艺术剧团处于赤字状态的事实都是确凿无疑的。拜托各位今后更应多多节俭,不断努力。"

剧团成员们虽然点头称是,可面部表情却百无聊赖。

努力的结果是公演好歹成功了,可对此非但没有听到一句慰劳话,反而还要大家更加努力,这未免令人有些扫兴。再者说清风亭的餐饮费等和剧团成员们并无关联,那是早稻田"护宪派"们随意吃喝造成的。

"三个多月的经费全都要靠十天的舞台收入来平衡,这根本就没有可能。对这种计算方法难道会有人洗耳恭听吗?"

听了川村的牢骚话后,一侧的水谷竹紫面色怅惘地嗫嚅道:

"岛村老师毕竟是学校的教师啊！对学校的教师提出更高的要求是徒劳的。"

事业滥觞之际，大家是为了开展艺术运动这一共同目标走到了一起，然而随着时间的推移，大家对抱月的失望感开始增大。

剧团创立之前，大家可以靠着一腔热血拼搏过来，然而此后则并非单单依靠热情就可以解决一切问题。

按照目前的这种状态，将来是否能够过关闯隘呢？虽说岛村老师是个了不起的人物，但作为剧团的经营者和统率者他是否胜任呢？这一疑问和对须磨子的反感交织在一起，在剧团成员中益发扩大蔓延开来。虽说令他们感到不快和憎恨的只是须磨子，然而批判的目光已经渐次转向无法驾驭须磨子的抱月身上。

须磨子的事可以暂且不论，想要让只是在做学问上有点能耐的大学教授来管理经营一个商业剧团，这本身就是一种非分的要求。

有乐剧场的公演结束后，抱月一如当初文艺协会所为，打算到大阪等地进行公演。如果在大阪也能和东京一样获得成功的话，一千日元的借款立马就能还清。

但是，大阪方面并未提出任何关于公演的邀请。

一般而言，剧团内需要有负责"外联"的人员，也就是宣传促销员。在准备进行外地公演前，必须有一个所谓的先遣队。首先由他们对所演剧目进行宣传和推销，否则便难以找到"买主"。可是当时的艺术剧团里却没有负责这类工作的人员。所谓运筹委员，也只不过就是作为干事而列名的一些志同道合者。过后由个人出面活动一下而已。

抱月一直以为只要在家坐等，大阪方面的剧院就会前来提出演出的邀请。

到底还是中村吉藏戏剧界经验丰富，对这方面的事情略有所知。

他首先通过大阪一个名叫小林的好友的门路,成功地谈妥了在位于四桥一带的近松剧场进行公演的事宜。

演出期间为七天,五五分成。换句话说,就是演出收入由艺术剧团和近松剧场对半平分。

在近松剧场公演的事情敲定以后,接下来又和神户的聚洛馆谈妥了五天的公演事宜。此次并非分成方式,而是采取了日销售额方式。可是,艺术剧团的公演一天究竟能卖出多少钱无人知晓。他们只是粗略计算了一下剧团成员不可或缺的经费支出额,然后再乘上几成。然而就是这些不可或缺的经费也并未认真计算过。

川村花菱与水谷竹紫负责外联业务,但却不明所以地跑来和抱月相商。

"不知道是对方手法高超还是他们自己也心中无数,他们让我们先提要求,您看怎么办好呢?"

"反正不过是到大阪公演后的顺道演出,只要能保证住宿费我看就行了吧。"

"老师,那可不行!像道具啦、服装耗损费啦,此外还要给剧团成员发工资吧。"

"可最重要的,就是让外地人来看我们的公演啊,哪怕多出一个人也好嘛。"

"恕我们失礼,这件事就先交给我俩来处理吧。"

川村将抱月排除在外,再次和水谷两个人商议起来。

"不管卖多贵,对我们总不会不利吧。"

"那倒是,不过一开始就要价过高,反而会失败的。"

"到那时再降价好了。"

两人思忖再三,算出了"一天三百日元"的金额。虽说初次演出要价有点偏高,然而出人意料的是,聚洛馆居然轻易应允了。

无论是这家聚洛馆还是近松剧场,戏棚都是刚刚建好,且剧场的经理都是外行人,再加上观看话剧尚属首次,卖方与买方均为门外汉,于是就在双方都不怎么懂行的情况下签订了契约。放在今天简直就无法想象,实可谓一笔"轻松时代"的"轻松买卖"。

不仅仅局限于有乐剧场的公演,近来抱月几乎天天浸泡在须磨子的房间里。自不必说,须磨子大都享受团长级待遇,在后台总是占用最大的演员休息室。

抱月还时常为须磨子干这干那,有求必应地为须磨子往脖子上涂抹白粉,或是帮她系上和服腰带什么的,不一而足。

即便没有什么特别的事情要做,抱月也总是待在须磨子的身边,专心致志地看着她化妆,或是试穿和服什么的。还要回答须磨子提出的"这样化妆怎么样""这套服装合适吗"等问题。然而回答大都是赞美之词。对须磨子而言,抱月的这些回答已经对她构成了一种心理依托。

自不必说,有些赞助人会经常往须磨子的房间里赠送各种礼物。大都是点心盒或水果、花束类的物品,有时还会有寿司等。一般说来,团长级别的人物大都会将大半物品转送给下面的演员、大布景师、小布景师等工作人员。这已经是演艺界不成文的惯例。

然而须磨子却将赠品几乎全都拿回自己家里。即便偶尔拿出寿司类等生鲜食品招待他人,也只是让让刚好来到她房间的人而已。

须磨子本来就是一个相当小气的人,这与她出生并成长于长野这片朴素之地不无关联。再加上她生性自私自利,具有强烈的独占欲,于是便愈发小气吝啬。当时不仅仅是排练和公演,须磨子生活方面的所有开支,从服装费到交通费等一应费用均由抱月负担。此外,虽然金额不大,她每月还要从抱月那里领取艺术剧团的工资。

爱情姑且不论,尤其是在金钱方面,须磨子和抱月之间可谓一是一,二是二。

在有乐剧场公演时,有一次川村去了须磨子的房间,享用了须磨子的寿司。

那天抱月和须磨子全都心情不错,川村一来到其休息室,须磨子便立刻对他说道:"吃点再走吧。"然而却没有酱油。

须磨子立刻叫来隔壁的女优,命令道:

"没有酱油啊,没酱油怎么吃呢!快去把酱油拿来!"

"什么地方有酱油呢?"

"你到其他房间找找,总会有的。找到后拿来就是了。"

须磨子有时就会若无其事地提出这类要求。女优慌忙走了出去,却一去不返。

"这么慢!她在干什么呢?"

就在须磨子焦躁不安之际,服装师来了。川村向那男人问道:"有酱油吗?"

对方答道:"我去找找吧。"片刻后他就拿来了一个装着酱油的小瓶。

"这瓶大小正合用啊,我就留下了。"

"您请便吧"。

服装师的话音刚落,刚才的那个女优拿着一升装的酱油瓶赶了回来。

"我买来酱油了。"

"哦,是吗?那这样吧,这瓶我就拿回家用了。"

说罢,须磨子当场就把酱油瓶塞进自己的包里。自不必说,并未付给那个女优酱油钱。

说吝啬须磨子确实吝啬,但远超吝啬的,是她那副泰然若素的厚脸皮模样。周围的人对此瞠目结舌、无言以对。

须磨子确实是个毫无常识的人。其毫无顾忌的满不在乎劲儿甚至令人难以视其为同类。但是从反面讲,这种迟钝劲儿倒是催生了她的坚韧不拔和精神集中的能力,构成了其热衷舞台的原动力。而抱月虽然对她的神经迟钝颇为困惑,但因为相信其背后潜藏着的才能,故而才对她的自私任性未加制止。

第四章　新生

一

艺术剧团成立后的大阪首次公演,从十月十五日起在近松剧场上演了一周时间。

剧团一行在公演的两天前抵达大阪,住在戎桥北诘一家名叫"岸泽"的旅馆里。房间的分配如下:男优住在一楼靠海滨的房间,女优住在对面房间。水谷竹紫、川村花菱、小林等人则住在二楼。而最上面的三楼房间里,则由岛村抱月、中村吉藏以及须磨子三人共住一室。

两个男人围着一个须磨子同住一室未免有些奇妙。然而抱月所希望的,就是这样一种组合。

在房间分配上,抱月当然希望和须磨子两人住在一个房间里,然而两个并未登记结婚的人同居一室还是有些令其心生忌惮。即便当时,抱月也依然对外宣称"自己并未和须磨子发生肉体关系"。考虑到面子问题,这才将中村吉藏拉了进来。结果便形成了三人同居一室的局面。

在干部中性情温和的中村此次真是成了一个倒霉蛋,这样的房间分配委实令他感到难堪。

那是一个面积为十二铺席、铺着地板的房间。须磨子的铺位靠窗,中间是抱月,靠近走廊一侧则是中村的铺位。

为了准备傍晚开始的演出,中村从白昼起就几乎一直不在房间里。可是早晚呢,就算他不情愿却也不得不和那两个人同居一室。虽然中村竭尽全力不去倾听他们二人的谈话,但是躺到被窝里以后,他们的对话还是会钻进他的耳朵。

谈话的内容杂七杂八,不过基本上都是须磨子在倾吐她的不满。

"这个剧场的舞台也太小了,根本就没法尽兴表演。此外大道具也没有准备齐全呀!"

从针对舞台的怨言一直说到下述根本就不值得一提的琐事。比如:

"今天晚上吃的那叫什么生鱼片呀!那么不新鲜的东西是人吃的吗?"

"负责看鞋的那个大叔也真是的,都告诉他木屐带松了,却根本就没帮我修好。老师去帮我训斥他一顿吧。"

此外,她还会命令抱月说:"我想吃糖炒栗子了,拐角处就有的卖,你去帮我买点吧。"

有时她更会对抱月撒娇道:"我腰怪酸的,你过来帮我揉揉吧。"

这些话全都会传进同住一室的中村耳中,然而须磨子却对中村的存在毫不介意。

就上述牢骚,抱月安慰她道"你就再稍微忍忍吧"或是说上一句"我知道了"。不过到头来他还是会替须磨子跑到外面去购买栗子,或者从床铺上坐起身子帮她按摩腰部。

"怎么样啊,同居的感觉?"

水谷等人半是同情半是嘲讽地问。中村只好苦笑着答道:

"我这个人对别人的事不感兴趣,所以也没有什么大不了的。"

"我说,他们俩真的什么事儿都没干吗?"

"我是一个一躺下就能进入梦乡的人,睡着以后的事我怎么可能知道呢?"

事实也是,中村对抱月和须磨子之间的私事并无兴趣。两人如果真有肉体关系的话,那也无所谓。即使知道他们有那种关系,中村也无意声张出去。在这一点上中村可谓老到成熟。

可是剧团其他成员的好奇心却越来越盛,他们半开玩笑地对中村说:

"偶尔你就让他们俩单独在一起待一会儿如何?"

中村用笑靥岔开了话题。抱月和须磨子之间已经有过肉体关系,因此,剧团成员们做出淫秽的想象也情有可原。

夜深人静以后,抱月有时就会偷听并确认正在酣睡的中村的呼吸声,然后再凑到须磨子身边。舞台演出结束后,趁着中村外出饮酒的时候,两人一起钻进被窝的事也时而有之。而且有时他们还会一前一后地进入附近的船员旅馆去寻欢作乐。

不过,与在东京二人分居两处,只能偶尔幽会相比,大阪的生活自由多了。

然而二人的关系越是亲密,剧团成员对他们的抵触情绪就越是强烈。这种抵触原本出自对须磨子任性自私的不满。可是抱月不仅不加以训斥,反而更加宠着她。于是大家在对须磨子不满的前提下又增添了对抱月的不信任,故而抵触情绪逐步升级。

剧团成员的这种抵触情绪以明确的形式表现出来,是在大阪公演开始后的第四天早上。

须磨子那天起床后突然说道:"从今天起,我不再饰演《内部》中的母亲角色了!"

《内部》和《蒙娜·凡娜》一样,都是梅特林克的作品。作为早于《蒙娜·凡娜》公演的剧目,自东京公演以来一直延续至今。须磨子在剧中也一直都在饰演母亲的角色。这个角色只是坐在舞台上,几乎就没有什么像样的表演,也没有台词。虽说出现的场面不少,但只要拿出母亲的样子坐在舞台上即可,任谁都可以饰演。故而对演员来说是个没有意思的角色。

从东京公演时起,须磨子就对这个角色不满,但在抱月的劝说下总算挺了下来。但是来到大阪以后,由于近松剧场的宣传不够得力,故而前来看戏的观众不多,舞台人气也就一直不旺。于是须磨子便心生厌倦,突然提出不再饰演这个角色了。

可是,任你再怎么厌烦,中途罢演岂不让其他人难堪?

"这种角色如果我不演的话,随便拽个女人上来不是也可以演吗?"须磨子冷冷地说。

然而,就算没有台词,也总不能随随便便地找一个完全外行的人登场吧。再者,即便是一个没有台词的角色,也还是因为有须磨子上场,这才得到了观众的认可。对水谷竹紫来说,也正是因为要扮演须磨子孩子的角色,这才让自己的妻妹八重子初次登上舞台的。

"节目单上也清清楚楚地印着你的名字,事到如今你却提出不演了,这不是难为人嘛。"

以剧本改编秋田雨雀为首的男优们也一起过来恳求须磨子,可是她却充耳不闻。

"即使没有台词,你也得上台演出,否则舞台就不完整了。"

雨雀低头恳求道。然而须磨子却穿着那件常穿的铭仙绸和服,双膝随意岔开,扭脸望着一边。

"老师,这像话吗?演员在公演过程中罢演已经定好了的角色,这种行为岂能允许!?"

泽田正二郎愤懑地追问着抱月。抱月则操着双腕,只是偷偷瞥了须磨子一眼,一言不发。

"到底该怎么办呀?这样一来演出时就变得没有母亲这个角色了。"

"这么做观众是不会答应的。别的不说,首先对编剧秋田先生就很是失礼!"

在男优们的轮番逼问下,抱月终于抬起头来说道:

"还有其他闲着的女优吗?"

"您开什么玩笑啊!您又不是不知道,因为经费的原因,这次来大阪的人是一个萝卜一个坑,哪里会有什么闲着的女优呀?"

"那就只好从东京叫了?"

"如果现在叫的话,来到大阪就需要两三天的时间,怎么可能赶得上今天的公演呢!"

"那就没办法了呀……"

抱月一声叹息,再次将双手插入怀中沉思起来。

"有什么没办法的?老师只要将眼前的这个女人训斥一顿,逼着她登台不就得了?"

大家压抑着想要倾吐同样话语的心情,死死地盯着抱月和须磨子。但是,抱月仍然一味思考着。与之相反,须磨子则坦然自若地吸着刚刚学会的烟草。

"在这里说得再多也是白费口舌,中村先生,您跟我们来一下。"

泽田气愤地说,接下来便拽着中村吉藏往二楼走去。

在二楼,演员们再次将中村团团围住,向他倾诉不满。对他们来说,中村是剧团成员与抱月二人沟通的唯一渠道。

"那女的咱就不用说了,可老师也真够呛,任凭她那般为所欲为,却连一句训斥的话都没有,还说什么要从东京叫女优来。这成何体统啊?就他那个样子也算是剧团团长吗?真是让人笑掉大牙了!"

"老师已经既不是剧团团长,也不是导演了。他不过就是一个讨好女人的面首而已!"

"请你不要说这种无礼的话!"

虽然中村提醒大家说话要注意分寸,然而情绪激昂的男优们却无法保持沉默。

"如果认为这种话无礼的话,那么岛村老师倒是拿出剧团团长的样子来给大家看看呀!比起他这位老师,倒是我们这些人对舞台演出热心多了。"

"这我知道。"

"那么中村先生,您认为我们和松井须磨子哪方正确呢?"

"当然是你们说的话正确了。但是,无论在道理上有多么正确,松井已经说过不演了,我们还能有什么办法呢?"

"说句没办法就没事了?那还有没有正义了?"

"任你再怎么呼喊正义,世上有些事儿就是无法靠道理解决的。"

"怎么可能那么荒唐呢?"

"确实是荒唐!但事实就是如此。没有什么可以比蛮不讲理而且破罐子破摔的女人更强硬的了。"

对于了解起始于清晨的事情经过的中村而言,他觉得如果自己再去责备须磨子,就只能促使她更加冥顽不化。大家虽然可以责备抱月,但就算是抱月,对于已经拿定主意的须磨子也同样束手无策。

无论怎么看,须磨子都不是一个通情达理的女人。对她讲正义、摆道理毫无意义。不过,虽说大道理劝不动她,可一旦她来了劲头,倒是会玩儿命似的拼搏下去。总之,这是一个喜怒无常的人。她之所以成为反复无常的女人,抱月也有责任。不过现在除了放置一段时间外别无他择。

可是,话虽如此,事儿却不能就这样撂着不管。晌午时分已过,必须马上开始做舞台准备了。

就在大家神情紧张地注视着事态的进展时,或许是自觉羞愧之故,抱月竟独自外出散步去了。

既然如此,看来只好和须磨子再次直接谈谈了。泽田等人商议了半天,最后想出了一个折中的办法,那就是在东京的女优到达之前,先由须磨子继续登台演出。这是他们所能做出的最后让步。

泽田和仓桥,二人以代表的身份迅即来到须磨子所在的三楼房间里。只见须磨子正怄气似的钻在被窝里睡觉呢。

"松井老师,还是刚才的那件事……"

泽田打开拉门,开口说道。听了他的话后,须磨子依旧背对着他们说道:

"像话吗?跑到女人独自睡觉的房间里来!"

"去东京叫女优过来少说也得花上两天的时间。在她到达之前,您能不能继续登台演出呢?"

就在泽田的话音要落未落之际,须磨子已经吼了起来。

"我说过不干就是不干!马上给我出去……"

震耳欲聋的吼声吓得二人慌忙跳到走廊上。他们立刻跑到一楼把经过告诉了那些等在那里的伙伴们。

"把我们当傻瓜也得有个分寸吧。她到底把舞台看成什么了?"

"干脆随她去算了。最后头疼的还是团长岛村老师。到时候须磨子总会改变主意的吧。"

讨论过程中虽然出现了强硬论调,但现实中他们也是要站到舞台上去的。届时如果说没有须磨子演出就无法进行下去,对一名演员来讲岂不是太没骨气了？此外还会难为到毫不知情饰演孩子角色的小演员八重子。

"岛村老师怎么还不回来呀！在这么重要的关头他跑到哪里玩去了？"

"不对，老师可不是在玩。最受折磨的还是老师啊。"

听了这话后，大家也觉得有些道理。就抱月的性格而言，他也确实说不出什么强硬的话来，因此反倒令人觉得可怜。

"干脆就让这家旅馆的女招待来演算了。"

仓桥的话音刚落，秋田雨雀突然将双膝向前伸出说道：

"这个角色，就让我来演吧。"

一瞬间里，大家全都睁大了眼睛紧盯着雨雀。泽田慌忙用手制止住他说道：

"你可不要开这种玩笑啊。现在需要的是一名能够饰演孩子母亲角色的女性。"

"所以呀，我男扮女装上台就是了。"

大家再次端详起雨雀来。

"所幸的是，作为男人我的身材比较矮小。自己这么说未免有点那个，说来我长得也还算俊俏吧？"

"可是您不是留着胡须吗？一个留着胡须的母亲上台岂不太奇怪了？"

听了泽田的话后，大家忍俊不禁一齐笑出了声。然而秋田却非常认真地说道：

"把胡须剃掉就是了嘛！"

"您要剃掉那撮胡须？"

雨雀确实是个身材修长的美男子，似乎为了弥补这一点似的，他故意在鼻子下方蓄了一撮三角形的所谓将军胡。

"可是,为了这件事就把特意留下的胡须剃掉,这能行吗?"

"如果这样做能够起作用的话,也就无所谓了。反正胡须还会长出来的。"

"我真是佩服先生的一片热心啊。您要是能出演母亲角色的话,我们一定能最大限度地演好自己的角色!"

泽田感慨万千地抓住了秋田的手。受其影响,仓桥和小林也一起向秋田伸出手去。

雨雀是《内部》的剧本改编,并非演员。其本人提出要将胡须剃掉出演这个角色,此举令年轻演员们感激涕零。

是日,雨雀践约。他剃去胡须,穿着须磨子的舞台服装站在了舞台上。

"这可要比松井须磨子漂亮多了,多有风采啊。"

演员们全都兴高采烈且极为认真地进行了表演。

然而,当抱月听说秋田要剃掉胡须扮成女优时,只不过是"哦"了一声而已。而且演出结束后也只是说了一句"辛苦了",这就算表达了谢意。

要说态度冷漠倒也并不为过,但就抱月而言,除此之外他也没有什么可说的。

再说须磨子,她只是在舞台的翼侧看了一眼秋田后便走开了,对此一直采取无视的态度。当然,她并未给出褒贬之类的评价。

观众中几乎就没有谁发现这是个替角,即便有人发现了也没有谁表示不满。《内部》一剧中母亲的角色也不过就是这种程度的角色而已。而在接下来上演的《蒙娜·凡娜》一剧中,须磨子将始终活跃在舞台上。因此,对于想看须磨子的观众来说,应该没有什么特别的不满。

完成角色的雨雀在他初次登台表演结束后,泽田、仓桥等男优为了犒劳雨雀,大家全都集中到了附近的一家茶座里。

他们在那里彻夜喧嚣,相互间讲了不少须磨子和抱月的坏话,心中的积愤得到了宣泄。

"这样一来抱月老师多少也应该反省一下了吧。"

"干脆就不要让须磨子上台了,这样一来舞台表演也顺畅多了!"

一些人扬眉吐气地说。还有一些人则拽住中村吉藏,说出了一些让人产生意淫之想的话。

"他们俩以为你今天一定会回去得很晚,两个人现在正在那边翻云覆雨呢!"

"须磨子之所以提出如此自私任性的要求,这也是一种歇斯底里的表现啊!大概是因为和你同住一个房间欲望得不到满足,这才越来越疯狂了吧?"

"岛村老师本来不必考虑那么多嘛,干脆就大大方方地和须磨子住在一个房间里。把她给伺候舒服了,岂不是救了我们的大驾!"

"可是,那么个任性女人,被男人搂在怀里时,她能发出那种娇滴滴的声音吗?"

"再怎么说她毕竟也还是个女人啊!不过要想满足这个欲望如此强烈的女人,也真够咱岛村老师受的。"

"不对不对,老师就是喜欢那个女人的那股子骚劲儿嘛。不管学问有多大,只有好色这一点是向来没有例外的。"

"话是那么说,老师毕竟也很累呀。你看他,不是经常一边看着舞台一边打瞌睡吗?"

"你小子,就偶尔代替老师去跟须磨子睡一觉怎么样?"

"那种傲慢至极且什么都不懂的女人我可没兴趣!就她那德行,大概做爱时也会发号施令的。什么'快着点''这样做''那样做',还不得把人烦死?"

杯中物下肚后,老爷们儿的信口开河便没完没了。而每当一口酒灌进肚里以后,他们对抱月的尊敬程度就会毫不含糊地降低一层。

雨雀受到大家的鼓励,此后又连续登台表演了两天,直到第三天从东京赶来的女优抵达大阪后这才让出了角色。

然而一度剃掉的胡须却不可能轻易生长出来了。每当剧团成员们看到雨雀那没了胡须、光光溜溜的脸蛋儿,便会想起须磨子的蛮横和抱月的窝囊。

二

关西地区的公演结束后,艺术剧团的成员们回到了阔别一月之久的东京。然而他们的心已经完全散了,再也难以将其视为四个月前为开展新的艺术运动志同道合的人们聚集在一起时的那个团体。

自不必说,最主要的原因就是因为须磨子的蛮横。而抱月没有能力控制须磨子的那种软弱劲儿以及统帅能力的欠缺,则更是激起了大家的不满。

艺术剧团接下来决定公演的剧目为《莎乐美》。但是,就在公演即将开始之际,会计兼舞台监督川村花菱却辞职了。其辞职的理由是将艺术剧团的小道具偷偷借给了新剧社,故而引咎辞职。然而真正的原因还是出于对须磨子的强烈反感。

宛若多米诺骨牌一般,川村的辞职在排练《莎乐美》的剧团成员中掀起了一股退团骚动。

起因如下。

导演罗西是一位因执导严厉而闻名遐迩的外国人导演。在他前来进行执导的过程中,须磨子曾对着男优们开口谩骂道:

"就因为你们这些人傻里傻气地一点都不会演戏,所以才左一次右一次地练起来没完!简直没法和你们这些痴呆木偶们在一起排练了！"

从很早以前开始,须磨子就常常对那些男优们吹毛求疵。

可一旦男优们演技出色进而令人刮目相看时,她又会感到心情不爽。有时就故意将台词的道白时间拖长,或者改变动作令男优们不知所措。即便如此,男优们也一直以为那不过是须磨子在耍小性子而已,因此睁一只眼闭一只眼佯装不知。可现在却被她骂作"痴呆""木偶",大家便再也无法继续忍受下去了。

水谷竹紫理事觉得有些过分,遂提醒须磨子说:

"松井老师,你方才的说法有点过分了。让你这么一说,还有谁愿意跟你继续排练下去呢?你得道歉!"

然而须磨子岂是一个能够为这种事情道歉的人?

"我为什么要道歉？"

"什么时候讲话都要有个分寸。即便你有天大的不满,谩骂这些大男人也实在是失礼至极,无法原谅！"

"你讲话的口气还真不小啊！"

"什么口气大口气小的,我只是说出了理所当然的大实话而已。你马上向大家道歉！"

原本只不过是想告诫一下须磨子的水谷,中途却亢奋起来。而须磨子的情绪则更为激越。

"牛气什么呀？就你这样的人,干不了什么像样的工作,只能去看个门而已。借了我的光你才有口饭吃！一个让人养着的主儿,有什么资格说大话！"

"你说什么！"

见水谷想要扑向须磨子,男优们慌忙制止住他。

"再怎么说你也不应该对水谷先生说出这种话呀！"

这次是轮到制止了水谷的男优们开始向须磨子发难了。然而,须磨子却回眸怒视着他们说道：

"怎么啦？你们也一样，是借了我的光才有口饭吃的！"

"你敢小瞧人！"

"你也太狂妄了！"

"你必须道歉！"

男优们一起吼了起来。须磨子毫不让步，将头扭向了一边。

"老师！老师您认为谁正确？"

一个忍无可忍的男优，向操着双腕、只是一味观望事态进展状态的抱月问道。抱月将手轻轻托住下巴答道：

"你让我怎么回答好呢，女人是动不动就会感情用事的……"

抱月只是声音含混地说了这么一句，随即便垂下眼帘。

"你们放开我！今天我非把话说清楚不可！"

水谷挣脱了男优们的手，毫不客气地冲到抱月眼前。

"老师，就以今天为限，我要辞掉艺术剧团的工作！"

演员们想要制止水谷，然而水谷却不顾一切地继续说道：

"今天，我对艺术剧团，对老师你已经厌恶透顶了！我这就走！"

"喂……"

不顾抱月的呼叫制止，水谷撒手而去。

"水谷先生……"

就在几个男优想要追赶出去之际，耳畔传来了须磨子尖锐至极的吼声："啊，这样一来就少了一个要养活的男人，真爽！"

由于这次争吵，《莎乐美》的排练中止了。男优们开始聚集在一起商议对策。

会上虽然出现了"应该全员立刻辞职"的强硬论调，但中村吉藏却从中调解道：

"现在双方都情绪亢奋,就先放上它一天吧,明天再去和岛村老师交涉,看是否能得到令人满意的答复,之后再做决定吧。"

可是,当男优们翌日来到排练场时,须磨子已经到了,正在一个人念台词。

不仅如此,当她看到同她演对手戏、饰演约翰一角的泽田正二郎后,立刻冲口说道:"来,你就站在那里,排练我们初次见面的那场戏。"并主动拉住了泽田的手。

须磨子大体上就是如此,一旦兴奋起来就会变得不可收拾,可一觉醒来又会把一切全都忘得一干二净。

她就是这么一个既容易冲动又容易清醒的人,换言之也就是一个性格单纯的人。

抱月当时曾语调暧昧地说:"女人是动不动就会感情用事的……"抱月貌似优柔寡断,其实他已经看透了须磨子的这一性格。跟女人讲大道理是对牛弹琴。这也是抱月通过须磨子学会的驾驭女人的方法。

其他男优在观看须磨子和泽田排练情景的过程中,未免有些泄气,到头来追问抱月的事也就不了了之了。

总之,须磨子虽然可恨,但她还真是一块货真价实的当演员的料。

就这样,《莎乐美》于十二月二日至二十六日顺利完成了在帝国剧场的公演。

剧本《莎乐美》是奥斯卡·王尔德的作品,由中村吉藏翻译。王女莎乐美由须磨子扮演,约翰由泽田正二郎扮演,希律王由仓桥仙太郎扮演。

《莎乐美》是穿插在帝国剧场女优剧上演过程中的一场独幕话剧,属于临时加演,故而有时间限制。再加上是由帝国剧场的专职外国人导演罗西担任导演,因此难以显示出艺术剧团本身的特色。尽管如此演出却出乎意外地获得好评。此后,这出戏便成为艺术剧团的保留剧目之一。

"与上次并未获得什么好评的《蒙娜·凡娜》相比,这一剧目中的角色则刚好适合须磨子扮演。她的表演既不乏王女之高雅傲慢,亦将王女为达到与先知者相恋目的的野性表演得淋漓尽致……"(伊原青青园《歌舞伎》大正三年一月)

"须磨子惟妙惟肖地饰演了那个自私自利、好胜而又任性的女性'莎乐美'。须磨子原本就是眼下全国女优中扮演此类性格女性首屈一指的人物。我认为这便是其扮演蒙娜·凡娜失败,扮演玛格达成功的原因所在。(本间久雄《演艺画报》大正三年一月)

诚如上述剧评所述,莎乐美一角与须磨子的秉性相近。因此,从这个意义上讲,对须磨子而言这是一个易于扮演的角色。

不过,剧评中也出现了闻知须磨子平时的自私任性后写下的充满辛辣讽刺意味的文章。

比如,冈鬼太郎在其刊登在《文艺俱乐部》的《演艺快讯》中便这样辛辣地写道:

"吹捧艺术剧团广告中有云:艺术剧团拥有松井须磨子并其他男优数十。连水谷理事都敢激怒的那位巾帼英雄独具屈人之力已毋庸赘言,然其他数十来日可期之男优为艺术而隐忍负重之坚韧耐力,亦非受胯下之辱的韩信可以比肩。诸君翘盼来日事业腾飞出人头地之姿态始终如一。此亦人生之'艺'处世之'术'也。虽为应景之举,却因时而生不可或缺。"

杉赝阿弥则在《虎啸录》中挖苦道:

"艺术剧团的公演剧目《莎乐美》暗示内容如下:须磨子女王声威显赫,权倾剧团登峰造极之际,先斩女优,再斩男优,及至最后,干事亦难幸免,花菱君横遭斩首,竹紫君亦遭削颅,'斩首'现象不绝,景象惨烈。为暗示实情计,须磨子台上昂然有云:'请赐我约翰之首级……'遂命人于井中执出约翰头颅,自由把玩如是。该瞬间岂非艺术剧团自身之写照乎?饰演约翰之泽田君,祈汝仅台上如是耳!"

然而这一挖苦不久后终于变成了现实。

大正三年(1914)来临了。

艺术剧团于一月十七日至三十一日在有乐剧场举行了第二次公演。

演出的剧目为易卜生的五幕剧作《海上夫人》。角色分配如下:主角海上夫人艾莉达由须磨子扮演,房格尔由中井哲扮演,陌生人由泽田正二郎扮演。同时公演的还有契诃夫的作品《蠢货》。剧中老管家陆克由仓桥仙太郎扮演,史密诺夫由镰野诚一扮演,须磨子则只是在第一幕中出场,扮演波波娃。

对《海上夫人》中的须磨子,除了《万朝报》的评论以外,其他评论大都不佳。秋田雨雀在《读卖新闻》中写道:

"我认为须磨子扮演的艾莉达,完全不具备北欧那种带有神秘色彩的郁闷气质。因此在表演从现实转向另一个世界时,其舞台动作唐突至极……我以为对这位女优最为有用的,并不在于如何去表演,而在于如何去思考。"

此外,作家岩野泡鸣则毫不留情地批评道:

"在众多剧团中最为有名的演员须磨子,大约就是一个没有脑子的人。看看对她的这类评价就会发现她永远都是以娜拉为标杆。无论是玛格达还是艾莉达,她似乎都是以娜拉为尺子,之后再增添上一点色彩罢了。倘如此,则势必轻易落入以往旧剧所培养的演员也同样可以表演的缺乏品位的窠臼中。"

再有，冈田八千代也在《歌舞伎》杂志上戳痛了须磨子的短处：

"须磨子其人在总算达到让人觉得'表演得还不错'之境地时，便会做出一副得意状，似乎在告诉大家'瞧啊！我的表演够棒吧'……希望她能在舞台上多一点艺德，摒弃那种只要自己受人追捧即可的心态，多考虑一下舞台的整体效果。总体来说，始终具有堂堂正正的表演风度当然值得称颂，但只会大胆表演则难以令人钦服。"

确也如此，须磨子的演技里过多地显现出突出自我的要素，似乎总是在向观众炫耀"瞧我的！瞧我的！"只要她自己能在舞台上夸张地登场并赢得观众的掌声，她就心满意足了。从一开始她就没有考虑到与其他演员的协调合作。所有的表演都是由她强推给别人。也就是说是一种强加于人的演技。她几乎从不考虑如何先接受对方的表演，之后再展示自己的演技。

所有的表演都必须以她为中心，否则她就得不到满足。因此，演对手戏的男优，其表演哪怕只是比她精彩一点点，只是多赢得了一点点掌声，她都会心情不悦。排练时自不必说，即便是在公演的过程中，她也会突然改变台词或动作，借以摧毁对方的表演。

此后，作为艺术剧团的第三次公演，他们计划演出托尔斯泰的《复活》。

可就在排练开始后的第三天，泽田正二郎却突然宣布退团。紧接着，仓桥仙太郎、田中介二、秋田雨雀等人也相继提出了退团申请。此外还有几个干事也宣布辞职。男优中留下的只有稳健、中立的中井哲一人。

正因为《复活》的舞台排练刚刚开始，因此这一退团骚动对艺术剧团而言实可谓事态严峻。

是否能够按预定计划进行公演已经没了把握。尤其是泽田正二郎饰演的聂赫留朵夫这一角色是一个与喀秋莎相比不遑多让的主要角色,他的中途退团对艺术剧团而言是一个致命的打击。

然而须磨子却对这场骚动同样无动于衷。听到对方退团的消息后,只不过是颔首说道:"哦,是吗?"自不必说,她对泽田既不挽留也不会说上一句"辛苦了"。就此,泽田愤懑地说道:

"这不简直就像野狗一样被赶了出去吗?"

须磨子对他人的漠不关心已经到了这种地步。

不过抱月却实实在在地感受到了困惑。

"你就真的不能留下来吗?"他对泽田说。

"那你能发誓将来不再让须磨子任性胡来吗?"泽田再次追问道。

"这个嘛,可她毕竟是个女人啊……"

"女人男人都一样!不能允许的事情就是不能允许!"

"可是,话是这么说……"

抱月又像以往那样将双手揣进怀里,做出了模棱两可的回答。

无论抱月如何想挽留那些男优,可只要须磨子没有那个意思,便一切都是枉然。只要须磨子不赞成,抱月便一事无成。这便是抱月的极限,也是艺术剧团的极限。

"我们这些人全都是因为景仰老师才参加艺术剧团的。可能我们有的地方做得不够到位,但我们认为自己已经尽了最大努力。然而现在我们已经精疲力竭。我们对艺术剧团感到失望,更重要的是我们对老师您感到失望!"

泽田最后的话语和水谷对抱月说的话完全相同。

随着泽田的退团,自艺术剧团创立以来始终为剧团奋斗至今的主要演员们几乎全部走光了。

再无他人了。环顾四周,留下的只有自称为"主体"的须磨子和抱月两个人。

"这才舒心呢!"须磨子一边在火盆边烤火,一边不慌不忙地说。

确也如此,泽田等人离开以后,留下的都是一些听任他们摆布的演员。虽然规模缩小了,可从相反的角度看,却变得容易管理了。然而负责人抱月绝不会因此感到欣喜,因为三月的《复活》公演已经迫在眉睫。

困惑的抱月首先以公开招募的方式募集起演员来。

艺术剧团在话剧界已经颇有名气,因此立刻就有数十人前来应聘。抱月和须磨子对他们一一进行了面试。最后作为艺术剧团的新成员聘用了七个人。

但是,仅仅如此并不能填补老资格男优们的空缺。尤其是原本预定由泽田正二郎扮演的聂赫留朵夫这一角色,门外汉难以胜任。

抱月开始向各类人求援,指望能招到具有一定表演能力的男优。

可是须磨子的蛮横已经出了名,多少有点演技的人都说:"被这么一个女团长颐指气使,我才不干呢!"于是一个个全都避而远之。

最后脱颖而出的是"新剧社"的负责人伊庭孝。此人乃一才子,因此也就有一个个性太大的缺点。照这个样子,即便他本人答应加入艺术剧团,显而易见,也势必会和须磨子发生冲突,进而使艺术剧团再度陷于混乱之中。

抱月踌躇再三,最终将一个"舞台协会"的成员选作了候补。暗中交涉的结果是那人对加入艺术剧团并无异议,只是要求月薪为八日元。在艺术剧团的男优中,月薪最高的是泽田正二郎,他也才八日元而已。与泽田相比,无论是演技、能力还是知名度,那位男优都要掉下一个档次。因此,艺术剧团只能出五日元。

"这可有点少了,能否再多一点?"

对方提出了这样的要求。川村再次回到剧团进行居间斡旋,结果从五日元升到了六日元,又从六日元升到了七日元。对艺术剧团而言,因为公演在即,因此态度无法过于强硬。

可是对方依然寸步不让。最后,抱月与中村吉藏,再加上川村,三人一起与对方交涉,决定拿出七日元五十钱。

"这已经是极限了。出了这么大的价钱,希望你能理解我们的诚意。"

抱月本来就不擅长这类谈判事宜,因此即使他到场,实际上也是靠中村负责交涉。

"我没问题,可我的朋友不会答应。"

"那么再加上五钱,这回你就答应下来吧。"

"五钱?这可真是一个奇妙的数字啊!"

对方说罢,不禁忍俊不禁。交涉就此无果而终。

"说到家也不过就是个戏子而已,还一副牛气冲天的样子。这种男人我们坚决不求他!"

就连中村都感到有些气不过了。可是演出没有男优也是件麻烦事。

三个人思忖半天,最后想起了武田正宪。

武田是文艺协会的一期学员,也是参加艺术剧团草创的成员之一。只是由于与二期学员对立,才早早退团了。

"武田君要是能来的话那可再好不过了。可是他现在不是在浅草工作吗?"

抱月问道。就此,川村回答说:

"就是要把他拉到我们这里来嘛!我们这儿和他发生争执的二期学员几乎全都走光了。如果老师您能亲自直接点名要他的话,或许能有希望。"

"那就去求求他吧。"

在最后关头被逼得走投无路的抱月,此刻的心情甚至都想要祈求神灵来保佑了。

川村立刻被派去和武田交涉。结果武田中途辞掉了浅草的工作。

月薪为七日元。虽说与浅草相比并不算多,可是艺术剧团是他曾经待过的地方,再加上是抱月亲自相求,因此武田怀着感激的心情转到了艺术剧团。

抱月很高兴,立刻将此事告诉了须磨子。

"噢,是武田君啊!武田君听我的话,以后可就好办多了。"须磨子若无其事地说。

"这次的事儿,川村君可是把吃奶的力气都用上了。多亏了他呀!"

抱月在暗示须磨子对川村表示一下谢意。

"是吗?川村君可是最喜欢做这类事情了。"

说罢,须磨子便喊了起来:"我肚子饿了!大家去吃'川铁'的'亲子盖浇饭'吧。"说罢便拍了拍手,叫过一些年轻女孩子来。对于男人们付出的辛苦,须磨子似乎觉得与己无关。

三

从大正三年(1914)一月到春天,艺术剧团被渐渐逼进了困境。

前一年,随着剧团的成立,剧团公演了《蒙娜·凡娜》和《莎乐美》,总算取得了一定的成绩,然而经济方面却举步维艰。再加上须磨子的蛮横任性,有实力的男优和后援人员一个个相继离去。

当时的演员工资在现在看来相当低廉。要靠每月不到一周的公演以及帝国剧场演出空当时间的穿插演出来养活整个剧团的所有成员是相当困难的。

一月,抱月在《早稻田文学》杂志上刊登了这样一则启事:募集一般出资人,每人一百日元。其内容并非只是在资金上请求援助,而是打算将出资人集中起来,设立一个基金出借部。而艺术剧团则为借入部,并接受资金出借部的监督和管理。

抱月希望通过此次募捐可以筹集到的目标额是五千日元。可实际上愿意为刚刚冒出嫩芽的话剧出借资金的慈善家寥寥可数。更何况早稻田大学以及那些与戏剧有关的人员,他们平时动辄就会说三道四,可一旦到了要其出钱的时候却分文不舍。他们只愿动嘴却不肯出钱,评论家特有的随心所欲暴露无遗。

再加上去年以片上伸、水谷竹紫退团为契机,今年年初中村星湖、秋田雨雀、泽田正二郎、仓桥仙太郎、田中介二等人亦相继退团,最后连相马御风都解甲归田隐居起来。这样一来艺术剧团创立以来的主要人物大都已经辞职,且理由无一不是出于对须磨子的憎恨与反感,并掺杂着他们对意欲庇护须磨子的抱月的失望。

再有,第三次公演的《海上夫人》所遭受的恶评也起到了火上浇油的作用。

当时所有的戏剧杂志或报刊全都刊登了批评非难须磨子和抱月的文章。这些文章甚至超越了客观的视角,表达出一种对二人近乎个人中伤乃至怨恨的情感。

其中语言最为辛辣的是山本有三,他从一开始便做出了贬低挖苦的评价:

"岛村先生不仅完全不懂得舞台导演艺术,而且也不具备现场的实际执导能力。因此,建议他从舞台导演的位置退出。我以为这不仅仅是为了先生本人,对于我国戏剧界而言也是一大幸事。"

此外《读卖新闻》也刊登了有关《海上夫人》感想的文章。文中断言道:"舞台上充满了拙劣、愚钝、无能,毫无创造力。"

对须磨子则贬得一无是处:

"毫无才能的须磨子所扮演的艾莉达,在舞台上只会转动自己的眼球、一本正经地做出正面亮相的姿态,并把双手平直地向前伸出。

有谁能够通过她的上述表演,在脑海中浮现出一位仰起饱含憧憬之情的双眸,眷恋辽阔的大海,心神向往自由的女性形象呢? 只知道背诵台词,并把身子矗在台上,这对话剧而言毫无意义!"

另外,在文艺协会曾经听过抱月的课,相当于须磨子学弟的二期学员笹本甲午则在《演艺俱乐部》杂志上以《致须磨子》为题,对须磨子进行了严厉的批评:

"对艺术本质的真挚的爱已经沉睡在你的心底。你不过就是一个追求从属于艺术本质的世俗地位和权利的卑劣的女艺人而已。"

甚至在翌年四月号的同一杂志中,曾经担任过艺术剧团理事要职的水谷竹紫也如是挖苦须磨子道:

"整个艺术剧团,明星地位已被须磨子一类唯我独尊的女优所玷污。他们今后的前途与其说虚无缥缈,莫如说势必无果而终……她是一个情绪多变、爱哭鼻子、落后于时代的女人。而且露骨地兼备了极为粗野专横、自私自利且又争强好胜之女人的弱点。"

他还断言:

"须磨子作为艺术家已毫无价值可言。在一个听凭须磨子恣意摆布的剧团里,艺术的升华已经没有指望。那么在艺术剧团和岛村抱月这位公众人物身上,我们首先看到的就只能是逐步走向灭亡。"

继而文章又将须磨子视为死神,半是戏谑地挖苦道:

"最后我要说上几句看似离奇的话。我觉得先生最近正在被死神所纠缠。如果是那种秃了头顶,龇牙咧嘴,身穿水松式戏服,脸孔朝后,撅着屁股,于晦暗的柳荫下微微向你招手的歌舞伎剧团'音羽屋'式经典剧目中的死神,那倒也罢了。因为它既令人感到毛骨悚然又使人觉得滑稽可笑。然而依附于先生身上的这个死神却是一个令人心神不安的怪物。它不仅夜晚出现白天也会现身。这个死神手脚利落能说会道,在不知不觉中便将'灭亡'之道传授给了先生。虽然先生对此毫无察觉,我等却好似隐约窥望到了'灭亡'的身姿,并因此恐惧至极。先生多加小心如何?恳祈先生善自珍重!"

此外,岩野泡鸣也讥笑说:

"须磨子基本上就是一个没有脑子的人啊!"

而小山内薰则痛斥道:

"岛村抱月已经走上了一条只知道赚钱的道路。"

在日本的话剧史中,受到如此非难的女优和导演恐怕绝无仅有。尤其是须磨子,可以说是反面演员之最。

此时的抱月和须磨子,已经陷入四面楚歌、孤立无援的境地。可二人还是毅然决然地向着下一个舞台出发了。

《复活》是俄罗斯文豪托尔斯泰的作品,是一部可以与他的《战争与和平》及《安娜·卡列尼娜》比肩而立的作品。

剧情梗概如下:

青年贵族军官聂赫留朵夫由于一时冲动玩弄并抛弃了年轻的婢女喀秋莎。喀秋莎由此走向沦落之路,成为一名娼妇并犯下罪行。为此她作为一名女囚被押送至西伯利亚。聂赫留朵夫后来知道了这件事,于是他抛弃了地位和财富,追随喀秋莎来到西伯利亚,开始走向人性复活之路。

剧中包含了托尔斯泰的思想、艺术、宗教观等所有一切。作为一部描写人性的作品在日本同样产生了巨大的反响。

该作品最初是于明治三十八年(1905)由内天鲁庵翻译成日语。

最初想到要将这一作品搬上舞台的是楠山正雄,是他将这部作品推荐给了抱月。

赶巧抱月在伦敦留学时曾两度看过此剧。虽说当时他有些动心,但却未能立下决断。

《复活》不仅故事情节长,而且还有西伯利亚流放地的场景,因此抱月心存疑虑,不知道在舞台上能否充分展示剧情。

可是他又觉得这一阴郁而又富有人性化的主题,或许正出人意料地会受到日本人的欢迎也未可知。喀秋莎被玩弄后堕落了,这种哀怨的例子在日本俯拾皆是。因此说不定会出人意外地引起共鸣。再则须磨子是首次扮演娼妇角色,因此值得一试。

经过再三思忖,抱月决定采用这个剧本。

只是这次的作品只许成功不许失败!

抱月已经没有多余的时间来考虑舞台内容和艺术性。身边的人众说纷纭,然而头等大事便是要赚钱以确保剧团的生存。如果此时还强调什么纯粹性、艺术性之类,最终导致剧团崩溃的话,岂不鸡飞蛋打?

自不必说,《复活》的故事情节波澜起伏,但它更是一部以人性回归为主题的富含思想性的作品。这部内容厚重且深刻的小说,在批判当时的社会体制和俄罗斯国家宗教的同时,还拷问了人的罪恶与良心。然而抱月却抽除了其中的思想性和艺术性,将其改编成了一个贵族青年军官一边对喀秋莎的悲哀与罪过感到悔恨,一边追求她的恋爱故事。

也就是说抱月偷梁换柱地将其改编成了一个大众喜闻乐见的通俗化了的电视剧一类的东西。

同时,他还在剧中穿插了由岛村抱月和相马御风作词,中山晋平作曲的《喀秋莎之歌》。

就这样,剧团从二月起开始进行排练,但是中途却发生了泽田正二郎、仓桥仙太郎、田中介二等人的退团风波,故而致使角色安排发生了巨大的变动。最终的结果是在这部五幕七场的话剧中,松井须磨子扮演喀秋莎,横川唯治扮演聂赫留朵夫,中井哲扮演西蒙松,武田正宪扮演吉洪。

公演从三月二十六日至三十一日共六天,地点在帝国剧场。

如果这次公演失败了,艺术剧团就会崩溃……

这次公演也是抱月和须磨子在四面楚歌中下的最后赌注。

不过他们的这次赌注可是押得准而又准。

继公演的第一、第二、第三天观众场场爆满之后,从第四天开始,听到评价后赶到剧场的观众已经人山人海,甚至有不少人因为无法入场,不得不败兴而归。一直到公演的最后一天,剧场里的观众始终爆满。

三月二十九日的《读卖新闻》刊登了德田秋声的如下评论:

喀秋莎是一个河野等演员也会跃跃欲试的角色。主人公大众化,能够为一般观众所理解并引起共鸣。对曾经饰演过《蒙娜·凡娜》和《海上夫人》的须磨子而言,此次表演应该算是成功的。如果还不满意,那就只能去看俄罗斯女优的表演了。

最精彩的场面是第三幕和第四幕。第三幕中的喀秋莎莫如说就是迄今为止在日本戏剧中经常出现的浪荡女形象。本以为须磨子与那些学生出身的新女优有所不同,可是正因为她穿着西洋服装,因此看上去也并不觉得有什么异样。自不必说,她在表演主人公源于绝望、自弃和颓废的那种破罐子破摔的苦闷心态时,表演能力还略嫌不足,但演技已然相当出色。而且说不清在哪儿,总觉得她的表演无形中保留了喀秋莎与生俱来的那种可爱之处。

第四幕医院的场面最为温馨祥和。须磨子饰演的喀秋莎是那样温文尔雅,几乎可以使所有的人因为同情而潸然泪下。接下来那首飘逸着哀愁的"喀秋莎,真可爱……"的歌曲,更是使谢幕的场面充满了沁人心脾的情调。

此外,《东京日日新闻》也做出了如下评论:

当须磨子饰演的喀秋莎在女囚室内见到聂赫留朵夫,看到对方拿出自己十年前的照片,继而唤起了对过去的辛酸回忆后,她连声痛骂对方为"魔鬼"的那个场面最为感人。须磨子那厚重的声音和呼吸变得局促的表情使观众为之倾倒。其意气风发的演技在此处得到充分的展示。

剧评大都是正面评价。
而普通观众对这出戏的欢迎程度则更是非同小可。
有关剧场听到票房热卖的消息后,纷纷迅即赶来与艺术剧团相商。于是又从四月十六日起,在大阪的浪花剧场上演了六天;之后又去了京都的南剧场;继而又转到中国地区和九州地区去做巡回演出;返回东京后旋即又于八月十八日至二十二日,在上野大正博览会演艺馆举办了凯旋汇报演出。如此过密的日程安排,却一眨眼的工夫就结束了。尤其是东京的第二次公演,真是人气爆棚,本来是晚上七点钟开场,然而五点钟观众就已经蜂拥而至。甚至还在剧场门卫和观众之间引发了一场纠纷。

此后《复活》便成为艺术剧团最大的演出剧目,直至大正八年(1919)一月剧团解散为止,创下了上演四百四十四场的新纪录。
可以说抱月当初追求的目的完全达到了。
艺术剧团在濒死的危笃状态下,专心致志地投入大众怀抱。这一演出计划大获成功。
喀秋莎的悲哀、青年军官的真诚、美丽而苦命的女人最终被高贵的青年所拯救——这一甘美的故事情节以及在黑暗社会背景下盛开的爱情笃志之花,这所有的一切全都打动了与俄罗斯类似的深陷于闭塞社会状态中的人们的心。

而那首哀怨的《喀秋莎之歌》则引发了人们的共鸣。歌曲立刻在全国范围内广为流传,顷刻间四万张唱片便销售一空。

这个数字在现在看来或许算不了什么。然而当时留声机的总数据悉也不过就是两万二三千台左右。因此,几乎所有拥有留声机的家庭全都购买了这张唱片。

可以说无论男女老少,无论贫富贵贱,上自大学教授,下至街头流浪汉,无人不会哼唱这首歌曲。

然而这首歌是一首讴歌沦为娼妇的女人的歌,歌曲中到处飘溢着倦怠与郁闷,并非充满正能量的作品。因此实际情况如何姑且不论,至少从原则上讲这首歌并不适宜宣传。

据说在四国地区最初购买了这首歌唱片的是教会的牧师,该牧师因此招致虔诚的信徒和死板的教育界人士的鄙视。可实际上,当这些贬斥这首歌曲的人回到家里以后,竟发现他们的孩子也都在放开嗓门唱着这首歌曲:

"喀秋莎,真可爱……"

在东京的一流女子学校,曾以这首歌不利于妇女教育为由而予以禁唱。可是,学生们一走出校门便一齐唱起了这首《喀秋莎之歌》。即便那些宣布禁唱此歌的老师,也会在一人独处时不知不觉地哼唱起这首歌曲。

当时与现在不同,莫说电视,即便收音机也都不够普及。然而也正因此,歌曲便只能是人们相互间口口相传,于是这首歌便带着更为直接的亲近感和共鸣在全国范围内广泛流传开来。

这首歌曲的版权属于中山晋平,但当时对唱片的商标权尚未做出明确的规定,于是各种并无执照的非法商人便肆意出版了这首歌曲的唱片。据传其种类仅得到确认的就达十几种之多。

与此同时,女性中间还流行着一种叫"喀秋莎簪"的发簪。不过是须磨子在舞台上随便戴上的一件极为普通的装饰品而已,居然立时成了抢手货。

恰恰就是《喀秋莎》这个剧目,使艺术剧团重获新生。

不过,演出虽然受到如此热烈的欢迎,艺术剧团本身却并未赚到多少钱。

继帝国剧场之后,全国各地都来购买《复活》这个剧目。然而赚了钱的,不是艺术剧团而是演出承包商。自不必说,与这些演出承包商的交涉十分重要。以前负责剧场出入口和会计工作的川村花菱和水谷竹紫现在都已不在,于是这些工作便只能由抱月一人承担了。

当然,抱月也曾要求得到除了公演实际开销以外的额外费用,但所获金额不大,不过是二至三成而已。因此他们的演出并不属于那种观众越多,收入就越丰厚的商业性演出。

总体说来,只要对方稍微给点好处,抱月就会妥协。

即便如此,《复活》这个剧目也还是滋润了整个艺术剧团。

在第一次去外地公演归来以后,艺术剧团就还清了欠债,并且还有富余。欠债中还包含了即将公演《复活》时因为没钱给演员发工资,故而从新潮社社长伊藤义亮处借来的一千日元。

经济上充裕了些许的抱月,将一个酝酿已久的想法告诉了须磨子。

"既然是一个剧团,就应该有一个可供我们自由使用的剧场。"

"可是,如果想要建设剧场,一定要花很多钱呀!"

持续不断的演出盛况,再加上身边没有了那些说三道四的理事和演员,这段时期须磨子的心情显得非常舒畅。

"现在位于博览会会场的那栋演艺馆建筑,据说在博览会结束后要被拆掉。如果能让他们转让给我们的话,我想价格会相当便宜的。"

"如果能以超低价格买下来的话,那当然好啦!"

吝啬的须磨子听到这话后立刻来了兴致。

"再就是土地的问题了。中井君说在牛込横寺町有块空地,不卖光租。我想就租下那块地来使用,你觉得怎样?"

"如果是横寺町的话,交通也还算便利。"说罢,须磨子的两眼突然熠熠放光,"嗯,如果要建造剧场的话,就在那里把我们的房间也就势建起来吧。反正那些帮忙的孩子和演员也得有地方住。因此,就把我们的房间放在二楼,另外也给老师准备一个房间。"

"那,你现在的家……"

"当然是要搬出来啦。那里阴森森的,我早就住够了。这要真能行的话,就再也没有人来打扰我们了。我每天都给老师做饭烧酱汤喝。"

须磨子果真能做好这类家庭主妇的活吗?虽然不能指望她,但吸引抱月的是就此便可以和须磨子过上无人干扰的二人生活。

"嗯,这样不错嘛!就这样定吧!"

须磨子决定了似的说道。抱月一边点头一边想起了家里的妻子和五个孩子。打那以后他与妻子市子之间并未发生太大的争执。与其说两人的关系有所改善,不如说他们维系着一种冷淡的关系,保持住了某种平衡。

市子对抱月和须磨子的交往心中了然。她对二人在工作名义下的交往予以默认。但如果抱月提出离开家门,则势必会掀起一场风波。

可是自己已经四十四岁了……

抱月知道自己已经余年不多。按人生五十年计算，也就还有五六年的光景。

自己好不容易才来到这个世上，历尽艰辛总算走到了今天这一步。自己想和喜欢的人双栖双宿，度过无怨无悔的余生。自己已经厌倦了平日的压抑和伪装。

"我说，我们的房间就要八铺席大的，卧室里摆上一张双人床吧。"

望着须磨子满怀憧憬的脸，一股勇气从抱月的心底油然而生。

四

抱月和须磨子从《复活》的好评中获得了力量，开始朝着建设自己的剧场和生活场所这个大目标迈出了第一步。

首先，抱月于大正三年（1914）七月发表了《艺术剧团研究所设立宗旨书》。文章略显冗长，但从中既可了解到当时话剧界的动向，亦可窥知抱月的魄力。现将松本克平《日本话剧史》中的内容引用如下：

> 无论是从狭隘的日本话剧革新角度看，还是从更为广阔的日本文明进化角度看，我都相信最近四五年来日益明显的话剧运动属于最应受到新时代大众欢迎、最应倾注力量的崭新精神运动之一。
>
> 从这个意义上讲，最近一两年日渐兴盛的新兴剧团的蓬勃发展，值得我们为之欣喜若狂。然而殊为遗憾的是除了其中的三四个主要剧团外，大多数剧团都是在尚未取得多大成效之前便由于各种原因此兴彼衰。
>
> 纵观最近的形势，我认为对于我们而言，现在正是话剧运动的生死攸关期。我觉得至少这段时间内的努力将会给

话剧运动的前途带来莫大的影响。

在这种趋势下,我艺术剧团已经创立整整一年。在与各种艰难险阻不断拼搏的过程中,我们总算在当今的话剧剧团领域奠定了最为坚实的基础。对于本剧团而言,更应下定决心加倍努力,并深感我等对于话剧运动的前途负有无法推卸的重大责任。

基于这一自我认识,现终于决定开始实施本剧团创立之初即已视为剧团基本计划之一的研究所建设方案(详见另纸)。该计划之所以延宕至今,主要是经济原因使然。现在创办费和其他负债已基本还清,因此判断即便开始实施这一计划也并无大碍了,故而在诸多人士鼎立支援下,开始着手实施这一计划。

建设研究所的主要目的如下:将建造一个简便的建筑物,最主要的目的就是为了使剧团能有一个可以进行规律性排练的场地、提高新入剧团之男优女优的教养、进行话剧或其他艺术研究类小型表演,此外亦将用于一般相关文艺讲演或展览等。希望借此能达到使艺术剧团可以自由而忠实地进行话剧研究之目的,同时也将竭力为社会上志同道合之团体的规划提供便利。

恳望大家能够理解我们的上述意图。从大的方面讲,是为了我们的话剧运动,从小的方面讲,是为了我力量微薄的艺术剧团事业。在此谨殷切期盼诸位鼎立相助。总之,艺术剧团的事业之所以能够走到今天这一步,与诸位的体谅与援助密不可分。在此谨深致谢忱!我们真切期待着诸位今后更加广施援手,以使我艺术剧团能够百尺竿头更进一步,在话剧运动中打开新的局面。

此后的拟定的《研究所建设方案》如下：建筑物为木造瓦脊二层楼，面积约一百七十平方米，此外还将建造两幢面积均为三十六平方米的建筑。一为平房，一为木结构马口铁屋顶之临时建筑。总预算为五千日元。其明细为：建筑费三千七百八十日元，设备费和储备金合起来为一千二百日元。

阅读完上述宗旨书便会使人想起逍遥在创办文艺协会时写下的《文艺协会组织革新宗旨书》。当时逍遥曾吐露了自己如下悲壮的决心：" 在自费允许的情况下将提供……" 抱月此次的情况与之相比毫无二致。

然而说到不同之处，那就是逍遥拥有可以投入的个人财产，而抱月却是孤立无援，并无任何可供自己自由支配的私有财产。当时艺术剧团能够指望得上的，就是靠到各地去巡演颇受欢迎的《复活》来赚钱。

在发表这一宗旨书前后的那段时间里，艺术剧团的外地巡演突然增多起来。

即便现在也是如此，如果想要去外地巡演，办事时就需要循规蹈矩并履行相应的手续，只靠常规的方法是行不通的。更何况当时当地的头面人物和实力雄厚的演出承包商势力庞大，不通过他们演出根本就无法进行。再加上当时无论是舞台大道具还是演出小道具乃至演出服之类，均需要依靠演出承包商提供。这也成为承包商的一个赚钱手段。一部分剧团因为讨厌这一点就自己承办演出。然而这样做无一例外，均会受到当地地痞流氓的捣乱和妨害，抑或受到剧场主的刁难。

艺术剧团的外地公演，自不必说是通过演出承包商进行的。

担任外联的全是抱月一人。起初他常常上当受骗,损失惨重。

当然,抱月也并不满足一天的演出收入只要能解决剧团成员的温饱问题就万事大吉了。他在交涉的过程中也曾提到过要在这一基础上有所上浮。

但是,与其说与当初喀秋莎的人气程度相比艺术剧团票价定得过低,莫如说他们过于听信那些承包商的话了。根据地方的不同和季节的变化,收益自然会出现差异,但他们却采用了每天两百五十日元这一均价方式。从连日满员的演出盛况看,即便每天要求三百到四百日元也并不为过。况且这个要求也一定会被对方接受。

然而抱月的口头禅却是:"我们得做得像个绅士!"因此只要对方一说什么需要这个经费啦,需要那个花费啦,云云,抱月几乎全都通盘接受。

"像先生这样的人,要对付那些老奸巨滑的承包商,肯定没少上当受骗吧?"

一次,话剧评论家坂本红莲洞担心地询问抱月。然而抱月却一脸认真满不在乎地回答说:

"怎么会呢?没有的事!只要我这边做出个绅士的样子来,对方也同样以礼相待的。"

因为抱月根本就不认为对方是在欺骗他,因此他如此作答也就理所当然了。

确也如此,那些承包商在交涉的过程中受到抱月诚实态度的影响,只知道自己赚钱的贪得无厌者并不算多。

不过"我们得做得像个绅士"这句话,却充满了对知识分子不谙世事的讥讽,进而成为当时的一句流行语。

其实抱月也并非光知道自己得做得像个"绅士"并悠闲自得。

当时话剧的地位还很低,社会上依然存在着将艺人看作"卖艺乞讨"的强烈意识。在这种情况下,到外地巡演自然会异常辛苦。

当时的习惯做法是去外地巡演的剧团抵达当地后必须先来个全团集体亮相——旗帜在前,乐队领先,后面跟着几辆载有团员的车子。与广告宣传队吹吹打打一边宣传一边沿街走过的场景无异。这种街头亮相的做法对于尚不习惯的人来讲,难免羞臊难当,绝非轻易即可做到。亮相结束后他们还得到当地报社、赞助人以及当地的地痞流氓那里去挨个打打招呼。

抱月起初还有些胆怯,但中途便横下一条心,主动操办起这些事来。蓄着胡须、身材瘦削的抱月,身穿"五徽礼装"特等皱绸黑和服,亲自前往报社和赞助人那里寒暄致意。

"我是艺术剧团的岛村,此次来宝地献艺,还望多多关照!如您所知,我等初到贵地,两眼一抹黑,分不清东南西北。此次演出若能得到贵社的暗中提携,则我等必然信心倍增。不知贵社意下如何?"

说罢,便是九十度的大鞠躬。那样子已经完全寻觅不出留洋归来后曾站在早稻田大学讲坛上讲授莎士比亚和温切斯特的那位教授的风采。与其说他是大学教授,莫如说更是接近于一个商人。

在外地的报社里,也有一些过去曾听过抱月的课、属于抱月弟子的早稻田大学毕业生。即便在他们面前,抱月也依然若无其事地低头施礼。他的弟子们看到老师变化至此,不仅高兴不起来,反而为他感到痛心。

"老师为了走话剧事业这条路,难道非得做到这一步不可吗?"

想到这,再看着老师弯着大腰施礼,听着抱月老练的辞令,辛酸之感便益发强烈了。

不过,感到辛酸痛心的人还算好的。另有一些弟子打心眼里排斥抱月,并拒绝和他见面。

在艺术剧团奔赴仙台演出时,早稻田时代的老友登张竹风打算于某晚在一家餐馆招待抱月和须磨子。同时他还邀请了二高校长三好爱吉作陪。

然而三好却一口回绝了邀请。

"丢下妻儿不顾,去和那种不三不四的女人私通,还鼓吹什么自由恋爱,高傲地发着牢骚。你特意在饭店招待这种家伙喝酒算怎么回事?做事没脑子也要有个度!"

这也正是当时的教师和所谓正经人的一般想法。

去大阪演出时,早稻田大阪校友会曾拒绝成为艺术剧团的赞助人。当时的校友会理事高山长幸和武内作平等人甚至拒绝与抱月见面。

即便遭受到如此这般的排斥,可只要是觉得对演出有利,抱月依然不分地点欣然前往。

大正五年(1916)、大正六年(1917),妇女儿童博览会将要在上野举行。当抱月听说大阪的饭店老板娘和梳头店老板等人要在"精养轩"聚会后,便和须磨子双双前往,并数度施礼致谢道:

"当初若没有诸位的支持,就没有我们的演出啊!"

而当人手不够时,他还会亲自站在剧场门口做检票员,甚至还做过招徕观众的宣传员。

那时的抱月已经不能被称作大学教授或者评论家了。为了让剧团生存下去,可以说他已经真正陷入泥沼之中。

  抱月已成往昔事

  而今只抱须磨子

在大阪,甚至流行起这种调侃二人的歌。

然而抱月并不气馁。即便《复活》被说成通俗剧,即便抱月本人被说成业已沦为一个商人，与女人一起逃离京城跑到外地当了行脚艺人，他也依然对巡回演出不离不弃。越是被说得一无是处，他那毅然反抗的斗志就越为旺盛。

此时此刻，抱月的脑海里只有一个目标，那就是存满五千日元，建设自己的剧场。

不管怎么说，首要任务就是必须为观众所喜爱，在经济上先富裕起来。那种不出钱只知道批判和非难的做法是无济于事的。那样做不会带来任何好处。抱月已经深深领教了只有嘴皮子功夫的知识分子的软弱和虚空。

"无论我的行为有多么脏，但终归要比那些从不亲自动手的人强多了。"

此时的抱月对这一点深信不疑。他虽然不会大声张扬，但那股天生的内在韧劲儿正在强有力地支撑着他。

须磨子也尽心尽力地支持着"浑身沾满泥垢"的抱月。她也驯顺地跟着抱月去拜访报社或赞助人。自不必说，须磨子只是跟随抱月前往，在一旁低头施礼而已，几乎从不开口说话。但实际上，即便让她说点什么，或是让她去交涉求人，她也无能为力。

尽管如此，须磨子在场与不在场，情形仍然大不相同。

那时的松井须磨子已经名驰遐迩，与抱月之间的丑闻也几乎无人不知。二人通过让当地赞助人目睹明星的风采，进而揣测二人状况的方法来满足对方的好奇心，借以达到交涉朝自己有利方向发展的目的。即便对方没有那种复杂的想法，如果两人都在现场的话，事情也就比较容易做出决断。

须磨子对抱月四处顶礼膜拜的做法并没有什么抵触情绪。她原本就不清楚身为大学教授时的抱月是个什么样子，所以对抱月向赞助人鞠躬致意也就产生不了明显的权威失落感。比这更为重要的是，讲究实效的须磨子反而单纯地在心里盘算着，如果只要低低头就会赢得很多的观众并且可以赚到钱的话，那又何乐而不为呢？

剧团除了要到赞助人那里去拜上一圈以外，还有一件事难以回避，那就是"沿街巡礼"。一干人马抵达巡游地车站时，首先要做的就是放烟火，然后就要在车站前将车队排成一列。最前面的车是乐队车，接下来就按照团长、头牌名角、普通演员的顺序坐在车上。他们要沿街向前来观看的人们挥手致意，并包下当地最为高级的车辆。为了引人注目，还要在车子的四周摆上鲜花等做装饰，演员们也要尽可能地穿上鲜艳的服装。

还是东京、大阪之类的大都市好，不需要搞这种傻乎乎的喧闹仪式。然而地方则不同，越是偏远之地，就越是存在着这种大张旗鼓的"沿街巡礼"习惯。已经习惯于在舞台上接受众人观赏的须磨子，对这种"沿街巡礼"的做法倒是比较容易接受，可是对于曾经做过大学教授的抱月来讲，则未免有些残酷。

实际情况也是如此，身穿黑色和服与裤裙、脸上愁云密布的抱月，即使跟在乐队后面，看上去也很不顺眼。

可是身为一团之长的他又不能不坐在车上。

乡下的普通百姓大都不知道抱月的存在，他们的真正目标是须磨子。

须磨子总是浓妆艳抹，摆出一副"我才是明星"的架势坐在打头的车上。

当看热闹的人群里有谁认出须磨子时，就会直呼其名，并鼓起掌来。之后他们就会络绎不绝地尾随在车子周围。面向这些观众，须磨子只是时而点头致意，时而轻轻挥手而已。大多数时间她都是目光直视前方，满脸正经架子十足，给人留下一种自命不凡的印象。但同时这也是一种气概,显示了她的自豪感,"我可是与迄今为止的那些戏班子不同啊,我是表演崭新西方话剧的演员!"

可是,就是这样一个须磨子,有一次在日本的东北地区巡演时,却突然宣称不再举行"沿街巡礼"活动了。

演出承包商和剧团成员向她询问理由,须磨子并不作答,只是说:"我说不愿意就是不愿意!"

"沿街巡礼"是当时招揽观众必不可少的活动,搞与不搞毫无疑问会影响到两三成的观众人数。对于承揽下整个剧团演出的承包商而言可谓关系重大。

演出承包商立刻跑到抱月那里提出了异议。

"如果松井老师无论如何都不愿意搞巡礼活动的话,我们也不得不重新考虑合同了。"

倘若被演出承包商视为违约,抱月则不能视而不见。

"你就不能将就着参加一下巡礼吗?"

抱月又做出常见的双手揣怀姿势,央求着须磨子。

"如果你让纪代下车的话,我就参加沿街巡礼。"

"纪代?"

"没有必要让那个本来就不是演员的女人待在车上!"

所谓村井纪代,指的是承包了剧团演出的演出承包商村井健太郎的太太。

此女生于秋田,是个肌肤白皙的美女,而且还在花柳界混过,样子娇媚迷人。再加上是承包商的妻子,因此总是穿着上等和服。

纪代确实并非剧团演员,可是她的丈夫因为要到下一个演出地去打前站,因此她便一个人跟随剧团一起行动。故而从车站到住宿地的"沿街巡礼"她也总是如影随形地跟着大家。因为她不是明星,故而理所当然地坐在后面的车上。可是,由于她相貌姣好,难免惹人注目。虽然剧团一行已经开始从秋田、新潟一带往南行进,然而还是有一些地方城市的老百姓不认识须磨子,因此就常常错把纪代当作须磨子,并跟她打招呼。甚至还有人特意要求和她握手。

须磨子看到这种情况后,内心一直相当不悦。

"本来就不是什么演员。却一副牛里牛气的样子,真是个不要脸的女人!"

"可是,她是村井君的太太呀,怎么能让她下车步行呢?"

"但我是明星!她不过就是个普通女人而已,我和她谁重要?"

"当然是你了!"

"那你就告诉那个女人今后不要再跟着我们了。"

按抱月的懦弱劲儿,这种话他当然说不出口。可是他又找不到劝慰须磨子的言辞。

踌躇再三,抱月只好通知承包商说要终止"沿街巡礼"这一活动。

"只要稍微转一下就可以赚到钱,真不明白先生们是怎么想的!"

承包商满脸愕然,然而抱月却如释重负地说道:

"沿街巡礼基本上已经属于陈习陋俗了!这种非现代的东西早晚都是会被淘汰的。"

"但是在地方城市,这件事可不能小觑呀。"

"这我知道。但我们演的是话剧,靠报纸和广告画宣传才是正道。"

抱月是在利用话剧原本应有的存在方式批判"沿街巡礼"。然而须磨子却喜滋滋地说道:

"这回我看那个艺伎出身的女人还怎么臭美!"

同样是反对"沿街巡礼",抱月和须磨子的反对理由却大相径庭。

五

在艺术剧团的巡演过程中，作为明星，须磨子经常会收到各地戏迷寄来的各式礼物和慰问品。礼品等五花八门，有鲜花、水果、点心以及酒类布料等。其中布料之类的东西，自不必说就由须磨子一人独占了，而其他东西她也几乎从不分给别人。

点心之类的往往多得吃不完，然而即便如此，可以事先不打招呼就拿来享用的也只有抱月一人而已。

不过抱月原本就不是一个贪吃的人。因此剩余的点心、饮料等，须磨子就让管理道具的男子拿出去卖掉。通常的方法是以市价的八折或七折，有时甚至是半价卖给出售该类食品的店家，换些钱来。

如果是在东京近郊等地巡演的话，她就会把那些啤酒、汽水类等不会变质的东西直接拿回家去储存起来。后来艺术俱乐部建成后，她就在二楼一隅设立了一个小卖部，并让自己堂姐的女儿做店员，将戏迷送给她的水果、饮料等在小卖部里出售。

一般的观众不知就里还会买上一些，然而剧团里的人却对那些东西不屑一顾。其中有人还会规劝那些意欲购买的观众："这种陈货还是不买为好啊！"

"如此贪得无厌，这个'阿龟'到底想要干什么？"

剧团成员对她的行为瞠目结舌，都在私下里议论纷纷。"阿龟"是须磨子的绰号。确也如此，她那张颧骨凸出、滚圆滚圆的脸还真有点像被称作"阿龟"的女丑角面具。

"她一个人看着存折，大概笑得都合不拢嘴了！"

"但是这种事情如果让那些戏迷们知道了该多丢人哪！岛村老师知不知道呢？"

"跟老师说也是白说。"

然而有个剧团成员因为实在看不下眼去，便在一次酒桌上将此事告诉了抱月。

"如果让外面人知道了这件事，简直就是我们艺术剧团的耻辱。老师，您觉得可以那样做吗？"

受到诘问的抱月满脸愁容地低声说道：

"我也觉得不妥，演员把戏演好才是最重要的。"

即使剧团成员不告诉抱月，抱月对须磨子拿别人送给她的东西去换钱这件事也一清二楚。须磨子的房间里总是堆满了汽水或果篮，抱月只是佯装不见而已。当然，抱月并不赞许须磨子的这种行为。但是即便开口劝阻，她也不会听从自己的劝告。搞不好又会使她重犯那个歇斯底里的老毛病，到那时可就无计可施了。

其实，就这类事抱月以前曾说过须磨子一次。

"你就分给大家算了。"

他只是这么轻描淡写地说了一句，须磨子旋即反驳道：

"这些东西都是送给我的。我的东西由我自己来处理有什么不对！"

此话说得不无道理。抱月在感到愕然的同时，也对断然否决了自己意见的须磨子产生了一抹近乎钦羡的感觉。

即便抱月处在与须磨子相同的位置上，他也难以说出这种话来。在抱月的审美意识里，根本就不存在允许出现如此吝啬行为的余地。然而须磨子则与抱月的这种审美意识格格不入。她身上具有的，是一种明快的合理性和独占欲。曾被自己一度收入囊中的东西，即便只是一小块点心，她也绝不会轻易施舍于人。说吝啬倒也确实吝啬，但也可以做出这样的理解，正是这种几乎令人瞠目的独占欲造就了须磨子这位演员。

抱月对须磨子的所有行为，都是从善意的角度去加以诠释。即使别人认为须磨子是个任性自私、傲慢无理、令人作呕的女人,可抱月却觉得这种任性与高傲,恰恰就是使主角演员充满活力并蓬勃发展下去的动力。如果她失去了这些,变得谦恭谨慎,而且能够与他人步调一致的话,那她就失去了作为主角的个性。即使现在须磨子被人指指点点、议论纷纷,但抱月却希望她能将她自己的想法贯穿始终,成为一名真正的大牌演员。

以更为豁达广阔的视角看待须磨子的抱月,对于须磨子的金钱贪欲之类已经轻松地忽略不计了。

虽然剧团内部依然会由于各类大小事情出现纠纷,但因为《复活》大获好评,艺术剧团正在稳步地巩固着自己的地位。《复活》之所以能够获得好评,剧目本身的原因自不必说,中山晋平所作《喀秋莎之歌》的人气鼎沸也同样功不可没。

这首歌的歌词现在都认为是相马御风一人所作,其实只有歌词的第二、第三段为相马御风所作,第一段的作词人则是抱月。

抱月把这首歌的谱曲任务托付给了晋平,但是进展情况并不顺利,故而令晋平烦恼不堪。尤其是谱写到"把心愿向上帝述说"时就卡壳再也谱不下去了。可是演出日期却步步逼近,直到《复活》首演日的前三天他仍然没有谱好。于是抱月便训斥他道:

"本来接受了这个任务,现在却谱不出曲子来,岂有此理?!"

正因为晋平自十九岁时起计八年时间作为勤工俭学的学生曾一直寄宿在抱月家中直至最后从音乐学校毕业,因此性情温和的抱月也可以轻易地开口训他。

受到申斥的晋平面色苍白,再次面对起五线谱来,可他依旧谱不出曲子。公演时间在一分一秒地逼近。晋平在万分焦急的状态下,嘴里不断重复着"把心愿向上帝……"这时,突然从他的口中冒出了"啦啦啦……"的声音。

"把心愿,啦啦啦,向上帝述说。"他觉得这几个无意中冒出的"啦"字竟然使曲子出乎意料地顺畅起来。

"好,就这么定了!"

于是他决定在两个台词中间加进"啦啦啦"这个语气词。结果,其余的部分也都顺畅地谱写出来了。

就这样,歌曲总算在演出的前一天勉强成型,舞台也顺利地拉开了帷幕。当然,当时无论是抱月还是晋平,都不曾想到这首歌此后居然会风靡一时。

实际上须磨子将此歌灌制成唱片,也是在演出结束后这首歌在全国范围内广为流行以后的事了。他们是在京都巡演地一个叫东洋唱片的公司要求下第一次灌制唱片的。灌制唱片事先并未得到晋平和御风的同意,是由抱月和须磨子二人单独做出的决定。

他们这种根本就没把作曲家和作词家当回事的做法,在现在来看根本就无法想象。作为谱曲费,晋平只从艺术剧团拿到了十日元。从歌曲人气空前的角度看,谱曲费委实显得低廉至极。不过当时抱月自己也是,大都没有领取过编剧费。

艺术剧团带着《复活》这个剧目到全国各地巡演受到欢迎以后,各地出现了许多模仿他们演出的剧团。而且他们都是去艺术剧团将要进行巡演的地方演出。这种低劣的做法多半出现在当时胡乱成立的一群小微剧团身上。其中包括泽田正二郎加盟的"新时代剧协会"和以上山草人为中心的"现代剧协会"。他们也在偷偷摸摸地演出此剧。

他们大都是文艺协会时期批判抱月和须磨子的做法过于通俗的人,而今却大模大样地模仿起艺术剧团来。

当然，他们本来并不想这么做。因为看到其他剧团演出成功后，如果自己也演出同样的剧目，那就等于对自己剧团的独立自主性做出了自我否定。可是外地的演出承包商和观众却对这些剧团想要表演的自创剧目不屑一顾，他们只是一味地要求演出《复活》，并演唱《喀秋莎之歌》。事实上，当时的话剧界除了《复活》以外，其他剧目根本无法招徕观众。

自主性固然重要，可如果观众一直不买账的话，也就只能趋利避害，不得已而为之了。

无奈之下，泽田正二郎在北海道公演了几次这个剧目。上山则从九州到朝鲜乃至中国大陆和中国台湾，共计十六个地区，在没有跟艺术剧团打招呼的情况下，堂而皇之地公演了此剧。他们以为在外地演出就不会被人发现，然而这种行为对于话剧人而言，就等于是在自我否定。而且其遁词也颇为奇异。

"如果俄罗斯加糖面包开始流行的话，普通的面包房也就只好拼命烤制甜味面包了。"

这种说法似乎想表示虽然他们擅自进行了公演，但过错却在艺术剧团。

于是连抱月这种温和笃厚之人也变得怒不可遏了。尤其是朝鲜、中国东北和中国台湾这些地方，都是他们艺术剧团计划要去的巡演之地。

抱月在和律师相商后，走出了告发上山和"现代剧协会"的一步。

一般说来，戏剧的表演权大都属于剧本的原作者。《复活》的小说原作者是托尔斯泰，编剧是亨利·巴塔伊，抱月不过是剧本的改编而已。如果从日语"改编"一词的意义上看，抱月倒是第一人，但他是否完全拥有表演权则难下定论。

但是，《喀秋莎之歌》却不折不扣地属于艺术剧团的原创，作曲的著作权属于中山晋平。抱月的见解是如果将上述要素综合在一起考虑的话,上山显然侵犯了艺术剧团的表演权。

上山巡演归来,得知自己已被告上法庭后不禁大吃一惊。但他立刻就凭借自己那副天生的厚脸皮宣称他们表演的《复活》与艺术剧团的不同。然而再怎么辩解,针对《喀秋莎之歌》他们却找不出狡辩之词。

报纸上用半是戏谑的口吻,以《岛村抱月与上山草人的师生之争》为题报道了此事。然而法官却规劝他们说:"大家都是文化人,争来争去的有失体面不是?"故而奉劝他们和解为宜。

抱月也不想把事态闹大,经过协商后双方达成了和解。条件是今后现代剧协会不再演唱《喀秋莎之歌》。

不过,和解是和解了,但错在上山一方的事实却显而易见。无论嘴皮子功夫有多么厉害,背地里偷演别人剧目的卑劣手段却明白无误。

上山对此怀恨在心。此后,他将自身的三角关系束之高阁,却在背地里嘲讽说:

"艺术剧团抱月和须磨子的性同盟,已经变成了实业同盟,他们是个古怪的剧团!"

然而无论上山怎么叫嚣,都应了那句"弱犬狂吠"。此后不久,"现代剧协会"便破产了。

名气越大,就越会遭到一部分人的诽谤中伤。这种风气在任何时代都不可避免。艺术剧团因为大众性和艺术性问题俨然成了众矢之的。

日本的"新戏剧"哟!可怜的日本"新戏剧"哟!怎么搞的吗?瞧你最近那副弱不禁风的模样!你真正开始被人

小瞧,就是从那首《喀秋莎之歌》开始。《复活》对你来说并非复活。"复活"不是"复活",而是"死亡"……

何谓双管齐下?简而言之,就是既要敬奉神灵,又要伺候凡人。倘若此语依然难解,更为明了的说法则是既要一边吸金赚钱,又要一边做艺术家。亦即,即使有若干献媚于凡夫俗子之嫌,也要先赚上大把的票子,然后再向世人展示不需要计较利益得失的精粹艺术。

松本克平著《日本话剧史》

上文引用的是自由剧场创始人小山内薰的话。

这一评论完美体现了一个理想主义者的思路。但是,就是这位小山内薰,也因饱受资金所累,最终未能使自由剧场摆脱破产的噩运。他也因此悟出了要搞话剧运动,资金是不可或缺的道理。于是便使用了"双管齐下"一词。只是小山内薰所云"献媚于凡夫俗子"的意思其实是需要有力的赞助人予以援助。

但在当时的日本,人们只顾富国强兵,怎么可能出现将金钱投入话剧的赞助人?"新的戏剧"无论多么羸弱,无论受到怎样的轻视,为了让演出继续下去,就必须靠舞台演出赚钱。指望财界人士和文化人无异于缘木求鱼。

做事讲究实际的抱月,要比小山内薰冷静老练些许。

发表评论任谁都能做到。只是动动嘴巴,任何人都能说得天花乱坠。然而抱月却以为只是标榜艺术空谈理想,既虚幻又幼稚。在谈论艺术之前,首先需要引导更多的人了解话剧并关心它。因此,即使话剧多少通俗了一些,也远胜于依赖赞助人这一卑劣的手段。与艺术陷入独善其身的境地相比,让其通俗一些,便可以使它的活动范围更为广泛、生命力更为持久。除此以外话剧并没有其他出路。

抱月在每天进行的演出交涉和商洽中,产生了切实的感受和体会,故而信念坚如磐石。他从未对外流露出任何一丝一毫的不满。

与须磨子之间的丑闻浮出水面以后,抱月知道无论自己怎么说,世人都只会向自己投来滑稽可笑的目光。虽然也有这个因素在内,但更为重要的是他笃信人们早晚会理解他的。

任人评说去好了,行动总是胜于雄辩。没有什么可以比不去身体力行的知识分子更无意义了。抱月已经拥有如此这般的自负与自尊。

不过抱月也不是从一开始就如此坚强不屈。

正因为他走过的是一条得到惠顾的学者之路,因此他曾经比一般人更为羞赧怯懦。身上也存在着光想不做的知识分子所特有的随心所欲。可自他投入到与须磨子的恋爱中,并经历了脱离协会独自创业的考验后,他突然变得坚强起来。同时也使他懂得了在书桌上苦思冥想的东西是无法在现实世界中畅通无阻这一道理。

但在其内心深处还有另外一个重要的因素,那就是有须磨子这么一个女人始终跟随着他,因而给他带来了一种自信和安心。

话虽如此,须磨子也并不是抱月有事便可相商的对象。

尽管须磨子照比常人吝啬得多,可一提到洽商演出或金钱交涉,她就完全没了能耐。即便给她看那些繁杂的合同书内容,她也不会瞄上一眼,因为即使看了她也不知文章所云。虽然她会因眼前的一日元、两日元斤斤计较并勃然变色,但却在大处吃亏。而且只要稍微不对心意,立时就会大吵大闹起来。她并不是一个可以承担外联重任,去处理涉外事宜或求人办事的女人。

不过须磨子却有着本不应有的独特的厚脸皮。

她不大在意别人说些什么。无论别人怎么说,她都能泰然处之。即使有人说了不中听的话,致使她大发雷霆,可一眨眼的工夫,她便会忘得一干二净并开始热衷于其他事情。即使有各种烦心事,只要头一挨上枕头,立马就会进入梦乡。即便意志消沉之际,到了吃饭的时候也照样吃得倍儿香。她有着这种可以被称为迟钝,抑或超然的特点。

抱月有时就会对她说"那个男人这么讲了",然后就把奚落他们的报道或者批评艺术剧团的文章拿给须磨子看。可是她根本不屑一顾。

"都写了些什么?"

她只会悠然地问上一句。于是抱月便把那部分内容大声读给她听。

"欸……"她低声嗫嚅着,接着便会追加这么一句"写这个的人,大傻瓜!"

读了别人的批评文章后,须磨子绝不会反省或者改正。反之,当她知道有了表扬他们的文章时,便会冲口说道:"这个人,是个好人!"并反复阅读那个段落直到能够背出为止。

她只是乐于接受对自己有利的评论,对那些于己不利的评论不屑一顾。虽说其做法任性而且单纯,但却也相应地明快果敢且毫不踌躇。抱月虽然觉得这样的须磨子有些自以为是,可是听了须磨子斩钉截铁的断言后,抱月有时还真就信以为真了。

"在意那种蠢话有什么意思?"

说来确也如此。即便在意别人的批评并烦恼不堪,票房也不会增加,经营也不会就此得到改善。

受到须磨子见解的影响,抱月也开始无视那些吹毛求疵的家伙,并决定只管走自己的路好了。两个人越是同时受到外人的欺侮,团结得就越是紧密。

如果须磨子是个天真纯朴的神经质女性,抱月或许早就崩溃了也未可知。他或许就会因此压力倍增。只是顾虑身边的闲言碎语,或许就已经心神衰竭了。

但是须磨子却对世人的批评堂而皇之地针锋相对,几乎达到令人愕然的程度。

人们全都在非难须磨子,说她是一个蔑视他人唯我独尊的女人。然而正是这种即便遭到人们如此非难,也依然能够我行我素且唯我独尊的态度,才构成了须磨子不同常人的非凡之处。

被人批评到这个份儿上却依然安之若素,这只能说恰恰是她的一种才能。而对于一名从事舞台表演或艺术工作的人而言,这种才能是不可或缺的。

抱月之所以能够宽容须磨子的自私任性,部分原因是因为他爱她,但同时也是因为他认可了须磨子在自私任性背后隐藏着的那种战胜一切艰难险阻、坚持生存下去的坚韧不拔的才能。

恰恰就是这种坚韧不拔,才是女优松井须磨子能量的来源和个性所在。抱月相信这一点,因此他从更为宽广的视角注视并爱着须磨子。

第五章　成熟

一

大正三年(1914)三月在帝国剧场上演《复活》以后,艺术剧团又上演了下述新剧目。

首先是在同年七月十四日至十六日,作为研究剧的开山鼻祖,上演了岛村抱月创作的独幕话剧《复仇》。演出地点为文艺协会解散后依然原封不动保留在坪内宅邸内的小剧场。为了与"研究剧"名实相符,他们采取了观众人数较少、戏剧内容具有浓厚艺术倾向的方针。结果虽然未获好评,但在《喀秋莎》备受盛赞之际,立即开始对研究剧展开脚踏实地的挑战这一举措还是受到了世人的瞩目。

通过《复活》之类的大众剧目,先是使剧团在经济上富裕起来,之后再着手进行"研究剧"的演出,这便是抱月提倡的"两条腿走路"策略。他认为只有走这样的道路才能使话剧生存下去。

此后,艺术剧团又于同年八月七日至十二日,打着夏季公演的旗号,上演了由岛村抱月翻译的苏德曼的四幕话剧《玛格达(故乡)》。角色分配如下：须磨子饰演玛格达,武田正宪饰演施瓦策,胜见庸太郎饰演冯·凯勒,中井哲饰演赫夫塔尔丁。

此外,他们还上演了由施密特邦创作、森鸥外翻译的独幕话剧《第欧根尼的诱惑》。在这个剧目中须磨子饰演女儿伊诺。

这一时期的须磨子已经人气绝顶。只要有须磨子出场,预售票便旋即告罄,当日票也会加价出售。

"艺术剧团在此次公演中并不打算让大家观看'玛格达'。更确切地说,玛格达已经无所谓了……须磨子的表演显得极为卖力。因此,对观众而言,她渐渐地变得亲切起来。现在已经不是观众去接近须磨子,而是须磨子主动去接近观众了。"

当时的戏剧杂志《演艺画报》对人气骤然上升的艺术剧团和须磨子进行了上述讥讽。

接下来艺术剧团又从大正三年(1914)十月二十六日至三十一日,再度于帝国剧场上演了中村吉藏创作的《剃刀》和岛村抱月改编的莎士比亚五幕剧作《克里奥佩特拉》。在前者中须磨子饰演阿鹿,在后者中须磨子饰演克里奥佩特拉。其他角色的安排如下:安东尼由田中介二饰演,恺撒由武田正宪饰演。

克里奥佩特拉是那种须磨子极为喜爱的华美艳丽型角色。实际上须磨子也对这一角色的饰演极为热衷。但就整体而言,她的表演过于缺乏品位。在表演过程中,时而因把握不准尺寸而伤感过度,时而又突然变得过于粗鲁。对此,有人甚至做出如下严厉批评:"那就是一个高级妓女……"

与之相比,《剃刀》中阿鹿一角虽说演技质朴,却获得了好评。此后,《剃刀》便位列《复活》之后,共计上演了三百余场,成为艺术剧团的拿手剧目之一。

嗣后,艺术剧团又于岁末渐近的十二月二十五日,在本乡剧场上演了易卜生的三幕话剧《玩偶之家》和契诃夫的独幕话剧《求婚》以及《剃刀》。

翌年,即大正四年(1915)四月二十六日,作为艺术剧团的第五次公演,剧团上演了中村吉藏的独幕话剧《饭》、屠格涅夫的五幕话剧《前夜》和王尔德的独幕话剧《莎乐美》。

须磨子在第一部作品《饭》中饰演了幸作的妻子阿市,在第二部作品中饰演了叶莲娜,在第三部作品中饰演了莎乐美。在这三部作品中她饰演的全是主角。在其中第二部作品《前夜》中,须磨子演唱了《凤尾船之歌》,此曲由吉井勇作词,中山晋平作曲。

在话剧中穿插进歌曲,是模仿了《复活》的做法。然而剧评家们并未给予好评。四月二十九日的《东京日日新闻》书评中出现了这样的评价:

"最后一幕或许正是尝到了《喀秋莎之歌》这一插曲甜头的艺术剧团所期待的一幕,然而须磨子不仅没有唱出她的本色声音,且音节也比《喀秋莎之歌》难了许多,因此难以流行下来。"

这首歌确实没有《喀秋莎之歌》那么流行,但也在一定程度上流传开来,并成为大正时代具有代表性的抒情歌曲之一。

自大正四年(1915)五月十三日起一周时间,艺术剧团在大阪的浪花剧场进行了同样的公演。接下来便依次到京都、神户、名古屋、北陆、信州、东北、北海道进行巡回公演,最后返回东京。之后则于九月二十六日再度离开东京,开始了海外公演的漫长旅程。

巡演地从中国台湾到朝鲜,然后是中国东北,最后抵达海参崴。那是一次持续了三个月的漫长之旅。

从大正三年(1914)到四年(1915)这段时间里,抱月和须磨子开始具体实施其视为毕生一大事业的艺术剧团研究所创立计划。

在此之前,艺术剧团曾于大正三年(1914)七月召开的大正博览会上,在演艺馆上演了《复活》。当时每天公演两场,以五十钱这一近乎义演的票价进行了演出。连日来观众爆满,盛况空前。

这次公演的盛况给抱月带来了力量。博览会结束后,听说演艺馆要被拆除,抱月便前去交涉,希望能把演艺馆转让给他,交易很快谈妥。

起初预定的建设地点位于神乐坂一个公交车站附近的高冈上。本来柱子都已立起,却被大正四年(1915)二月四日的一场暴风雨所摧毁,因此工程建设只好中途停止。一个月后,又在牛込横寺町九番地买下土地,重新开始了工程建设。就这样,在设计图完成后,于翌年十月,建筑物在抱月一行赴海外巡演期间落成了。

主楼是木质结构二层建筑,在正面的三角形封檐板下,浮雕着艺术剧团的象征物假面具,下方是写有"艺术俱乐部"几个嵌入文字的横匾。

据松本克平介绍,一楼正中有窗户房间的左侧是办公室和接待室,入口在那些房间的左侧。从入口处向前直走,即可径直进到试演场内。舞台宽约十三米,进深约七米。观众席位上铺着草席,面向舞台呈细长形,纵深近二十米。舞台后面是放置舞台大小道具的土地房间及铺有地板的房间。再往里走则是约十二铺席的排练室。

二楼从外面可以看到三个窗户,也就是说有三个房间。隔着一条走廊的对面是二楼观众席。排练室对面舞台左侧的一角,有一个通往二楼的楼梯。楼梯上面是须磨子的房间,紧挨着的房间则是抱月的书斋。

正如《设立宗旨书》中所云,抱月把这里作为艺术剧团的总部,试图在稳扎稳打地开展现代戏剧研究的同时搞好演员培训,并期待着将来能使这里成为广大话剧人员休憩与交流的场所。

但是,作为一个剧团研究所的建筑物,这里未免建造得过于奢侈。由于建造过程中工程遇到挫折等原因,建筑费大幅攀升,最终的建设费用比预算的五千日元高出了两千日元。虽然当时的物价无法和现在做简单的对比,但当时骨干演员的月薪也不过就五六日元而已,因此七千日元差不多就相当于现在的五千万日元。

艺术剧团当然没有这样一大笔积蓄。虽说未雨绸缪在发表设立宗旨书的同时已经募集到一些捐款,但募集到手的钱款还不到两千日元。因此,不足部分就只有靠艺术剧团自己去努力赚取了。

不过,抱月当时也只是根据《复活》的演出盛况,做出了一个"大概没问题吧"的预测,并无切实的保证。

建筑工程飞快进展着,然而手头却捉襟见肘。到头来短缺的资金只能请求演出承包商或剧场方面进行预支。

研究所即将建成之际,艺术剧团于十月初出发,开始了为期三个月的海外公演。之所以进行此次海外公演,主要是因为债主的逼债使他们不得不到海外去挣上一笔。

此次海外公演起初部分的详细日程如下:

  九月二十六日,东京出发。

  十月三日,中国台湾台北。首日于朝日剧场,演出剧目为《剃刀》《复活》。

  十月八日,中国台湾台北。剧场同上,演出剧目替换为《嘲笑》《饭》《莎乐美》。

  十月十二日,中国台湾台北。剧场同上,演出剧目替换为《玛格达》《熊》。

  十月十三日,结束中国台湾台北演出。

  十月十五日,中国台湾台中。首日于台中剧场,演出剧目为《剃刀》《复活》。

十月十六日,结束中国台湾台中演出。

十月十八日,中国台湾嘉义。首日于嘉义剧场,演出剧目为《剃刀》《复活》。

十月十九日,结束中国台湾嘉义演出。

十月二十一日,中国台湾台南。首日于新泉剧场,演出剧目为《剃刀》《复活》。

十月二十二日,结束中国台湾台南演出。

十月二十三日,打狗(现中国台湾高雄),于打狗剧场,演出剧目为《剃刀》《复活》。

连日来一直以如此紧锣密鼓的演出计划从中国台湾一直演到朝鲜、中国东北和海参崴。

当时并不是坐飞机。他们的旅程是一趟和现在无法相比的、乘坐轮船和火车的悠然之旅。整个剧团就像是一只被演出承包商牵着东奔西走的"迁徙鸟"。

尽管如此,无论抱月还是须磨子,全都毫无怨言地挺了下来。剧团成员中虽然时或有人争吵斗嘴,但是,正因为地点是在国外,故而他们根本无法因为"没有意思"就拍拍屁股走人。远在异国他乡的团员们只能休戚与共。

他们这种异常的工作热情照例遭到了国内作家和批评家冷酷的批判。

比如,水守龟之助对上述期间的抱月嘲笑道:

"这是一个抱月停止了读书和写作的荒废时代。"

小山内薰也非难道:

"艺术与盈利的双管齐下不知从何时起变成了只顾赚钱的'一条腿'方针。这个时期的话剧运动已经迷失了自我。"

然而，松本克平却做出了这样的评说：

"为了集体的利益而把自己置之度外的话剧人（指抱月）的自我牺牲，在个别艺术家眼中只会被看成自我荒废。无论是话剧人还是文人，都只是将他看成一名'实践者'，并只顾一味地怜惜他的文才，却无人能够理解在其（抱月）行动深处燃烧着的梦幻和理想。"

接下来他又替抱月打抱不平道：

"小山内薰为话剧掏腰包，也只是在'新剧场'亏损的时候。平素的他总是坐在特等席上，从未在泥里跌爬滚打过。（中略）小山内薰并未达到经济上的自立。这种软弱只能使话剧局限在知识分子的业余爱好范围内。他并未身体力行地进行开拓，以使话剧走向职业化道路。反倒是抱月，可以说是在平衡了通俗剧与研究剧关系的基础上，沿着话剧事业这条道路奋勇直前，突破了话剧职业化的艰难险阻。"（《日本话剧史》）

然而在当时，能够如此善意理解抱月的人寥寥可数。与知识分子多少沾点边的人无一不受到西方艺术至上主义的影响。他们并不身体力行，只会袖手旁观。

只有抱月一人，虽然浑身沾满了泥巴，却在协调现实与理想关系的基础上，做出了向理想目标迈进的努力。通过下述《设立宗旨书》，其真挚、脚踏实地的行动便会得到更为深刻的理解。

> 我艺术剧团相关人员此次发起并设立了艺术俱乐部。艺术俱乐部以东京市牛迈区横寺町九番地新建之一围建筑物为中心。其中包括艺术剧团的研究剧场，办公室和集会场所，并附设了新型咖啡屋和出租会场。我们的目的是在那里建立起一个雅致而又充满艺术氛围的娱乐场所、社交机构及休憩地点。在这一建筑物中，既会演出艺术剧团的

研究剧,也会将其作为艺术学校的教学场所和话剧的排练场。不过,艺术剧团本身作为一个新剧团拥有自己独立的话剧事业,而艺术俱乐部的事业则要比艺术剧团更为广泛。主楼建筑物内有一个能容纳超过二百五十人的西式观众席和设备齐全、进深约七米、宽约十三米的正规舞台。我们将力求使之成为一个适合开展戏剧、各类表演、展览会、电影、讲演会、演奏会等活动的、整洁利落令人心旷神怡的设施。在艺术剧团的演出之外,俱乐部本身也将举办各种活动,并以低廉的租赁费将场地租借给需要举办同样活动的团体。总而言之,我们的宗旨是:期盼人们只要置身于这栋建筑物的氛围中,便会忘记工作带来的疲劳,让烦恼导致的疲惫身心得到放松和休憩,并从中获得崭新的生活刺激。因此,我们衷心希望各行各业的人士均能赞同这一宗旨,以使本艺术俱乐部得到发展。

只要读过这篇文章,我们就会发现,文章里完全没有知识分子所喜好的那种难解的文字或拐弯抹角的表现手法,自始至终都是口语体。如果不知道内情的话,还以为这是某新建大厅的出租广告呢。在那个连新闻报道都还在使用文言文的时代,这篇文章实在是一篇令人难以置信的谦逊而又浅显易懂的文章。

这篇文章充分体现了抱月力图在普通大众中传播话剧,让更多的人前来观赏话剧的心愿。

在大正四年(1915)岁暮将至的十二月二十五日,于海外公演了三个月后回到东京的剧团一行,举行了庆祝研究所落成的庆祝会。

然而,建筑物虽已落成,内部装修以及家具等具体细节却尚无眉目。

须磨子立刻从自己一直居住的大久保的家中将家具什物等搬运到研究所二楼最里侧那个大约十铺席大小的房间里。当然,说到家具也只不过就是一个西式柜橱和日式柜橱,外加一个矮脚餐桌而已,并没有写字台和书柜。正因为须磨子原本就是一个对身边用品不怎么上心的人,所以衣物甚少,基本上都是一些铭仙绸之类的便宜和服,再就是有几套连衣裙。

即便抱月有时给她一些零花钱让她去添置些衣物,她也舍不得花,总是把钱存到银行的账户里。

搬进新房时正值数九寒冬,室内需要火盆和被炉。然而须磨子却让剧团办公室一并购入,并把它们拿到自己住的房间里使用起来。

不仅如此,她甚至还把从巡演地住宿旅馆或在购物商店得到的手巾也全都拿回家中,让实习生把它们缝成了靠垫,并以一个两钱的价格把靠垫出借给观众,最后从销售额中收取这笔钱款。

"现在从建筑物到土地,可就全都成了那个'阿龟'的东西了!"

剧团成员之间议论纷纷,然而建筑物说到家毕竟是艺术剧团全体成员的共有财产。

剧场的租赁费定为每天八日元,这个在当时已是相当低廉的价格。于是立刻就吸引了话剧研究会、民众剧社、现代文艺社等一些不太知名的剧团和业余团体等前来租借。此外,法语讲习会和妇女问题研究会等团体也来租用。而每月定期租赁的则是早稻田大学文学社。他们租赁后用来举行讲演会等。艺术剧团追求的目标是租金虽然便宜,却可以依仗频繁出租的举措来减少闲置期的浪费。

在出租大厅的同时,戏剧学校的准备工作也在稳步展开。

学校的正式名称为"艺术剧团附属戏剧学校"。总共募集了几十名男女学生。学科分为通过正式考试进校的本科生和希望自由学习的选修生。本科生的学习年限暂定为两年,学时为每周十八课时,课程内容为文艺概论、剧本研究、演技研究、音乐、舞蹈等。学费为每月三日元。由岛村抱月任校长,中村吉藏、松井须磨子任主任,田中介二任干事。

讲师阵营中则有伊原青青园、相马御风、中井哲、秋田雨雀、井上正夫、小山内薰、中山晋平、山田耕作、泽田正二郎等人。

不过该校实际上并没有按校规进行授课。只要从这些讲师的名字上就可以看出端倪:有好几个人显然是抱月的反对派。他们并非是自己情愿来当讲师的。实际情况是受抱月所托,不过借用一下他们的名字而已。此外,关键人物抱月、须磨子、中井哲等人,因债务所累整天奔波于外地公演,根本就没有时间静下心来待在研究所里。

结果是,所谓学生不过是徒有虚名而已。实际上他们也被带到各地参加巡演,在那里一边帮忙一边学习。说他们是在现场进行实地学习是为了听起来好听,但实际上他们就是在学徒制度下帮着打打下手而已。

既要经营剧团又要管理学校,抱月一个人根本就忙不过来。既然已经开始了实际运营,不拿出逍遥那股子严厉劲儿是行不通的。

在创办了这所学校的同时,他们还创办了《戏剧》这一定期刊物。在创刊号上刊登了为艺术剧团捐款的捐款人名单、戏剧学校的开学通知以及艺术剧团的日程安排等。此外还刊登了戏曲或剧评之类。然而,因为销路不佳,出了三期后便宣告停刊。

此外,作为艺术剧团的相关事业,抱月还策划并举办了艺术剧团音乐会。在上述剧场内就曾经举办过刚刚传入日本的西洋音乐演奏会、独唱音乐会以及日本音乐会。

这一切全都是抱月的主意。此时的抱月已经不仅仅是一位学者,他俨然变成了一个充满活力而又颇具能力的策划人。

正如宗旨书中所云,抱月以艺术剧团为中心,试图创设一个集戏剧、音乐、舞蹈及文学等在内的、包罗万象的艺术沙龙,并果敢地向着这个目标迈进了。

然而,这些对外活动越是活跃,内部亟待解决的问题就变得越多。

"我说,你什么时候才能搬到这里来呀?"

每当夜深人静二人独处的时候,须磨子便会这样询问抱月。在艺术剧团建筑物中特意配置的供二人使用的两个房间里,只有须磨子一人住了进来。抱月的房间依然空在那里。

须磨子是抱着与抱月同居于此的梦想努力工作坚持到今天的。

二

当时的抱月虽然还住在诹访町自己的家里,但那只不过是徒有虚名罢了。实际上外地巡演颇多,他基本上就不住在家里。即便偶尔在东京,他也总是以排练或开碰头会为由离开自己的家,泡在须磨子那里。

因为丈夫的事,市子患上了神经官能症,曾一直住在医院里。后来虽说出院了,却依然为夜不归宿的丈夫和须磨子的传闻而烦恼不堪。

事到如今再怎么找理由辩解,市子也对两人之间有了肉体关系心如明镜。如果不是有了肉体关系,明白事理的四十岁的男人和三十岁的女人是不可能将关系长期维持下来的。如今的市子已经在一定程度上承认了他们的关系。她觉得自己已经无计可施。

然而令她无法忍受的,是传入耳中的下述传闻——丈夫已经迷恋上了须磨子,对须磨子唯命是从,像个奴隶似的服侍着须磨子。

比如,在京都南剧场再次公演《复活》时,抱月和须磨子曾接受京都的长田干彦邀请在祇园玩了一个通宵。当时喝了不少酒,酒席上一片喧嚣。及至深夜，连艺伎也都混杂其中，胡乱挤在一个房间里睡下了。然而须磨子却立刻向抱月喊道：

"老师，你快来我这里呀。"

"已经太晚了，你赶紧睡吧。"

抱月当着众人的面规劝须磨子，然而须磨子充耳不闻，接着说道：

"有什么呀？我可没有和女人睡觉的习惯！"

因为须磨子的声音太大，躺在床铺上的艺伎们不禁哧哧地笑出了声。

"好不好啊？我叫你过来你就过来嘛！"

被须磨子死乞白赖地央求不过，抱月只好起身，在黑暗中缓缓移动着身躯，之后在须磨子身边躺了下来。同一个房间的艺伎们再也待不下去了，只得起身换到旁边的房间里。

"请吧，您二位好好歇着吧！"

"抱歉。"抱月赔礼道。

然而须磨子却完全无视艺伎们的存在，继续故意大声说道：

"到底还是和你两个人在一起好啊！"

这回应该安静下来了吧？可不久后，须磨子却似乎起身去了厕所。片刻后，便从走廊一隅传来须磨子尖锐的喊声。

"老师，快把手纸给我拿过来！"

"……"

"快点给我呀！"

话音刚落，耳畔便传来拽开拉门的声响和走廊上抱月的脚步声。艺伎们听到这些后再次把嘴顶到被子上窃笑起来。

整个经过长田干彦听得一清二楚。他后来慨叹道：

"须磨子的过度霸道令我义愤填膺，真想过去揍她一顿。但同时我又觉得抱月像个仆人似的侍奉这么一个自私任性的女人，实在是傻到了招人可怜的份儿上。"

原大学教授一溜小跑地给一个蹲在厕所里的女人去送卫生纸。这个消息立刻从京都传到了东京。

不知为何，还有这样一则雷同的传闻。是发生在京都公演时，两人到住在下鸭的安田德太郎的婶婶家去游玩的时候。当时年方十七的德太郎（医生、评论家）后来在《改造》这本杂志中以《文豪的弱点》为题披露了以下事实：

"院子里正好有个厕所，就在我刚巧路过那里时，但见厕所外面站着一位瘦弱的绅士。而厕所里面的那位，便是和舞台上所见到的那个胖乎乎的须磨子并无二致的女人。只听见她用尖锐的嗓门训斥似的吼道：'老师，手帕！'吼声刚落，那位瘦弱的绅士便立刻应道：'好！'接着便从衣袋里取出手帕递了过去。我觉得那个瞬间真是荒谬至极！都一大把年纪的人了，居然为这么个女优神魂颠倒，还应了一声'好'把手帕递了过去。如果被其抛弃了的夫人和孩子哭天喊地的话，那还侈谈什么艺术啊？当时一股奇妙的反抗心理涌上自己心头，遂一溜烟地跑回了家中。"（松本克平著《日本话剧史》）

但是，须磨子是知道上厕所理应带上卫生纸和手帕的。尤其是当时的厕所都是日式，很多地方并不备有卫生纸和毛巾。

自不必说，她并非忘记了带，而是想对抱月撒娇。她只是想让抱月为自己拿来而已。把一个有教养的原大学教授叫到厕所来，为的是满足她自己的虚荣心和施虐心理。而事实则是对抱月而言，给露出臀部蹲在厕所里的须磨子递上手纸，抑或给如厕完毕刚刚走出厕所的女人递上手帕之类的事，也令他感受到了一种淫靡的快感。

当然，在旁人眼里，须磨子是一个粗野、蛮横而又毫无廉耻心的女人。可对于相爱的人而言，上述行为只不过是小孩子气的游戏罢了,并不是什么含有恶意的行为。不过这一情景被别人看到后,对二人的评价便更是坏到无以复加的地步。

但是,须磨子的眼中原本就没有什么他人。她是一个为所欲为的女人。从世人的常识角度看,这叫放浪不羁。但也可以说艺术这东西恰恰正是从这种唯我独尊抑或天真烂漫中滋生出来的。

安田的那句"那还侈谈什么艺术啊……"的说法,恐怕正是一种出于年轻人洁癖的抗拒之声,不过事实上这也是一般人的想法。

不拘如何,这类传闻飞进市子的耳朵以后,便令她实在难以忍受。抱月在家时总是哭丧着脸,一副搜索枯肠的样子,可在外面居然会给如厕的女人递上卫生纸。知道这些以后,市子心中对抱月的爱情和尊敬便全都消失得无影无踪了。

听到这些传闻后,市子再也沉不住气了,于是便去诘问回到家中的丈夫。

"真有这种事吗?这成何体统啊?世人都在笑话你呢!"

然而抱月却一言不发,径直走上二楼进入了自己的书斋。

望着抱月消失在楼梯尽头的背影,市子哭得一塌糊涂。

以前责问抱月时,他好歹还会给出个否定的答复,抑或编个瞎话辩解一下。有时还会把书本抛掷出去,似乎又要大闹一场,可旋即就会向市子恳求道:"你就再稍微忍一忍吧。"

可现在的他却一言不发、满不在乎地甩手而去,简直就是不要脸皮、无羞无臊了。市子就仿佛是在对一个没有感情的人倾诉衷肠。

从那时起,市子便不再公开诘问丈夫了。

他已经疯了!对一个发了疯的人说正经话无异于对牛弹琴。市子已经不把抱月当成丈夫看待,而是以审视病人的目光看待他。事实也是,当时的市子只能简单地给出这样一种结论,否则她便无法继续忍受下去。

自不必说,二人之间的夫妻关系早已名存实亡。一家团圆的气氛也已经消失殆尽。即便抱月偶尔回到家中,也只是径直走进自己的书斋。片刻后,便会走出书斋再次离开家门。

虽然二人的关系冷若冰霜,但抱月每月都会把生活费按时交给市子。

从早稻田大学辞职后,抱月的收入便来源于艺术剧团的收益、稿费以及讲演费等。他将其中稿费和讲演费的大半都给了市子。这些钱是抱月的个人劳动所得,而艺术剧团的收益则是他与须磨子以及剧团其他成员的共同收益。为了养育妻小,将与须磨子有关的钱交给妻子,从道理上讲说不过去。在这一点上抱月的做法可谓泾渭分明。

对市子而言,只要待在这个家里,自己和孩子们的生活便不会出现什么问题。可是,如果必须以承认丈夫的外遇为交换条件的话,对市子而言又痛苦至极。而如果对丈夫撒手不管的话,毫无疑问他势必会离自己渐行渐远。事到如今,市子并不认为丈夫还能回心转意,可就这样不伦不类地维持现状,也令她心神不安。

自不必说,抱月的心情同样毫无二致。如果问他二人当中他爱哪一个,答案铁定是须磨子。可他又下不了决心抛弃共同生活了二十年的妻子以及几个孩子。如果那样做,他就太过自私和薄情寡义了。

老实说,妻子市子并没有什么特别值得一提的过错。二人是通过介绍结婚的,既谈不上特别喜欢也谈不上特别讨厌。既然是为自己出过学费之人亲戚家的女儿,他便觉得娶过门来未尝不可。事实上,结婚以后的市子多少也有点任性,但是在现实生活中却并未发生过什么特别的龃龉。当然她也没有什么生病啦,或者背叛丈夫之类的问题。

如果抱月没有迷恋上须磨子这个女人的话,虽说生活有些枯燥,但毫无疑问他将会始终维持这种平凡的家庭生活。

无论从哪方面看,现在夫妻不和的原因都在抱月身上。抑或可以说在唤醒了抱月这头沉睡狮子的须磨子身上。

即便抱月陷入热恋之中,他也对自己的所作所为并非能够得到世人的谅解了然于心。世人没那么宽容,不会因为他喜欢上了须磨子就立刻承认他们的关系。

抱月虽然爱着须磨子,但又觉得妻子和孩子可怜。

倘若抱月能够像须磨子那样干脆利落且自私独断的话,他也就能够抛弃妻儿了。正因为他前怕狼后怕虎,故而才无法做出冷酷之举。抱月是个懂得事理的性情和善之人。可以说这一点反倒使他处事优柔寡断,把自己逼到了骑虎难下的地步。

但是事情已经到了极限。

把家什衣物等全都搬到艺术俱乐部的须磨子,每次见到抱月都要催问他的搬迁日期。

"锅碗瓢盆桌子椅子全都准备齐全了,老师只要空身一人过来就可以了。"

话音刚落,她又突然想起了什么似的说道:

"衣服之类的还是全都拿过来为好啊。一件一件添置的话又得花很多钱,再者,老师把衣服之类的东西放在家里也没有什么用处不是?至于书嘛,就让搬家公司的车给搬过来吧。"

然而抱月考虑的并不是这些表面上的东西。比这更为重要的,是自己应该怎样开口告知妻子自己将要离开这个家的想法并获得妻子的谅解。事实上抱月尚未就分居一事向妻子透露哪怕一个字,心里边虽然想着"现在就说吧,就说吧",可却始终说不出口并一直拖延至今。

但是,这可是他与须磨子约定好了的事——艺术俱乐部建成后便搬过来和须磨子一起居住。为此他们还写下了誓约书,并且按上了血手印。

之所以从中国台湾一直巡演到中国东北,也是因为他一心想着俱乐部落成后,好与须磨子在里面过上同居的生活。

如今建筑物已经落成,须磨子也搬了进去,自己已经没有理由再拖延下去。抱月的态度令须磨子看着心焦也情有可原。

新年过后,须磨子的催促更为急迫。

"快点搬过来吧,我一个人怪害怕的,而且冷得要命。"

须磨子的房间窗户朝东,有十铺席大小。北侧设有壁龛和壁橱。走廊对面是入室弟子的房间,楼下则住着两个女佣。她自己的亲哥哥小林放藏作为会计也住在里面。说寂寞害怕那不过是撒娇而已,其真实意图是想早点和抱月过上同居生活。

"刚过新年就说要离开家出去住,是不是有点难以说出口啊?"

"反正是要出来的,早说晚说还不都一样?"

须磨子倒是说得轻松,可拥有家室的抱月却无法做到这一点。

"那么好吧,过了正月初七后你可要马上搬过来哟。"

这几个月或许是市子察觉到了抱月的心思,她的态度照比以往温和了些许。抱月晚归之际她也会起身迎候。当抱月一人躲在书房里时,她便会蹑手蹑脚地把茶水端上去。即便抱月一大早就出门甚至不告诉市子去向,市子也并不追问,只是跪在那里寒暄道:"你走好啊!"并目送抱月离开家门。

市子一改以往生硬冷淡的态度,那股温顺的劲头令抱月无法想象。这似乎是一个女人为了挽留就要离开自己的丈夫所做出的可怜努力。

正因为抱月是个心地善良的人,因此妻子的态度越是谦恭,他就越是觉得心里难受。还不如她索性大发雷霆,歇斯底里地连吵带骂,也就给了自己一个离家出走的理由。

然而须磨子是不会理解这一切的。

"你要是再不快点搬进来的话,我可就让其他男人进来住了!"

一月七日那天,听了须磨子的上述话语后,抱月有些张皇失措。若在以往,他可以当作笑谈充耳不闻。但这种事须磨子却是做得出来的。以前在排练时她就曾经抓住一个演员并若无其事地对他说:"我旁边的房间还空着呢,你就搬过来住好了!"现在她这么说固然只是一种胁迫,但没人能够保证她将来不会动真格的——把男人放进自己的房间。

在一月节假日已经结束的十日晚上,抱月横下心来把妻子叫到书斋里。他坐在桌子上,眼睛望着正面的墙壁说道:

"可能很突然,我想要搬出去住。"

一瞬间里,抱月觉得伫立在自己身后的市子似乎惊讶得哆嗦了一下,但他不顾这些,继续说道:

"以前一直就是这么想的,我想分开过一段时间。"

"你说的分开的意思是……"

虽说看不到市子的脸,但抱月还是可以感受到她声音的颤抖。

"也就是分居的意思。"

按起初下定的决心,抱月本想一下子就说出离婚这个词语的,然而当他听到妻子颤抖的声音后,后边的话就实在说不出口了。

"这样下去只会给你增添苦恼,两个人都不幸福。"

"可是……"

"是我不好,这一点我很清楚。一直让你操劳受累,对此我真的感到非常对不起你。对孩子们我也感到自己有责任。可是我要是再这样下去的话,我的一生就会半途而废且一事无成。事到如今才这么说或许已经晚了。总之我现在就是想下定决心去做自己想做的事。照现在的样子,如果继续下去的话,我将会遗恨终生的。"

"你的意思是说和我已经过不下去了,是吗?"

被妻子正面诘问后,抱月无言以对。虽然妻子认为丈夫说的"现在想做自己想做的事情"指的就是话剧,可是抱月的想法却是话剧工作的前提就是必须与须磨子同居。他想向妻子说明这一点,可是话一开口反倒难以说清了。

"即使我离开家,也不会让你和孩子们在生活方面吃苦。"

"……"

"抱歉,希望你能原谅我。"

抱月坐在椅子上,背对妻子低垂着头。市子强忍着就要流淌下来的泪水,保持着沉默。片刻后终于用低沉的声音问道:

"你依然还是要到那个女人那里去,是吗?"

"……"

"那个任性自私、狡猾傲慢、自以为只有自己才是个好女人的、愚蠢透顶的……"

"你别说了!"

在抱月大声吼叫的同时,市子的泪水已如决堤的河水一般喷涌而出。

"你就是个魔鬼呀!只是想着自己随心所欲,抛弃妻子儿女。魔鬼!魔鬼!魔鬼……"市子用双手捂住自己的脸,大声哭喊着。

抱月耳听着妻子的怒吼,照旧背对着市子轻轻地闭上了双眼。

市子哭喊着。然而她越是吼叫,抱月的心情就越是平静。越是被妻子歇斯底里地吼叫臭骂一顿就越好,越是被妻子藐视就越好,越是能被妻子彻底地憎恨和厌恶,他就越能心安理得地离开这个家。这件事如果被市子理解为"事出无奈",并无限惆怅地领首应允的话,抱月反而会觉得心里难受,进而难以冷酷地抛弃如此顺从的妻子和孩子。

看着市子又哭又叫的狂乱样子，抱月总算下定了从家里出走的决心。

翌日清晨，抱月命学生于十点钟叫来了人力车，身穿便装，只是拎着装有两本书的包袱皮来到了一楼。

此时已是上午十时。不知为何，正在念中学的长子和在女子学校读书的长女都没上学全都留在了家里。妻子和孩子们默默地看着抱月从二楼走下楼来，在玄关门口处穿好外套。片刻后，就在他穿上木屐，把手放到玄关门把手上时，市子突然喊叫起来：

"孩子们，你们全都看好了，你们的父亲抛弃了我们，他就要逃到别的女人那里去了！"

三

抱月和须磨子公然过起夫妻般的生活，起始于大正五年（1916）一月。

两人的爱巢就在艺术俱乐部二楼左首的两个房间里，里侧拥有壁龛和壁橱的日式房间为餐厅兼须磨子的房间，外侧六铺席大的洋式房间为抱月的书斋，摆放着书桌和床。

他们并未登记结婚，亦即所谓的同居。须磨子几乎从不做饭也不打扫卫生，家务事全都让楼下的女佣帮着做。

正因为须磨子的性格原本就不在乎别人的目光，故而居住在这里以后便更加肆无忌惮地向抱月撒娇，并且互相戏谑起来。晚上只有他们俩时，须磨子便俯身躺在那里，让抱月为她揉腰，并让抱月为她剪指甲。有时剪得太深，她便极为夸张地大声喊叫道："疼死我啦！"或是借口被抱月按摩按痒痒了进而大声狂笑。那狂笑声越过走廊传到对面住着弟子的房间里。然而须磨子并不介意弟子们会听到这些。不仅如此，她甚至还会睡在抱月的腿上，毫不忌讳地让人端茶上来。

到底还是抱月有些不好意思,届时就会扭过头去说一声:"辛苦了。"

即便如此,当房间里只有他们两个人时,抱月有时也会把头放到须磨子的膝上,让须磨子给他掏掏耳朵什么的。虽说抱月还略有忌惮,怕被人看见下不来台,但在外人眼里二人已经是半斤对八两,至少和白天看到的那个艺术剧团总导演的严肃模样相去甚远。

不过抱月却也有些喜欢须磨子的这份轻薄,这种甚至应该说成不知廉耻的行为。

抱月原本是在一个朴素的家庭中长大。由于为人稳健、成绩优异而被看重,故而成了人家的赘婿。也正因此,他和妻子之间才从未有过这种相互调情戏谑之类的举动。正因为他只体验过一个学者家庭里的丈夫和妻子的古板生活,故而具有奔放、淫荡感觉的须磨子才令他感到新鲜异常。在旁人眼里属于散漫放肆的地方,对抱月而言则恰恰显示出了女人难得的魅力。

二人有时很是相亲相爱,但有时又会吵得一塌糊涂。就像那猫咪的眼睛似的,因日而异、变化无常。自不必说,大声吼叫开口训人的总是须磨子。每当大家听到争吵声时,弟子和女佣们便会耸耸肩膀,似乎在说:"难道又开始了不成?"其间,二人还会相互投掷物品。当耳畔传来茶碗被摔碎的声音时,吵架也就接近尾声了。接下来就会从房间里传来一句招呼声:"过来收拾一下!"。

起初,二人争吵的原因几乎都是因为抱月家里的事。

离开家门时,抱月净身出户一般,除了身上穿的以外什么都没带。搬过来以后便发现缺的东西太多。和服自不必说,和服里面的贴身内衣、腰带、书籍、笔记本、钢笔等不胜枚举。当然,如果买的话也未尝不可,但是吝啬的须磨子却让抱月尽可能地去家里取过来用。

"放在家里不是也没人能用吗?怪可惜的。"

话虽有理,但既已擅自离家出走,又怎能因为要使用腰带、内衣之类的而恬不知耻地回家去取呢。便宜货倒也罢了,然而抱月的某些和服相当高级,像烟濑绸黑底花纹和服以及特等绉绸和服,要说可惜还真是可惜。

不过最为不便的还是书籍。抱月在从事翻译和剧本写作时,即便想要查阅一些东西,也会因为资料不在身边导致工作无法继续下去。因为手头没有做过纪录的笔记本,他便无法归拢自己的想法。更令人棘手的则是邮件、各种通知和信件等全都被继续寄到家里了。

搬到艺术俱乐部以后,虽然给一些重要的人发去过搬家通知,但要想通知遍所有人则颇费时日。其中一些急件也会被寄到家里,因此抱月便会在自己一无所知的情况下惹得寄信人心里不快。

无奈之下,他只好给妻子写了一封信,求她将邮件转寄过来,但信却石沉大海了。照这个样子,妻子恐怕不会把邮件转寄过来的。

"那是你的东西,你就大大方方地去取就是了。"

须磨子倒是说得轻松,可对性格懦弱的抱月而言,那么做并非易事。

"你真是一点气概都没有呀!那么就由我去帮你取来吧。"

听了这话以后,无可奈何的抱月只好叫来了以前住在家里的寄宿生中山,把一张写有必需品的纸递给他,让他去把这些东西搬过来。

"夫人能给我吗?"

"那就看你的本事了。"

中山极不情愿地拉着一辆排子车离开了俱乐部。虽说到头来总算把要拿的东西全都拿了回来,可一见到抱月,他立刻就发起牢骚来。

"我可真是倒了大霉了。就这一次,下不为例好吗?夫人刚开始还是一种'随你便'的态度,可后来就又是讽刺、又是挖苦的,最后竟大声哭了起来。"

抱月道歉似的说了句:"辛苦你了。"而须磨子却若无其事地说道:

"好像还相当舍不得呢!把住的房子和日用品全都原封不动地留给了她,却连声'谢谢'都不说!"

"您怎么可以这么说话!"

中山规诫的话音刚落,须磨子立刻就翻了脸。

"你说什么!你不过就是个使唤人而已!"

"所以我在说,这种使唤人的差事我已经够了!"

"你不愿意干就直说!下次叫辆汽车过去取就是了。"

"那样做只能沦为世人的笑柄!"

"谁愿意笑就让他们笑去好了。外人怎么可能知道我们俩为了在一起吃了多少苦头!?"

中山知道对于情绪激越起来的须磨子说什么都是对牛弹琴,于是赶紧逃了出去。

抱月离开家后,虽说表面上看是利索多了,可内心深处却依然挂念着被自己抛弃在家中的孩子们。

抱月和妻子市子育有四男三女。抱月离开家时,长女春子二十岁、次女君子十八岁、长子震也十五岁、次子秋人十一岁、三子真弓和四子夏夫均已死去,三女阿聪六岁。孩子虽然不少,但在当时还算不上特别多。

为了养活妻子和一群儿女,当然需要一笔偌大的生活费。即便离家出走,抱月也并未打算放弃养妻育儿的义务。他依然打算承担起一个父亲和丈夫的责任。

然而,两年前在鹿儿岛发生的一件事倏地掠过了抱月的脑海。

当时,抱月率领创立不久的艺术剧团去九州公演。当鹿儿岛的演出结束后,当地一位有名望的人士在一家日式餐厅里招待了他们。宴会正酣酒过数巡之际,一个艺伎坐到抱月身边,脱下身上的短外褂,希望抱月在她的衣服里子上写点什么留作纪念。于是抱月兴致盎然地执笔写道:

"恋情胸中燃,不及此处樱岛山!烟霞袅袅清淡!"

艺伎高兴地说:"我要把它当作传家宝。"说罢,便毕恭毕敬地用双手接过衣服。就在这时,身边的须磨子突然说道:"我要回去了。"接着就站了起来。

不顾大家的慌忙劝阻,须磨子毅然朝着拉门方向走去。

"你这是怎么了?突然站起来要走,这对大家不是很失礼吗?"

抱月看不下眼去,便责备了她一句。话音刚落,须磨子立刻折回来冲着抱月吼道:

"大色鬼!"接着就一脚踢翻了眼前的小饭桌。

艺伎们齐声惨叫起来。女招待们立刻拿着抹布跑了过来。须磨子乜斜着她们,匆匆向出口走去。

"是我太不检点了,还请先生题字。实在是对不住您!"

听了艺伎的道歉话后,抱月说道:

"并非是你的过错。"

此时的抱月已经面色苍白,酒席也由此败兴而散。然而,当抱月回到住地后,又发生了另外一场风波。

提前回到旅馆的须磨子正怄气地睡在那里。抱月训斥她道:

"你就不能稍微考虑一下场合吗?"

听了这话,睡在那里的须磨子立刻起身回敬道:

"还说我?老师你都一大把年纪了,还给那个乡下艺伎写什么破诗啊……"

她一边骂一边将东西朝抱月投掷过来,并用手朝着抱月的脸和肩膀抓去。抱月始终忍受着。可是,当他最后听到须磨子说"你个狡猾的老东西,利用我挣钱,却把我赚来的钱去送给那个干瘪老太婆"时,便终于忍无可忍地打了须磨子一巴掌。

挨了耳光的须磨子踉跄了一下,随即便挺直身躯,咬牙切齿地冲过来朝着抱月的腕子一口咬了下去。

旅馆内一阵骚乱,大家全都赶了过来,最后总算把事态平息了。然而抱月和须磨子却你一句我一句地相继说道:"解散艺术剧团!"

是日夜晚,两人分房而睡。

听了二人的话后,剧团成员们都在心理上做了准备,以为这一回剧团终于走到要解散的地步了。可是翌晨须磨子走出房间来到走廊上洗漱时,却若无其事地开口问道:"几点开始排练?"

简直就像什么事都没发生过一样,抑或宛如一股台风吹过,其态度变化之快令人咂舌。然而须磨子本来就是这种性情不定的人。还真是托了须磨子的福,艺术剧团的解散风波就此烟消云散。然而须磨子那句"利用我挣钱,却把我赚来的钱去送给那个干瘪老太婆"的话已经令抱月无法忘记。

须磨子的所指,或许一般人如坠五里雾中,然而抱月立刻就明白她指的是自己给市子寄钱的事。但更令抱月吃惊的是,须磨子居然知晓自己暗中给家里寄钱了。

即便如此,"利用我挣钱"这句话也未免太过偏颇。须磨子确实不辞辛苦始终活跃在舞台上,可是抱月更是有过之而无不及。即便给被自己抛弃了的妻子寄些生活费,也没有被她说三道四的道理。甚至还说自己的妻子是个"干瘪老太婆"。真是岂有此理!就算她曾经生过七个孩子,就算她比须磨子年龄大些,也确实瘦弱憔悴,但那种说法也还是未免太过分了。

不过那次风波过后,抱月便暂且停止给妻子寄钱了。

为了避免在某种缘由下再度引发须磨子闹事,抱月决定只将自己与艺术剧团无关的收入——稿费和讲演费等收入寄给家里。

可是抱月每天都在忙于艺术剧团的工作,根本没有时间写讲演稿或是出去讲演,因此实际上寄给家里的钱近乎零。

到头来抱月不得不重新跟须磨子相商,使须磨子同意给陬访町家里寄去必需的生活费用。在这件事上不知是否可以视为抱月的软弱,抑或他对须磨子的顾虑太多,但同时也可以从另一个侧面看出,他深深地爱着须磨子。

虽说已经得到须磨子的谅解,但抱月顾虑犹存。尽管他给家里寄去了固定的费用,但他还是觉得太少,于是便在女儿来艺术俱乐部给他送邮件时,悄悄地把钱塞到女儿手中。

离开家门时,抱月的大女儿二十岁,已经明白事理,因此她和母亲同样怨恨着抱月。故而给抱月送来邮件的总是二女儿君子。

君子十八岁,一张瓜子脸,总是怯怯地出现在俱乐部里。来到俱乐部后先是惴惴不安地张望一下四周,然后在走廊里问道:

"请问,我父亲在吗?"

女仆和入室弟子们个个都对须磨子的蛮横心存反感,因而总是对她说:"小姐,快来,这边请!"他们爽快地把她带到抱月的房间里。每当抱月回来晚时,他们便把她领进自己房间,拿出点心和柠檬汽水招待她。

可是君子大多数情况下什么都不吃,只是专心致志地等候父亲归来。

对于十八岁的君子而言,与其说艺术俱乐部是排练话剧的地方,不如说是父亲被女人勾引并软禁的可怕场所,而后一种感觉尤为强烈。

对于女儿来讲,独自一人来到这里,一方面是源于女儿对父亲难以割舍的感情,同时也源于想目睹一下这个可怕之地的心理。

在家时母亲常对她们说:

"你们的父亲抛弃了我们,跑到别的女人那里去了。他冷酷得就像个恶魔!"这句话她耳朵已经听出了茧子。

见到君子后,抱月总是这样说:

"辛苦你了,家里没什么变化吧?"

"没什么……"君子摇头答道。

当抱月问她"肚子饿了吗"时,君子总是回答说:"不饿。"然而抱月依然会叫来荞麦面条或者寿司什么的。接下来便会仔细瞅着君子,然后说道:"你又长大了一些呀。"并询问一些家里人的事。

两人见面时,抱月总是如此这般温柔慈祥。于是,君子便会觉得不可思议——这个人真是那个抛弃了我们的冷酷之人吗?

片刻以后,当君子将要回去时,抱月就会递过一个装着钱的信封,并说道:"把这个交给妈妈。"

"路上小心!再来啊。"

一般情况下,抱月说完这话后,便会站在走廊上一直目送着君子,直到君子的身影消失在走廊的尽头。对抱月而言,君子是自己与被抛弃在家里的妻子之间的唯一纽带。

可是对须磨子而言,她的看法却只有一个,那就是君子不过是以送邮件为借口,前来向父亲死乞白赖要钱的。当她们偶然在走廊等处相遇时,君子便会慌忙闪到墙边。即便君子向须磨子低头施礼,须磨子也大都只是"嗯"一声,点一下头,几乎从不跟她搭话。

可当她情绪好时,有时也会笑着说声:"哎呀,你来啦。"

有一次川村花菱曾在把君子带到抱月房间的途中遇到了须磨

子,当时川村就心想:"这下可糟了!"

然而须磨子却满不在乎地对君子说:"好久不见了,你父亲在屋里呢。"

川村觉得这在平素妒心似火的须磨子来说委实难得,便在过后对须磨子说道:

"松井老师还真是了不起啊,见到抱月老师的女儿也能那么热情地和她打招呼。"

须磨子莞尔一笑答道:

"我这个人,对别人的事不怎么感兴趣。那孩子想来就来好了,无所谓!"

"可是,虽说是孩子,但她毕竟可以说是对方阵营里的人吧。对那样的人一般是很难说出欢迎之类的话的。"

"你也真是,居然会考虑这种无聊的事。那孩子来这里不过是为了时不时地讨点钱罢了。"

本来已经佩服起须磨子的川村,听了她的这句话后不禁大失所望。

确实,每当女儿来时抱月或许总会给她点钱,然而对方还是一个身穿学生制服的少女啊。这样一个孩子怎么可能只是为了要点钱而特意跑到这种与敌方阵营无异的艺术俱乐部里来呢?毫无疑问,她来到这里是为了见到父亲,切实感受一下父爱,是出于一个青春期少女对父亲的依恋。可须磨子却给出了一个"是来讨点钱"的结论。这是一个多么没有同情心的粗俗女人啊。

认识须磨子的人几乎所见略同。

她会突然间任性霸道起来,并暴怒如狂,但转瞬间又会变得和颜悦色,宛若换了个人一般。一眨眼的工夫,之前的疯狂状态就会梦幻般踪迹皆无,并愉快地欢呼雀跃起来。

如果只是看到其开朗豁达一面的人，还以为须磨子是个女人味十足，情感细腻之人，可实际上她心里根本就没有别人。

无论是君子来这里，还是抱月给她钱，只要须磨子心情好，就一切都好说，而心情如果不好，就一切都很糟糕。所有的一切都取决于她的感情趋向。她根本就不想控制自己的这种感情。实际上即便想控制，她也做不到。从这个意义上讲，须磨子身上存在着一种狂躁抑郁的气质。

四

与抱月的同居成功后，须磨子下一步考虑的便是与抱月正式结婚的事。无论实际状态如何，形式上不完美，就无法使她感到安心。

但是，在这一点上任凭须磨子再怎么努力，只要正妻市子不"嗯"一声并点头应允，事情就无法取得进展。虽然须磨子一而再，再而三地催促抱月正式和妻子分手，可是市子被别的女人抢走了丈夫，心中正充满了怨恨，怎么可能轻易应允！虽然市子对抱月的爱情业已彻底冷却，但在这种情况下若是答应离婚，那就等于被夺去了最后的抵抗手段。

"这么说，老师是想打破我们的约定喽？"

焦虑不安的须磨子笃定会拿出的就是两年前他们共同写下的誓约书。

证　明

二人签订合同如下：发誓此情终生不渝。岛村泷太郎誓曰：将于今年六月之前与现任妻子离婚，并在此后一年期间内与小林正子完婚。倘若违约，赔赠对方五千日元。小林正子誓曰：今后一切行动均与岛村泷太郎如影随形。

　　另，此证书一式两份，双方各执一份保存。

　　此外，岛村与小林，倘若某方私下或未经对方同意便与其他异性交往，一方有义务向对方支付五千日元。

　　兹立此约为证。

岛村泷太郎
小林正子
大正三年四月三日

　　此誓约书乃抱月用墨笔在八裁日本白纸上写成。二人名字下方盖有各自的印章。在"证明"字样上还贴了印花税票，上盖骑缝章，显得相当用心。

　　不过，这一誓约书却是对两个月前二人曾经联名签署过的《誓约书》内容充实强化后的一个产物。

　　上次的誓约书内容如下：

　　"两人相爱一生，以诚相待，为早日结为夫妻而努力。双方携手互助，以求事业有成。"

　　可两个月后誓约书的内容却出现了变化——明确约好要结婚。并增加了罚款内容：如果不能结婚，则要向对方赔赠五千日元。

　　这是因为抱月虽然嘴上说要离婚，可实际行动却犹豫不决。须磨子对此焦躁不安，遂逼迫他再次写下了誓约书。抱月也是，其目的是想通过写下这一纸誓约书，迫使自己那颗游移不定的心坚定起来。

　　但是，二人的现实生活却难以按照这一"证明"的内容向前发展。一年半以后，二人才总算实现了同居生活。

　　"你到底打算怎么办？"

　　面对执拗追问的须磨子，抱月无言以对。如果依据誓约书，似乎

265

只要支付了罚款事情便可了结。可那自不必说只不过是个条件罢了,目的还是要结婚。就算万一做不到时,也可以通过支付须磨子五千日元罚款的方式了断此事。可当时的抱月哪里会有这么一大笔钱呢。

无奈,在须磨子的逼迫下,抱月给市子寄出了一封信,表达了自己想要离婚的意思,但却泥牛入海。

抱月处在穷途末路的状态下。尽管如此,他也不能去见市子做进一步的交涉,或者提出更为积极的离婚条件,借以推动离婚事宜向前发展。

说句大实话,抱月觉得自己抛弃家庭达到和须磨子同居的地步,就已经够意思了。他认为没有必要再往前走,即和妻子离婚,从户籍上抹掉自己的名字。那样做太过分,市子和孩子们太可怜。正因为他内心有这种想法,所以即便被须磨子催促逼迫,他也总是以回上一句"对方不答应……"了事。

"那是因为你说话语气太弱。如果你对她说,再不离婚的话,生活费、孩子的养育费,所有的费用我都不会再给你,你看对方服不服软!"

须磨子虽然嘴上一如既往地说着毫无道理的话,但心里边同样一清二楚:按抱月的性格,要他那样做实际上有些勉为其难。

"如果你无论如何都离不了婚的话,那我就去过随心所欲的生活了。"

这种心情使得须磨子变得贪得无厌。可以说这也是她采取虽然和抱月生活在一个屋檐下,但金钱方面却分得一清二楚的原因之一。

在同居但却无法结婚的状态下,须磨子的下一个想法就是收养孩子。

在当初须磨子嫁到木更津时,因为染上了现在所谓的淋病而导致终身不孕。表面上的离婚理由是自己的家风与夫家的家风不合,其实淋病导致她得了忧郁症才是离婚的真正原因。

当然,她的这个病早已治愈,但却无法生儿育女了。事实上她与前夫前泽诚助以及抱月全都保持了长期的性生活,但却完全没有怀孕的迹象。

自不必说,如果当初须磨子真的怀孕并生下了孩子的话,又会出现其他问题。因为须磨子一旦热衷舞台表演后,则会罔顾其他。因此即便生了孩子,她也一定会把孩子委托给别人照看,自己理都不理。

作为养女,须磨子首先看中的,是嫁到七泽家的三姐的小女儿一子。

交涉起初迟迟没有进展,最后才终于以"绝对不能让女儿当女优"为条件谈妥。

然而须磨子立刻就给女孩儿起了个艺名叫"月子",并以儿童角色让她登上了帝国剧场的舞台。这件事被七泽家知道后,曾引发起一场风波——月子的母亲在大为光火的情况下,打了一份"父亲病危"的假电报,把女儿叫回自己家里。

须磨子虽然很生气,却也无可奈何,因为错在自己,是自己打破了不让孩子登上舞台的约定。于是她不得不让抱月陪同,回到信州老家,再次前去恳求。但是七泽家坚决不予接受,反倒把他们赶了出来。

第一次收养失败以后,须磨子这次又看中了自己的侄女胜子。

胜子的父亲小林放藏当时已经在艺术俱乐部做事务工作。因为有了这层关系,小林放藏便难以拒绝须磨子的要求。不过他提出了"不能将孩子带到外地巡演"的条件。

须磨子虽有不满,却也答应了这个条件。此后她又通过他人介绍,收养了一个叫木村若子的少女当养女。

这个若子是本所区一家木屐店店主的女儿,也是日后成为日本象棋名人的木村义雄的妹妹。若子并非亲戚,且并未提出什么特别的条件,因此在去外地巡演时,须磨子便带着她四处活动。

通过这些事情便可以看出,须磨子收养孩子的目的并不是为了让她们将来继承家业或财产,也不是为了向孩子们倾注感情。确切地说,她之所以收养孩子,不过是为了在演出需要时可以确保孩童角色的即时登场。

当时的歌舞伎界实行的是世袭制,因此不缺孩童角色。可是话剧界却没有固定的孩童角色,每次舞台演出都不得不四处寻找孩子。然而物色到的孩子委实太没经验,根本就派不上用场。此外,当时还是一个将演员称为"戏子"的时代,一般的家庭没有谁愿意让自己的孩子出去演戏。因此几乎就没有哪家的父母愿意将自己的孩子借出去登台表演。

剩下的一个方法,就是从贫困家庭购买孩子。然而监管越来越严,令其难以明目张胆地进行。在这种情况下,收养女孩或男孩并让他们入籍就成为一条捷径。

只要在法律上拥有了做父母的权利,那么不管孩子受到怎样的对待,任何人都无权说三道四。

也正是因此,作为亲戚,姐姐或哥哥们的担心也就不难理解了。须磨子又是一个自私任性的人,因此他们担心须磨子只知道教孩子演戏而不让他们去念书。

起初,须磨子还说了不少甜言蜜语,什么一定会让孩子正儿八经地去上学,一定会给她们母爱,云云。可一旦排练开始后,她就会让孩子和剧团的其他成员一样成天参加排练。待到舞台演出临近时,更是连学校都不让去了。为此须磨子和哥哥放藏已经吵过多次。

"与其去学校学习那些无聊的东西,还不如登上舞台演出更能学到人生的大道理!"

虽然须磨子如是说,但是孩子的亲生父母却断不应允。

对须磨子而言,没有多管闲事的父母在旁边盯着的木村若子,要容易使唤得多。事实也是,自大正六年(1917)起,若子作为孩童角色参加了所有的外地巡演。

木村氏自己也说,之所以将若子过继给须磨子当养女,是因为自己家庭贫困之故。

起初,须磨子给若子起了一个"若平"的艺名。由于容易被误认为男孩,故而后来又将艺名改为"若叶"。而胜子则被起了一个"松井小浪"的艺名。这两个养女和其他入室弟子一起,共同居住在二楼里侧铺着草席的房间里。

起初胜子称呼须磨子为"姑姑",中途曾改称为"妈妈"。然而这些称呼似乎都显得须磨子老了。于是便在若子来了以后,全都改称须磨子为"老师"。

平时须磨子对两个养女看上去并不怎么关心。一旦排练开始后,就忘了她们还是孩子,对二人时而训斥时而怒吼。不过在情绪好的时候,也会给她们点心吃,从外边回来有时也会给她们买些绢花、头饰之类的物品。

孩子们对她随心所欲的态度落差感到困惑。在对待孩子的态度上,须磨子同样不知羞耻地表现出自己因时而异的善变性情。

抱月离开以后的家里,除了妻子市子以外,还有两个儿子和三个女儿,从最大的二十岁长女春子到最小的六岁幺女阿聪。

市子结婚时的明快性格早已不见了踪影。尽管并未住院,但歇斯底里的症状和内心的忧郁常常令她卧床不起。母亲经常沉默寡言,家里的气氛自然也就变得阴沉晦暗。

年纪稍长的春子和君子竭力装出开朗快活的样子,尽量避免谈到父亲,然而母亲却会突然想起似的动辄大骂一通须磨子。

"你们的父亲抛弃了我们,逃到那个黑心肝女人那里去了。春子不能买新浴衣,君子不能买新鞋,这一切都怨你们的父亲和那个女人!"

"妈妈,不要在弟妹们面前说这些了。"

"没有必要非得装糊涂!我还要清清楚楚地告诉秋人和阿聪,就是这个女人抢走了你们的父亲。"

说罢,市子便突然把印有须磨子照片的报纸撕得粉碎。

看到母亲的疯癫状,长子震也和次子秋人默默地将视线转向别处,幺女阿聪则吓得哭了起来。

须磨子和抱月的动向常常会被刊登在报纸上。市子虽然规劝自己不必介意,但却忍不住总是要看上几眼。当她看到报纸上须磨子的灿烂笑容,或是二人比肩而立的照片后,其歇斯底里的症状便越来越重。

"这种女人应该去死!"

"妈妈,松井老师未必那么坏呀。"君子劝解道。

"难道连你也被那个女人诓骗笼络了不成?"

看到母亲吊着双眉对自己怒目而视的样子,君子就再也不敢作声了。

常去艺术俱乐部的君子曾经看见过须磨子的笑靥,故而对须磨子有着与母亲不同的印象。只是面对处于兴奋状态下的母亲,君子说什么都无济于事。接下来母亲便会跑回自己的卧室大哭一场。男孩子们则闷闷不乐地回到自己的房间。剩下的只有姐姐春子和君子。

"本来妈妈就很痛苦,你为什么还要说那种话呢?"

长女春子责备着君子。曾有一次,春子去艺术剧团为父亲送邮件,结果被须磨子损了一句"你少管闲事,赶紧回去吧",并被赶了回来。打那以后她便彻底讨厌起须磨子来。

"确实是那个人抢走了父亲,但她喜欢父亲也应该是事实吧?"

"如果喜欢的话,为什么还要让父亲喝酒,让他穿那种有失身份的浴衣呢?"

最近曾有早稻田大学的人来家里。据他们说,近来岛村老师也许是连日操劳的缘故,心脏很衰弱。可他还是不断地饮酒,像个艺人似的穿着大花纹真冈浴衣。

此外,还有这样一则传闻:凌晨之际,抱月身穿睡衣,腰系一条女人用的红色腰带,衣着华丽地在那里散步。

正因为在春子眼里父亲是一个对任何事都一丝不苟,喝酒不过一两杯,夏季也只是常常穿着白色碎花纹和服的人,因此每当她听到这些传闻后便无法掩饰内心的不安。她觉得父亲已经变了,变成了一个陌生人。

"父亲已经不会回到我们这里来了。他已经不是父亲。我们是没有父亲的。这么想心里边才更痛快!"

虽然春子如是说,可君子每次与父亲见面时,抱月总是和颜悦色地问起家里的情况,于是君子便无法轻易从心底抛弃父亲了。

"那种人,早点死了才好!"

"姐姐,你在说什么呀!?"

"可是,我就是借了他这个老爹的光,才连对象都吹了的!"

自一年前的春季开始,春子曾和帝国大学一名文科学生谈恋爱。在即将订婚之际,对方的父母得知了抱月离家出走并和须磨子同居的消息,于是婚事告吹。

"照这个样子下去,或许我们就只能独身一辈子了。"春子说。

也许是因为君子比春子小两岁的缘故,她并没有春子那么悲观。她觉得独身就独身,也没什么不好。只是一想到一碰到什么事,自己就会被人在背地里比比画画地说"她就是那个为了女人而疯狂的抱月的女儿"时,心里边还是不太舒服。

"就像母亲说的,如果没有那个女人就好了。"

"可是,事到如今再说这些又有什么用呢?"

"你忘了对她的恨吗?读到那封信时心里的那股窝囊劲儿……"

春子所说的信,是指半年前须磨子从巡演地京都寄给她们的一封信。

君子大小姐:

如果想要什么大阪特产的话,就告诉我好了。不过太贵的东西可不行!现在正是建造研究所资金不足的时候,顶多也就是十五日元以下的东西。这些礼品是送给阿春和你这个丫头蛋子的。我之所以称呼你为"你这个丫头蛋子",是因为接受了你父亲的指示。再有,你们"这些丫头蛋子"称呼我时,叫我须磨子大人即可,一切都要像称呼你们父亲那样用敬语。还有,家里如果来了某人寄给你们父亲大人的信,就把它们封好寄到我这里来吧。

地址:京都三条桥万屋转松井须磨子大人

但,如果你们觉得在二十四日以后才能寄到的话,则要写如下地址:

大阪戎桥北诘岸泽屋转松井须磨子大人

你们这些丫头蛋子的来信当然也要如此寄出。市女士(指市子夫人)要她丈夫给她买点什么也由我看着选吗?不过由我来选,东西会很艳丽的,她看不中可就麻烦了。算了,我可不知道她的嗜好。好了,只要你们乖乖地听话,我就会奖赏你们。

须磨子

这封信是抱月叫须磨子代笔写成,为的是让寄到家里的信能够转给他。

面对着自己刚刚离开家门这个事实,抱月无论如何都没有勇气给家里写信,于是便让须磨子代笔写了这封信。而须磨子则在信中转达了抱月意思的同时,又借着抱月的名义,将平时想对抱月妻子和儿女说的话也在信中和盘托出。

虽说是让她代笔,但却没有必要一一让须磨子代购巡演地的特产。而信中所云"称呼我时,叫我须磨子大人即可,一切都要像称呼你们父亲那样用敬语"的说法,又是何等傲慢无理!就算抱月再爱她,她也不应该如此狂妄傲慢!

市子读着这封信,读着读着眼泪便哗哗流淌下来。

"这个坏女人!这个坏女人!"

母亲委屈地抓住春子和君子的手,母女三人哭作一团。

须磨子的蛮横无理自不必说,可是这封信是否是在那位温柔的父亲看过并认可后才投函的呢?难道真是在他看过这封信并且点头认可后才寄出的吗?真希望这封信是须磨子自己一人写成,而父亲则对信的内容一无所知。

春子无法忘记那一天,母女三人因为这个可恶的女人和无情的父亲一直哭了一个通宵。

五

大正五年(1916),艺术剧团结束了外地巡演,终于专心致志地在东京开始了严谨的话剧活动。打那以后须磨子主演的舞台剧目如下:

首先是于同年一月二十六日至二月一日一周时间,她在大阪浪花剧场上演的《正经人》三幕话剧中饰演了阿品这一角色。这部戏是中村吉藏的作品,中井哲、田中介二和泽田正二郎共同参加了演出。

同时还公演了岛村抱月创作的二幕话剧《清盛与佛御前》。须磨子饰演剧中的佛御前,泽田正二郎饰演清盛。

曾一度脱离了艺术剧团的泽田正二郎和田中介二等人也再次参加了演出。冷眼看去令人觉得不可思议。原来那年元旦过后,二人与抱月、须磨子之间达成和解,遂再次加入艺术剧团中。也正因此,此次公演是二人再度合作后共同参加的首次公演,故而令人瞩目。

《正经人》虽是现代剧,内容却朴素寡淡,并未获得多大好评。不过剧中须磨子和正二郎的演技却受到赞赏。

然而在《清盛与佛御前》中饰演佛御前的须磨子,由于沿袭了与现代剧无异的表演手法,且对剧情不够适应,故而被剧评家评价为知识欠缺。不仅此剧,一般说来须磨子不太适合表演日本历史剧。而现代剧,尤其是外国翻译剧的表演则常常能够获得好评。

此剧从导演开始,服装、大道具等准备得都不够充分,对作品的研究也缺乏深度。同时,作为外向型演员,须磨子本身无法将自己的想法深藏于心。再加上她看上去身材高大,长相丰满,这一切都导致她在演戏时呈现出一种现代剧倾向。

总而言之,须磨子最不擅长饰演沉稳娴静、性格内敛的角色。

在公演《正经人》一剧时,须磨子饰演的阿品是一个军人的遗孀。由于剧中出现了慨叹悲悯自己境遇的愤愤不平的成分,故而引起了一场受到东京警察局警告的风波。

当时虽然尚未进入真正的思想弹压时代,但东京警察局已经从那时起对让刑满释放人员或娼妇等角色自由登场的话剧有了警觉。

其实无论是抱月还是中村,在思想上都没有什么特别的意图。只不过是想让一些新型人物登场罢了,但结果却引起了警方的注意。

受到警告的中村,将军人遗孀改为偷猎者家的寡妇,对剧本做了部分修改,剧名也改成了《阿叶》,并于三月二十六日至三十一日在帝国剧场进行了公演。在这部剧中,须磨子饰演了一个叫阿叶的乡下妇女,不仅年龄要比剧中人物的实际年龄小很多,而且照例又是一个人在舞台上活跃过度,因此未能表现出乡下人的笃诚与质朴。

可以说此剧再次证实了须磨子不适合饰演朴素认真类型的角色。

翌月,四月八日至十七日,艺术剧团打着普及话剧的大旗,在浅草常盘剧场上演了托尔斯泰的《复活》和中村吉藏的《嘲笑》。

当时的常盘剧场因为浅草这一地区的地理位置关系,上演的都是一些历史剧或百姓风俗剧。因此在那里上演外国翻译剧便显得相当不合时宜。可一旦开演后,喀秋莎的人气一如既往,二十五钱和五十钱两种大众票价亦相当奏效。观众蜂拥而至,盛况空前。公演首日便挂出了票已售罄的牌子。

正面一等观众席上坐着的,都是贵族家的夫人和千金小姐,而楼座上来自浅草和向岛的艺伎们更是将座位挤得爆满,氛围与以往的常盘剧场迥异。

当时曾做了精心搭配,首先放映了莎士比亚原版的《冬夜物语》电影,之后才上演舞台剧《复活》。须磨子一出场,立刻从观众席上传来一片喊叫声:"须磨子……"

伴随着观众的喊声,饰演喀秋莎的须磨子含情脉脉地凝视着聂赫留朵夫,将初恋男友的照片抛掷在地板上。此时的须磨子向观众展示着自己充满穿透力的声音和丰满的胸部,看上去派头十足。须磨子在整个舞台上独领风骚。

可是剧评家中依然有人批判了《复活》的通俗性,冷嘲热讽地批评说:"如果将作品的档次降低到如此地步的话,在浅草招徕观众并非难事。"

此次公演毫不含糊地给艺术剧团带来了一万五千日元的收入，使他们在经济方面宽裕了很多。

但是，艺术剧团也好抱月也罢，并未将赚取到的钱毫无意义地全都投入到通俗路线上。

抱月首先将赚得的收入用来巩固剧团的经济基础，同时根据剩余钱款的金额，开展了实验剧的研究。

而同时，《复活》等剧目则引起了那些对话剧一无所知的观众的兴趣，并使他们得知话剧绝非那种自命不凡且难以理解的东西，所以由此扩大了剧迷的范围。从这个意义上讲，正是《复活》这部戏，打下了能够使话剧维持并发展至今的基石。

接下来又从四月三十日到五月七日一周时间，在明治剧场上演了《复活》和独幕话剧《莎乐美》。在后者中须磨子饰演了莎乐美。

由于刚在浅草上演完《复活》，因此艺术剧团有些担心上座率，然而明治剧场照样爆满。

简直可以这样说了，只要演出《复活》，就无疑会取得成功。

明治剧场公演后不到一周时间，他们又于五月十二日和十三日，在牛込田町小笠原伯爵家的内院里，公演了露天剧《俄狄浦斯王》。

这是一次由东京儿童游园协会主办的慈善演出活动，入场券为一日元和二日元，票价格相当昂贵。不过观众几乎都是贵族院议员和企业家的夫人与千金，此外就是一些外国人。

在这个剧目中，须磨子饰演王后约卡斯塔，泽田正二郎饰演俄狄浦斯王。

两个月后，又从七月五日至九日，在牛込俱乐部公演了托尔斯泰创作，林久男翻译的五幕话剧《黑暗的势力》。须磨子饰演阿妮霞，田边若男饰演彼得，泽田正二郎饰演尼吉塔。

正因为有人批评艺术剧团的《复活》太过通俗，因此，为了推翻这种批判论调,艺术剧团才对这一研究剧进行了挑战。结果好评如潮。

比如,深田草平就对此剧赞不绝口,做出了如是评论:

"话剧滥觞以来,不,自打有了日本戏剧以来,还从未出现过如此妙趣横生的戏剧。"

本间久雄也在《早稻田文学》杂志上极力称赞道:

"此次演出实在无与伦比,无论给出多少赞词都不为过。"

甚至连小山内薰也称赞道:

"这是艺术剧团迄今为止所有演出剧目中首屈一指的杰作。"

通过这一作品的演出,艺术剧团真正实现了双管齐下的目标,在走出了一条赚钱道路的同时,也走上了一条追求艺术的道路,可谓一石二鸟。打那以后,评论《复活》不过是一个通俗剧目的非难之声也逐渐衰弱下去。

抱月一边承受着各种恶评和骂声,一边顽强努力,终于获得了胜利。

几乎没有时间休息,艺术剧团又从一个月后的八月十八日开始,共计三天,于国技馆上演了坪内逍遥翻译的《麦克白》。须磨子在剧中饰演麦克白夫人。

此次演出是名流荟萃一堂的大会演中的一环。此外还有谓之为"义太夫"的配乐说唱故事,谓之为"浪花调"的民间说唱故事以及琵琶演奏和舞蹈等各类表演。艺术剧团则作为话剧界的代表参加了这次活动。

可是,就在首次公演即将开始之际,须磨子却突然晕倒了。她虽然体态丰腴,却有些贫血,此前也曾在排练时头晕过一次。

大家立刻让须磨子到后台休息,并紧急商讨是否应该停止演出。然而本以为已经睡着了的须磨子却突然仰起脸来说道:

"我没事!"

"你不能逞强!"

抱月试图劝阻她。可是须磨子却敲打了几下自己的头部,然后头一甩,斩钉截铁地说:

"观众是来看我的,我没有理由不登台!"

须磨子的自信满满和拼命三郎的劲头儿,在这里表现得淋漓尽致。剧评家中内蝶二听到这件事后在《万朝报》中赞誉道:

"这种坚强的忍耐力、绝不服输的性格,确实就是须磨子的特点。这也是她今日成功的原因所在。她那胜过男人的要强脾性,极其像此次饰演的麦克白夫人一角。不知是应该说须磨子饰演的麦克白夫人,还是说饰演麦克白夫人的须磨子,总之挑唆丈夫麦克白犯下弑君之罪的那个可怕场面,可谓真正表现出了文学上的意义,具有逼真的迫力。"

接下来他们又于九月二十六日至三十日,在帝国剧场公演了由松居松叶改编的托尔斯泰的《安娜·卡列尼娜》。

自不必说,安娜·卡列尼娜由须磨子饰演,亚历山大·卡列宁由泽田正二郎饰演,奥布朗斯基由中井哲饰演,渥伦斯基由森英治郎饰演,吉提由衣川孔雀饰演。其中森英治郎是由"舞台协会"派遣,衣川孔雀是由"现代剧协会"派遣。如此这般由其他剧团的演员饰演主角,这在艺术剧团来说尚属首次。正因为这次角色安排富有特色,故而引起了大家的兴趣,从公演头一天起便观众爆满。

在这部戏中,须磨子的演技同样获得好评。不过一部分剧评家则批评说,须磨子将自己的表演内容故意拖长,超出了实际所要时间。且举止动作过于夸张,因此具有一种破坏整体演出和谐氛围的倾向。

翌月,从十月八日至十七日,艺术剧团又于以前已经有过成功表演经历的常盘剧场,再次为普及话剧进行了公演。此次的剧目为《饭》

和《莎乐美》。同时还有衣川孔雀和水谷八重子也参加了演出的《第欧根尼的诱惑》和《新归国者》。

但是,这次的演出结果却并未得到好评。演出到中间那一天时,前来看戏的观众已经开始逐渐递减。

就算有艺术剧团的须磨子出场,但如果不能像《复活》那样博得满堂彩的话,观众就不会买账。从这个意义上讲,可以说自己掏钱看戏的观众的眼光在某种程度上比剧评家更为犀利。

可是艺术剧团并不服输,从年底的三十一日到翌年一月十日,他们又在常盘剧场进行了第三次普及话剧的公演。这次上演的是《回忆》和《剃刀》。接着又从一月十一日至二十一日连续上演了中村吉藏的《爆发》和《阿叶》。

艺术剧团从岁末最后一天一直公演到翌年一月七日以后。这种过了一月七日的节日后依然进行公演的做法,是话剧界开天辟地头一遭。专家们对此感到愕然。然而正是因为处在新年期间内,故而行情不错,确保了大约八成左右的票房。

抱月虽然看上去谨小慎微,却能坦然自若地实施这类计划。可见他是一个足智多谋的人,并且有着表面不易被察觉的果敢。

自大正五年(1916)一月公演《正经人》以来,艺术剧团的主要公演次数达十次之多。那一年是艺术剧团最为活跃的一年,而其中的须磨子表现得最为突出。除了已经表演过的喀秋莎和莎乐美以外,她还向另外九部新作品展开挑战,并且全都取得了相应的成果。

自不必说,她的背后有着诸如泽田正二郎、中井哲、田边若男等年富力强男优阵营的支撑。对须磨子而言,这一年是她最为充实的一年。

借着这股势头的余威,须磨子又于大正六年(1917)三月,再次向希腊剧展开了挑战。

从三月九日至十六日,艺术剧团在筑地新富剧场上演了阿瑟·皮内罗创作,岛村抱月翻译的四幕话剧《波拉》,须磨子饰演波拉。嗣后她又参加了由谷崎润一郎创作,由谷崎精二、岛村抱月共同改编的《阿艳与新助》的公演。须磨子饰演阿艳,泽田正二郎饰演新助,中井哲饰演首领德卫兵。

须磨子饰演波拉时的演技还算可以。然而阿艳这个角色对于须磨子来说,却是她初次饰演艺伎角色。而且艺术剧团本身也从未有过这种以江户时代的世态背景作为创作素材的经历。

剧团成员们热情满怀地参与了这一剧目的演出。但是从导演到演员,甚至舞台大、小道具布景师等,无一不是首次接触这类题材。因此大家有些不知所措,故而导致话剧看上去有些奇妙。比如,在表演堤坝上的厮杀场面时,就一般的武打知识而言,他们的表演看上去优哉游哉,逗得观众忍俊不禁;此外戴着发髻的男人旁边居然站着光头大汉;在金钱交易场面上,用的居然是现代纸币;在艺伎的房间里,居然还挂着现代时髦的蒲扇等。因此,对于看过歌舞伎或新派剧的观众而言,未免觉得他们对时代的考证过于粗糙。

就此,中内蝶二苦笑着在《万朝报》中写道:

"剧中须磨子饰演的阿艳真够可怜的,成为艺伎后难为她居然说出了'你这家伙'一类的粗野词语;而在饰演骏河屋家大小姐时,看上去就像是一个大杂院出身、手捧刀锷形豆沙烧饼随意塞进嘴里的小丫头。"

此外,他还在《东京朝日》的评论中以同样惊诧的口吻评价道:

"《阿艳与新助》是最近一个时期的稀罕物。我可真佩服他们的勇气!深川的艺伎也好,侠客也好,船老大也好,还有游客,这些人方言味儿十足土里土气的泼辣台词真是令人不寒而栗。"

但是抱月和须磨子当初却是极为认真的。有位演艺圈记者看不下去了,在对须磨子的采访中问道:

"今后也还打算继续演出这一类型的戏剧吗?"

于是抱月代替须磨子答道:

"当然,我们打算以这次演出为起点,今后将继续大力尝试演出这类剧目。首先我觉得江户时期剧作家近松门左卫门的作品就不错。"

据说听了这话后,那位记者不由得目瞪口呆。(川村花菱著《松井须磨子》)

不过到头来,艺术剧团却再也没有选择过历史剧目。这里面有两层原因:其一是抱月本身受到批评后心有余悸不敢继续尝试了;其二是他们确信即便不选择那些需要费神考证史实的历史剧,西方戏剧中依然有很多剧目可以拿来上演。

不过,这次演出不仅证明了无论艺术剧团还是抱月或须磨子都不适合演出历史剧,同时也成为泽田正二郎等人再次退团的契机。因此,无论从哪种意义上讲,这都是一次令他们难以忘怀的舞台经历。

上一次,泽田曾因须磨子的蛮横和抱月的懦弱,再也待不下去而退团。再次加入剧团后便极力采取自我克制的态度,力求避免和须磨子发生冲突。须磨子也在数次演出的过程中认识到了优秀男优的重要性,故而不再像以前那样胡说八道。再者,当时的须磨子已经不仅仅局限于艺术剧团,她已经是整个话剧界的明星,故而没有必要再和泽田他们争什么。

但是,她毕竟原本就是个任性的女人,因此依旧会发生一些小冲突。每次都是抱月居间调解。然而,只是在《阿艳与新助》这部戏中,泽田却与抱月在导演问题上发生了龃龉。

泽田认为既然要演出历史剧,那就无论台词还是服装、大道具、小道具等,都必须做到准确无误。可是抱月却觉得,在上述领域他们无法与歌舞伎或新派剧抗衡,话剧就应该使用话剧自己的台词和说法。他对服装或小道具之类不怎么上心也正是基于这一想法。

这一点即便现在来看,也难辨孰是孰非,无法立下判断。泽田的主张确实是正道之说,然而抱月的想法也不能说没有道理。

泽田有些不满,可自己是第二次加入艺术剧团的人,与抱月和须磨子争执绝无胜算的可能。其心存疑问的舞台演出果然受到猛烈抨击,泽田便由此获得了勇气,再次对抱月的做法吐露了不满和批评。

上次退团是因为对须磨子个人的蛮横无理不满,因此,只要她能有所改变,问题便可迎刃而解。可这次批评的对象却是导演抱月。

此次冲突的起因虽然是《阿艳与新助》的舞台表演,不过结果却表明他和抱月及须磨子的关系已经水火不相容,分道扬镳不过是早晚的问题。

"既然如此,那你就请便吧。"抱月说。

泽田随即低头施礼道:

"给你添了不少麻烦!不过我想今后再也不会给你添麻烦了。"

对抱月而言这是一件遗憾的事,但是他已经没有精力去挽留想要辞职的人了。

此次与上次不同,相互间没有咒骂与憎恨。莫如说此次是一次平静的分手。也正因此,这次分手才是致命的。

退团后的泽田正二郎不久后即组织成立了新国剧剧团。

虽说与抱月及须磨子对立,然而泽田的目标却是创立一种"为老百姓上演的新国剧"。可以说在这一点上,他领会了抱月提倡的动员大众的必要性,并开始身体力行。

但是,此后的新国剧却一味地追求通俗性。作为话剧运动的一个分支,被视为对话剧运动的一种变相背离。

与之相比,抱月和须磨子虽然被视为通俗及追求拜金主义,但只有他们的艺术剧团还在高举话剧的灯火,专心致志地行走在话剧的道路上。

六

大正六年(1917)十月三十日,作为艺术剧团的第十次公演,他们在明治剧场上演了托尔斯泰创作,岛村抱月、川村花菱译写的五幕六场话剧《活尸》。上演时间至十一月五日为止,共一周时间。

在这部剧中,须磨子饰演了玛莎,中井哲饰演了卡列宁,武田正宪饰演了费佳。

对于艺术剧团而言这是一出大戏,所执行的路线与此前上演的《复活》无异,但是却存在着若干问题。

首先是剧本,名义上虽然是岛村抱月和川村花菱共同执笔,但实际上却是花菱一人译写而成。在花菱译写完毕并决定使用这个剧本时,抱月却突然提出:

"或许你会感到不满,这个剧本请用你我两个人的名字署名。"

花菱难以当面拒绝,便同意了抱月的请求,但内心却感到不满。

但是,在抱月看来,是自己首先确立了将这部作品剧本化的规划,虽说并未直接执笔,但在剧本的编写过程中,他曾给花菱提出过各种意见,因此署名二人共编未尝不可。

抱月原本就一直参与了艺术剧团主要剧目的导演或脚本的编写工作,他也一直有心参与其中。他觉得既然自己是剧团老板,做这些是理所当然的。

此次公演抱月的职务性质按现在的说法应该冠以"制作人"或"出品人"的头衔。因此也可以这样说,他与川村之间的分裂,是因为当时没有这种头衔而导致的一种不幸的混乱。

正因为《活尸》是一个力图使源自《复活》的人气得到进一步巩固的规划，因此便在剧本编写阶段毅然决然地将其彻底大众化了。比如，《复活》是因为在剧中插入了《喀秋莎之歌》而大获成功。此次他们便模仿《复活》，也在剧中插入了一首《流浪之歌》，并由须磨子演唱这首歌曲。

多亏了这首歌，公演时观众蜂拥而至，几乎场场客满。而《流浪之歌》也成为大正浪漫时期的代表歌曲之一，在当时广为流传。

但是，自不必说对这种做法提出批判的人也不在少数。

和以往一样，那些只是信奉艺术至上主义的不负责任的批评家们，同样发出了非难之声。其中小山内薰便在《中央公论》杂志上激烈地批判此剧道：

"这是一部亵渎了托尔斯泰艺术性的剧目"。

对抱月和川村而言，他们最初的意图就是要实现戏剧的"大众化"，可事到如今却成了批判的众矢之的，这未免出乎他们的意料。在小山内薰等人话语的刺激下，一些文学青年甚至一直追到艺术剧团的巡演地对他们大肆谩骂。

在这种时候，抱月大都保持沉默，只是有时会若有所思地叹息一声。

但是，当这些人离开以后，他便苦笑道：

"这些人也不过就是因为看了《中央公论》后想来理论一番而已。"

为数寥寥的文学青年的评价暂且不提，《活尸》的公演再次给艺术剧团带来了经济上的丰厚回报。各地相继发出了公演邀请，他们的足迹从日本的关西到日本的中国、四国、九州，最后一直延伸到了中国东北。

在那以前,抱月总是穿着极为普通的和服。可打那以后,他也开始穿起一些质量上乘的萨摩麻布和服或是系上绞染和服腰带了。

此次巡演过后,松竹剧场提出了要与艺术剧团签订下述条件合同的申请:艺术剧团的演出费用为每天一百五十日元,每月买断两周时间。如果每月演出时间超过十五天,则超出部分按天另行计算补发。

这在当时可以说是破格的优厚条件。如果能够实现的话,艺术剧团每月就稳扎稳打地能把两千五百五十日元收入囊中。剩余的时间他们便可自由支配,要么休息,要么进行纯艺术研究,要么去外地巡演。

在与松竹签订这一合同时,抱月少见地喜形于色,握着这次谈判的中介人川尻清潭的手,再三致谢道:

"谢谢了!谢谢了!"

虽然被非难为"拜金主义"抑或"艺术的亵渎者",然而可以说艺术剧团已经借此打下了自己的基础。

即便在话剧大众化已经如此发达的当今时代,也没有任何一个剧团能与大型演出公司签下这类合同。因此便可以想象签订上述合同对艺术剧团来说具有多么重要的划时代意义。

不过需要注意的是所谓十五天合同,并不是指十五天内全部由艺术剧团单独公演,其中也包含了艺术剧团的部分职员或演员参加与松竹有关的新派剧团的演出。

须磨子由此便获得了加入其他剧团并参加与其他流派展开竞演的机会。

在上述时期内,实际上全权负责艺术俱乐部日常事务的,是须磨子的哥哥小林放藏。

此人乃须磨子的长兄。据说起初是在横滨海关工作,后来周游了上海、旅顺、香港等地,之后再次回到横滨,并以外国船员为对象经营过一段时间礼品店。

须磨子提出了要将在艺术俱乐部一起生活的、放藏夫妇的女儿胜子收为自己养女的请求。

放藏的妻子叫登美,夫妇二人除了胜子以外还有两个孩子,分别叫小林武昭和小林禄。

由于放藏曾一度在中国到处流浪,故而令人觉得他的经历有些可疑,并导致一些人对其敬而远之。不过放藏本人乃乡下人出身,虽然粗野一些,却给人以生命力旺盛之感。

他与须磨子无异,同样具有强烈的唯利是图倾向。须磨子死后,在那些将须磨子与抱月之间的事写成丑闻的小说及应景剧中,放藏大都作为二人之间的绊脚石,以无赖汉的形象出现。这可着实冤枉了他。

须磨子对艺术和文学之类并无兴趣,与那些令人有些厌烦的文人、早稻田派人士合不来。与之相似,性格多少有些粗野的放藏也和他们不对付。

这不能不被视为此后文学作品中总是将放藏描写成一条恶棍的原因之一。

但在现实中,放藏作为俱乐部的管理者,不仅从事俱乐部的事务性工作,而且还一个人负责对居住在俱乐部里的人们进行监督乃至建筑物的关窗锁门等一应杂务。从这个意义上讲,对常去外地巡演的抱月和须磨子而言,在当时他是个不可或缺的人物。

此外,艺术剧团还另外办了一所戏剧学校,田中介二是实质上的校长。

然而田中其人原本就是一个贪图玩乐的男人。于是他便常常利用抱月和须磨子不在的机会,授课时偷懒耍滑,时而还和学生们一起打打花纸牌或赌博。

艺术剧团成立戏剧学校时,原本就没打算将学校办成像文艺协会那样正规而且严格的学校。其方针是让学生们跟着剧团巡演或参加排练,即在实践中学习。因而对田中来说,他也搞不清到底应该讲授哪些内容。

抱月在创办上述学校时激情满怀,希望能把学校办得比文艺协会更好。可在现实生活中,他整天为艺术剧团的自身经营和舞台演出忙得团团转,根本就没有时间去打理学校。结果只好把学校委托给他人管理。

除了放藏一家以外,曾经一度被须磨子收为养女的木村若子、戏服管理员荣子、小道具管理员宫坂、弹奏日本三弦琴的女琴师,再加上打杂的少女和女性清洁工等,他们也常常和演员一起,时不时地在艺术俱乐部进进出出。

抱月和须磨子在二楼里侧的两间屋子里过着与夫妻无异的生活。

里间的客厅内摆放着须磨子的衣柜、梳妆台以及长形火盆。房间里飘溢着刚刚成立的新家那种纯真无邪的氛围。

但是,好不容易才布置妥当的整洁房间不过是昙花一现而已。此后不久,房间就变得杂乱无章了——到处都是空碗、装寿司的木桶等。此外还四处散落着戏迷们送来的花束、喝了一半的啤酒瓶、报纸、杂志乃至衬衫和毛衣等物品。

偶尔得闲时,须磨子也会自己做点饭吃。但也只不过是做个烤竹荚鱼干,煮个豆腐酱汤什么的。因为总是烧不好米饭,所以一般都是去楼下放藏家要些米饭来吃。

虽说她只会做些简便而又粗糙的饭菜,抱月却能毫无怨言地默默吃下去。

说来须磨子原本就是在长野县的山沟沟里出生并长大成人的,因此粗茶淡饭无所谓,她并不挑食。

后来川村花菱曾说过这样的话:

"她很能吃,简直就像往肚子里投进煤炭一般狼吞虎咽。"

在忙的时候,她甚至可以只是在茶泡饭上撒上点咸盐,同样照吃不误。在排练过程中,有时就站在那里吃个饭团凑合一顿。

与之相反,抱月用餐时总是细嚼慢咽,就像是在一粒一粒地数点着碗里的米粒。

与其让不擅长做饭的须磨子做饭还不如叫外卖,来得快味道又好。须磨子叫外卖只是认准了"川铁的亲子盖浇饭",与傻子记住一件事后便一条道跑到黑无异,总是点这一样外卖吃。

即便来了客人,她也总是推荐道:

"这家店的亲子盖浇饭既便宜又好吃。"

于是便将就着凑合一顿。

说来与盖浇饭相比,抱月更是喜欢吃荞麦面条。只要能够吃上荞麦面,他就毫无怨言。

他吃面的样子是这样的:每次先用筷子夹起几根面条,轻轻蘸一下调味汤汁,然后不出任何声响地静静地吞咽下去。

如果光看他们吃饭的样子,真就搞不清谁是男人谁是女人了。对于须磨子的日常生活,抱月从未发过牢骚。无论须磨子用餐的样子多么粗俗,无论房间弄得多么脏乱,他的脸上从未明显流露出不悦的神色。

在舞台上投入全部精力劳心费神,故而在生活方面便难以求全责备,这是无可奈何的事。正是基于这种想法,他才对须磨子的家务活不抱什么幻想。

不过偶尔晚上要在他们的房间里召开艺术剧团干事会时,抱月也会吩咐须磨子把房间收拾得干净一些。

"可是,今天不就七个人吗?就这点人还是坐得下的。"

须磨子以为只要能确保七个人坐下,其他就万事大吉了。

"可是不知道过后他们会说我们什么呢。"

"真是的,到人家家里来还要挑毛病,这些人真招人烦!"

无奈之下,须磨子只好将堆放在火炉边上的茶杯饭碗或外卖饭碗等收拾一下,但也只不过是把这些东西集中到水池子里堆放起来而已。她自己并不会亲自动手洗刷一下。抱月看不下眼去只好亲自动手。于是须磨子就会说:

"老师洗碗的背影看起来真是老练。看来读书人就是和一般人不一样啊!"

须磨子会满不在乎地提起抱月不愿被提起的过去。

大正七年(1918)九月五日,艺术剧团和"公众剧团"合作,在歌舞伎剧场公演了戈哈特·豪普特曼创作,楠山正雄翻译的《沉钟》和松居松叶创作的《神官的女儿》这两部戏。其中,在《神官的女儿》中,须磨子与新派男旦资深演员河合武雄展开竞演。对须磨子而言,这是她首次与其他流派的名星巨擘对垒竞演。

河合原本就轻视历史尚浅的话剧。虽说近来话剧的人气开始上升,可他对须磨子仍然不屑一顾。其态度似乎在说:一个只会模仿外国女人的须磨子还能折腾出什么花样来?

须磨子也不能像以前那样端出女王的派头了。在排练开始前她就已经将台词倒背如流,并让抱月帮她进行了预先排练。

但是,新派戏剧的排练方式却是演员首先要开个碰头会并对对台词。这时的对台词不过是用普通的语调念念台词而已,之后才能进入和正式演出相同的朗诵台词阶段。

须磨子并不知道这一点,一开始就直接用抑扬顿挫的语调念起台词来,引得河合忍俊不禁。

"松井老师,你已经开始正式说台词了吗?"

"是啊,不行吗?"

"你想这么做倒也无妨,不过我可是要用普通的方式朗诵的。"

须磨子聚精会神地念着台词,河合则像念书似的用另一种语调回应着。如此一来,充满感情念台词的一方,看上去就貌似受到了对方的嘲弄。

每当听到须磨子独自一人抑扬顿挫的朗诵台词声后,周围的演员们就全都会露出一副嘲讽其"门外汉就是没办法"的表情。

可是,只会正式排练朗读法的须磨子始终无法改变自己的语调。

第一天排练结束后,须磨子以略显疲惫的表情对川村说:

"这种排练法还是头一次呢。"

"没事,他们有他们的练法而已,你没有必要介意他。再说了,无论对多少遍台词,最重要的还是要拿出真正上场演出的劲头来认真排练。"

"可不是,我们也有我们的练法嘛!"

须磨子皱了皱那双好胜的眉毛,看上去干劲十足。然而,到了开始排练站着对台词的阶段时,河合依旧是一副冷若冰霜的表情。

"诸位,请站到自己的位置上!"

当时的导演对于谁应该站在什么位置并采取什么姿势,并不会进行特别的指导。演员们只要根据各自的直觉,在隔开一定距离的地方摆出一个合适的姿势即可。

可是,须磨子却对自己应该站在什么地方犹豫不决。看到她环顾左右的样子后,河合不失时机地开口问道:

"松井老师,你站在那里吗?"

"不行吗?"

"只要你自己觉得行那就行,我可以摆出其他姿势。"

"那我改变一下吧。"

"没必要,无论你怎么站,我都能配合好你。"

平时对须磨子的自私任性瞠目结舌的川村,此刻看到须磨子在人家的地盘上受到欺负,不由得渐渐可怜起她来。

身为河合武雄的你,又何苦如此这般刁难人呢?虽然川村心里边这么想,却难于直面对方把话说出口来。

不过,须磨子虽然受到欺负,可她依然按照自己的套路表现出了自己的演技。面对资深老练的河合,须磨子一步不让。有时还压过了河合。起初嘲笑过须磨子的其他演员,中途也为她的排练热情和魅力所感染,渐渐称赞起她来。

"松井须磨子确实是一个闪光的大牌明星啊。"

身旁的一个演员极为钦佩地对川村啜嚅道。

"来到别的地方排练,她并未发挥出以往的正常水平啊。"

"还没发挥出正常水平呀?在我们看来已经够耀眼的了。而且体态丰盈,真是个不错的女人。只是脸蛋儿不怎么样漂亮。"

确实,无论怎么看,单凭脸蛋须磨子都算不上美人。不过只要她一站到舞台上,就立刻能进入状态,显示出大牌女优的风度。她就是那种在舞台上极为抢眼的演员。

在这次公演中,须磨子饰演妹妹朝江,河合武雄饰演剧中的女主角樱木艳子。

中内蝶二在《万潮报》中提到他们两个的表演时评价说:

"须磨子饰演的朝江,怎么看都难以与河合饰演的大女儿达到和谐的程度。不过与河合饰演的女人存在着令人难以置信的纰漏相比,须磨子的表演则显得真实得多。"

名仓生则在《东京日日》报上评论道:

"虽然须磨子有被河合小瞧的倾向,但其不像河合那样做作则是其长处之一。"

不管怎么说,此次演出,须磨子饰演的是女儿角色,而且又是和其他流派竞技合演,故而可能多少有所收敛。

然而她的这种收敛反而使她的表演显得更为清新,表现出了青春期少女的情感。与河合相比,须磨子的表演获得了好评。

及至此后上演《沉钟》,因为演出地点是在可以谓之为"娘家"的艺术剧团地盘内,故而轻松的环境使须磨子如鱼得水,演技重获青春,演出充满了激情与活力。

"须磨子出色地将林中女妖饰演成了一个天真烂漫、快乐而又活泼的少女。通过女妖与钟表匠接触进而羡慕人世这一序章开始,一直到鼓励那个钟表匠并与他同居,最后被钟表匠抛弃进而成为水中精灵的最后一幕为止,这一角色在剧中始终极为重要。须磨子将这一重要的角色诠释得恰到好处。"(伊园青青园《都新闻》)

合作演出结束后,须磨子斩钉截铁地对川村和长田秀雄说道:

"所谓新派,也不过就是普通的戏剧表演嘛!"

"没错!无论什么表演,走的路都是殊途同归。"

"大家全都新派长新派短地瞎嚷嚷,我还以为有多么了不起呢。和我们也没有什么差别。"

与河合对等交过手后,须磨子切实地感受到,作为一名演员自己有了长足的进步。

她觉得无论对方历史有多么漫长,传统有多么悠久,只要是人做的事情,便不会有太大的差别,只要努力就不会输给别人。

须磨子获得的自信也就是整个艺术剧团的自信。

第六章 孤立

一

大正七年（1918）秋，日本曾流行过一场所谓的"西班牙感冒"。这种感冒就是现在所说的流感。因最初滥觞于西班牙，后来扩展至全世界，故俗称"西班牙感冒"。

是岁秋季十月，作为艺术剧团的第三次研究剧目，他们于牛达艺术俱乐部公演了有岛武郎的三幕话剧《死及其前后》。这次演出是艺术剧团通过与松竹之间的合作，在夯实了经济方面的基础后，回归其本身所希冀的按自我愿望进行表演这一原点后进行的首场演出。

在这部剧中，须磨子饰演了妻子，丈夫则由高山晃饰演。

此次公演不仅舞台小，道具布景也貌似普通人家的客厅般简单朴素。而且演员的表演也与日常生活的原本状态无异。可以说是一场自然的、效法写实主义的演出。

对于那些看惯了歌舞伎夸张手法、在演技上极富深沉表情的观众而言，突然看到这样的剧目未免觉得有些奇异。不过，与日常会话无异的台词通过他们扎实的演技表演出来以后,反倒令人觉得既新鲜又富有真实感,因此大获好评。

"如果可以将歌舞伎剧比喻成歌川流派木版画的话,那么这场演出就可以被比喻为一幅在众多写生基础上制作而成的油画。虽然歌舞伎剧也在渐次呈现出崇尚写实的倾向,不过要论这种写实的极致,还真非艺术剧团的这种演出方式莫属。"

以伊原青青园的剧评为首,其他报刊的评论也都充满了善意。

《死及其前后》上演一个月后,艺术剧团又开始向邓南遮的《绿晨》发起挑战。此次演出是与歌舞伎剧团进行的联袂公演,须磨子饰演伊莎贝拉,市川猿之助(后来的猿翁)饰演医师,市川寿美藏(后来的三世寿海)饰演吉尔杰尼亚。

演出地点在明治剧场,演出时间计划从十一月五日演到二十六日。

可是,就在排练的过程中,须磨子染上了西班牙感冒。

与往年相比,那一年的冬天来得早,十月中旬便刮起了西北风,河面上还结起了薄冰。

以前的冬季,从中国东北到海参崴,巡演时从不感冒的须磨子现在居然病倒了,这未免令大家惊诧不已。

"嘿,这个'阿龟'居然也会和普通人一样患上感冒呢!"

须磨子休假那天,艺术剧团的成员们这样说着笑了起来。

不过,据说当时已经有一半日本人或轻或重地染上了这种西班牙感冒,剧团成员中也相继出现了休病假的人。

烧到三十八摄氏度以上后,被人起了"阿龟"绰号的须磨子,两颊看上去红扑扑的,就像是一轮红色的月亮。她的额上放着冷毛巾,一边咳嗽一边在心里琢磨的,依然是舞台表演的事。

"明天无论如何我也得去参加排练了。"

"不行啊,至少也要等到热度降到三十七摄氏度才行。"

抱月制止住焦虑的须磨子。让她服了药后,又在其额上换了一块毛巾。

"可是,我总不能在舞台上对观众说,因为感冒了所以我没能参加排练呀。"

倘若只是艺术剧团的单独公演倒也罢了,可此次是和歌舞伎剧团一起进行的联合公演,因此她才更加焦急。与猿之助、涛海他们相比,如果被人评价说"果然还是话剧演员相形见绌啊",那还了得?

"我休息时大家本来是可以停止排练的,可现在大家都在排练呢不是?你把那本书递给我!"

说罢,她便自己拿起了枕边的剧本。

"老师,你读这部分,我来回答。"

"这怎么成!你现在乱来,感冒反而会久治不愈的。你给我好好待着!"

"你就当作我睡着后在说胡话好了。还不一样?"

无奈之下,抱月只好念起了吉尔杰尼亚以及医师的台词,须磨子则躺在被窝里回应他。

本来得了感冒,可须磨子的声音却相当高亢并且富有穿透力。

然而坚持了两三分钟以后,她便咳嗽起来,脸上鼻涕一把眼泪一把地没了模样。她擦了一把脸后又继续练起来。可练着练着,抱月也打起喷嚏来。

"哎呀,老师也感冒了吗?"

"我没问题!"

"真是柔能克刚啊!"须磨子笑着说。然而这次已经不仅仅是玩笑即可了事了。

从翌日起,抱月也患上了感冒。一整天都和须磨子泡在一个房间里,不传染上那才是咄咄怪事呢。

头一天抱月只是流鼻涕和咳嗽而已,可接下来便浑身发冷而且开始发烧。于是第二天就变成须磨子与抱月两人并排躺倒在那里卧床休息了。女佣和绰号叫"二傻"的宫坂时不时地来到房间照顾他们一下。

"老师和'阿龟'并排睡着呢。"

"感冒也要一起患,真是休戚与共啊!"

剧团成员们开着这类玩笑。须磨子像是等着抱月被传染上似的,她自己居然开始康复了。

然而抱月的病情却不断加重,一直是三十八摄氏度以上的高烧,咳嗽也在加剧。

"请医生过来看看吧。"这次轮到须磨子担起心来。

"说什么呢!没关系的,老老实实地多躺几天就会好的。"

因为之前一直照看着须磨子,故而须磨子的好转导致抱月对自己也很乐观。他以为只要在被窝里暖暖和和地睡着,早晚会好起来的,心里有些"轻敌"。

但是,即便过去了三天,过去了四天,抱月仍然高烧不退。因为公演在即,排练在吃了夜宵以后也依然继续着,因此须磨子总是在夜里十点以后才能回来,有时甚至在零时以后。

在幽暗阴冷的房间一隅,躺着深深蜷卧在被子里的抱月。

即便如此,每当须磨子回来后,他也一定会睁开眼睛问一声:"怎么样?"

"啊,好冷!好冷!好像要下雪似的。"

说着须磨子便打开了房间的灯,没摘围巾就点起火炉来。

于是房间总算暖和起来。灯光下,抱月看上去有气无力。他原本就瘦弱,再加上现在没有食欲,双颊便愈发凹陷下去,看上去弱不禁风。

"还是应该叫医生过来看一下啊。"

"不过,顶多再挺上两三天就会好的。"

"听说大道具布景师小幕君的叔叔就是因为患了感冒后转成肺炎,结果死掉了呢。不当心可不行啊。明天我就去叫出诊医生过来给你瞧瞧。"

望着抱月憔悴不堪的脸,须磨子终于担起心来。

翌日,医生倒是来出诊了,可检查的结果依然是现在流行的西班牙感冒。说是不必过分担心。

医生给他打了一针退烧针,开了一些药后便回去了。

迄今为止,须磨子的任何舞台排练抱月都必定会在一旁观看。

抱月原本就寡言少语,即便自己做导演时也很少开口说话,故而在别人做导演时更是一言不发。即使有什么意见也是在排练结束后,只是对本人悄悄地说上一句:"那个地方你看这样演如何?"正因为他从不训人,也很少明确发表看法,因此意见相当起作用。

《绿晨》属于联合公演,所以抱月不会从旁插嘴。即便如此,排练时一次都未到场则未免鲜见。

"老师的病还没好吗?"

每当艺术剧团的人问到须磨子时,她便以爽快的语调回答道:

"还发烧,躺着呢。不过再过两三天就会好起来吧。"

但是,从三十日起开始彩排以后,抱月依然没有现身。人们不禁真的担起心来,遂再次问道:

"怎么样了呢?"

"好像有点恶化了……"须磨子只是如此作答。

大家觉得在排练时过于啰唆地询问病情未免有些失礼,于是便不再追问下去。

可正是从这个时候起,抱月的感冒变成了肺炎。

十一月一日,须磨子再次叫来了出诊医师。说是因感冒拖延过久,引发了支气管炎,如果希望住院的话可以让他住院治疗。

俱乐部二楼的房间,在须磨子离开后就只剩下抱月一人,因而更是寒气袭人。

佣人和宫坂虽然时或出现,可也只是在吃饭的时候过来问问而已,不会有超越这些的更为细腻的关照。因此即便只是想要喝杯热水,抱月也不得不起身跑到走廊里去招呼他们二人。

"那就住院吧……"

抱月喏嚅着,于是须磨子问医生道:

"可是,在这里老老实实地躺着,和住院还有什么区别吗?"

"按现在这种情况,也不需要打点滴或是隔一个小时就打一针什么的。如果能够睡得暖和一些,这里也可以。"

"那么白天就让宫坂过来照看着,晚上我会回来的,这样也就可以了吧!老师如果待在这里的话,我也可以每天都在身边看到他,也觉得安心。"

须磨子断然拒绝了住院的建议。抱月也并非就是想住进医院里。

然而当时须磨子心里还打着另外一个小九九。

确也如此,只要抱月待在俱乐部里,即便夜里回来得晚,须磨子也能立刻见到他,并询问他的病情,或者做点热乎乎的东西给他吃,给他换件睡衣什么的。可如果抱月住进医院的话,就等于是从自己独自霸占的手中把他放了出去。

如果住院的话,自不必说,势必要通知抱月的妻子。而市子听到消息后,或许就会利用这个机会赶到医院去照顾抱月。如果再带上孩子,寸步不离地围住抱月的话,可就没须磨子什么事儿了。

可是须磨子因为公演在即,每天的排练都会持续到夜里十一二点,等到她赶到医院时也已经是深更半夜了。时间那么晚医院不可能让她与病人见面。而即便允许她见面,有抱月的妻子在,她也没法和抱月好好说话。如果在那里,两个女人再吵起架来,就只能使抱月更加痛苦,医院方面无疑也会更为重视他的妻子市子。

好不容易才抢到手的老师,倘若由于住院这点事再被他妻子给夺了回去,那还了得!

因此,即便抱月略有不便,也只能让他待在他们自己的房间里。

而且只要他还待在俱乐部里,舞台表演方面有什么不明白的事,也可以随时请教。虽然抱月还在发烧,可只要是舞台上的事,他总是会和自己一起动脑筋想办法,帮自己出出主意的。

须磨子虽然有着这种打算,但最为重要的,还是她不愿意抱月被妻子抢回去。

"那就由我们自己在这里来照看他吧。"须磨子斩钉截铁地说。

十一月四日,《绿晨》就要迎来翌日的首场演出了。这一天须磨子心里很不踏实。

虽说台词大体上全都记住了,但是与猿之助或寿海之间的合作节拍似乎并没有完全合上。正因为在刚刚结束的上次剧目《死及其前后》的表演中须磨子自始至终都是竭力像平常那样发声,故而此次便跟不上歌舞伎演员特有的那种道白方式。而且他们的动作速度也比须磨子慢一拍。对于这一点,导演并未特别要求必须合拍。导演认为他们表演时的这种相互纠缠反倒更有意思,可须磨子却有些担心。

不过,令须磨子更为担忧挂念的,则是抱月的病情。

抱月不仅三十八点三摄氏度的高烧始终不退,而且呼吸急促,看上去很是痛苦。只要稍微开口说话,便会不住地剧烈咳嗽起来,并且痛苦地用手捂着胸口。

抱月本来只是发烧,但却脸色苍白,而且目光呆滞。就连外行的须磨子也看得出,他的病情相当严重。

"不吃点东西怎么行?要点寿司吧。"

中午过后,须磨子试着对抱月说。抱月只是说了一句"不用"。从早晨开始他送入口中的,只是一个冰凉的橘子和一点茶水。

"再请医生过来瞧瞧吧。"

"嗯,算了吧!比这重要的是你在念台词的时候要注意停顿,速度最好比现在再慢上一拍。"

抱月一边痛苦地呼吸着,一边对须磨子的表演提出了自己的见解。

"我说台词总是会拖个尾音,很难干净利落地结束台词。"

"那种时候你只要看着对方的眼睛就是了。"

"懂了!不过,你真的没事吗?宫坂没有眼力见儿,我有点担心啊。"

"这一两天应该是病情的分水岭,再过两三天热应该就会退的。"

话音未落,抱月再次咳嗽起来。

"老师……"

须磨子慌忙掀开被子,为躬身的抱月揉着背部。

几分钟后,抱月的咳嗽虽然停止了,但却嘴唇苍白,鼻翼颤抖,并反复局促地呼吸着。

当须磨子搂着抱月让他坐起来时,她的手伸到了抱月的腋下,只觉得其周身火一般滚烫。由于担心,须磨子便守候在旁边没有离开。于是抱月闭着眼睛说道:

"时间到了吧?你快走吧。"

"还来得及。"

排练是从下午四点开始,此时已经过了三点。

"我这儿你不用担心。"

若在以往,时间一到须磨子立刻就会走出家门。可是这一天她却不想起身离去。当她用放在枕边的凉水把手巾再次拔过并放到抱月的额上时,抱月再次催促道:

"可以了,你走吧。"

"多少晚一点没关系的。"

"舞台就是战场,你不用担心,去吧……"

在抱月的催促下,须磨子终于站了起来。

"那我就去啦。今晚会回来得很晚的,你好好休息吧。"

抱月点了点头,两个倦怠的眸子微然一笑。须磨子叫来了宫坂,要他寸步不离地守护在抱月身边。随后便走了出去。

可是到了明治剧场后,须磨子却发现不仅舞台大道具没有安置好,其他剧院兼职的演员也尚未到场。结果正式的舞台排练从晚上八点以后才开始。

在排练时间内须磨子焦急地往俱乐部打了两次电话,向宫坂询问了抱月的情况。

"老师说今天谁都不见,正睡着呢。"反应略显迟钝的宫坂答道。

回答虽然让人摸不着头脑,不过总之是在休息。

"如果老师出现什么异常的话,你可要立刻打电话联系我。"

再三叮嘱后,须磨子便去参加排练了。

从那时起,须磨子便开始埋头于舞台排练。夜里零时过后,宫坂打来了电话。

接电话的是小道具师。等到片刻后须磨子赶去听电话时,对方已经把电话挂了。

"方才他打来两次电话,说老师的情况不好。那个男人说的话让人着实摸不着头脑。"

　　如果可能,须磨子真想停止排练立刻赶回去,但明天就是首场演出,而且还是联合公演,因此她无法随心所欲。于是她只好继续参加排练。过了片刻,明治剧场的经理趁着换场的当口走近须磨子,对她耳语道:

　　"刚才有个叫宫坂的男人又打来了电话,说是老师的样子似乎很痛苦。我就让他赶紧去喊医生了。"

　　"都这么晚了,医生能来吗?"

　　须磨子看了看手表,子夜零时已过。

　　"拼命央求的话,我想会来的。"

　　须磨子点了点头,再次回到舞台上。就这样她自始至终参加了排练。及至排练结束时,已是凌晨两点。

　　"辛苦了!"

　　须磨子和大家打过招呼后立刻回到后台休息室。这时山室跑了进来。

　　"听说岛村老师病情危笃!"

　　"你说什么?"

　　"你就这样马上回去吧!正门外人力车已经叫好了。诸位干事老师已经先坐汽车赶去了。"

　　"为什么不早点告诉我?太过分了!太过分了!"

　　"接到'病情危笃'的电话,是在大约二十分钟以前。那个男人好像说不大清'病情危笃'的意思,讲了好半天我才听明白……"

　　"那可是我的老师呀!他要是死了你叫我怎么办呀?"

　　"总之你赶快换衣服,立刻乘车回去吧。"

　　须磨子把身上的戏服粗暴地扔到一边,只是在便装上套了一件短外罩就钻进人力车里。

从位于浜町的明治剧场到牛込再快也需要三十分钟。

在途中须磨子一边用毛巾擦去脸上的妆,一边不停地念叨着:"上帝啊,请你救救老师吧!"

人力车抵达俱乐部时已经过了两点半。

须磨子下车后任凭身上的披肩拖在地上便立刻往楼上跑去。

当她打开里侧躺着抱月的那间和式榻榻米房间的门后,只见被子四周围坐着先前赶到的川村、秋田、加藤等干事。大家全都双手揣怀默默地坐在那里。

"老师……"

须磨子站在门槛上喊了一声,紧接着映入眼帘的便是覆盖在抱月脸上的那块白布,须磨子大声惨叫起来。

"哎呀……"须磨子就势倒在了榻榻米上,大家全都低垂着头。

"老师,老师……"

须磨子浑身瘫软着躬身爬到抱月身边。她揭开白布,晃动着抱月的肩膀。

"老师,你起来,你起来呀……"

"……"

"真的死了吗?怎么会这样?太过分了!太过分了!就不能想想办法吗?请你们帮着想想办法呀!"

接下来须磨子便将身躯扑到了抱月的身上。

"请给他注射!快点打针呀……"

"……"

"你不是说过了吗?死的时候要一起死。为什么?为什么你就死了呢……"

须磨子的哭叫声在暗夜的艺术俱乐部内回荡着。已经故去的抱月自不必说,干事们也全都低垂着眼帘,无人作答。

二

实际上看护着抱月一直到他死去的,只有俱乐部打杂的下人宫坂一人。

匆匆赶来的人自然都会向宫坂追问抱月临终时的情况。

"我倒是觉得情况很糟了,可是只有我一个人在旁边不是?一个人什么都做不成啊!没有办法呀!"

与绰号"二傻"无异,宫坂是个笨脑瓜男人。但现在责备他已毫无意义。让这样一个男人独自照看抱月,本身就是个错误。

"那么,老师最后是怎样一种状况呢?"

"他哈哈地喘着气,看样子很痛苦。说'给我水',然后我就给他了。"

"后来呢?"

"他说'你快给剧场那边打电话'。所以我就打喽。我打了好几次,可总是不顺利。要么打不通,要么就断线了。"

"后来呢?"

"就这些……"宫坂木然答道。接着又像想起来什么似的说道:

"打最后一个电话时,老师死死地盯着我的脸说,'宫坂,我病情危笃了'。我就问他'危笃'是什么意思,可老师什么也没说就闭上了双眼。"

大约抱月是在呼吸困难的时候极力在向傻头傻脑的宫坂求救吧。

为什么谁都不来?哪怕只是须磨子一个人回来也好啊。抱月或许就是在如是思虑的过程中坚持到最后一刻的。想到这里,匆匆赶来的山室以及干事们就心酸得说不出话来。

俄顷,一位干事用带有怒气的口吻问道:

"除了你以外,其他人都在干什么?"

"大家都睡觉了呀。"

包括管理人小林放藏和打杂的女性在内,平常住在艺术俱乐部里的人总共有五六个人。抱月如果病危的话,大家理应起来守护在他的枕边。就算是深夜,他们也没有理由安然熟睡。

"太过分了!"

干事明摆着是要谴责小林的疏漏。然而小林是须磨子的亲兄长,如果指名道姓加以责备则未免有些过分。而且迄今为止,小林对待抱月就像对待外人一般并未怎么亲近过。

"那么什么时候叫的医生?"

"我给剧场打完最后一遍电话回来后,看见老师软绵绵的,好像都没有呼吸了,所以就立刻给医院挂了电话。"

"等我赶到时,病人已经去世了。"枕边的护士歉疚地垂首代替宫坂回答。

"那就是说,连针都没打啦?"

"打是打了,但那时病人已经没有脉搏了。"

"那么老师是什么时间去世的?"

"我赶到这儿的时候已经过了两点,我想大概是稍早一点的时候吧……"

"俺也没看表,说不清楚啊。"宫坂说。

于是准确的死亡时间便无从知晓了。

实际上收集了艺术剧团创立以来所有纪录的《艺术剧团脚本部纪录》中的记载时间是"十一月五日凌晨一时五十三分,岛村抱月老师逝世";《早稻田文学》岛村抱月追悼号中的记录是"凌晨两点";《秋田雨雀自传》中记录的时间则是凌晨两点零七分。

"一个人走了,一定很孤单吧。"

听了山室经理的嘟哝声,须磨子忍不住嚎啕大哭起来。大家也全都拿出手帕擦拭着眼睛。

但也不能总是这样悲伤下去,虽说是深夜,却也不得不向其家人、亲戚、报社、大学以及剧团相关人员等传达抱月的死讯。

抱月的遗体原本横卧在起居间中央。此刻头朝北,被移动到房间东侧一隅。枕边散落着的药品和水壶也被收拾干净,房间显得整洁了些许。须磨子搂着抱月的遗体哭了差不多一个小时,最后总算在山室等人的劝说下暂且退避到隔壁房间里。然而不到三十分钟,她又走进起居间搂着抱月的遗体摇晃不止。

"老师,你起来,你起来呀……"

当她意识到这样做无济于事时,便侧坐在旁边,扑在遗体上再次大哭起来。正因为刚从舞台排练场地赶回,故而领子和脖子上还依稀残留着斑驳的白粉,领边和衣服下摆也全都走了样。

"明天会很辛苦的,你最好还是稍微休息一下。"

听了经理的再度劝说后,须磨子睁着哭肿了的眼睛说道:

"老师可是一直都在等着我回来的呀!"说罢,再次扑到了抱月的身上。

山室又安慰了她一番,之后把她带到了隔壁的房间里。

如此这般反复折腾了三次以后,终于迎来了十一月五日的黎明。

那天一大早起就很冷,还下起了淅沥小雨。

接到讣告的干事和剧团成员们顶着雨接踵赶来。

须磨子已经洗掉脸上的妆,换上了一件淡紫色无花纹和服。她的双眼依然红肿,脸颊也肿胀苍白。

抱月的亲弟弟佐佐山雅一,在七点稍过时赶了过来。

佐佐山先是双手合十,然后看了看死者的脸,说道:

"在这之前为什么没联系我呢？"

听了这话后，须磨子立刻乜斜着佐佐山回敬道：

"连我都没能赶上给他送终啊，连我都……"

此间聚集而来的人已经开始分头安排各种后事了。有的人给相关人员打电话或发电报；有的人受理并接待前来吊唁的客人；还有一些人则开始做遗体告别仪式以及葬礼的准备工作等。这些人以秋田雨雀、川村花菱为首，再加上中村吉藏、金子筑水、中岛半次郎、中桐确太郎等艺术剧团的干事们为中心，并以艺术俱乐部的会议室为据点，开始处理抱月的后事。

在另一个房间里，正宗白鸟、加能作次郎、中村星湖、生方敏郎、水谷竹紫等《早稻田文学》相关人员以及抱月的弟子们也聚集在一起协商着抱月的后事。

他们首先想到的，是请坪内逍遥来做治丧委员会主席。

然而逍遥与抱月自吵翻分手后，始终没有见过面，因而此事恐怕有些困难。不过二人并非从心底里相互憎恨，因此，倘能借此机会让坪内博士至少前来吊唁一下或是参加葬礼的话，那么不仅已故的抱月会感到高兴，艺术剧团的未来也就有了希望。

干事们左思右想的结果，决定前去恳求坪内。但是就派谁去坪内宅邸一事又发生了争执。最终的结果是由楠山正雄负责此事。于是他便去了坪内宅邸。

逍遥大吃一惊，即刻答应前来吊唁。

此时须磨子由山室经理陪同已经走出了艺术俱乐部。她哭过的眼睛依然肿胀着，脸上施了淡妆，和服外披了一件雨披。

她只是说了一句"我出去一下"便离开了俱乐部，并未告知大家去向。

当天正是《绿晨》的首次公演日,大家都以为她是去参加舞台演出碰头会了。然而实际上她去的并非明治剧场而是邮局。

在那里,须磨子首先将存折上抱月的名字改到了自己名下。

自不必说,一般的人当时尚未知晓抱月的死讯,而储蓄存折和印章又全都掌握在须磨子手中。

接下来须磨子又顶着牛毛细雨赶到电话局。她的打算是将以抱月名义登记的艺术俱乐部的电话使用权转到自己名下。

然而令人吃惊的是当时的"番町5412"这个老式电话号码,已经被过户到她的哥哥小林放藏名下。而且就是在一个小时之前,由放藏本人亲自到电话局窗口办的手续。

"太过分了!居然随意处理老师的财产!"

须磨子恼怒不已。可是,据说电话局无权对刚刚改了户名的电话使用权在同一天内再次办理过户手续。

"那位小林先生说他是俱乐部的管理人。"

如此说来,从形式上讲,须磨子不过是抱月的姘妇而已,立场明显硬不起来。

"我一定要拿回电话使用权!"

被人占了先机的须磨子虽然有些委屈,但从道理上讲,岛村抱月名下的东西在他死后理应归还给岛村家。这才是正理。

然而须磨子却认为抱月的遗物都是抱月和她共同劳动后获得的果实,因此抱月的东西理应由自己继承。

其实,须磨子在紧紧拥抱着抱月的遗体哭过以后,便把山室叫到一个单间里,把抱月遗产的事告诉了他,并和他相商怎样才能将遗产转到自己名下。山室对她说,只要拿着抱月的印章去就应该没有问题。于是须磨子就在邮局开门后立刻赶了过去。

须磨子了得,放藏也不含糊。俗话说"有其夫必有其妇",就他二人而言,则是"有其兄必有其妹"!

在现在看来,会觉得只是个电话使用权,可当时能够拥有电话的,仅限于极少数富裕阶层。单单电话使用权就值两千日元。而当时的两千日元可以轻松地购买一幢豪宅。

于是兄妹二人置抱月之死于不顾,为电话使用权的过户而拼命奔走也就不难理解了。

但是,这件事就发生在须磨子刚刚失去最爱的人的节骨眼上。若是普通女子,早就被悲哀摧垮了,脑子根本转不到那方面去。这件事也显示出须磨子脑子转得快以及其坚韧不拔的毅力。

结果是电话使用权过户一事无法当场获得解决,须磨子当时只好死心。但此后她却去警察局以侵吞罪告发了哥哥放藏。

神乐坂警察署立刻传唤了放藏,对情况进行了调查。可两人毕竟是兄妹,且一方为艺术剧团当家女优,另一方为艺术剧团管理人。于是警察便建议他们不要闹上法庭,最好由当事人协商解决。警察并未插手此事。

然而相互对立的兄妹之间是不可能协商解决问题的。因此后来甚至不得不提交给艺术剧团整理委员会来寻求解决方案。最终的结果是电话使用权作为抱月的遗产,先是转让给抱月的长子震也,然后再由须磨子购买下来,问题就此尘埃落定。

不过十一月五日那天,为了过户须磨子曾去过邮局和电话局一事并没有让任何人知晓,作为一个秘密隐瞒了很长时间。从电话局回来以后,须磨子又在抱月的遗体前正襟危坐下来。当吊唁客抚慰她时,她时而泪眼婆娑,时而若有所思地哭倒在地。

在一般人眼里,会觉得她有些反常。可实际上这既非演技亦非遮羞掩饰,而是她看到遗体后悲从中来的感情的真切披露。而目光一旦离开遗体,她就会担心起自己的未来。这所有的一切,都是认真而且真实的。

五日临近中午时分,吊唁客越来越多。

首先是中山晋平在快到中午时分赶了过来。一踏进榻榻米房间,他便大声呼喊起来:"老师,老师……"随后便扑倒在榻榻米上紧紧地拽住了遗体。绝叫声过后,他便将紧握着的拳头挡在眼前抽抽搭搭地哭了起来。

对晋平而言,抱月既是其作为寄宿生入住抱月家以来的老师,也是给了他创作《喀秋莎之歌》的机会,让其扬名于世的恩人。而他对市子夫人和须磨子之间纠葛的始末也了如指掌。

"怎么会出现这种事……"

在大滴泪珠洒落的同时,晋平用他那粗大的手抚摸着抱月的脸颊。

在此之后,小山内薰坐着人力车出现了。小山内薰始终批判抱月的双管齐下路线,一直将抱月诋毁为"堕落的艺术家"。可一旦人故去以后,想必其内心也会感到依恋。

"如果你能再活一段时间的话,你我之间本来是可以达到相互理解的。"他双手合十嘟哝着。毫无疑问,这本是抱月更想对小山内薰说的话。

小山内薰离去后,松竹的大谷竹次郎总经理坐着一辆黑色汽车赶来了。

正因为他最理解抱月,并在一定期间内将艺术剧团买断下来,确保了艺术剧团经济方面的稳定,故而须磨子相当郑重地接待了他。

致过哀后,大谷对须磨子提出了下述意见:

"今天虽然是公演初日,但出了这种情况,我看演出就推迟一下,从明天开始吧。"

须磨子从一大早起,就在担心演出该如何应对才好。听了大谷这句话后,一颗悬着的心总算放了下来。

大谷总经理走后,从岛村家传来了抱月夫人和孩子马上就要过来的消息。

干事们慌忙商议应该怎样接待才好。

最大的难题就是该怎样让市子夫人和须磨子见面。即便干事们商量出个结果,但关键人物须磨子如果不按照安排行事,也还是会捅出娄子来。

结果是川村花菱和长田秀雄被推选出来负责接待夫人。二人首先把须磨子叫到另一个房间里仔细叮嘱了一番。

"我们和你是一个阵营的,所以希望你不要惹恼他们。为此,我们觉得最重要的,就是你自己要拿出谦虚的态度来,彬彬有礼地接待他们。"

"我们知道你一定也有很多话想说,但今天无论如何也请你默默地接待她们。大家都能理解你的心情,也都是同情你的。"

听了二人相继说出的话后,须磨子冷漠地说道:

"我根本就没有任何话想对夫人说。"

"也许你没有什么特别想说的,可对方会说些什么就不清楚了,对吧?总之不管对方说什么,毕竟你是这儿的东道主,就不要说狠话还嘴什么的了。希望你只对她说上一句'让您担心了'就行了。"

"我让她担什么心了?!"

"你要克制自己,忍耐一下。事到如今即便和她争执也毫无意义。"

"也就是说,你们是让我低头沉默啦?对吗?"

"你可要想到这一点啊——让自己的丈夫死在其他女人那里,她可是忍受着这一屈辱来到这里的。"

"明白了,我什么都不说。"

"正如俗话所说'沉默是金',沉默就是胜利啊。"

"不过,如果对方说了多余的话,我可就不能保持沉默了。我这儿也有一肚子苦水要倒呢。如果你们想平安无事的话,最好告诉对方也闭嘴!"

须磨子依旧逞强好胜。照这个样子则无法保证中途不会生出什么乱子来。于是川村和长田再次推敲了一下作战计划,决定先让二人见面,待寒暄过后立即以须磨子今天必须去参加首日演出为由让须磨子离开见面现场。

"这能行吗?我总觉得自己不适合这份差事。"

对于长田的怯懦,川村以失望的表情说道:

"这种时候如果处理不善的话,老师会死不瞑目的。"

不久,黄昏降临了。就在短暂一天的日暮之际,抱月夫人与长子震也、长女春子以及次女君子四人赶到了俱乐部。

"岛村老师的夫人光临!"

随着门口接待人员的一声吆喝,榻榻米房间内的气氛顿时紧张起来。

长田立即前往走廊迎接,将抱月家人领进榻榻米房间内。

按事先安排好的那样,遗体旁只是坐着佐佐山雅一和人见元吉二人。

夫人向二人微微颔首行过注目礼后,便坐在抱月遗体前。似乎是为了使自己冷静下来,她先是闭目沉默了片刻。接着便静静地双手合十,三个孩子并未合掌,只是在夫人背后垂首而立。

听到夫人一干人等抵达的消息后,须磨子在隔壁房间里对着镜子梳理起头发来。她的双眼依旧因哭泣而肿胀着,头发也支棱着。而且在其胸前还垂挂着一个带有鲜艳花纹的小口袋,里面放着抱月的印章、存折以及二人相互交换的誓约书等。她打算在万一出现争执的情况下,可以拿出来给对方看看。

"没问题吧?就请你按照我们商量好的方式去做,好吗?"川村叮咛道。

须磨子走进榻榻米房间时,遗体旁横向靠近墙壁一侧坐着夫人和春子,后面坐着长子震也,君子则低头坐在遗体的双脚前。

须磨子从孩子们的身后走过,来到夫人面前,深深地低头施礼道:

"夫人,好久不见了。让您担了不少心,实在对不起!"

须磨子口齿清晰地说完这些后,便再次低头施礼。夫人低声回答道:

"哪里的话,你没有任何过错。自打他从岛村家出走那时起,我就已经不把他看作家里人了。所以无论他怎样,对我来说都无所谓。"

须磨子虽然始终低垂着头,泪水却随即涌出。于是便用手帕去擦拭眼角。

然而夫人却低垂双目纹丝不动。长女和长子则扭过脸去。只有次女君子用忍不住颤抖的手抓住了被子的一角。

未几,仿佛无法忍受此时的窘迫气氛,长田开口说道:

"哎,闺女,到这儿来,好好看看你父亲的脸。"

"不用了,在这里可以。"

君子摇了摇头,紧接着便放声大哭扑倒在被子上。

宛如等候着这一时刻似的,川村捅了捅须磨子的肩。须磨子再次跪着向夫人施礼道:

"我上场演戏的时刻到了,恕我失陪。"说罢便起身离去。

三

抱月的正妻市子夫人和三个孩子在须磨子走后依旧留在房间里。

当时的市子夫人一身黑色丧服,手握念珠,面向前方,似乎正在凝视空中的某个点,脸上几乎没有任何感情流露。

和须磨子自昨晚起数度突然想起似的抱住遗体反复哭喊"老师、老师……"的举动相比,市子夫人的态度看上去显得极为冷漠。

"就她这个样子,老师当初逃出来也情有可原啊!"

团员们忘记了抱月刚刚死去的事实,就此事相互议论纷纷。尚属首次见到夫人的川村花菱更是嘟哝道:

"一副让任何人都无法接近的险恶表情,简直就是个少见的恶妇!"

确也如此,当时的市子夫人瘦骨嶙峋,皱纹凸显,只有两个眸子闪烁着异样的光。

不过,丈夫与其他女人私奔导致她深受刺激,故而长期陷于忧郁状态中。此刻又接到了丈夫死在那个女人那里的讣告,如果能想到这些,其面部表情险恶也就不难理解了。

自己绝对不能输给须磨子!因为自己是正妻!她越是这样想就越会使自己的态度显得笨拙甚至冷漠。

尽管如此,一旦须磨子离开了房间,市子与须磨子直面相向的紧张心理也就松弛下来。于是她开始和抱月的弟弟佐佐山雅一小声说起话来。

不久,时钟过了五点。就在周遭一片薄暮之际,坪内逍遥坐着人力车赶到了。

"先生驾到!"

门口传来了通报声。聚集在二楼会议室的干事们一齐迎了出去。逍遥一边向众人点头致意,一边在遗体旁坐定,认真地看了看抱月的遗容后双手合掌道:

"这怎么说,这怎么说……"

双手合十后逍遥最初说出的便是这句话。其实,对于逍遥而言,除了如此呢喃自语外他也没有什么好说的。

"啊,夫人在这儿哪!"

此时他才注意到身后的市子,遂低头施礼。市子则郑重地回礼道:

"劳您大驾特意远道而来,谢谢您了!"

"真是令人吃惊的大事件啊!不过你也不要太沮丧了。这是孩子们吗?"

于是市子把孩子们一一介绍给逍遥。

"好!好!"逍遥逐个看着他们,不断颔首。

之后他便就势坐到抱月的枕边,听佐佐山及夫人讲述抱月临终前后的状况。未几,长田前来邀请逍遥道:

"先生,请您到这边来一下。"

长田把逍遥引领到另一个房间里,让他和须磨子见了面。

"老师……"

一看到逍遥,须磨子便突然叫了一声,并朝逍遥的胸口扑去。

一瞬间里,逍遥趔趄了一下,接着便扶住须磨子,啪啪地拍打着哽咽不止的须磨子的肩。

"你要振作起来!不能哭,不能哭……"

"可是,可是,我今后该怎么办啊……"

须磨子抽抽搭搭地哭泣着,忘记了对方是曾经与自己反目的师长。逍遥则慈父般一边点头一边说道:

"有什么困难的话,就找我商量好了。只要我能做到,我会尽力而为的。"

"拜托您了！老师,请您一定要帮我。"

须磨子哭泣着用力握住了逍遥那双苍老的手。

迄今为止,须磨子从未和逍遥有过推心置腹的交谈。两人单独见面只有过一次,那还是在文艺协会时代。当时逍遥与须磨子见面的目的,是为了训斥须磨子与抱月之间的丑闻,并告知须磨子她已经被文艺协会除名了。

可是,此刻的须磨子却撒起娇来,就仿佛见到了暌违已久的亲密恩师。

接下来,逍遥便来到二楼会议室,和干事们一起商量起葬礼以及遗体告别仪式的日程安排。

不久,夜幕降临了。七点过后,艺术剧团的舞台设计师冈本归来了。他开始为抱月套取死者面型。他先是把橄榄油涂抹在抱月的整个脸上,将抽缩僵硬的部位轻轻揉开,然后再让死者的眼睑和嘴唇闭合起来。于是抱月先前那张略显苦闷表情的脸,就还原成了他生前那副柔和的面相。

由于死前一周时间内抱月几乎整天躺在被窝里,因此下颚四周长出了一些稀疏的胡须,故而套取的死者面型上也粘上了几根胡须。

九点,遗体开始入殓。虽已决定将棺柩放置在舞台中央,但由于楼梯太陡,棺木无法搬运下来。

没有办法,只好由剧团五六个成员架着遗体来到楼梯处,使遗体呈近乎垂直站立的姿势,这才将遗体徐徐搬了下来。由于死后已近二十个小时,遗体开始呈现出死后僵硬的状态。只是那双苍白的脚从白色丧服中裸露出来,看上去宛若悬浮在空中。

"老师的脚在动呢。"

在下面准备接住尸体的男子胆怯地嘟哝着。见此状态,川村再次合起了双掌。

这个从二楼通向舞台翼端的楼梯,本是抱月生前为了让须磨子表演舞蹈,不顾布景师的反对坚持让人做成的。

然而表演时却一次没有派上用场,一直被搁置在那里。

第一次利用这个楼梯,居然是为了搬运抱月的遗体,这一结果是多么具有讽刺意味啊!

第二天,即十一月六日,从黎明时分起就下起了冬雨,寒气逼人。

那一天,遗体开始入殓,棺柩被安放在舞台中央。艺术剧团的干事和团员们守护着灵柩。

在此期间,大家在会议室里召开了各种碰头会。最后决定七日上午十点起,在艺术剧团俱乐部举行葬礼,接下来于下午四点起在青山殡仪馆举行遗体告别仪式。

同时决定治丧委员会主席为金子筑水,丧主为长子震也(十七岁)。

在六日最后一个守灵之夜,早已回到新潟县的相马御风赶了过来。御风在艺术剧团时代曾与抱月一起志同道合地参加了话剧运动,但他立刻厌倦了内部纷争,于是离开了东京。

此外还有正宗白鸟、田山花袋、上司小剑、前田晁、中岛孤岛等文坛和舆论界众多知名人士参加了抱月的守灵。

舞台中央的祭坛上安放着用白布覆盖着的抱月寝棺,上面摆放着四周镶有黑框的抱月遗像和面型,还摆放着写有"安祥院实相抱月居士"字样的素木灵牌。寝棺四周摆满了白黄两色鲜菊花。在鲜花左右两侧,摆放着坪内逍遥、高田早苗(早稻田大学校长)等人赠送的花圈。后面则悬挂着绘有波浪花纹的深蓝底儿幕布。真是一座豪华盛大的祭坛。

前来守灵的客人们坐在舞台正面圈成正方形的观众席上,他们配合着诵经声双手合十。随着夜色的深邃,酒和食物被端了上来。于是场面开始混乱,甚至还有人大声谈论起抱月死后话剧运动应该如何展开的问题。

御风抵达时已是夜里十一点许。打开寝棺让他与抱月见面后,他似乎无法忍受周围的杂乱,立刻退入其他房间里。

大多数守灵客都在下半夜三点左右离去。一部分人则守候了整整一夜。疲惫者便去其他房间休息了。

然而那一天只有须磨子无暇悲伤,因为那一天是《绿晨》的首演日,她正站在明治剧场的舞台上。

大半观众都已得知抱月去世的消息,故而屏气止息地紧盯着舞台,想要看看须磨子究竟如何表演。然而须磨子在舞台上意气风发,丝毫不见悲伤的影子。尤其是剧中那个伊莎贝拉狂笑不止的场面,只见须磨子张大嘴巴哈哈大笑;而在演到下一个哭泣场景时,须磨子真的就泪流如注。其抽抽搭搭的哭泣状,从观众席上也看得一清二楚。

原本观众席上总会掀起叫好声或喝倒彩声,可只有那天,整个剧场始终鸦雀无声。

观看了那天首次公演的秋田雨雀低声说道:

"真令人心痛,不忍卒视啊!"

望着刚刚失去了最爱的人却依然能够镇定登台的须磨子,花菱不禁愕然,他不无钦佩地说:

"演员这东西真是不可思议!"

然而,首演日姑且不论,过了两三天后,须磨子的演技便渐渐黯然失色了。到了第三天,终于有观众起哄道:

"换人!"

"我是在忍受着悲痛拼命表演的。我想死!"

演出结束后,须磨子如是说。接着便哽咽着哭了起来。但演出水平低下,也是不争的事实。

伊原青青园在《都新闻》报中评价道:

"即便是须磨子,也同样提不起气势来。她失去了以往的那股子活跃劲儿。"

而《东京日日》也给出了不佳的剧评:

"单调而且乏味,不具有吸引观众的力量。"

六日夜,艺术剧团的干事、脚本部成员、事务员等全体成员集中在二楼会议室,就艺术剧团今后的经营问题召开了首次会议。

须磨子在结束明治剧场的演出后也赶来参加了会议。她首先向大家致意,并表示了自己的决心。

"我决意继承老师的遗志,一定要将这一事业进行到底。为达此目的,我必须更加依靠大家的力量。希望大家不要舍弃我,恳请大家今后继续多加关照!"

从守灵席上中途退出、身穿洁白丧服赶来的须磨子向大家恭恭敬敬地鞠了一躬。

参加会议的人当中,以前就对须磨子的自私任性抱有反感的人不在少数。现在看到抱月死去,须磨子变得孑然一身,未免觉得人心大快。不过他们还是认可了须磨子此时的谦恭态度。更何况如果在这个节骨眼上再责备须磨子的话,则未免显得自己过于卑微。

总之,大家觉得从须磨子的态度看,她确有悔改之意。于是全体一致同意今后继续为艺术剧团贡献力量,将事业发扬光大。

此外,当天还决定了如下事项:

1、由松井须磨子担任艺术剧团团长。
2、由中村吉藏担任脚本部主任,负责艺术剧团的事务性工作。
3、脚本部接受艺术剧团团长的委托,负责处理艺术及具体落实方面的相关业务。

同时,就艺术剧团业务处理的具体分工,决定成立四个系统,分别为:

明治剧场系统(松井、中村、长田);

残留业务系统(松井、秋田、本间、楠山、中村);

图书整理兼财务系统(松井、楠山、仲木、川村、冈本、加藤);

演员系统(松井、中村、中井)。

最后又记录了下述内容:

"十一月六日晚,守候于老师棺柩旁,以观众席为座席彻夜守灵。风雨飘飘,伤感之夜!"

上述三个决议事项,于次日举行遗体告别仪式前,获得了艺术剧团全体成员的同意和理解。

十一月七日,从十点开始在艺术俱乐部举行了葬礼。在此处,抱月的寝棺被再次打开,与会者向遗体做最后的诀别。

套取面型时涂抹的橄榄油业已渗进抱月的脸部皮肤,此时发出了古铜色的光亮。

"老师……"须磨子再次将身躯探进棺内,久久抚摸着抱月的脸颊不肯离开。

"差不多该出发了。"

干事长田想要拉走须磨子,可是须磨子依然紧抱着抱月不放。

"我不!我不!"

最终须磨子还是被拖开了。每当棺木四周响起钉进钉子的声音,耳畔就会传来须磨子的凄惨叫声。

下午三时,为鲜花所簇拥的棺柩被移到马车上开始向青山殡仪馆进发。

从牛込到青山,步行大约需要三十分钟的时间。载着棺柩的马车后面是人力车,车上坐着须磨子、逍遥以及死者家属。再后面就是一长列徒步移动的人群。

不到四点,送葬队伍抵达殡仪馆。为了目睹须磨子,入口处熙熙攘攘地簇拥着两三百个看热闹的人。

不久,预定的时刻四点已过,遗体告别仪式开始。

在殡仪馆内殿正面灵柩上方,垂挂着五十岚力氏书写的"已故岛村泷太郎之柩"字样的幕布。四周摆放着三十多个花圈和供花。无数的烛光映照凸显出周遭的一切。

首先由真言宗丰山派道长早川快亮大师开始诵经。引导超度结束后,在长谷川天溪的主持下开始吊唁。首先被叫到名字的,是友人总代表金子马治(筑水)。

接下来是艺术剧团脚本部总代表中村吉藏、早稻田文学社同人总代表本间久雄、门生总代表相马御风、艺术剧团技艺员总代表中井哲、早稻田大学校友会会长平沼淑郎、文学界人士代表田山花袋、松竹总经理大谷竹次郎、帝国剧场专任董事山本久三郎、女优代表森律子等依次致了悼词。

此外还有唁电五十余封。告别仪式参加人员逾六百人。而殡仪馆四周隔着篱笆墙还簇拥着几百号人。他们都想目睹以须磨子为首的与会者。

作为当时在青山殡仪馆举办的葬礼,抱月葬礼的盛大程度可谓数一数二。正宗白鸟又以他特有的嘲讽口气评价道:

"这是一次并不般配的葬礼。"

确也如此,对于一个曾被视为"与丑闻一起堕落下去的艺术家"、一个始终被斥为"逃往双管齐下道路的通俗艺术家"的葬礼而言,这次葬礼的豪华程度是破天荒的。

但是,抱月不顾周围的批判依然凭借自己的力量勇往直前,并使话剧兴盛起来的事实,已经毫无疑问在人们的心中打下了深深的烙印。无论白鸟怎么嘲讽,无论小山内薰怎样面露不悦之色,抱月依然拥有能让如此众多的人赶来参加其葬礼、为其双手合十送别的巨大影响力。

在代表们依次念诵悼词、与会者烧香的过程中,在离祭坛最近的家属席位上,伫立着与父亲颇为相像,同样身材瘦弱、双目低垂、看上去有些神经质的震也。他的身边并排站立着的,是市子夫人和女儿们。

须磨子则身穿丧服伫立在相反一侧艺术俱乐部及早稻田相关人员的最前列。此时此刻,两个女人之间的对立已经不复存在,看上去憎恨与嫉妒似乎已经烟消云散。但另一方面,隔着遗体的二人又好像正在互相怒目而视,依然处于三角关系的角力之中。

与会人员全都自然而然地先向位于左手的须磨子行注目礼,烧香结束后再向位于右手的市子夫人行注目礼,然后离开。

五点将近时,长田来到须磨子身后,拉了拉她的袖子。

"差不多该去明治剧场了。"

在殡仪馆前车子已经备好。去明治剧场最快也需要十五六分钟。

"须磨子老师,快点!"

长田再次催促道。然而须磨子依旧垂首伫立一动不动。

无奈之下长田便去告知川村,两人将须磨子强行拉出了会场。

"再不快走就要迟到了。"

须磨子恋恋不舍,一边回首,一边穿过会场。一进休息室她就立刻大声喊叫起来：

"啊,讨厌死了！我讨厌演出！"

"喂,打起精神来！"

长田抚慰着她。在身边陪伴的女性将替换服装递了过去,却被须磨子一把推开。

"我从此就再也见不到老师了！为什么这种时候只有我一个人必须去工作？"

"你可别这么说,大家想看你的戏都在那边等着呢。"

"少拿我当傻瓜！"

须磨子一边说一边就要仰天倒下。

"喂！喂！"

长田慌忙一下子抱住了须磨子,并支撑住她的身子。于是须磨子挠了挠脑袋喝了一杯水,这才放弃抵抗开始更衣。

殡仪馆内的诵经仍在继续着。须磨子听着诵经声,急匆匆地向停着人力车的方向赶去。

夜里下起的雨此刻变成了纷纷扬扬的小雪。人力车篷顶上的积雪重重地掉落到地面上。只有这时须磨子才会抬起头来看上一眼,接着便继续低下头去。

乘车场周围也聚拢了一大群想要一睹须磨子风采的人。他们指指点点地说："那人就是须磨子！"须磨子对这些似乎毫无兴趣。她再次回过头来,朝不断传出诵经声的殡仪馆方向看了一眼,接下来便死了心似的钻进人力车里。

那天夜晚,就在须磨子登台饰演一个疯狂女子之际,抱月的遗体被火化了。

翌日,即八日下午两点,一个装着抱月遗骨的小小骨灰盒,被埋葬在杂司之谷的新墓地里。

首先由长子震也在骨灰盒上撒了一把土,之后是两个女儿,其次是抱月的亲弟弟佐佐山,再次是须磨子,他们先后将土覆盖在骨灰盒上。

即便在这里,也有数十人为了一睹须磨子的风采,而将他们团团围住。

但是,须磨子对这些人不屑一顾。她用小铲轻轻地铲了一铲土盖了上去,然后便后退一步,一对眸子紧紧地盯住那个被埋在土里的小小的骨灰盒。

第七章　淡雪

一

伴随着抱月的死去,摆在眼前的首要问题就是他的遗产该怎样处理。

以艺术剧团干事为中心的整理委员会打算重新调查抱月的遗产,但根本就搞清他的遗产到底有多少。艺术剧团的经营管理,自打艺术剧团创立那天起就由抱月一人掌管。从一般公演到地方巡演、与松竹签约乃至由剧团成员发放给手下助手的工资等,全都是根据抱月的想法做出决定。即便偶尔在干事会或全体会议上公布会计报告,也只是罗列出决算数字,背后都有哪些奥秘无人知晓。

剧团成员也不像现代人那样具有发达的经济头脑,他们给多少就拿多少,只要能满足生活需求就心满意足。创立艺术剧团并将剧团维系至今的是抱月本人,因此没有谁对抱月的做法表示不满。

据传,仅抱月的个人资产就应该有二三万日元之多,可一旦调查起来却出人意料地发现,他根本就没有什么现金。

确凿无疑属于抱月个人名下资产的,只有艺术俱乐部的建筑物和电话使用权。从道理上讲,这些东西应该归还给岛村家。然而建筑物也好,电话使用权也好,它们都是艺术剧团今后继续运营的不可或缺之物。

整理委员会制定了下述方案:姑且将电话使用权的名义转到抱月的长子震也名下,然后再由须磨子将其买下。

但是,当某委员去电话局确认时却发现,电话使用权的所有人已经过户在小林放藏名下。

当吃惊匪浅的整理委员会诘问放藏时,他坦白道在抱月死去当天,他就已经把使用权过户到自己名下了。

"在老师过世的当天早上就干出这种事,这也太放肆了!"

委员们义愤填膺。但是,当他们得知须磨子似乎早就知道此事时,事情就变得复杂起来。

"由于我等做事不慎,给大家添了麻烦,谨深表歉意!"

结果是须磨子写下了上述道歉信,之后又把电话使用权变更到震也名下。

而早就传言缠身的放藏,因为此事已无法继续在俱乐部里混下去,于是便以退职金之类的名义,让他领了五百日元后走人。之后他便回到了以前居住的横滨市。

这样一来,抱月遗留下来的正式遗产,就只有建筑物和电话使用权了。经过评估后,确认为当时的市价六千五百日元。

此外,还要加上办理抱月丧事时收到的奠仪金七百一十四日元。

整理委员会从上述合计七千二百十四日元的金额中,扣除掉艺术剧团垫付的葬礼费一千一百二十六日元后,将剩余的六千零八十八日元,作为抱月的全部遗产交付给了岛村家。而建筑物和电话使用权则过户到须磨子名下,于是此事宣告了结。

须磨子起初并不同意这种做法,她认为无论是建筑物还是电话使用权,都是她和抱月两个人的奋斗成果。现在反倒要她拿出一大笔钱款去购买它,她对这种做法难以接受。但后来在众人的劝导下,须磨子总算勉为其难地答应下来。

然而六千日元这样一笔巨款很难立刻通融下来,于是便临时从松竹借了三千日元,余下部分则依靠须磨子的存款,将这笔钱交给了岛村家。

就上述处理方案,岛村家(市子)并未表示任何异议。

丈夫呕心沥血拼命工作的结果却只换来这点报酬,想到这市子便牢骚满腹。但这笔钱全都是丈夫离家出走以后挣来的,因此,站在妻子的立场上无论怎样固执己见,一个不被丈夫认可的妻子哪里还有资格发什么牢骚呢?

只是这笔遗产的详细内容令人疑窦顿生。艺术剧团人气那么旺盛,作为剧团领头羊的团长,一个独揽财权的人,个人储蓄居然为零,这未免令人不解。

抱月在这之后还有一个更大的梦想,那就是在首都中心地区建设一个大剧场,并到外国去进行公演。蓝图已经勾勒出来,想法也已经告诉过一些挚友。此外,还有为艺术剧团提供的原作、剧本、导演费等。倘若认真计算一下的话,金额着实不菲。抱月虽然并未就此一一要求艺术剧团支付给他,但毫无疑问这些全都属于抱月的个人收入。

此外,抱月并未每月固定给岛村家寄钱。只是每当女儿来时,抱月都会给她一些零花钱。综上所述,难以想象抱月根本就没有个人存款。

不过,这个谜很快就解开了。

就在抱月死去的当天早上,须磨子一大早就赶到银行和邮局,将抱月的存款全都转到自己名下。

具体金额虽然不明,但据推测大约为四万日元。如果将其换算成现在的金额,大约能有二三亿日元之多。因为须磨子手里掌握着抱月的印章和存折,所以办这种事并不难,但她下手也未免太快。

整理委员会根据须磨子平素的吝啬劲儿和在抱月去世的当天早上她便跑到电话局去的情况,已经隐约觉察出一些蛛丝马迹,但却难以开口说出"你把个人存折也拿给我们看看"之类的话。再者说,倘若是小林放藏那还好说,可现在是须磨子,即便她把抱月的存款据为己有,外人还真没有理由说三道四。

实际上或许抱月也是那么想的——自己死后,遗产全部留给须磨子。

可是,须磨子在以建筑物和电话使用权的名义向岛村家支付超过六千日元的款项时,为什么还要向松竹借钱呢?

"没钱真是寸步难行啊!"须磨子曾如是慨叹。过后想来,那不过是她的故作姿态而已。可以说对于已经把抱月的财产全部据为己有的须磨子来说,她只能做出那么个假象来给大家看。

总之,抱月的遗产已经以这样一种方式处理完毕。须磨子成了艺术俱乐部建筑物的拥有者,同时也名副其实地成了俱乐部的掌门人。

排在遗产问题之后的难题,便是今后艺术剧团将如何经营下去。

抱月死后不久,艺术剧团的头面人物便聚集在一起,召开了继承抱月意志,团结一致誓将艺术剧团的事业发扬光大的誓师大会。

当时做出了如下决定:今后以须磨子为艺术剧团团长,再加上中村吉藏、楠山正雄、秋田雨雀、长田秀雄、本间久雄、川村花菱、小村光雄、山室贯一等八位脚本部成员,以这些人为中心,共同协商并经营管理艺术剧团。

但是,失去了强有力指导者以后的集体领导体制,时常会出现混乱,脚本部成员的意见也并不统一。

他们虽然在艺术剧团这个圈子内承认以须磨子为中心这一事实,但在抱月已死的现状下,他们不可能像以前一样对须磨子绝对服从。

虽然发出了团结一致的誓言,但对须磨子以往恣意妄为的行为恼怒不已的记忆却依然留存在大家的脑海里。迄今为止是因为看在岛村老师的面子上,大家才忍辱负重至今。但现在情况不同了。须磨子虽然处在团长的位置上,但她已经失去了抱月这个后盾,就宛若一枚断了线的风筝。

在这些人当中,有的人一边对孑然一身的须磨子表示同情,一边以冷冰冰的目光看着须磨子,等着她拿出一手;有的人则认为艺术剧团的崩溃只是个时间问题。

总之,虽然没有说出口来,缄默中已经流露出这样一种态度——我们不会允许你像岛村老师在世时那样为所欲为!

比这更为麻烦的是,这些人对须磨子拥有一种微妙的好恶相间的感情。奇怪的是,他们在冷眼看待须磨子的同时,实际上又期待着须磨子能够倚重自己。

在八位脚本部成员当中,须磨子首先依赖上的是楠山正雄。

楠山是艺术剧团创立之初的老资格成员之一,因为与坪内逍遥关系密切,故而在抱月去世之际,成功地策划逍遥出席了抱月的葬礼。

须磨子佩服楠山的高超手段,打那以后一遇到什么事便去与他相商。楠山则有求必应,开诚布公地阐述己见。于是须磨子与他的关系便愈发亲密起来。须磨子在抱月死后到添过麻烦的人家致谢以及拜访逍遥宅邸时,均由楠山陪同前往。

楠山原本就与逍遥关系密切,因此陪同前往似乎理所当然。但原本陪同须磨子的仲木贞一,却因此被排除在外了。因此,从那时起,楠山与须磨子关系暧昧的流言便不胫而走。

不过两位当事人却并不理会这些,依旧一起访问了逍遥宅邸,又一起返回俱乐部,并在须磨子的房间里闲谈了片刻。当时,楠山向须磨子提出了"现在实施的脚本部八人会议制,因为大家都是领导,头头太多反而不利于议事,故而应该设立常任干事制,设干事主任一名、常任干事两名,将工作委托给他们"的建议。

"这当然可以。不过,得由你来当这个主任,行吗?"

"这应该由大家来决定,我说不好。"

"那怎么行?必须由你来当这个主任!我就依仗着你呢。"

如此面对面地被须磨子提出这类要求,楠山难以做出回答,不由得困惑地垂下双眸。他那双手揣怀低垂着狭长脸颊的样子,不知哪儿还真有点与抱月相似。对了,虽然他没有留胡须,但那总是若有所思的眼神也好,说话时谨小慎微的态度也好,还真与抱月不差分毫。

"肚子饿了吧?总是吃亲子盖浇饭都吃腻了,我这就要点寿司来!"

虽然时间已过八点,须磨子还是喊来楼下的女佣,吩咐她去要点寿司来。

那些嘴巴阴损的女人看到二人待在一起,不知道又要造出什么谣言来。虽然楠山有些担心,须磨子却毫不介意。

"给我订两份上等的'松寿司'来!"

须磨子少见的大方劲儿令女佣大吃一惊。

"你一定会当选的!"

须磨子在幻想着她与楠山二人共同经营俱乐部的前景。

但是,在两天后的脚本部会议上,须磨子的想法却完全落了空。楠山的建议虽然被采纳了,但选举的结果却是干事主任为中村吉藏,常任干事为秋田雨雀、川村久辅(花菱)。楠山甚至连干事都未被选上。

脚本部的人们已经觉察出须磨子和楠山的亲密关系,这是一种掺杂着嫉妒心理的反抗。

从长田那里听到这一结果后,须磨子怒不可遏。她立刻叫来人力车,赶到了楠山家。

当时,正是楠山结婚后的第三个年头。他住在四谷,家里有年轻的妻子和一个刚满周岁的孩子。

须磨子当着楠山妻子的面就握住了楠山的手,说服道:

"我去跟他们说,你一定要成为干事!"

对于须磨子的突然造访,楠山虽然有些惶恐,但毕竟是楠山,他冷静地说道:

"这是大家决定了的事情,事到如今已经无法改变了。"

"那你让我一个人怎么办?"

"我确实没有当上干事,但并没从艺术剧团辞职。即便不是干事,我也可以从侧面多方帮助你。就像以前一样,只要你遇到了困难,无论什么事都可以找我商量。"

"可是,照这个样子,今后一切都会让中村他们为所欲为的。"

"怎么可能?他们不会无视松井老师意见的。"

听了楠山的安慰话后,须磨子暂且回到了俱乐部。然而她去了楠山家的事还是立刻传进脚本部人们的耳中。

"这二人的关系果然不正常!"

大家愈发怀疑起二人的关系来。

在这一点上,须磨子直来直去,但却考虑不周。可以说具有一种偏袒过度反害其人的倾向。

但对须磨子而言,正因为她的工作曾常年处于抱月这个保护伞下,因此,身边如果没个近人则难以生存下去。

在失去抱月的现在,心灵孤寂的须磨子想要依靠楠山可谓自然之举。

但是,脚本部的成员们现在只是把须磨子视为艺术剧团的骨干女优。在他们眼里,"须磨子的艺术剧团"已经转变为"艺术剧团的须磨子"。

大正七年(1918)十二月一日至八日,须磨子赴横滨剧场参加公演,接下来又于十二日至十五日,参加了横须贺荣剧场的公演。这两场公演都是抱月生前与松竹签下的演出合同。

抱月死后,对须磨子而言不愉快的事情接踵而至。但只要站到舞台上,她就会忘掉一切,精力充沛地投入角色。对须磨子而言,与其考虑剧团的规划,将精力投放到剧团的运营上,还是登台表演最符合她的本性。

其间,十二月五日是抱月的忌辰。须磨子从横滨的旅馆赶回东京,只是召集了几个亲近的人,为抱月在灵前焚香。

之后,脚本部召开了会议,就来年三月以后的演出剧目进行了协商。

议事以干事主任中村为中心进行,须磨子没有出席这次会议。

本来,抱月在世时须磨子就不怎么出席艺术剧团的脚本部会议,而是完全委托给了抱月。现在虽说抱月已经谢世,可即便出席会议,须磨子对翻译或脚本也是门外汉,说出外行话时只会被大家取笑。

在须磨子缺席的这次会议上,大家只是就上演的剧目做出了决定,为川村花菱改编的《卡门》、楠山正雄翻译的《厄勒克特拉》和中村吉藏创作的《肉店》。长田将决定向须磨子做了汇报。

"这样定没问题吧?"

长田的语气里包含着这样一种高压式的含义——这是我们定下来的,当然就应该这样实施!

须磨子沉吟了片刻,答道:

"让我考虑一个晚上。"

"楠山君也出席了脚本部会议,您就是和他相商也不会有什么变化的。"

长田留下一丝冷笑离去了。

近来,每当干事们前来和须磨子商量事情时,须磨子都会回答"让我考虑一个晚上"。这已经成了她的口头禅。之后她就会把楠山唤来,听取他的意见。翌日须磨子的回答内容,只不过是鹦鹉学舌照搬楠山的说辞而已。

长田方才的话就是在挖苦这一点。

"就那么办吧。"

是日夜晚,须磨子照例和楠山进行了相商,之后给出了上述回答。

四天后的十二月九日,举行了抱月的五七法事,之后再次召开了脚本部会议。

议题是讨论艺术剧团今后的方针大计,即怎样维持与松竹的关系这样一个重要的问题。

出席者当中,有因为抱月死后松竹的态度略见冷漠,故而主张切断与松竹之间合作关系的强硬论者。而大多数意见则认为,即便做不到这一步,艺术剧团也应该恢复创立当时的初衷,以上演研究剧为主。

但是,比这更为严重的问题却是,须磨子无视脚本部的意见,单独与松竹方面进行着接触。会上对此进行了批判。

讨论来讨论去,最终做出了三点决定:第一,须磨子必须停止无视脚本部会议决定,私下擅自与松竹接触的行动;第二,今后将加大研究剧的力度;第三,与松竹的关系,将在不损害研究剧的前提下进行协调合作。

这些决定表面上看是继承了抱月提倡的"双管齐下"的策略,但实质上却有着微妙的差别。虽然提出了同时走研究剧和与松竹合作两条路这一双管齐下的说法,但显而易见,其中潜藏着研究剧优先的意向。

艺术剧团已经开始将抱月这位现实主义者的方针,转变为小山内薰等人主张的理想主义化的艺术至上主义方针。

此外,大家还一致决定,要求须磨子行为自律。倘若抱月在世,这种意见无人敢提。

在听说要召开这次会议时,须磨子就预感到会议将会做出对自己不利的决议,故而没有出席这次会议。

但是,由于她内心感到不安,遂离开自己的房间突然闯进会议室里。本以为她会说出"如果会议做出奇怪的决定,我可不答应"之类的话,却没想到她只是在会议中途把楠山叫出了会议室,打探了一下会议的内容。

这种做法自不必说有损于参加会议的脚本部成员等人对她的印象。虽然明知如此,须磨子仍然坐立不安。这件事也显示了须磨子容易感情用事的脾性以及她的实在。

会议的结论恰如须磨子所预想的,出现了不利于她的结果。但最后楠山以平静的语调向大家倾诉道:

"大家已经说了很多,但不管怎样,我认为正是因为有了须磨子,才有了艺术剧团。正如大家所知,她是个任性的人,但根儿上并不坏。因为岛村老师的去世,她目前正处在情绪亢奋的状态下,我们大家应该温和地呵护她,让她随心所欲一些。我们应该站在顾问的立场上去协助她。难道不应该这样做吗？"

如果抱月还活着，或许早就说出了相同的话。然而这话从楠山口中说出，便失去了说服力，只会降低一个档次，起到煽起大家忌妒心的作用——这家伙受须磨子所托，居然拿出一副情夫的模样装腔作势呢！

二

抱月死后，实质上已经成为团长的须磨子在经济方面也掌握着实权。

须磨子原本就是一个吝啬的人，俱乐部的日常开销必须一一列出明细，她不同意就拿不到一分钱。不仅如此，即便是必不可少的开销她也迟迟不肯掏出钱来。

其间，便出现了这样的问题。须磨子迟迟不肯将从十二月一日开始的横滨公演和十二日开始的横须贺公演的演出费发给大家。

束手无策的经理只好去跟公演主办方松竹进行交涉，结果却是，松竹方面早在公演首日就已经将费用支付给须磨子了。而须磨子把钱拿到手后，却做出一副浑然不知的样子。

无法排解心中不满的团员们便拜托川村花菱出面调解。

"岛村老师在世的时候，从未出现过演出费延迟支付的现象。她的这种做法实在是太恣意妄为了。"

团员们义愤填膺。而川村也没能领到改编费。当时已经做出决定，川村的《活尸》改编费为每上演一天支付给他七日元。可在抱月去世以后，须磨子却装出一无所知的样子。

接受了大家委托的川村为了交涉此事来到团长室。所谓团长室就是以前抱月的那间书斋，抱月死后就变成须磨子专用的团长室了。

川村走进房间时，须磨子正身穿袒胸露怀的和服一边吃点心一边背诵着脚本。

"你手里好像有的是钱嘛!不过那里边也包含着团员们的演出费和我的改编费。如果剧团明天都有可能破产的话,那就另当别论了。可现在经济状况稳定,松竹的钱也已经给了你,你是不是应该马上支付给大家呢?"

听了川村的话后,须磨子将捏在手上的点心抛到一边说道:

"哎呀,我什么时候说过不支付了?你怎么能这么说话!"

"你说没说过不支付,这我不知道。但现实是你并未支付给大家。这就和不支付没有什么区别。演出费之类如果不按时支付的话,你就会失去大家的信赖和威信。"

"哪那么多废话!你有什么理由来训诫我!"

"理由之类的无所谓,总之请你支付给大家。"

"我给你们钱就是了!还有什么好说的?真是个小气鬼!"

"到底谁小气?"

听了川村的反击话后,须磨子粗暴地站起身来,身影消失在隔壁的房间里。片刻后,耳边便传来一阵急促的脚步声。回到房间的须磨子将一捆票子扔到川村面前。

"拿走!这回没说的了吧。"

"拿走?有这么说话的吗?"

就算是剧团团长,为了支付滞付的演出费,就将一捆现金抛掷过来,还说什么"拿走",这种做法未免失礼。

"你们这些人,只要拿到钱就没得说了吧?"

"请你不要小瞧人!"

"那么,我应该怎么说才好呢?"

"你拖延了支付时间,当然应该道歉!应该说'钱给晚了对不起'!"

"开玩笑！我为什么要那么说？"

"你不说,我就不拿这笔钱！一直到你说了为止！"

"还真够难缠的啊！你这个人。"

须磨子略显烦躁地向上捋了捋头发,轻轻咂了咂嘴后说道:

"我说了就没事了,是吧？只是嘴头上说说也没有关系,是吧？"

"不管怎么说,礼仪还是要讲的！"

"那我说就是了。对不起了……"

须磨子宛若朗读课本似的说,接下来便望着川村说道:

"这回行了吧？你赶紧走！"

"你这样对待我们,后果会怎样,早晚有一天你会明白的！"

川村扔下这句话后,便收拾起散乱在桌子上的钱,走出了房间。

就这样,在横滨、横须贺的演出费以及在内部工作的女佣们的工资终于付了出来。

拿到了工资的剧团成员们暂且放宽了心,但一想到今后或许总会如此,心境就未免忧郁起来。

随着此类小事的不断发生,大家对须磨子的信赖也在逐渐消失。

须磨子只要稍加注意或是动一下脑筋就可以圆满解决问题,而不必暴露自己的这些缺点。比如演出费未付一事,早晚都是要支付的,早个十天半月的并没有什么影响。如果她从松竹收到钱后立刻就支付给大家的话,其声望势必上升,人们就会做出这样的评价——到底还是名伶团长啊！

但是须磨子却做不到这一点。她不仅生来吝啬,且原本就不具备笼络人心的本领。就如棒球名手未必可以做名教练一样,须磨子说到家只不过是名教练手下一员横冲直撞的玩命选手。硬是让这样一名选手去当教练,如果说这是剧团成员不幸的话,那么同时也是被捧上教练职位的须磨子的不幸。

召开楠山正雄的盘问会,是在这一纠纷过去三天以后的事。地点在江户川的清风亭。

六年前,抱月曾因被怀疑与须磨子之间的关系而被早稻田学派的成员们盘问了一场。此刻,楠山同样被怀疑和须磨子之间关系不清,处在了接受盘问的立场上。

当时聚集在清风亭的成员有中村吉藏、长田秀雄、本间久雄、川村花菱、小村光雄、秋田雨雀等艺术剧团脚本部的成员以及他们的盘问对象楠山正雄。

会议伊始,楠山便宣布自己"向上帝起誓,将诚实地说出一切"。接着便就自己和须磨子的关系做了辩白。

首先他就受到怀疑的十一日那个雪夜的事做了如下解释——从横须贺回来后他确实单独和须磨子两人谈了一整夜,但并未做出任何超越谈话范畴、涉及男女关系的卑劣行为。他还明确指出,虽然世间传闻什么楠山有离婚的打算,什么已经和夫人分居云云,但这一切都是无稽之谈,他根本就没有这样的打算。

楠山的说明条理清晰,且完全没有出现以前抱月所说的"现在没有,不过将来我不能保证"之类的微妙措辞。

据此,大家仅仅是断定出二人之间并未发生过肉体关系而已。长田和小村则进一步追问起那天晚上须磨子的态度。

"你的想法我们明白了,不过松井有没有对你示爱呢?"

"松井老师对我确实说过这样的话,她说希望我今后能够代替抱月老师帮她出谋划策,助她一臂之力。而且还说太冷了,今晚你就住在这里吧。但我为了避免发生麻烦事,就和她针对今后艺术剧团的发展方向谈论了整整一夜。就这些,我发誓并未发生任何超越这些内容的事。"

接下来楠山斩钉截铁地表示,今后除了正式场合外,绝对不再和须磨子搭话。

他似乎有些软弱。他这么说是想要讨好脚本部成员。不过楠山自身也觉得背上须磨子这个包袱未免过于沉重,况且自己也没有那个责任。他坚信只要自己现在远离须磨子,艺术剧团就可以安然无事。

然而事情的进展却完全出乎他的预料。

对楠山的盘问结束后,大家基本上承认了他的清白。然而就在这时,小村光雄站起来说道:

"从今天起,我打算退出艺术剧团。"

小村是艺术剧团的经营顾问。正因为在营销方面一直在支援艺术剧团,故而他的退出将会对艺术剧团今后的独立公演产生巨大影响。

"为什么?"中村追问道。

小村回答说:

"只要看看松井迄今为止的做法,就会发现她无视艺术剧团,擅自和松竹合作,根本就不打算听取脚本部的意见。而且今后也会如此。她的这种作风看上去没有改善的可能。"

听了他的话后,长田秀雄也站起身来说道:

"自己也打算不再参与通俗话剧的演出活动了,我想重新回到书斋里,借此机会请允许我退团。"

一场针对楠山的盘问会,中途却发展为主要成员的退团风波。

一部分人觉得遗憾,既然楠山的清白已经得到证实,为什么还会掀起此种风波呢?然而他们提出退团,并非与楠山的发言毫无关联。

确实,通过对楠山的追究,证明他与须磨子之间是清白的。可相反须磨子对楠山怀有好感一事也大白于天下了。

这样一来,其他男性便坐不住板凳了。尤其是原本就对须磨子怀有好感的长田和小村。在抱月葬礼那天,长田等人曾扶住了就要倒下的须磨子。过后他甚至啜嚅道:"真是一个成熟的女人啊,身体好丰满。"而小村也期盼着能有机会抱抱须磨子。

对这二人而言,知道须磨子已经对自己以外的男人情有独钟后,心情自然相当不悦。就算楠山已经发誓今后不再和须磨子有个人接触,他们也不认为须磨子因此就会对自己产生兴趣。而且就算产生了兴趣,他们的自尊心也不允许他们去追曾经试图接近楠山的须磨子。

虽然二人表面上讲出了一些正当的理由,可背后却是中年男人内心翻腾的妒忌心在作祟。

而且不仅仅限于小村和长田,即便川村和殷勤耿直的秋田雨雀也都在心底对须磨子怀有一抹淡淡的恋情。

抱月在世时,须磨子对他们而言就是一朵无法企及的山巅之花,男人们对既定事实心悦诚服。可随着抱月的离世,须磨子一下子就与他们近在咫尺,成为他们或许可以收入囊中的女人了。于是男人之间立即失去了平衡,并使事态发展到导致艺术剧团分崩离析的地步。

就这样,盘问会陷入一片混乱之中。

在大家提出各种意见后,中村吉藏最后总结道:

"楠山君尚须自重。小村君和长田君请姑且收回辞意。反正早晚都是要将须磨子妥善交给松竹的,脚本部还是要团结一致坚持到那一天。"

将须磨子交给松竹的提案,从抱月去世时起就已被考虑过多次。

本来脚本部的成员曾发过誓,要团结在须磨子周围,以使艺术剧团的事业发扬光大。可事实上,没有抱月的艺术剧团已经失去了魅力。且不说作为演员如何如何,作为一个人,须磨子的缺点实在太多。要男人跟随这样一个须磨子,对男人而言只能是引以为耻。如果要自己去协助须磨子,除非自己成为她的情人或丈夫,除此以外为她效力实在不值。干事们如今都是怀着这种小九九来考虑艺术剧团的事。

但是他们刚在抱月的灵前发过誓,要维护艺术剧团的发展,因此不能随便就此匆匆一走了事。若要金盆洗手,也需要找出一个能够得到世人谅解的相应的理由。

所幸须磨子在松竹大受欢迎,故而松竹希望她能够归自己专属。须磨子自己也希望与其受艺术剧团脚本部那些七大姑八大姨的管制,还不如加入松竹,一门儿心思专注于舞台表演。两者想法的一致与艺术剧团打算将须磨子交给松竹并借此使艺术剧团体面谢幕的想法不谋而合。

中村这一收拾残局的提案,以最终落幕的形式摆到了桌面上,意欲借此结束混乱的局面。

可是,理应绝密的盘问会内容却被捅给了报社,并传出各大报刊将要刊登报道,披露艺术剧团围绕须磨子引发的新的丑闻。

中村惊讶万分,马上调查了一下泄密源头。发现似乎是长田秀雄自觉被须磨子抛弃,为了泄愤而为。在这一点上,脚本部这些理应兼备理性与教养的男人,一旦被揭开面纱,男人丑陋的本性就暴露无遗。

中村迅即奔走于各大报社之间,总算压住了报社意欲将其刊登在三版版面,即社会新闻版面上的打算。他同时提醒脚本部各位务必自重。

然而这一小小的应急举措已经无法使纪律一度涣散下来的组织恢复原状。

当时艺术剧团已经决定与松竹进行正月联合公演的剧目为《肉店》和《卡门》。

公演期间为一月一日至十日,演出地点为有乐剧场。须磨子在《肉店》中饰演阿吉,中井哲饰演三次,加藤精一饰演千太。而在《卡门》中,须磨子饰演卡门,森英治郎饰演唐·何塞,中井哲饰演鲁卡斯。剧团从二十日起开始了舞台排练。须磨子一头扎进排练中,试图借此驱散心中的不快。

虽说须磨子拖延支付了演出费,还在会场上说了一些专横任性的话,可一旦站立在舞台上,她便会发了疯似的热情洋溢。可以说须磨子就是一块当演员的料。

而脚本部则在这段时间内又举行了多次会议,并终于在十二月三十日晚上的最后会议上决定解散脚本部。是日,脚本部的会议记录上只是记录了如下内容:

"由岛村抱月先生创立的脚本部,在历经百般曲折后,以松竹公司与艺术剧团签订新合同为契机,决定解散。即此。"

对于脚本部的解散,须磨子并未表示特别反对。当楠山盘问会后,中村将这一意向转达给她时,她也只是颔首说了句"这样也可以呀"而已。

脚本部的解散意味着艺术剧团将实质上合并于松竹旗下,从而失去自主公演的机会。然而对须磨子来说,只要她自己能以主角身份登上舞台便心满意足了。虽说艺术剧团被并入松竹旗下,可她的真心所想却是由此自己便再也不必和脚本部那些胡搅蛮缠的成员们钩心斗角了,心情反倒轻松愉快。

"总算以今天为限,一切都结束了。"

在中村感慨万千之际,须磨子也只是点头说了声"是啊",甚至连一句"辛苦了"的问候话都没有。

可对于中村等人而言,他们只能感到万分遗憾。自艺术剧团创立以来,脚本部以抱月为中心好不容易才发展到今天这个地步,却因为须磨子的恣意妄为和男人们的一腔妒火而夭折于此。

在一切都结束了的虚脱感笼罩下,他们相互握手说道:

"我们已经尽力而为,就不要再遗憾了!"

"到头来还是这么回事,把须磨子贱卖给了松竹……"秋田一边握手,一边自嘲似的嘟哝着。

脚本部的所有成员都在脑子里想着这样一件事——此刻如果岛村老师还在的话……

他是会说"干的漂亮"呢,还是会说"到底还是倒闭了"呢?

最后的结论归结为一句话——老师不在到底还是不行啊。真不知如何向老师道歉才好。

但不争的事实是大家也因此卸下了肩头的重负。

从今往后,再也不必担心会见到那个歇斯底里为所欲为的女人了。只是想到这一点,似乎就觉得眼前一片光明。同时他们也抱有一种看热闹的冷淡心理——在我们大家全都洗手不干以后,看你须磨子一个人还能折腾多久?等着瞧吧!

事实则是,从今往后的须磨子,在不必听从令人心烦的脚本部成员说三道四的同时,也必须独自承担起全部责任。她再也不能以"那是脚本部擅自决定的"为由来转嫁责任,撒泼耍赖了。

艺术剧团的全部责任以及俱乐部的经营管理,全都会落在须磨子一人的肩上。

"你是一定没问题喽?"中村不无讽刺地说。

"是啊,没问题吧。"须磨子并不服输。

不过那时须磨子认为,遇事只要去和楠山商量,总会有办法解决的。

自打召开了盘问会以来,楠山顾忌脚本部干事们的目光,始终躲避着须磨子。可现在脚本部既已解散,也就没有必要再忌惮他们了。

须磨子自忖,在这种情况下自己只要去叫回楠山,他一定会回到自己身边的……

可是,大年三十的午后,须磨子虽然邀请楠山来一趟俱乐部,可楠山却并未现身。

本来讲好下午两点见面的,可是到了三点,即便到了四点,他也始终没有出现。于是焦虑不安的须磨子便让俱乐部的女佣拿着她的信赶往楠山家。

可女佣回来后却汇报说,楠山家漆黑一片,门也上了锁,里面一片静谧。

和楠山约好来这里是两天前的事。是须磨子亲口对他说的,他当时也答应下来。看来似乎是楠山独自爽约了。

"孬种……"吐出这句话后,须磨子便将目光投向暮霭临近的黄昏街道。

男人为什么会如此软弱呢?只是遭到身边人一点点非议就立刻举手投降了。只知道为自己辩白,之后便夹着尾巴逃回家里。怎么就不对周围人的说三道四给予正面反击呢?

"果然还是那个人坚强……"

此时此刻,须磨子再度想起了抱月。在抱月活着的时候,须磨子觉得他是一个学者类型、窝窝囊囊、从不明确表明自己意见的人。可现在她才发现抱月在根儿上有着一股坚如磐石难以撼动的倔强与刚强。

"老师……"

须磨子面朝夜晚的窗户轻轻呼唤着,心中再次回想起抱月的伟大和慈祥。

三

大正八年(1919)元旦,在东京有乐剧场举行了《肉店》和《卡门》

的首场演出。

这是艺术剧团和松竹的第三次联合公演。须磨子在《肉店》中饰演阿吉,在《卡门》中饰演卡门。

包括元旦休假的因素在内,从首日公演到第三天,观众始终爆满。

可是,到了第四天,须磨子却通过松竹的池田藤兵卫,突然提出自己不再出演《肉店》中的角色了。身为作者的中村吉藏听到这一消息后,立刻赶到须磨子的后台演员休息室里。

"到底是怎么回事?你为什么不上场了?"

"不想上就不上了呗。"

须磨子照旧在休息室的火盆上暖着手,头都没回地说。

"到了这种时候你说这样的话,这不是难为我们吗?你不上场这个戏还怎么演啊?"

"可以找个替角嘛!小泽美代子就不错啊。"

"这么急怎么可能?"

"没问题。我已经跟她说好了。"

"你说什么……"

向来稳重的中村表情僵硬了。主角无故罢演已经是为所欲为,自己指定替角更是随心所欲。这种行为表明她根本就没把作者放在眼里。

"就算你是松井老师,这种放肆的做法也让人无法原谅!说好了是你上场的你就必须上场!"

"可是,我不想上了呀。"

"不行,你必须上!"

"你真是一根筋啊!"

"你才是一根筋呢。你好好考虑一下自己的身份如何?"

"啊,真是烦死了。老师要是活着的话,绝对不会说出这种话来的。"

"岛村老师在会怎样我不知道。总之我请你出场!不!我要你出场!"

此时开幕的铃声响起,服装师和床山慌慌张张地跑了过来。

"总之,今天无论如何不允许你罢演。你马上出场!"

扔下这句话后,中村便走出了演员休息室。须磨子虽然一直在怄气,但在周围人的劝慰下总算勉强化妆并登上了舞台。

然而舞台上的她毫无往日的活力,动作迟钝,而且台词也说得张皇失措。

本来须磨子在舞台上几乎可以说绝对不会说错台词或错过说台词的时间。即便她排练时任性专横,但却是反复排练,直到自己满意为止。在这一点上她是一位值得信赖的演员。

但在表演《卡门》时,其表演却一塌糊涂。要么说错了台词,要么错过了说台词的时间。并终于在第三幕表演纸牌占卜时,错使纸牌飞向观众席,打乱了何塞的出场时机。

无论谁看,都会觉得须磨子的表现有些反常。或许是因为表演失败的缘故,须磨子回到后台休息室后,立刻匆匆收拾东西准备早早离去。此时中村再次赶到休息室。将方才说过的话又重复了一遍。

"你如果想得过多,就会像今天这样出现失败。你听我说,别再任性了,从明天起好好演,拜托了!"

"我还是不想上场了。"

"你见好就收行吗!"中村下意识地握紧了双拳,"你为什么不愿上场?我不允许!"

"你不允许又怎样?戏是我来演,艺术剧团是我负责,是演出还是休息,这是我的自由,难道不是吗?"

"即便艺术剧团是由你负责,可整个这出戏是松竹交给我负责的。这出戏的负责人是我。我不能允许出现破坏全体成员统一合作的事。"

"那么,如果我对你说,我无论如何都不再上场了,你又能怎样?"

"你不想上场也得上场!"

"我要是死了呢?岂不就上不了场了?"

"松井君!请你镇静点,你镇静下来冷静地思考一下!"

说着说着,简直就想揍她一顿。他勉强克制住自己,走出了休息室。

然而中村吉藏做梦都没想到,这就是他与须磨子的最后对话。不!就连周围的人也都以为,即便闹得沸反盈天,第二天须磨子的心情也会出现变化,依旧会以一副若无其事的表情站到舞台上的。

事实也是,当时争执的缘由也不过就是一件怄气的小事而已。

起初须磨子的确提出了不想出演《肉店》角色的想法,但当时她已经走进后台休息室并坐在梳妆台前。如果她真的不想登场,就不会坐在梳妆台前,而且压根儿就不会去后台休息室。

之所以说不想出演《肉店》了,也可以说不过是在须磨子身上屡见不鲜的心血来潮而已。

当时曾听到须磨子说出上述任性话语的池田藤兵卫抒发了自己的感想:

"对于演员们说出的话,不能全都那么当真……此外,平息事态的方法也数不胜数……"

池田本是关西歌舞伎鼎盛时期久松剧场(即后来的明治剧场)附设茶座的老板。可同时他又是一位风流雅士。作为一名票友,出于对歌舞伎的爱好,他已经把整个身家全都奉献给了歌舞伎。也正因此,他的见解才颇值吟味。

确也如此，如果抱月当时还活着，他或许就会默不作声地听凭须磨子任性耍泼，先让她把牢骚发够，之后再巧妙地取悦她，最终让她登上舞台。

从表面上看，抱月似乎已经被须磨子的专横跋扈打翻在地，但实际上他并未输给须磨子。即使须磨子一时专横胡闹，可用不了多久，只要让她把话说够了，到头来她还是会登台演出的。可以说抱月已经看透了须磨子的这个毛病并巧妙地操纵着她。

与抱月相比，中村是个坦率而又一根筋的人。虽然性格温和笃厚，可一旦发起火来就一步不让。也就是说，他缺乏平息须磨子歇斯底里的灵活性和圆滑劲儿。

是日须磨子的任性专横，正如须磨子自己所说，并没有什么特别的缘由。说不愿意就是不愿意，说来这与小孩子撒娇并没有什么区别。

当时川村和饰演《卡门》中何塞一角的森英治郎正一起坐在回家的电车里，二人就那天须磨子的事互相议论道：

"今天的须磨子也太过分了！居然说出那种蛮横无理的要求，还和中村大吵大闹了一通，这么干怎么搞得好呢？"

"嗯，八成是老毛病又犯了吧！"

"老毛病？"

"每月一次，须磨子在那个时候总是这样。"

正因为长年与须磨子同台演出，森英治郎才能立刻察觉出须磨子身体状况的异常。在那种情况下，他便让自己的演技始终配合着对方。说来随着身体生理周期的变化，须磨子的情绪波动要比一般女性大出一倍以上。在月经期和非月经期，须磨子的脸色、肌肤乃至性格都会突然发生变化。

抱月对此当然了如指掌。虽然没有说出口来，但每逢那时他便会意识到,反常的波涛正在袭来,因此他总是忍耐着。反过来也可以这样说,正因为抱月了解须磨子情绪的剧烈波动,因此才能够忍让她。

然而中村并不具备看透须磨子这一特点的直觉和经验。

此外,如果将那天须磨子的发飙完全归咎于其身体的变化则多少有些言过其实。她的身体状态不佳确实是主要原因,但另一个事实则是,发飙也缘于须磨子心底对中村的一种排斥——本来当时须磨子已经被"转让"给了松竹,但中村仍然接受松竹的委托担任了那次演出的总负责人。

这一点从须磨子那句"艺术剧团是我负责"的话中也可窥见端倪。

再有一点就是,在《肉店》和《卡门》这两部戏中,须磨子所饰角色的最终结局都是走向死亡。须磨子对此难以释怀。

虽说故事情节就是如此,没有办法加以改变,但抱月刚死不久,自己却要连续两次不得不在舞台上死去,这对须磨子来讲太过沉重。就此可以说脚本部的思虑有失周全。

还有一点就是,抱月逝世两个月后,内心的孤寂终于逼真地向须磨子袭来。她曾一度哭得死去活来,之后试图再度振作起来,故而接近了楠山等男性。然而这些男人为了躲避责任,全都落荒而逃,没有一个人可以依靠并力挺她。可以说那种无依无靠的失落感与身体的变化相辅相成后,就更加掀起了她内心不安的涟漪。

演出结束后须磨子再次与中村发生了争执,之后便独自一人走出后台休息室,坐上了人力车。

在当时,即便像须磨子这样的大牌女优也没有自己的随从人员,从家里到剧场,往返都是她一个人。

当时虽然服装师和床山也在休息室,但他们对与中村发生争执后情绪不佳的须磨子似乎有些畏惧,因此工作一结束便早早离去了。

须磨子被人力车摇晃着回到了艺术俱乐部。然而那里也没有可以使她获得温暖的人在等候她。

须磨子对用人说了声"我不吃饭"后,便走进屋内。她并未脱掉和服,只是一直待在那里。

时值一月四日,寒气逼人。须磨子就那样将身躯向火盆上倾斜着,一边取暖一边回想着这几天的事。

与中村争吵确实是出于自己的蛮横与任性,对此她心中一清二楚。今天的一切都是由于自己的任性与胡来。但是,作为一个男人,他难道就不应该更为胸襟广阔些,让自己耍点小脾气吗?只是在这种情绪不稳定的时候,自己才希望有人能伸出温暖的大手扶持一把。

老师在的时候从未有过这种事情。无论自己多么任性,他都会原谅自己,并引导自己走向新的目标。一想到有老师在身边,自己就可以毫无顾忌畅所欲言,根本就没有必要考虑自己所说的话会给周围其他人造成什么影响,他们会做出什么反应,等等。自己可以信口开河,为所欲为。

可如今身边已经没有能够劝解和保护自己的人了。

"烦死人了……"

在啜嚅的同时,一阵倦意倏然向须磨子袭来。这并不仅仅是因为和中村发生了争执。

在抱月死后的这两个月里,须磨子一直都是鼓足勇气活着,其间积累下来的倦怠感,似乎一下子全都喷涌出来。

"我要是死了呢?岂不就上不了场了……"

今天和中村吵架时说过的话自然而然地浮现在她的脑海里。

干脆就死掉算了,这样一来就再也不必登上讨厌的舞台了,也不必再听任那些不明事理的男人们摆布了。只要自己死掉,就再也不会被他们说什么"任性""自私"了,也就不再需要顾忌他人,不会再有人发自己的牢骚了。

即便自己继续活下去,大约也不会再有什么好事出现。今后再也不可能遇到像老师那样真正理解自己、支撑自己的男人了。

或许自己的一生在老师死去的那个时刻就已经结束了。老师死去以后,自己遇到的全是一些麻烦事,一些令自己心情沉重的事,自己从未快乐过哪怕一次。无论自己怎样发奋排练,在舞台上怎样尽力表演,都有一道坎跨不过去。一个人越是努力就越是觉得孤独,残存于心中的只是一片空虚。

"老师……"须磨子冲着祭坛上的抱月照片喊了一声。

那天要去后台时,须磨子觉得抱月一个人太过可怜,便对女佣说不要灭了屋里供奉于神像前的佛灯。可女佣却提出了反对意见,说万一引起火灾就太危险了。此时的灯光是须磨子回来后自己点燃的。此刻抱月的脸,正在灯光中微微晃动。

照片上的抱月,大都是操着双臂,一副百无聊赖的样子。只有这张照片,其脸上浮现出柔和的微笑。这张照片是他们去中国东北巡回公演时当地人为他拍下的。

一看到抱月那张略显寂寥的笑靥,须磨子就会再度回想起抱月那宽广无垠的胸怀与温柔。须磨子觉得无论自己怎样任性蛮横,怎样胡作非为都能够谅解自己的老师此刻正在照片里呼唤着自己:"你来呀。"

"老师……"

须磨子再次轻轻呼唤了一声后,便把照片拿在了手中。看着看着,眼泪就不知不觉地流淌下来。一旦哭泣起来以后,泪水便如决了堤的洪水一般无法止住。须磨子的哭声渐渐大了起来。最后,她一边哭一边轻声说道:

"我也要去老师那里。"

抱月那屡见不鲜略带羞涩而又貌似困惑的脸,似乎正在轻轻地向她点头。

望着这张笑脸,须磨子突然打定了主意。

"老师,你会等着我的,是吧?"

不知不觉中须磨子已陷入和抱月一起牵手漫步的错觉中——她觉得他们似乎正处于以前经常幽会的户山原野的春霞之中,又似乎正漫步于艺术协会通往排练场地的幽深小路上,甚至还像是在巡演途中所走过的广袤的原野。

须磨子追寻梦幻似的闭合上双眼。突然,她感觉到抱月正在呼唤自己。

"你来呀……"

须磨子好像是被这句话牵引着一般站起身来,取出了钢笔和纸。

之后她再次回到被炉前,嘘了口气。眼前放着的粗壮美国钢笔是抱月买给她的,纸则是印有纵向铅格的信笺纸。

此时的须磨子正处在一种貌似轻微酩酊的状态中。看着白色的纸张,须磨子一生中遇见的各类人物的面孔浮现出来又消逝而去。在这些面孔中,她首先给伊原青青园写下了一封遗书。

就在须磨子犹豫不决写到一半时,有人前来敲门。

她用手腕挡住遗书转过头去。住在俱乐部的女优小泽美代子从门边把脸探了进来。

"怎么了?"

"没什么,只是想……您还没睡吗?"

"我还有工作。你去睡吧。"

"好的。"

"等等。"

须磨子叫住了就要折回的美代子,然后从放在旁边的钱包里取出一些钱来,用纸包好后递了过去。

"用这些钱买点自己喜欢的东西吧。"

"可是……"

"行了。晚安!"

须磨子少见地笑了,然而脸上却挂着泪痕。

小泽觉得有些蹊跷,可又觉得继续追问未免不妥,于是就回到了自己的房间。

想要睡时,她打开了纸包,发现里面装着十五日元。

深更半夜的干吗给这么多钱呢?小泽越发摸不着头脑了。她就想等明天再去道谢吧,于是倒头睡下。

打那时算起三十分钟后,女佣说要给须磨子铺被子。须磨子依旧坐在被炉前回头说道:

"我自己会铺的,你下去吧。"

女佣走后,须磨子的房间依然灯火通明。时辰已过凌晨三点,夜间销售荞麦面条的叫卖声已经消失,周遭万籁俱寂。

在这一片静谧中,须磨子再次写起遗书来。

第二封是写给姐夫米山益三的。第三封则是写给坪内逍遥的。

所有的遗书全都写完后,须磨子看了看表,已是凌晨四点。

须磨子走下楼梯来到女佣房内,向睡眼蒙眬的女佣询问装饭的木桶放在哪里。

"在厨房。"

听了女佣的回答后,须磨子又来到厨房。她打开木桶盖,将一些饭粒放在掌心上。

她又回到自己的房间里,用米粒将遗书封好。

所有的信封都是粉红色,上面写着几个收信人的姓名。

她只是拿起其中的两个信封再次走出房间,向正面二楼的勤杂工房间走去。

她敲了敲木板门,然而毫无声响,两个勤杂工睡得很死。无奈之下须磨子只好叫醒了睡在二楼右侧的侄子武昭。

"怎么了?"

看到眼前站着的须磨子,武昭很是惊讶。须磨子平静地说道:

"到六点的时候,你去把这个送给坪内先生和伊原先生。这是很急很要紧的信,记着千万不要忘了!"

虽然感到不解,武昭还是点头答应下来。于是须磨子说了声"晚安"后便关上了房门。

回到自己房间时已经快到五点。

将剩下的那封信在桌上放好后,须磨子化起妆来。

她将头发梳成时下流行的女优发髻,在大岛制盛装和服外面又套上一件带有家徽的短外挂。之后系上了一条浅蓝色素花缎和服圆腰带,并戴上了抱月送给她的戒指和手表。最后她又拿起一条深红色绉绸细腰带和一条浅蓝色细腰带。深红色的那条腰带是以前抱月买给她的。

一切准备就绪后,须磨子再次来到抱月灵前,双手合十,之后走出了房间。

一月的凌晨五点,天色依然昏暗。俱乐部内还没人起床。

穿着白色布袜的须磨子,将脚伸进草编拖鞋内走下了楼梯。她在走廊里兜了一圈后来到正面,又从那里穿过观众席来到舞台上。

须磨子在舞台上伫立了片刻,又回头望了一眼夜深之际空无一人的观众席。过了片刻,她终于痛下决心似的点了点头,身影消失在舞台后面的杂物间内。

四

艺术俱乐部的女佣龟高伊濑于元月五日早上七点起床,洗过脸后便开始打扫房间。除伊濑外另外还有两个女佣,但她们都是通勤上班,而且正好赶上正月,因此那天都还未到。

七点半,伊濑忽然担起心来,于是就去望了望须磨子的房间。

须磨子无论晚上睡多晚,清晨都会早起。她天生睡眠质量好,钻进被窝立刻成眠,并且从不赖床。

伊濑来到二楼里侧须磨子房间的门前。平素总是整整齐齐摆放在门口、上面拴着红色木屐带的草编拖鞋此刻却不见了踪影。

"老师,老师……"

她叫了几声,没有回音。

伊濑觉得奇怪,便轻轻打开了拉门。然而里面根本就没有须磨子的影子。而且房间整理得干干净净,被子也没有铺开过的迹象。

静谧的房间内唯有抱月祭坛上的佛灯仍然亮在那里,灯火正在微微摇曳。佛坛里侧,围绕着抱月的照片,一边摆着须磨子的照片,另一边摆着抱月买给须磨子的羽毛毽拍。

昨天打扫房间时并没有这些东西。

刹那间,伊濑产生了一抹不祥的预感。她立刻来到旁边的团长室,依然没有须磨子的影子。

"老师……"

伊濑一边喊一边在二楼转了一圈。接着又跑下楼去查看鞋箱,须磨子的木屐整整齐齐地摆放在那里。

她会去哪儿呢?伊濑一边继续喊,一边在院子里寻找,之后又转到了便门处,存放舞台大道具的杂物间的门敞开着。

难道她会……

伊濑一边推门,一边战战兢兢地朝里面望去。只见化了淡妆的须磨子,脸色雪白地垂吊在黑暗中。

"啊!"

伊濑一下子蹲了下去。接下来便爬着回到女佣房间里。

当时理应已被赶走的小林放藏,以正月休假为由回到了俱乐部。此时正睡在女佣房间旁边的屋子里。

伊濑敲响了放藏的房门,颤抖着用手指指着杂物间方向。

放藏只是穿着一件睡衣就冲出房间往杂物间跑去。接下来俱乐部里一下子就炸开了锅。

须磨子似乎是先将一把椅子放在道具库房中央的桌子上,之后站了上去,接下来便将绳子穿过房梁,然后套住了自己脖子。而就在套住脖子的那一瞬间里她踢倒了椅子。此刻,被踢倒的椅子正横倒在桌子边上。

"叫医生!"

放藏大声吼叫着。这突如其来的事件已经把他吓得浑身动弹不得。十分钟后,总算有人赶了过来——寄宿在附近的小林正典抱住了须磨子。辻野良一则爬到摆放在桌面的椅子上,用刀将挂在房梁上的绯红色绳子割断,这才终于将须磨子放了下来。

大约是须磨子为了防止自己的双脚乱踢乱蹬吧,在其膝盖下方绑着一条浅蓝色腰带。

因一时慌乱,他们叫来的居然是兽医。未过三十分钟,神乐坂警察局的警员便赶到了,之后法医也赶了过来。被安放在一个临时台子上的须磨子,身上依然残留着体温,但是呼吸已经停止了。法医就势进行了验尸。

当法医解开须磨子的腰带时,从她的怀中露出了写给米山益三的遗书。

已经毫无疑问属于自杀。警察只是确认了一下尸体,便允许对尸体进行挪动。大家抱着须磨子的遗体,把遗体挪到二楼的起居间内,并盖上了被子。

以最初的发现者龟高伊濑为首,加上小林放藏、两个勤杂工、辻野良一、入室弟子小泽美代子、日本三弦琴师村冈、小林武昭等人,在八点过后才终于缓过神来,开始联系俱乐部的干事们以及其他头面人物。

八点多时,川村花菱被来告急的俱乐部男性服装师吵醒。
"什么!松井须磨子死了?!"
一声喊叫过后,川村便坐在被子上交叉着双臂,身子僵硬在那里。
实在是太突然了,他无法立刻相信。
"怎么会死了呢?"
"这个……"
作为服装师,他怎么可能知道原委呢。
"好,我马上过去。"
花菱匆匆准备了一下就离开了家门。
正月里,虽然寒风刺骨,天空却一碧如洗。隔着篱笆墙传来了打羽毛毽子的悠然声响。
须磨子死了!川村虽然在心中告诉自己,但脑子里却仍然半信半疑。
他在代代木车站坐上了电车。正月初五,车上依然有不少穿着美丽盛装的女性和喝了正月屠苏药酒后脸色绯红的乘客。大家看上去神清气爽,脸上飘逸着平和的节日气氛。看着眼前的情景,花菱突然冲动地想要大吼一声:

"须磨子死了!"

这些人当中还没有谁知道须磨子已经死了。他们以为今天也会像昨天一样,毫无变化地逝去。在如此思虑的过程中,花菱便觉得须磨子死了这件事就像是一句谎言。

这样一个大牌女优死了,日常生活怎么可能还是如此这般平静祥和……

不久,他在牛込站下了电车,登上了神乐坂坡道。街头与往常无异,还是那样静谧。街上的行人也好,店铺内准备开张营业的人也好,全都在默默地忙着自己的事。

过了毗沙门佛堂往左拐,再登上横寺町缓坡,便可以看到艺术俱乐部的正脸。可是,小小的正门周遭一片静谧,好像并未发生过什么。

"怎么可能……"

花菱自说自听似的嘟哝着,走进俱乐部内。

正面玄关处空无一人。于是他径直登上二楼,打开了须磨子房间起居间的拉门。刹那间一股线香的气味扑面而来。一瞬间里,花菱的身子退缩了一下,接下来便小心翼翼地向里面望去。只见须磨子仰卧在那里,头朝抱月的祭坛,脸上覆盖着白色纱布。四周围坐着四五个人。

"先生,出大事了!"

教授日本三弦琴的师傅率先回过头来。仿佛在等待这句话似的,周围的女性一齐大声哭了起来。

"到底还是真的呀!"

"已经死了。"

说过这句用不着说的话后,三弦琴师傅揭开了须磨子脸上的纱布。

须磨子的脸有些浮肿,看上去雪白圆润,双目静静地闭合着。如果只看这些,便会觉得她死时并未承受任何痛苦,然而在其颌下与喉结上方却深陷着一条鲜明的紫色血斑。

花菱慌忙错开视线,闭目合掌。

已经毋庸置疑,须磨子确实死了。

花菱多次说给自己听似的,数度点头后来到走廊里。

"先生,出了这么大的事,还要请您多照应啊。"三弦琴师傅追了过来。

"我当然会尽力而为的。不过还是太吃惊了。"

"我也一样,觉得怎么会……"

"通知大家了吗?"

"知道联系方式的人暂且都联系过了。"

"今后的事才不好办呢……"花菱心神不安地环顾着周遭说道,"听说是在杂物间……"

"是的,您去看看吧。"

花菱紧跟在先行一步的师傅后面走下了楼梯。他们从观众席一侧来到道具库房内。光线从敞开的门扉流泻出来,灯光下摆放着一张微微横斜的大桌子。

"她好像是将腰带悬挂在那里,然后登上了椅子,之后又把椅子踢走了。"

椅子好像完成了使命似的,静静地倒卧在桌子的斜后方。

花菱仰视着天花板上的房梁,随后又将视线收回到桌子上。桌子中间的一个红点映入他的眼帘。从远处看那痕迹就宛若红色的颜料,但仔细一瞧就会发现那是一小块聚拢在一起尚未干透的血痕。

"还出血了?"话刚出口,又被花菱咽了回去。

昨天从有乐剧场回家时,与须磨子演对手戏的森英治郎曾在电车上说过这样的话"须磨子在那个时候总是这样"。

这血迹毫无疑问就是那时的血。或许是悬吊在那里时从其双腿之间滴落下来的。

"这里还有血呢。"

"啊,果然还是这么回事啊。"

三弦琴师傅像是说给自己听似的满脸通红,接着便从和服袖兜里取出纸巾擦掉了血迹。

"大约在几点左右?"

"听法医说大约是在今天凌晨五点左右吧。"

"就没有谁发现有什么异常吗?"

"倒是有一些蛛丝马迹,但也都是马后炮了……"

据师傅说,须磨子于前一天拿出十一日元给两个养女胜子和若子各买了一件相同款式的红色披风,还请她们吃了亲子盖浇饭;她还给了小泽美代子十五日元;再有,前一天晚上,喜欢她的戏迷给她送来了天麸罗大碗盖浇饭,可她碰都没碰,回来后什么都没吃。

须磨子平素总是下午两点来到剧院后台的演员休息室,可那天她却磨磨蹭蹭地一直拖到四点。最后出门时还特意关照说:"不要灭了祭坛上的佛灯"。还有,大半夜跑来问女佣盛饭的木桶放在哪儿了,傍天亮时又找人帮她送信等等。所有这一切现在想起来都很反常。

然而,所有这一切都是马后炮,人们不可能未卜先知。

"辻野君曾听到有草编拖鞋往堆放道具的杂物间走去的脚步声,但那时他好像睡得迷迷糊糊的……"

"这把椅子如果是从桌子上掉下来的,当时应该发出很大的声响吧?"

"那倒是,可是大家都在睡梦中。"

师傅歉疚地低下了头。当时真就有人听到了椅子倒下的声响。

距堆放大道具的杂物间约十米处,隔着一片空地有一家名叫"官许浊酒屋"的店家。在那家店铺的内宅里住着一个名叫饭冢友一郎的东京大学寄宿生。

凌晨时分,就在他睡得迷迷糊糊之际,耳畔突然传来一声"咕咚"的声响,好像有什么东西倒了下去。声音就来自空地那个方向。当时他想,大概是狗之类的动物将什么箱子弄倒了吧。想着想着就又睡着了。

后来,饭冢曾在一篇题为《松井须磨子的临终》的随笔中提到过此事。上述事实由此而为世人所知。

而这个饭冢友一郎后来竟成了一名话剧研究家,并和坪内逍遥的养女邦子结为伉俪。

更为奇妙的是,凌晨小林武昭受须磨子之托去坪内逍遥家递送遗书时,出来取信的正是这个邦子。

截至五日中午,须磨子的死讯几乎通知遍了其所有的亲戚、话剧界人士、报刊以及杂志社等的相关人员。

举办丧礼需要有一位丧主,可是须磨子并没有亲生子女,故而从理论上讲应该由她的养女胜子或若子担任。可是二人又全都过于年轻,而且对须磨子而言,与二人的关系也并非有多么亲近。虽说亲哥哥放藏就在身边,但他因与须磨子争吵而被逐出了俱乐部。

最后以俱乐部的干事们为中心经过协商后,决定由他们来主办丧礼。

正午过后,得到通知的吊唁客相继赶来。还有一些群众听到"须磨子死了"的传闻后也都赶来凑热闹,于是俱乐部四周便被里三层外三层地围了个水泄不通。

在这种情况下,川村或长田等干事们便各司其职,决定了通知相关人员、守灵、遗体告别仪式日程以及葬礼程序等事宜。

遭遇到主演突然死亡事件的松竹,立刻召开了以大谷竹次郎为首,包括其手下池田藤兵卫、有乐剧场经理新兔、艺术剧团经理山室等人参加的会议。经过协商,决定中止《肉店》和《卡门》的正月演出。当时戏票已经售出不少,却也只好决定退票。此事对松竹而言损失惨重,他们必须寻找替角继续演出,因此须磨子的死可谓兹事体大。

一月六日的《大阪朝日新闻》以《松井须磨子缢死》为超大标题,并以"留下三封遗书后,于牛込艺术俱乐部""于抱月氏的忌日""自杀的原因为过度缅怀已故抱月氏"及记载了须磨子简历的《须磨子的一生》等为小标题,做了大幅报道,并刊登了《卡门》的巨幅舞台照片。

棺柩于五日黄昏被搬进艺术俱乐部。在此之前朝仓文夫带着两个助手用石膏套取了死者的面型。

此后便给须磨子穿上雪白的丧服,脸上施以淡妆。紧接着就应该将她放进棺柩中了。但由于须磨子在长野的母亲尚未赶到,故此遗体被暂时安放在二楼的起居间里。

不久,深夜十一点,须磨子的生母赶到了俱乐部,于是开始入殓。

须磨子的母亲接到女儿突如其来的死讯后,大约在赶来的车里恸哭不止,只见她双眼红肿,憔悴得几乎难以站立。

"为什么?为什么?"

望着女儿的遗体,母亲已经说不出其他话语,只是紧紧依偎着女儿的遗体。

干事们就棺柩中的放入物品曾经争执了片刻,结果决定和鲜花一起将羽毛毽拍、戒指、手表和钢笔等放了进去。每件物品都是抱月买给须磨子的,也都是她生前的爱不释手之物。

入殓结束后,原本预定一如抱月去世时那样,将棺柩搬到下面的舞台上,但由于还有不少与她关系密切的吊唁客要求见上须磨子最后一面,故而又在二楼起居间内放置了一段时间。

天亮后,即六日晨,过去曾尖刻地批评须磨子是一个"除了动作夸张以外一无是处的女优"的有岛武郎来访,并将一束鲜花放到棺柩中须磨子的脸旁。

一夜过后,须磨子的脸看上去有些发黑。脖颈那道深沟上覆盖着一块白布。

不久就到了七日中午,棺柩与抱月的遗骸一样,从舞台上方靠里侧的楼梯被垂直抬了下来。

那楼梯本是抱月为了让须磨子表演舞蹈而特意制作的,结果演出时一次都没派上用场,却仅仅被用来搬运两人的遗体了。

舞台背景上挂着黑色幕布,正面安置了一个宽大的山形阶梯,最上端铺着一块四周带有布条镶边的崭新的草席,棺柩就放在席上。

遗书共有三封,分别写给米山益三、坪内逍遥和伊原青青园。几封遗书的内容如下。

写给米山益三的遗书:

姐夫:

我还是要去老师那里。身后之事已经托付给了坪内老师和伊原老师,一切尽管随意处置。只有一点,希望代我求他们将我的墓无论如何也要和老师的墓安置在一起。两个养女可在条件适宜时酌情让她们回到自己父母的身边。

匆此。

须磨子

写给坪内博士的遗书:

坪内老师并夫人：

我等背弃了您的大恩大德，按理说已经没有颜面就此事求您。可早先岛村老师去世时，您曾迅即赶来吊唁，我就厚颜承受您这份情意，求您如下。

为了那个我所依靠的人，我甚至背叛了在舞台演出方面从零开始手把手教我的坪内老师。而今那个人已经先我而去，因此我无论如何都难以苟且偷生。虽然我已拜托伊原老师，但在此还是恳求您就我的身后之事多加关照。此事虽然难以出口，但还是拜托老师，务请设法将我的遗体埋到那个人的墓中。

言犹未尽。草草即此……

须磨子

写给伊原青青园的遗书：

伊原老师：

这段时间实在是太给您添麻烦了。还没来得及上门道谢，而今却不得不再次有件麻烦事要求您。我还是要追随那人而去，去往那个世界。我身后之事还望您多多关照。此外还有一件事求您，那就是请把我们的墓安置在同一个地方。此事务请多加关照，恳请您务必设法将我们安葬在一起。

草草即此。

须磨子

直面死亡的须磨子在遗书中并未提出特别的要求。遗书的中心内容,就是向坪内逍遥和伊原青青园表达了添过诸多麻烦后的谢意。

只是三封遗书有一个共同点,那就是希望死后能和抱月合葬在一个墓穴里。

就像给青青园的遗书中反复提到的那样,须磨子只是怀着这一希望离开了人世。

恐怕早已死去的抱月,无疑也希望如此。

但是须磨子的这一愿望到头来却未能实现。

无论她怎样恳求姐夫、恳求青青园、恳求逍遥,抱月的遗骸也已然被安葬在岛村家的墓地里。怎么可能因为须磨子在遗书中提出了合葬的希望,就将抱月的遗骸从岛村家的墓地里挖出来呢?

如果无论如何都想这么做的话,则必须将遗书拿给抱月的妻子看,取得她的认可。可这种事无法向市子夫人开口,即便开口说了,也不可能得到对方的同意。

结果是抱月的遗骨就此长眠于岛村家的墓地,须磨子的遗骸则被小林家带走并长眠于异域地下。

即便二人生前那般相爱,死后也只能天各一方。无论多么相爱,遗骨也不能厮守一处。

这便是正式结婚与否的差别,也显示了日本户籍制度的分量。而且可以说正是因为担心这一点,须磨子才在三封遗书中,一而再再而三地请求人们将他们的遗骨合葬在一起。

五

大正八年(1919)一月七日,在青山殡仪馆举行了须磨子的葬礼。

在举行葬礼之前,从下午一点半起,先在艺术剧团举行了遗体告别仪式。之后棺柩被抬上灵柩马车,从牛込横寺町赶往青山。

听说须磨子的送葬行列要经过,道路四周聚集了很多围观的人。

午后三点，灵柩马车抵达青山殡仪馆。殡仪馆入口处两侧同样人头攒动，为了阻止从后面推涌上来的人群，甚至需要工作人员在现场维持秩序。

天空虽然晴朗，却依旧寒气袭人。从高出一截的殡仪馆可以眺望到远方草木枯萎的青山旷野。

殡仪馆周遭悬挂着的歌舞伎剧院、新富剧场、明治剧场、有乐剧场、常盘剧场等的挽旗被风吹得哗哗作响。诸多来自文坛、剧团和早稻田大学的相关人员已经聚集于此等候着。

相继扛着须磨子棺柩的，是她生前曾经出演过的各剧场的接待人员以及艺术剧团的成员。他们穿过人群将棺柩扛到了最中心的祭坛上。

在白色木制棺柩的正上方，悬垂着写有偌大"已故松井须磨子之柩"字样的白布。宽阔的祭坛左右摆满了鲜花，十二盏法事蜡烛在四周熠熠生辉。

须磨子的法名为"安祥院实应须磨大姐"。

不久，规定的时刻到了。随着钲声响起，诵经开始了。僧侣为真言宗丰山派道长早川快亮大僧正及手下八名僧侣。

超度亡灵结束后，由川村花菱主持，开始逐个念诵悼词。

首先由长田秀雄代读小村欣一侯爵的悼词。小村深谙文艺之道，同时也是艺术剧团的幕后援助人。接下来念诵悼词的是中村吉藏以及艺术剧团技艺员代表中井泽、早稻田文学社代表本间久雄。松竹总经理大谷竹次郎的悼词则由松居松叶代读。在加藤精一代表舞台协会念诵悼词后，木村锦花代读了东京演员协会代表中村歌右卫门的悼词。

之所以代读较多，是因为时值正月初七，很多人尚未回到东京。

念诵悼词在继续着。其中有帝国剧场的女优森律子、新派代表中尾莺梦、小笠原伯爵、金子筑水、片上伸、谷崎润一郎、伊原青青园、市川猿之助、左团次、中车、上山草人等十余人。

当时,坂井久良岐曾做俳句如下:"恋人并绿晨,双双归厚土"。"绿晨"是抱月死时在明治剧场上演的舞台剧名。此俳句后来被篆刻在牛込弁天町多闻院内为须磨子建立的"艺术比翼冢"墓碑的背面。

上香从养女亦即须磨子的侄女胜子开始。接下来是另一个养女若子、须磨子的母亲、哥哥、姐姐和姐夫。之后抱月的女儿君子站了起来。

岛村家对须磨子的死并未做出特殊的吊唁之举。川村等人曾试探过对方的意向,结果只有君子说"我去参加"。于是她便赶了过来。君子原本就是岛村家唯一对须磨子怀有好感的人,在须磨子生前曾见过须磨子几次。

我们无从得知须磨子死后,君子是怀着怎样一种心情出席告别仪式的。不过此时的她,或许已经超越了恩怨情仇,只是怀着一种代替父亲出席告别仪式的心情来到了现场。因为她的父亲曾经那么深沉地爱着须磨子。

接下来便是遗族、亲戚、朋友、知己等一般吊唁客,共达九百人之多。

正因为一月的太阳落山早,及至一般的吊唁结束时,周遭已经暮色苍茫。在烛光的映照下,祭坛的四周鲜艳灿烂,飘逸着幽深玄妙的氛围。

五点过后,长长的吊唁行列终于排到了末尾。灵柩被再次搬上灵柩马车,开始向幡之谷火葬场进发。

翌日八日那天进行拾骨。遗骨的三分之一被须磨子的母亲带回故乡松代,三分之二被埋在多闻院内。

告别仪式的程序与抱月的告别仪式并无大异。抱月告别仪式时的吊唁客以早稻田相关人员、文坛人士及记者居多。与之相比，须磨子的吊唁客则以歌舞伎、新派剧等舞台相关人员为最。

也正因此，须磨字的告别仪式才显得尤为华美，参加吊唁的一般人员及围观者也比抱月葬礼时多了许多。

须磨子死后，首先出现的便是遗产处理问题。

人们都认为迄今为止一向吝啬的须磨子应该很有钱，可在遗书中却对遗产处理问题只字未提。

在写给赤坂的姐夫的遗书中，也只是写了"身后之事已经托付给了坪内老师和伊原先生"。内容也不过就是希望能将自己与抱月合葬一处，并拜托姐夫让两个养女回到她们自己的家里而已。

遗书中既没有财产目录，也没有写明保险柜的下落及开箱密码。

要么就是决心去死以后，她已无暇考虑这类庸俗的琐事，要么就是她无意将自己历尽苦辛积攒下来的钱财施舍给任何人。事到如今真相已经无从知晓。

但是，松本克平曾做出过如下推测：从须磨子死前曾给逍遥和伊原写下遗书的角度考虑，或许她有意用遗产支持逍遥的话剧运动或扶助岛村家的遗族。但为此却需要内容明白无误的遗书以及办理过相关法律程序的证明。

她希望将养女归还给她们的生身父母。亦即，如此便可以认为她没有将遗产分给两个养女的打算。这种判断应该是比较恰当的。

如此看来，最为自然的理解或许就是面临死亡的须磨子已经没有心情去考虑遗产问题，她只是一门心思想要赶到抱月身边。

须磨子死后，记者们也对其遗产问题颇感兴趣。在同年二月的《女性世界》杂志中，就松井须磨子的遗产金额，公布了如下的计算结果：

东京银行定期存款、支票活期存款等的合计额：一万八千六百日元

股票、国债、公债券概算额：一万零六百日元到一万两千六百日元

抱月葬礼时收取的奠仪金：七百一十四日元

艺术俱乐部建筑物价值：约五千日元

电话使用权：约两千日元

共计：约三万七千三百一十日元

从上述金额中减去下述支出。

岛村家遗属养育费（艺术俱乐部建筑和电话使用权）：七千日元

欠松竹的借款：四千一百二十日元

须磨子丧葬费：一千一百二十六日元

共计：一万二千二百四十六日元

若依据这份清单，所余金额大约为二万五千日元

但是后来尾崎宏次则在《话剧》杂志 102 号和 103 号刊物中发表了《须磨子的家世》一文。文中记载了他走访须磨子故里时拜访她一个表兄七泽清助翁时的一段谈话记录。

"须磨子死时，据悉在赤坂她姐夫（益三）那里寄放着须磨子的生前遗物。于是大家便一起打开了她的保险柜。这时发现，里面有须磨子的储蓄存折和公债券。而且还有法国公债券。将这些全部加起来以后，其金额为时价七万日元。大家吃了一惊。这些钱到头来还是全被她哥哥放藏拿走了……"

针对上述谈话，尾崎说道："须磨子一人就拥有七万日元，这未免

太多了。但我还是想相信这七万日元一说是真的。"根据是这笔钱应该这样考虑才比较妥当。即,其中不仅有须磨子的存款,还包含了须磨子将抱月的存款改到自己名下的那部分金额。

事实也是如此,在抱月死后的当天早上,须磨子就即刻去了邮局。虽然搞不清当时抱月究竟有多少存款,但从他当时正计划去外国巡演,又准备在市中心建设新剧场等情况看,完全可以想象他手上应该已有将近四万日元的存款了。

在抱月去世时,可以自由支配抱月的储蓄存折和他个人印章的只有须磨子一人。因此尾崎的假想应该是比较准确的。

倘若事实果真如此的话,七万日元在当时则是一笔莫大的钱款。

对于这笔遗产,艺术剧团的干事和成员们全都兴味盎然。

当然,他们没有资格奢望这笔钱,也没有资格对处理方式说三道四。从法律角度讲,这笔钱应该分别由两个养女、须磨子的母亲及哥哥们继承。

可是须磨子死后,若子只是拿着两件行李和一百日元旋即回到了木村家。关于这户人家前面已经提过,是此后出现的日本象棋界名人木村义雄的生身之家。若子的双亲均为草根出身,生性纯朴正直,故而并未提出分割财产的要求。

据木村氏后来披露,当时曾有人鼓动他父亲聘请律师提起诉讼,然而木村氏却对他们说:"须磨子曾养育了我妹妹两年,这一次可以说是因为对方的不幸才导致出现这种情况,你们就不要再往那方面想了。听了我的话后,父亲便默默地接回了若子。"

须磨子的遗族方面从未就遗产事宜向他父亲提起过想要相商的话头,就此木村氏如是说:

"当时我想,即使不依靠别人,日本象棋如果下得好,也是可以自食其力的。这也是自己发奋钻研日本象棋的一个动机。"

若子走后剩下的就只有胜子了,她是放藏的亲生女儿。

放藏主张遗产应该由自己独占。理由是胜子是和须磨子有着血缘关系的侄女,也是须磨子的第一养女,而自己则是艺术俱乐部的管理人,一直照顾着以须磨子为首的俱乐部所有成员。

放藏原本反对将胜子过继给须磨子当养女,而且多次试图将胜子领回家中。而他自己进入俱乐部也是因为找不到合适的工作,以寄宿的形式当了个管理人而已。

而且在抱月死时,他曾擅自将电话使用权过户到自己名下,因而被俱乐部开了出去。

须磨子死时也是一样,他试图立即将衣柜、桌子等多少像样一点的家具贴上封条。因而遭到人们的蔑视。

艺术剧团的干事们理所当然地对放藏没有好感。

他们无法同意这样一个男人来独占抱月和须磨子的财产。然而大家并非须磨子的亲戚,没有权利说三道四。

因此,艺术剧团的成员们只能以遗憾的心情旁观放藏拿走所有的遗产。

众人对当时放藏的贪欲,不知是源于痛恨还是羡慕,在此后创作的若干与须磨子和抱月恋情有关的应景剧本中,放藏总是以插入二人之间的邪恶兄长形象登场。

从这个意义上讲,放藏也是一个牺牲品。

而此后胜子则在亲属会的监护下,正式继承了须磨子的家业。之后又成婚并收养了养子。

此外,小林一家在须磨子死后将艺术俱乐部改造成了住宅楼,关东大地震后迁居到樱上水去了。

而艺术剧团的成员,则在须磨子死后以中村吉藏为中心,由若干人组成了"新艺术剧团"。然而大多数人还是各奔东西了。新艺术剧团后来也被泽田正二郎经营的新国剧兼并,不久后便销声匿迹。

创造一样东西殊为不易,而毁坏它却极其简单。

即将死去的须磨子最后唯一的希望,就是死后与抱月合葬一处。在三封遗书中须磨子一味陈述的只有这一件事。

但是,对于她的这个希望世说纷纭,甚至发展成了社会问题。

在须磨子自杀后翌月刊出的《早稻田文学》二月号追悼特刊中,刊登了宫田修写下的一篇题为《一段罗曼史》的文章。他在文中论述道:

> 即使将二人分葬两处,抱月与须磨子之间的风流韵事,作为一段罗曼史亦将长留史册。既然如此,就算不把他们埋在一起,只要人们将他们的关系视为一种邪恶,那么在伦理道德方面的弊害便永远不会消失……我以为这件事只有岛村家族和须磨子家族之间才有权论定其善恶,世人不该对其说三道四。总体来说须磨子那些遗书的写法本身就是个错误。如果真是那般期盼与抱月合葬的话,我觉得她首先就应该给岛村夫人写信求情才是。

此外,田中王堂也写道:

> 我认为他(抱月)应该选择一个能够承担所有责任的方式,使法律上的名义与实际事实达成一致。然而他未能做到这一点。就此我只能认为这是他的一大失策,抑或说是他的一大怠慢之举。当然,这并不意味着我完全赞同市子夫人的行为。抱月离她而去,一直和须磨子同居。就此

她为什么不自己主动跟抱月提出离婚呢?

> 根本就没有理由必须尊重故人的遗言。实现遗言的范围自然有限。遗言只有在合理合法的范围内才会受到尊重。如果根据这一见地的话,须磨子的遗言真就不知道应该受到怎样的批判了。毋庸赘言,只要安葬抱月的墓地属于岛村家,在处理须磨子遗骨问题上,抱月遗属的意愿便拥有极大的决定权。

此外,主张扩展女权运动的著名人士平冢雷鸟也评论道:

> 即便须磨子的祈求真切万分,岛村遗孀也应该依据法律行事,没有必要为同意二人合葬一处而做出侵犯社会权利之举。之所以引发出这一问题,根源无疑就在于抱月行为上的疏漏——他与妻子实际上已经断绝了夫妻关系,尽管如此,却没有办理法律上的相关手续……

三者所见略同,全都否定了须磨子的遗言,认为那种请求既不合情理又自私任性。同时也指责了抱月对家属抚养责任的不作为和办理户籍手续方面的疏漏。

从理论上讲,确如他们所言,就是那么回事。可在现实生活中,夹在妻子与情人之间的抱月,果真能够按照理论所述,妥善地安排好一切吗?

首先列举的宫田修的意见是"如果真是那般期盼与抱月合葬的话,我觉得她首先就应该给岛村夫人写信求情才是"。这种想法是第三者不负责任的说法,至少可以说是非现实的。为什么这么说,因为围绕着抱月这个男性,事到如今须磨子怎么可能去恳求与自己为敌的人呢？事情再清楚不过，如果去恳求的话，她必定会遭到对方的拒绝。

须磨子心里很清楚，从道理上讲自己应该去恳求抱月的妻子同意自己的想法。可现实情况却是，她无法前去恳求对方。那也是须磨子作为女人的最后一道尊严。

而田中王堂所说的"市子夫人为什么在明知丈夫与其他女人同居的情况下还不主动提出离婚"的说法，也只能被视为是一个对事实一无所知的人的想法。

如果她能那么做的话，男女之间原本就不会出现你争我夺了。自不必说，市子夫人膝下有五个孩子，怎么可能说分手就分手呢？这其中既有她在社会上的面子问题，同时也存在着经济方面的不安。再进一步讲，市子拒不离婚一味忍耐，或许至少也是对离开自己的男人的一种报复、一种眷恋也未可知。

而平冢雷鸟则谴责了抱月的疏忽懈怠。可是抱月爱着须磨子，虽然已经离家出走，但心底又始终怀着对妻子和孩子的歉疚。

可以说正是因为他清楚自己的自私，所以才无法做出离婚这一更为冷酷的举动。倘若市子夫人自己提出离婚，抱月也会在做出相当的补偿后才会离婚吧。我们应该看到，即使从侧面观察认为是抱月的疏忽与懈怠，但在背后却隐藏着一个男人的自责与温情。

上述三位人士均非恋爱当事人。他们自己没有受过伤，只是站在旁观者的立场上发表合乎道理的主张。

然而恋爱是不会按照这种正统的理论向前发展的。恋爱常常是单方面的、自私任性的。不按常识和道理行事，恰恰就是男女关系的难点。也正因为如此，人类才在以往几百年、几千年间为了同样的事情而欢喜、哭泣、悲伤，并不断重复着同样的错误。

虽然看似愚蠢，却也是人的可爱之处和值得眷恋的地方。

在须磨子死后的断七之日,即第四十九天之前的二月十七日,有人为无法合葬一处的二人建立了一座刻有二人姓名的比翼冢。

地点在牛込弁天町的多闻院内。

建立此冢者为当时嗜酒成性、被视为怪人而远近闻名的坂本红莲洞和川柳作家坂井久良岐。

两者均为性情乖僻之人,为部分人敬而远之。借助这两个不大抛头露面之人的手,抱月与须磨子才获得了心灵相依之所。这不能不说是一种不可思议的命运使然。

单行本　后记

只要是一个能使自己的人生之火燃烧殆尽的人,无论是谁,都会令我为之倾倒。无论其生命长短,社会上的名声如何,只要他们能够活出自己,活得执着,就会令我依恋不舍。

作为一个拥有此种魅力的女性,松井须磨子于十年前就已然驻存我心。想要写她的故事也就有了十年的光景。如今《女优》一书得以付梓,心头对须磨子的怀念也就据此告一段落。

长眠于地下的须磨子看了此书后会说些什么呢?倘若她能说上一声:"嘿,你呀,迷恋上了我不成?"并莞尔一笑的话,作为作者,我便会感到无比幸福。

作品终于止笔。在这部小说的写作过程中,笔者曾得到过诸多人士提供宝贵资料。尤其是能够得到与小林久子、小林胜子、松代的斋藤勋氏等须磨子身边近人直接对话的机会,实可谓获益良多。此外,从河竹繁俊氏、松本克平氏所著文献中也获得了大量的参考资料。在此谨附表如下,并再次深致谢忱!

渡边淳一
一九八三年五月

参考文献

《日本话剧史》　　松本克平著　　筑摩书房
《逍遥、抱月、须磨子的悲剧》　　河竹繁俊著　　每日新闻社
《随笔·松井须磨子》　　川村花菱著　　青蛙房
《女优系谱图》　　尾崎宏次著　　朝日新闻社
《岛村抱月》　　尾崎宏次著　　未来社
《牡丹毛刷》　　松井须磨子著　　春潮社
《明治大正话剧史资料》　　田中荣三著　　演剧出版社
《早稻田文学》　　（抱月追悼号等）

图书在版编目（CIP）数据

女优 /（日）渡边淳一著；帅松生译. — 青岛：青岛出版社，2019.6
ISBN 978-7-5552-8077-4

Ⅰ.①女… Ⅱ.①渡… ②帅… Ⅲ.①长篇小说 – 日本 – 现代 Ⅳ.① I313.45

中国版本图书馆 CIP 数据核字（2019）第 041519 号

女優 by 渡辺淳一
Copyrights : ©1973 by 渡辺淳一
This edition arranged through OH INTERNATIONAL CO. LTD.
Simplified Chinese edition copyrights : ©2019 by Qingdao Publishing House Co., Ltd.
All rights reserved.
简体中文版通过渡边淳一继承人经由 OH INTERNATIONAL 株式会社授权出版

山东省版权局著作权合同登记号 图字：15-2017-237 号

书　　名	女　优
著　　者	（日）渡边淳一
译　　者	帅松生
出版发行	青岛出版社
社　　址	青岛市海尔路 182 号（266061）
本社网址	http://www.qdpub.com
邮购电话	13335059110　0532-68068026
策　　划	刘　咏　杨成舜
责任编辑	张姗姗
封面设计	末末美书
照　　排	青岛佳文文化传播有限公司
印　　刷	青岛双星华信印刷有限公司
出版日期	2019 年 6 月第 1 版　2019 年 6 月第 1 次印刷
开　　本	大 32 开（890mm×1240mm）
印　　张	12.375
字　　数	284 千
印　　数	1-8000
书　　号	ISBN 978-7-5552-8077-4
定　　价	45.00 元

编校印装质量、盗版监督服务电话　4006532017　0532-68068638
本书建议陈列类别：日本・畅销・小说

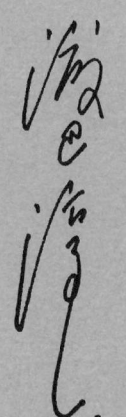